W0216360

LES FUNÉRAILLES DES DIEUX

Zivanka de Mazowiecki
(1870-1884)

CHARLES-ANDRÉ MARCHAND

ADA ÉDITIONS

Copyright © 2017 Charles-André Marchand
Copyright © 2017 Éditions AdA Inc.
Tous droits réservés. Aucune partie de ce livre ne peut être reproduite sous quelque forme que ce soit sans la permission écrite de l'éditeur, sauf dans le cas d'une critique littéraire.

Éditeur : François Doucet
Révision linguistique : Féminin pluriel
Correction d'épreuves : Nancy Coulombe et Émilie Leroux
Conception de la couverture : Mathieu C. Dandurand
Photo de la couverture : © Getty images
Mise en pages : Sébastien Michaud
ISBN papier 978-2-89786-224-4
ISBN PDF numérique 978-2-89786-225-1
ISBN ePub 978-2-89786-226-8
Première impression : 2017
Dépôt légal : 2017
Bibliothèque et Archives nationales du Québec
Bibliothèque et Archives nationales du Canada

Éditions AdA Inc.
1385, boul. Lionel-Boulet
Varennes (Québec) J3X 1P7, Canada
Téléphone : 450 929-0296
Télécopieur : 450 929-0220
www.ada-inc.com
info@ada-inc.com

Diffusion

Canada :	Éditions AdA Inc.
France :	D.G. Diffusion
	Z.I. des Bogues
	31750 Escalquens — France
	Téléphone : 05.61.00.09.99
Suisse :	Transat — 23.42.77.40
Belgique :	D.G. Diffusion — 05.61.00.09.99

Imprimé au Canada

Participation de la SODEC.
Nous reconnaissons l'aide financière du gouvernement du Canada par l'entremise du Fonds du livre du Canada (FLC) pour nos activités d'édition.
Gouvernement du Québec — Programme de crédit d'impôt pour l'édition de livres — Gestion SODEC.

Catalogage avant publication de Bibliothèque et Archives nationales du Québec et Bibliothèque et Archives Canada

Marchand, Charles-André, 1961-

Les funérailles des dieux
(Zivanka de Mazowiecki ; tome 1)
ISBN 978-2-89786-224-4
I. Titre.

PS8626.A719F86 2017 C843'.6 C2017-941815-7
PS9626.A719F86 2017

LES FUNÉRAILLES DES DIEUX

Zivanka de Mazowiecki

(1870-1884)

Au commencement, il y eut la lumière...

« Chaque fois que celui qui doit enseigner, ment,
chaque fois que d'un traître il jaillit un serment,
chaque fois que le juge, après une prière,
jette au peuple ce mot : Justice !, et, par derrière,
tend une main hideuse à l'or mystérieux,
chaque fois que le prêtre, époussetant ses dieux,
chante au crime hosanna, bat des mains aux désastres
et dit : gloire à César !, là-haut, parmi les astres,
dans l'azur qu'aucun souffle orageux ne corrompt,
Christ frémissant essuie un crachat sur son front. »

— Victor Hugo, *La fin de Satan*

PROLOGUE

— Votre Sainteté… tenta timidement l'évêque de Montréal qui pourchassait une fois de plus Pie IX dans les corridors du Vatican. Le pape lui fit un signe impatient de la main pour l'intimer de s'éloigner, mais le pauvre insista.

— Fichez-moi la paix, Bourget ! Vous ne voyez pas que je suis pressé ? Je n'ai vraiment pas le temps pour vos doléances aujourd'hui !

L'évêque éconduit s'arrêta net et regarda, incrédule, le pape s'éloigner. L'humeur massacrante du souverain pontife l'étonna. Son mauvais caractère était connu de tous, mais rarement l'avait-on vu au Vatican dans un pareil état. Il était carrément furieux. Tous ces prélats réunis à Rome à son invitation semblaient oublier que l'Église qu'il dirigeait n'était et ne serait jamais une démocratie. Leur opportunisme politique lui pesait un peu plus chaque jour. Les débats au concile œcuménique entrepris une dizaine de mois plus tôt s'étaient avérés beaucoup plus pénibles qu'il ne l'avait anticipé, et ce, même si la définition de son infaillibilité spirituelle avait été rapidement entérinée à l'unanimité ou presque.

Dépouillé de son pouvoir temporel des États pontificaux depuis près de dix ans, Pie IX venait d'apprendre de la bouche de ses nonces apostoliques de France, d'Autriche et d'Allemagne, que les troupes italiennes approchaient à grands pas de Rome défendue par ce qu'il restait des troupes napoléoniennes et quelques centaines de braves zouaves pontificaux, dont certains étaient venus d'aussi loin que le Canada. Cela ne suffirait toutefois pas à préserver le royaume de saint Pierre, il en était fort conscient. La bataille était perdue. Le Vatican ne serait bientôt plus qu'une enclave dans laquelle le pape serait un vulgaire prisonnier à la merci du nouveau régime appelé à diriger l'unification de l'Italie.

En le voyant se diriger vers ses appartements d'un pas aussi lourd que rapide, même ses fidèles zouaves n'avaient pu s'empêcher de reculer pour ne pas se retrouver au travers de sa route. Le camerlingue Filippo de Angelis, qui avait pourtant lui aussi soixante-dix-huit ans bien sonnés, tentait de le suivre, mais ne rivaliserait jamais le pas, beaucoup plus alerte, de son maître. Il voulut lui servir une nouvelle agréable dans l'espoir d'apaiser son courroux.

— Monseigneur Antonelli vous attend au salon privé de votre appartement comme vous l'avez demandé.

Pie IX eut un geste d'agacement.

— C'est bien la moindre des choses. Il est à peu près temps que quelqu'un m'écoute, à Rome !

— Que puis-je faire pour vous accommoder davantage dans les circonstances, Votre Sainteté ?

Le pape s'arrêta et jeta un regard de feu à son camerlingue qui baissa les yeux.

— Vous êtes le président délégué de notre premier concile. Je vous saurais gré d'exercer un plus grand ascendant sur tous ces cardinaux qui se sont passé le mot pour m'irriter. Si vous voulez vous rendre utile, ce serait là un bon début. Allez aussi voir ce qui pressait tant pour que Bourget pousse l'effronterie jusqu'à me courir après dans le corridor comme un gamin indiscipliné. Je ne suis plus capable de l'entendre pleurnicher pour tout et pour rien. Les sulpiciens sont devenus aussi geignards que les jésuites !

— Sauf votre respect, n'exagérez-vous pas un peu ?

— Vous savez très bien ce que je veux dire. Bref, entendez ses jérémiades et, de grâce, ne m'en faites part que si cela porte à conséquence au-delà des frontières du Canada. Sinon, ça ne m'intéresse pas.

— J'en prends acte.

Le pape opina puis fit un geste de la main pour signifier à son camerlingue de s'effacer et tourna les talons.

• • •

En cette froide soirée de septembre annonçant l'automne, le vicaire du Christ se trouvait donc accablé de nouveaux soucis potentiellement encore plus graves que tous ceux qui le rongeaient déjà. Il s'en serait passé. Son secrétaire d'État, le cardinal Antonelli venait de recevoir des nouvelles pour le moins inattendues d'un des meilleurs espions de la Sainte-Alliance, un émissaire fiable fraîchement débarqué de la colonie des Indes et qui réclamait de toute urgence une audience papale.

— Fleming vous a-t-il dit de quoi il était question ?

Le cardinal Antonelli avait hoché la tête en regardant par terre, sachant que sa réponse ne serait pas satisfaisante. Antonelli était l'un de ces cardinaux *in pectore*, nommés en secret par le pape pour des raisons politiques ou de sécurité.

– Il m'a dit que vous seul deviez entendre ce qu'il a appris.

– Je veux que vous restiez avec moi. Vous serez mon témoin, peu importe ses exigences de confidentialité. C'est moi qui décide des règles du jeu même avec nos plus éminents espions !

– Je m'étonne d'ailleurs que vous ayez accepté de rencontrer Fleming malgré un si bref préavis.

– Je n'ai pas l'intention d'en prendre l'habitude, croyez-moi votre éminentissime seigneur.

Antonelli ne put réprimer une grimace d'inconfort. Quand Pie IX appuyait avec une telle insistance sur la titulature de son interlocuteur, cela signifiait qu'il était plus qu'indisposé. Cette visite impromptue de Fleming se voulait certainement un désagrément.

L'homme, un ressortissant britannique dans la jeune trentaine au passé irréprochable, était reconnu pour son flegme inébranlable. Escorté de deux gardes, Gordon Fleming, l'espion papal venu des Indes, fit son entrée et, malgré une nervosité inhabituelle mal contenue, se prosterna avec révérence devant le pape, embrassant pieusement l'anneau du pêcheur. Pie IX crut sentir une larme tomber sur son annulaire. Un étrange frisson lui parcourut l'échine.

Né d'une famille de la noblesse londonienne restée fidèle à l'Église de Rome, Gordon Fleming prit l'habit chez les Jésuites à l'âge de quatorze ans pour gravir rapidement les échelons de la hiérarchie ecclésiastique. Il n'en était pas à sa première rencontre avec Pie IX qui, souvent à l'insu d'Antonelli, le consultait en secret pour discuter ou lui confier des missions qui se devaient d'être hautement confidentielles. Rarement vêtu de la soutane ou même du col romain, Fleming passait davantage pour un riche commerçant et un impénitent séducteur que pour un religieux menant une vie ascétique. Membre de la Sainte-Alliance, mais aussi du cercle Octogonus regroupant huit fanatiques triés sur le volet, prêts à mourir, mais aussi à tuer sur les ordres du pontife au nom de la vraie religion, Fleming avait aussi réussi à infiltrer l'Ordre noir, le service de contre-espionnage exerçant au sein de la Sainte-Alliance. Rien ne lui échappait.

— Je vous écoute, mon fils. Le cardinal Antonelli me dit que ce dont vous tenez tant à m'entretenir ne pouvait attendre, que c'était de la plus haute importance.

— Ce l'est, Votre Sainteté.

L'homme sortit alors sans tarder de sa besace un étui cylindrique métallique et le tendit au souverain pontife d'une main tremblante. Pie IX hésita un instant à s'emparer du mystérieux objet. Antonelli eut un mouvement de recul involontaire, comme s'il pressentait le drame qui se dessinait devant eux. Le pape examina le cylindre attentivement avec un œil analytique qui voulait deviner son origine et sa signification sans autre explication. Il mit beaucoup de temps à interroger Fleming sur cet artefact, visiblement très ancien, qu'il tenait entre ses mains.

— Qu'est-ce ?

Fleming se racla la gorge avant de répondre.

— Un document pour le moins troublant se trouve à l'intérieur.

— En quoi est-il troublant ?

Le messager ravala sa salive une fois de plus. Le pape, irrité, lui fit signe d'en venir aux faits sans tergiversation. Le regard du cardinal fut sévère. Fleming s'efforça de choisir parcimonieusement ses mots devant un auditoire aussi particulier.

— C'est une lettre qui aurait été écrite de la main de Notre Seigneur Jésus.

Le pape fut ébranlé par cette assertion, mais il s'efforça de ne rien laisser paraître. Il haussa même les épaules.

— C'est tout ? En quoi cela serait-ce dramatique ? Ce pourrait au contraire devenir une formidable relique pour relancer la foi chrétienne dans le monde, ne trouvez-vous pas ?

— Vous avez entièrement raison. Le problème, c'est que ce manuscrit aurait été rédigé plusieurs années après sa crucifixion.

Le pape fronça les sourcils

— Qu'est-ce qui vous laisse croire que c'est peut-être un texte véritablement signé de la main du Sauveur ?

— C'est écrit en araméen, la langue que maîtrisait Jésus. C'est une langue qui n'est pratiquement plus parlée de nos jours sauf dans quelques villages isolés de la Palestine.

— Quel intérêt pourrait bien avoir ce document, même s'il était authentique, ce qui, je vous le dis à l'avance, me semble plutôt improbable ?

Fleming retint son souffle. Il fit une longue pause avant de répondre à la question du pape.

— C'est, selon ce que j'ai pu apprendre auprès d'un des traducteurs indépendants que j'ai consulté, une lettre qui aurait été destinée aux membres du Sanhédrin qui ont participé à sa condamnation.

Ses interlocuteurs lui adressèrent un regard incrédule. L'espion reprit son souffle avant de livrer son dantesque secret.

— En fait, le principal destinataire de cette missive serait un certain Joseph d'Arimathie, l'un des membres du Sanhédrin qui aurait orchestré l'illusion de la mort du Christ. C'est dans un tombeau lui appartenant que fut transportée la sépulture de Jésus.

Fleming s'arrêta pour jauger la réaction du pape. Ce dernier lui fit signe de poursuivre son récit même si son visage n'en finissait plus de s'allonger.

— C'est dans ce tombeau où ses blessures de la crucifixion furent possiblement soignées que ses disciples lui ont rasé la barbe pour qu'il soit glabre et puisse se refaire une nouvelle identité. Cela ne va pas vraiment à l'encontre des enseignements des Évangiles. Les disciples qui ont vu Jésus après sa résurrection ont cru qu'il était un simple jardinier. Or, à cette époque-là, seuls les domestiques et les jardiniers présentaient un visage sans barbe.

Il y eut un autre moment d'inconfort, un autre lourd silence. Antonelli grommela quelque chose d'incompréhensible, comme s'il se raclait la gorge. Les regards de Fleming et de Pie IX ne se séparaient plus, ni l'un ni l'autre ne clignant même des yeux. On aurait cru assister à un duel. Le pape chercha soigneusement ses mots et s'exprima d'un lent débit pour que chaque mot s'alourdisse de la gravité des conséquences de cette soi-disant révélation.

— Jésus n'est donc pas mort en croix ?

Pie IX suggéra cette question sur un ton monocorde.

Fleming rougit, mais flaira un piège.

— Je ne le sais plus. Ce texte me perturbe.

De nouveau, Pie IX toisa longuement son interlocuteur d'un air sévère soudainement empreint de reproches.

— Vous imaginez les conséquences désastreuses qu'une telle prétendue révélation pourrait entraîner ? Croyez-vous vraiment que l'humanité s'en porterait mieux si on annonçait subitement que le Christ a survécu à sa crucifixion, du moins assez longtemps pour rédiger ses mémoires ? En quoi cela servirait-il son œuvre ? Aussi bien décacheter tout de suite le septième sceau de l'Apocalypse, mon fils !

— Ce serait là un choc terrible pour tous les chrétiens, j'en conviens.

— Vous allez retourner aux Indes. Menez votre enquête le plus discrètement possible. S'il existe d'autres documents similaires, je veux que vous les trouviez et me les rapportiez. Si en effet Jésus-Christ Notre Seigneur nous a légué quelque récit testamentaire, il est du ressort exclusif du Saint-Siège de le présenter comme il se doit aux fidèles au moment où nous le jugerions opportun. D'ici là, nous considérerons comme des infidèles passibles de la peine de mort tous ceux qui voudraient se les approprier ou, pire encore, en faire le commerce. Je crois que je suis très clair, n'est-ce pas ?

— Je ne ménagerai pas mes efforts. J'en fais le serment sur ma vie et celle de ma descendance.

— Ne ménagez pas non plus les vies de ceux et celles qui oseraient vous barrer la route, même si je l'espère, cela ne s'avérera pas nécessaire. Vous avez à cet égard une immunité sanctionnée par le vicaire du Christ. Allez en paix, mon fils. Le Seigneur est avec vous. Son Église compte sur vous.

— Amen.

Pie IX le bénit et lui signifia son congé. L'espion repartit à la hâte. Les gardes refermèrent les lourdes portes derrière eux, laissant le souverain pontife seul avec son conseiller Antonelli. Les deux hommes demeurèrent en silence un long moment, comme s'ils étaient en prière. Le pape tenait toujours dans sa main le mystérieux cylindre qu'il n'avait toujours pas ouvert. Le cardinal fut le premier à prendre la parole.

— Vous croyez cette histoire possible ?

— Peu importe. L'important, c'est de l'étouffer. Cette fable ne doit pas avoir de suite. Je ne veux plus jamais entendre parler de cette épître prétendument écrite de la main du Christ ou de quiconque de son entourage.

— C'est mon devoir et j'y veillerai, soyez sans crainte.

Le pape ne quittait plus des yeux le cylindre. Cérémonieusement, il l'ouvrit et en extirpa un manuscrit visiblement très antique rédigé sur du lin. Sa main tremblait sans raison. Le document lui semblait beaucoup plus authentique qu'il ne l'aurait imaginé. Le cardinal ne put que remarquer la nervosité du pape. De minces et imperceptibles larmes coulaient sur ses joues. Il avait peut-être entre ses mains un témoignage unique rédigé par celui qu'il servait depuis toujours. L'idée le hantait, mais il ne comprenait pas la langue dans laquelle ce manuscrit avait été rédigé. Il feignit de le lire avec beaucoup d'attention pour se donner le temps voulu d'évaluer la situation et de prendre la décision appropriée dans les circonstances. Le cardinal s'inquiéta du long silence papal. Il ne l'avait encore jamais vu dans un tel état.

— C'est bel et bien de l'araméen ?

— Vous m'avez déjà connu un talent pour les langues mortes ?

— Le Nouveau Testament au grand complet aurait dû nous parvenir en araméen. C'était la langue du Christ et des apôtres.

— C'est sans importance. De toute façon, je décrète que c'est un faux.

— Donnons-nous au moins le temps de le soumettre à une analyse plus fouillée.

— Ce serait une perte de temps. Ce document est perfide et sans intérêt. Celui-ci et les autres sont probablement l'œuvre de ces sionistes qui empoisonnent l'Europe avec leurs idées séditieuses.

Sans avertissement, Pie IX jeta le cylindre et son contenu dans les flammes du foyer de la petite salle d'entretien particulier. Le cardinal fut pris par surprise en voyant l'objet s'embraser, dévoré par les flammes.

— Mais que venez-vous donc de faire ?

— Mon devoir papal.

— Vous n'aviez pas le droit !, s'insurgea le cardinal dans un cri qu'il ne put réprimer.

Le pape s'arrêta un moment et regarda les flammes dansantes détruire le document sans émotion apparente.

— J'ai tous les droits.

— Et l'histoire ?

— Il est trop tard pour réécrire l'histoire.

Antonelli ne put réprimer ses sanglots. Au plus profond de son âme, il ressentait une douleur indicible.

— Je crains que vous veniez de commettre une grave erreur, mon cher ami. Vous n'aviez pas le droit de détruire ce manuscrit avant d'en connaître la véritable nature.

— Vous n'avez donc rien compris, Antonelli. Veuillez partir. Vous m'ennuyez. J'ai autre chose à faire maintenant.

Sa décision serait sans appel. Antonelli quitta la pièce la tête basse, terrifié par ce qui venait de se produire sous ses yeux. Avait-il vu l'œuvre du successeur de saint Pierre ou celle d'un disciple de Lucifer ? La question ne cessa de le hanter. Il retourna vers ses appartements en tremblant sans pourtant savoir qu'il venait de signer son arrêt de mort en osant s'opposer à la destruction de cet étrange document. Le Saint-Père pouvait se montrer impitoyable, même cruel. Il se croyait investi du droit divin de vie et de mort sur autrui et il ne se gênait pas de l'exercer lorsque nécessaire.

• • •

Plus que jamais, Rome était une ville infestée d'espions venus des quatre coins de la planète, et la rumeur que l'on avait fait la découverte d'un cinquième évangile dans les profondeurs de l'Orient se répandit comme une traînée de poudre. Une rumeur qui n'était ni fausse ni exacte, mais qui trouva preneurs. Certains clamaient qu'il avait été écrit par Thomas, le sceptique pour qui le Christ avait toujours eu beaucoup d'affection. D'autres avançaient qu'il avait été écrit par la Vierge Marie, dont l'Immaculée Conception avait aussi été décrétée par Pie IX. On racontait que dans cette épître, elle levait notamment le voile sur l'enfance de Jésus. Les plus audacieux allaient jusqu'à affirmer que Jésus lui-même avait, après sa résurrection d'entre les morts, rédigé ce texte qui allait révolutionner l'Église.

Le lieutenant-colonel, Wolfgang Goethe, lui-même en mission officielle à titre d'espion d'élite au service de la cour du chancelier de la Confédération de l'Allemagne du Nord Otto von Bismarck, n'était pas du genre à prêter attention aux commérages, encore moins ceux qui circulaient perpétuellement à l'extérieur des murs du Vatican au sujet de saintes reliques, de textes postérieurs à la Bible ou d'apparitions divines devant donner un éclairage nouveau au message du Christ et de ses apôtres. Les débats religieux l'ennuyaient profondément. Il n'avait cure de tous ces ragots colportés et déformés par des gens naïfs, peu éduqués et fortement impressionnables. Il en était ainsi depuis la nuit des temps. Déjà les étals ambulants commençaient à pulluler de prétendus fragments de ce cinquième Évangile que se disputaient à prix d'or des spéculateurs sans scrupules. Goethe, qui s'intéressait davantage aux tractations du concile convoqué par le pape Pie IX et de ses implications dans le nouvel ordre géopolitique européen, les regardait avec mépris et dédain. Ces supposés écrits des acteurs de la Bible qui venaient de faire soudainement surface n'étaient donc pas un sujet d'intérêt pour l'espion qu'était Goethe. Il n'en aurait guère fait davantage de cas s'il n'avait pas aperçu, par le plus pur des hasards, le champion des espions du pape, Gordon Fleming, mener à distance ce qui semblait sur le point de devenir une intervention comme seul l'Ordre noir en était capable. Il le croyait toujours en mission aux Indes, là où tous deux avaient récemment eu maille à partir, et s'étonna donc de le voir dans la ville sainte même si celle-ci se trouvait menacée par les velléités de réunification d'une Italie encore mal définie. Que faisait-il donc ici ? Goethe voulut comprendre. Fleming n'avait pas pour habitude de quitter sa mission aux Indes pour des peccadilles. Goethe s'assura rapidement de ne pas être vu par son ennemi juré tout en trouvant, derrière une colonne du marché, une vue imprenable sur la scène. Il en avait rapidement deviné le scénario. Deux moines, la tête dissimulée par la cagoule de leur chasuble, s'approchèrent d'un de ces marchands qui clamait être en possession de fragments qui changeraient le cours de la chrétienté. L'Allemand fut particulièrement impressionné par la rapidité d'action des sbires du Vatican. Leur efficacité était pour le moins admirable à ses yeux. Personne ne les vit égorger le pauvre homme d'un vif coup de poignard et lui enfouir dans la bouche ce qui se voulait leur marque de commerce, le symbole de ces moines de la mort, soit un petit morceau de toile noire avec deux bandes rouges croisées. Peu de petits bouts de tissus pouvaient provoquer autant de terreur auprès de ceux qui en connaissaient la profonde signification. Le meurtre était signé et l'ordre venu, sans l'ombre d'un doute, directement du successeur de saint Pierre. Le vicaire du Christ ne condamne pas à la légère. Pendant que la victime saignait sous son étal, sa marchandise disparut rapidement dans les besaces de ses meurtriers. C'est alors que Goethe remarqua le carrosse du cardinal Antonelli duquel sortit une main gantée qui fit un signe de croix tout aussi révélateur. Il flairait la bonne affaire, une comme celles qu'il aimait, où il y avait moyen de servir son maître von Bismarck, en plus de s'enrichir tout en contrariant ses ennemis. Gordon Fleming, l'Ordre noir et le Saint-Siège figuraient avantageusement sur cette liste. Il ne serait finalement pas venu à Rome pour rien.

• • •

Le cardinal Antonelli en savait lui aussi plus qu'il ne l'aurait dû, même s'il n'avait jamais pensé être un jour du nombre des victimes de la mission menée par Fleming. Son statut au sommet de la chaîne de commandement de toutes les sociétés secrètes dont était pourvu le Vatican lui avait donné un sentiment d'immunité. Il n'aurait pas dû. Pie IX ne tolérait guère la contestation. Antonelli était allé trop loin en s'opposant à la décision papale de détruire ce qui était peut-être un document d'une grande importance historique.

On le retrouva pendu dans sa chambre trois jours plus tard, un chiffon noir marqué de deux bandes rouges cloué dans chacune de ses mains. Malgré les apparences désignant l'Ordre noir, on déclara que le cardinal s'était suicidé. Personne ne se soucia des autres sévices corporels qui lui furent infligés avant sa mort. Qui a déjà entendu parler d'un homme qui se tranche les parties génitales pour les avaler avant de se pendre ? Évidemment, au Vatican, le contrôle de l'information a toujours été d'une efficacité redoutable. On laissa même courir la rumeur que le vénérable Antonelli était rongé par le sentiment de culpabilité relié à ses mœurs sexuelles pédophiles. Qu'importe, son suicide passa plutôt inaperçu, puisqu'il coïncida avec le jour de la prise de Rome par les troupes de l'unification italienne. Le hasard fait tellement bien les choses. Goethe fut l'un des rares à s'y intéresser au point de juger important d'en informer Berlin.

« Les mazurkas, ce n'est pas de la musique.
Ce sont des canons cachés sous des fleurs. »

— Robert Schumann, au sujet
de la 12e étude des *Polonaises* de Chopin

I

Plock, Pologne. Août 1873. Joshua n'avait pu résister en voyant cet étrange petit livre enchatonné de pierres précieuses qui traînait sur un banc de la synagogue Beth Midrash, celle que l'on appelait aussi la Maison du Savoir. Il n'avait que six ans et commençait à peine à lire l'hébreu et le polonais. Il ne comprenait rien au contenu de ce petit portulan dont le scintillement des gemmes sur une couverture de velours avait capté son regard. Il l'avait aussitôt subrepticement pris, en s'assurant de n'être vu par personne, et l'avait enfoui dans la poche intérieure de sa veste. Il fut aussitôt rongé par le remords, s'était senti coupable d'avoir volé un objet qui ne lui appartenait pas. Il n'avait toutefois aucunement l'envie de le restituer à quiconque. Il n'y repensa plus jusqu'au jour où son père Abraham et sa mère Rasza le sortirent du lit pour lui ordonner de s'habiller en vitesse parce que les cosaques étaient aux portes de la ville avec l'intention manifeste d'expulser et massacrer les juifs. Les maisons du quartier se vidèrent presque simultanément, les familles envahissant les rues en courant, à la recherche d'un endroit pour échapper à cette nouvelle attaque surprise des Russes. Joshua ne comprenait pas pourquoi ces sanguinaires envahisseurs persécutaient ainsi sans relâche les juifs non seulement à Plock, mais, selon ce qu'en disaient ses parents, partout en Pologne. Il était confus. Son père les entraîna loin de la foule, vers la rivière. Il connaissait un endroit, disait-il, où les cosaques n'oseraient pas les suivre. C'était le vaste domaine de la famille du duc de Mazowiecki, un des rares de la noblesse polonaise qui ait demeuré dans les bonnes grâces du tsar Alexandre II. Il y avait sur le domaine une vaste forêt longeant la Vistule. C'est là qu'ils trouveraient refuge jusqu'au départ des effroyables guerriers russes. En mettant la main dans la poche de sa veste, Joshua sentit l'opuscule qu'il avait volé à la synagogue. Dans sa tête d'enfant, il se demanda même si son larcin n'était pas à l'origine de cette sauvage attaque. Peut-être avait-il été volé à un Russe, ce qui expliquait pourquoi les cosaques étaient maintenant à leurs trousses. Il lui faudrait s'en débarrasser avant que ces soldats de l'enfer le surprennent en sa possession. On lui avait si souvent répété que l'on n'est jamais trop prudent, surtout quand on est juif dans cette malheureuse Pologne occupée par la Russie.

• • •

Au même moment, assise dans l'herbe rendue humide par la rosée, une petite fille aux longs cheveux blonds bouclés taquinait, avec un bout de branche, une grosse grenouille paresseuse qui se contentait de coasser son indifférence tout en demeurant immobile sur son nénuphar encore recouvert par les brumes effilochées de l'aube. Vêtue d'un pantalon ample qui n'était pas sans rappeler les braies gauloises de l'antiquité et d'une chemise bouffante, on l'eût probablement méprisé pour un garçon si sa chevelure ne l'avait pas trahie. La jeune duchesse Zivanka de Mazowiecki, qui célébrerait bientôt son sixième anniversaire de naissance, avait décidé d'aller à la pêche sur le domaine familial. Elle préférait jouer à l'extérieur plutôt que d'être confinée à l'intérieur du château qui lui paraissait plutôt lugubre. Elle s'ennuyait terriblement ce matin-là dans la vaste maison dont le silence n'était perturbé que par le travail des domestiques. Seule dans la cuisine, elle avait avalé rapidement sa *zupa mleczna*, une soupe de lait chaud servie avec des céréales d'avoine et un œuf dur, pendant que sa bonne, qui n'avait probablement pas quinze ans, feuilletait distraitement la dernière édition du magazine parisien *L'art et la mode*. Il y avait quelque chose de morbide qu'elle détestait dans cet immense manoir d'inspiration britannique érigé par ses ancêtres au XIVe siècle. Combien de fois avait-elle imploré ses parents de déménager dans une maison « normale » comme celles où habitaient ses amies au cœur de la ville, ce qui les faisait sourire comme s'il s'agissait d'une demande aussi farfelue que de déménager sur la lune. Elle n'avait pas six ans, mais déjà se promettait de ne jamais vivre dans pareille maison lorsqu'elle serait à son tour une adulte. Les corridors secrets par lesquels devaient circuler les domestiques pour faire les chambres, remplir les bains ou simplement servir les repas aux maîtres des lieux ainsi que leurs invités faisaient en sorte que l'on entendait parfois d'étranges bruits provenant des murs, comme si des fantômes menaçants y habitaient. En fait, la petite Zivanka se sentait constamment observée par les ancêtres dont les portraits grandeur nature ornaient les murs de la propriété. Les armures médiévales qui gardaient l'entrée de chaque escalier l'intimidaient tout autant. La seule pièce, outre sa chambre, où elle se sentait vraiment en sécurité et où elle aimait se retrouver et passer de longues heures était la grande bibliothèque qui occupait presque tout le deuxième des six étages de ce château dans lequel on comptait vingt chambres et une soixantaine de pièces. Malgré les immenses étagères de chêne qui grimpaient jusqu'aux plafonds et dont les rayons étaient remplis de bouquins, plus de vingt mille selon son père, de vastes fenêtres judicieusement placées en alternance à tous les six mètres inondaient la bibliothèque de lumière même par les plus sombres jours de grisailles. Les soirs d'orages, lorsque les éclairs dansaient pour illuminer le ciel, y étaient particulièrement spectaculaires. Loin de l'effrayer, Zivanka savourait chaque fois ce déploiement des forces de la nature qui, à ses yeux, revêtait immanquablement un caractère féérique et fascinant. Qu'il pleuve, qu'il tonne ou non, c'est dans la bibliothèque que l'on pouvait trouver la petite lorsque le mauvais temps l'empêchait de jouer à l'extérieur. Mais elle ne pouvait se résoudre à s'y enfermer lorsque le soleil rayonnait de tous ses feux.

Il lui manquait de ne pas avoir de sœur ou de frère avec qui jouer. Au moins, pendant l'année scolaire, elle retrouverait ses amies, mais pendant l'été, qui fort heureusement s'achevait, celles-ci venaient rarement lui rendre visite au domaine et comme Zivanka n'avait pas la permission de se promener seule au-delà de celui-ci, les contacts estivaux étaient presque inexistants. Elle enviait toutes ses amies qui pouvaient se promener librement dans les rues de Plock, aller de maison en maison ou se retrouver dans l'un des parcs municipaux où l'on retrouvait des balançoires, des glissoires, des carrousels et des carrés de sable. Bien sûr qu'il y avait tout cela et même davantage dans le terrain de jeu aménagé derrière le château, mais y jouer seule ne présentait aucun intérêt. Ce matin-là, puisque le temps était radieux, elle avait donc décidé, pour chasser l'ennui, d'aller pêcher dans le petit lac artificiel du vaste domaine familial situé le long de la Vistule, sur sa rive nord, celui que son père avait généreusement ensemencé de poissons pour le plaisir de sa jeune héritière.

Zivanka aimait beaucoup la pêche, surtout parce que cela lui permettait de se retrouver en pleine nature et que c'était parfois une occasion de partager un rare moment de félicité avec son père. La quiétude d'un lac au lever du jour s'accordait bien à son tempérament calme. Le plaisir de sentir une prise au bout de sa ligne correspondait à tout coup à un moment de pur bonheur, mais aussi d'excitation. Son père, le grand duc Tytus de Mazowiecki, lui avait promis de l'accompagner ce matin-là, mais il avait dû partir la veille de façon plutôt précipitée pour la capitale, Warszawa. Un associé, un géant chauve au sourire déplaisant, était venu le chercher sans préavis. Il était question d'une affaire urgente. Elle en avait l'habitude. Il lui semblait que la vie de son père était faite d'affaires urgentes et de voyages. Les pires étaient ces périples qu'il devait faire aux Indes, en Chine ou au Japon, des pays qui lui paraissaient aussi loin de sa Pologne que la Lune ou la planète Mars. Il s'absentait alors généralement pour plusieurs semaines, parfois mêmes plusieurs mois, et elle s'ennuyait terriblement d'autant que sa mère était toujours beaucoup trop occupée à divertir les femmes de la haute société pour jouer avec elle. Le salon de la princesse Anastasia Masalski était régulièrement fréquenté par les épouses des hommes les plus influents du Royaume de Lituanie et de Pologne, mais aussi par celles des ambassadeurs du monde entier. On y prenait le thé, on y parlait de mode et de tendances, mais on y discutait aussi sans vergogne de politique même si, en principe, ce n'était pas le rôle des femmes. Ce qui n'empêchait pas les plus allumées d'avoir compris qu'elles pouvaient être efficaces tout en manœuvrant dans la discrétion. Celles-ci ne s'en gênaient surtout pas. Elles maîtrisaient parfaitement leur rôle et s'en acquittaient avec plaisir, voire un brin de malice. Celles-là savaient manipuler leurs époux et les alliances où les complots qu'elles fomentèrent autour d'une tasse de thé eurent parfois un impact non négligeable sur le cours de l'histoire. Leurs époux ne furent pas nécessairement dupes et, sans surprise, ceux-là aussi ne se gênaient pas pour utiliser le réseau tissé par des femmes de tête comme la princesse Masalski pour influer sur les décisions de certains décideurs à qui ils n'avaient pas nécessairement accès ou à qui il aurait été inconvenant de parler ouvertement. Le portail des intrigues pouvait s'avérer un corridor inimaginable permettant d'atteindre des buts en apparence inatteignables.

Le magnifique domaine de Plock était, à juste titre, considéré comme un terrain neutre dans une Europe de plus en plus divisée par la méfiance entre les empires toujours plus expansionnistes et l'émergence des nationalismes séditieux en leur sein. La légende voulait que Riourik, l'illustre ancêtre de la princesse Masalski, fût le premier à tenter d'unifier la Russie, épousant avant l'heure le rêve d'Ivan III. Cet héritage russe avait permis à la mère de Zivanka de préserver le vaste fief de Plock, l'un des rares de l'aristocratie polonaise qui ait survécu au troisième partage de la Pologne à la fin du XVIIIe siècle et qui ne fut donc pas saisi par le tsar. Non seulement la famille Mazowiecki restait dans les bonnes grâces de Moscou, mais le duc, et avant lui son père, en raison de leurs liens commerciaux dans les colonies britanniques des Indes, de Chine et du Tibet, ainsi que leurs entreprises ayant pignon sur rue à Paris, à Vienne et à Berlin, servaient aussi d'intermédiaires forts utiles entre l'Angleterre, la France, la Prusse et la Russie sur différents fronts diplomatiques à une époque où les relations entre les grandes puissances étaient, la plupart du temps, des plus tendues sur l'échiquier mondial. La famille Mazowiecki jouissait d'une immunité diplomatique plutôt unique, ce qui lui permit de voir son immense fortune croître tout en suscitant, comme de raison, l'envie et la convoitise de plusieurs entrepreneurs moins fortunés.

Le soleil venait à peine de se lever que l'on pouvait deviner le début d'une autre éprouvante journée de canicule, et ce, malgré le petit vent qui soufflait. Zivanka abandonna sa branche et l'inutile harcèlement du batracien pour reprendre sa canne à pêche, rongée par un pressentiment que tout autour d'elle ne s'annonçait pas aussi calme qu'il y paraissait. Trop de conversations de grandes personnes, dont elle ne comprenait pas vraiment le sens, sinon que le pays était quasiment en guerre, l'empêchaient de dormir depuis quelques nuits.

« Tout le monde veut prendre la Pologne », lui disait souvent sa grand-mère, la princesse Yulia Masalski, qui ne faisait certainement pas ses cinquante-trois ans, en ajoutant avec une sourde colère : « Mais personne ne veut de nous, les Polonais ! ». Il lui faudrait plusieurs années avant de comprendre le sens des paroles de cette *babcia* chérie qui s'avérait souvent la seule adulte à lui parler franchement, sans filtre. «Tes parents me parlent comme si j'étais une vieille folle et à toi comme si tu étais une jeune conne. Tu vois bien que nous sommes unies, ma belle Zivanka» répétait-elle aussi, surtout le soir venu après quelques rasades de vodka. C'est cette même grand-mère qui la tenait informée des soubresauts politiques qui bouleversaient l'Europe. C'est ainsi qu'elle savait, sans trop comprendre, qu'une fois de plus, Warszawa, la très proche capitale, et la Pologne étaient embrasées par la rage et les gestes de révoltes dirigés contre l'empire de Russie, l'opprimant occupant depuis ce qui semblait être, du moins de ce qu'elle en savait du discours des adultes, une éternité.

La nature changea alors soudainement sous les yeux de Zivanka comme si un violent orage se préparait. Elle n'eut pas le temps de s'en étonner que le vrombissement d'une cavalcade perturba le silence. Elle eut même l'impression que la terre tremblait sous ses fesses. Zivanka sentit au plus profond de son être que ce n'était pas une bonne nouvelle dans cette campagne généralement si tranquille malgré sa proximité avec la ville. Était-ce le bruit d'un galop furieux, les hennissements presque désespérés des chevaux ou les cris sauvages qui déchiraient le ciel? L'enfant eut envie de pleurer et d'aller se réfugier dans les réconfortantes jupes de sa mère qui était à quelques centaines de mètres d'elle, confortablement installée dans l'immense palais. Une peur inexplicable s'empara de Zivanka. Elle se mit à trembler de tout son corps.

Cette fois, les claquements de fouets, le grondement assourdissant des sabots de chevaux galopant à toute vitesse et les hurlements rageurs de leurs cavaliers s'approchèrent à un rythme effarant. Elle eut l'impression d'être pourchassée par des ogres sanguinaires montés sur des pachydermes. L'écho de leur bruyante cavalcade rendait impossible pour l'enfant de deviner d'où ils arriveraient et où ils se dirigeaient. Peut-être étaient-ils dans le boisé voisin, une petite forêt longeant la Wisla dont une partie se trouvait sur le domaine des Mazowiecki. Peut-être arrivaient-ils de la ville. Terrifiée, elle pissa dans ses culottes de garçon sans s'en rendre compte, tout en continuant de courir sans savoir où aller pour se sentir en sécurité, craignant de croiser leur chemin. Elle décida finalement de se cacher avant d'être broyée comme un moustique par la horde vindicative qu'elle imaginait plus nombreuse qu'elle ne l'était en réalité, mais qu'elle sentait de plus en plus proche. Zivanka trouva refuge derrière un immense sapin à l'orée du bois, près de la route. Son cœur battait la chamade, elle était essoufflée. Elle vit un nuage de poussière s'élever à l'horizon et se demanda même si ce n'étaient pas des cyclopes sortis des entrailles de la Terre qui la pourchassaient. Elle avait encore plus peur des cyclopes, depuis qu'elle en avait vu une image dans un livre de la bibliothèque du château, que de tous les ennemis de la Pologne réunis. Elle constata alors que ce n'étaient pas des cyclopes, que c'étaient bel et bien des humains, des cavaliers visiblement enragés, et elle en vint rapidement à la conclusion que c'étaient des cosaques de l'armée des Russes. Ce n'était guère plus rassurant. Depuis un an, elle avait appris à les reconnaître même si sa famille lui interdisait de quitter les vastes jardins du domaine où, en principe, ils n'avaient pas le droit de s'aventurer. Leur présence ne manqua donc pas de l'étonner.

Elle longea un petit sentier dans la forêt, les suivant maintenant à distance. Elle fut encore plus terrifiée de voir ces horribles barbares arrêter leur course devant un couple et un jeune enfant qui furent rapidement encerclés dans la petite clairière où ils avaient trouvé refuge. Le chapeau de l'homme interpellé ainsi que ses longs boudins de cheveux près des oreilles lui confirmèrent qu'il s'agissait d'une famille de juifs. Elle avait déjà entendu son père dire que les Russes n'aimaient pas les juifs. Un concept qui, bien entendu, lui échappait.

Cachée derrière un bosquet, la petite Zivanka observait surtout l'enfant, qui avait probablement le même âge qu'elle. Il tenait un petit livre dans sa main et, pendant que les cosaques haranguaient ses parents, il le jeta discrètement derrière un arbre, comme s'il avait peur d'être surpris en sa possession. Sa grand-mère aurait sans doute dit que le gamin l'avait volé. « C'est ce que font les juifs depuis la nuit des temps » aurait-elle pris la peine de préciser. La discussion entre les Russes et le couple juif était fort animée. Puis, sans prévenir, un des cosaques se mit à rouer de coups de cravache l'homme qu'il engueulait devant sa femme et son enfant, tous deux impuissants, entourés par d'autres soldats. L'homme s'effondra à genoux sur le sol, en se tenant la tête entre les mains. Brusquement, le cosaque extirpa son sabre de son fourreau, et sans autre avertissement, lui trancha la tête et les mains, les projetant à quelques mètres et déclenchant un véritable volcan de sang jaillissant tous azimuts par le corps décapité qui, mû par le système nerveux, continuait de bouger par spasmes convulsifs.

Zivanka sentit des gouttes de sang tomber sur sa peau comme si c'était de la pluie. Elle voulut hurler autant que le firent la femme et l'enfant, mais trouva le moyen de se retenir, convaincue que ce serait extrêmement dangereux si on la surprenait dans sa cachette. Elle risquait d'être tuée à son tour. Elle en était même persuadée. Pour la première fois de sa jeune existence, elle eut très peur de mourir. Tout se déroula très rapidement. Un autre cosaque asséna un violent coup de fouet au visage du petit garçon, lui arrachant un œil qui vola hors de son orbite et s'écrasa dans l'herbe comme un œuf mollet. Elle n'avait jamais imaginé qu'un œil puisse être si fragile. Encore une fois, le sang jaillit. Un second coup de fouet encore plus brutal fit perdre connaissance à l'enfant éborgné. Il ne restait plus que la pauvre femme qui se mit à genoux. Les cosaques la déshabillèrent sans ménagement, arrachant et déchirant ses vêtements. Lorsqu'elle fut complètement nue, ils la violèrent sauvagement à tour de rôle. Lorsqu'ils eurent terminé, la femme gisait en pleurs, le visage et les cuisses maculés de son propre sang. Elle vit un des Russes brandir un pistolet et tirer à quelques reprises. Il tua d'abord la femme puis l'enfant qui était toujours vivant bien qu'inconscient. Ils crachèrent et pissèrent alors sur les cadavres en se trouvant très drôles. Ils remontèrent ensuite sur leurs chevaux et repartirent au galop, laissant trois cadavres ensanglantés dans le boisé.

Zivanka était quasiment en convulsions. Elle se sentit faiblir, une terrible nausée l'envahissant. Elle jeta un regard furtif et ne vit que les trois corps inertes et du sang qui semblait pisser de partout. Elle attendit pendant ce qui lui sembla être une éternité que le silence revienne, lui disant que les cavaliers de l'enfer étaient déjà loin, avant de sortir de sa cachette. Le calme semblait enfin revenu. Elle s'apprêtait à rentrer au palais à la course lorsqu'elle se souvint du petit livre jeté par l'enfant derrière un arbre. Que pouvait donc contenir ce bouquin que cet enfant ne voulait pas voir tomber dans les mains des cosaques ? Elle devint alors curieuse. Quel secret contenait ce petit livre ? Zivanka voulut le savoir, croyant que la réponse à cette question jetterait peut-être de la lumière sur le carnage dont elle venait d'être l'infortuné témoin bien malgré elle.

Elle décida de le retrouver, mais en marchant le plus silencieusement possible de peur d'être surprise par un soldat retardataire. Elle retrouva le livre sans trop de difficulté. Elle demeura perplexe par son contenu. C'était un étrange petit recueil serti de quatre pierres précieuses sur une couverture de velours bariolée de couleurs délavées. Le dessin sur la couverture lui semblait plutôt abstrait et complexe et l'écriture ne ressemblait à rien de ce qu'elle avait vu auparavant, elle qui venait tout juste de commencer à apprendre à lire. En l'ouvrant, une luciole bleue se libéra de l'emprise des pages et tournoya un moment autour de l'enfant comme pour la remercier. Zivanka se sentit soudainement réconfortée, fière d'avoir sauvé la vie de cette nymphe lumineuse. Curieusement, elle se sentit aussi protégée, comme si c'était une fée qu'elle venait de libérer et que celle-ci lui en serait éternellement reconnaissante comme dans les contes de Charles Perrault ou des frères Grimm que lui lisait parfois, avant de s'endormir, sa nourrice. Peut-être avait-elle mis la main sur un livre magique ? Peut-être était-ce le cas, mais il était écrit dans une langue qu'elle ne connaissait pas et dans un alphabet qui ne ressemblait en rien à ceux qu'elle apprenait à l'école. Ce n'était ni de l'écriture cyrillique ni de l'alphabet latin ou hébreu. On lui enseignait les deux premières à l'école, et elle avait vu des livres écrits en hébreu chez son ami David. Ce n'était pas du chinois non plus, elle en avait remarqué les drôles de signes servant d'alphabet dans un journal que lisait la blanchisseuse du château. Le petit livre qu'elle tenait entre ses mains lui fit presque oublier la scène d'horreur qui venait de se dérouler sous ses yeux. Elle aurait tellement voulu poser des questions à ce petit garçon qui venait de mourir.

Elle jeta un œil furtif vers le cadavre comme pour s'assurer qu'il serait incapable de lui donner des réponses ou à s'opposer à la voir prendre possession de son petit livre. Elle découvrit une carte pliée en quatre à l'intérieur. Le mystère n'en devint que plus grand. Elle cacha le livre dans son pantalon et prit ses jambes à son cou pour retourner au palais, en évitant de regarder de nouveau les corps inertes et ensanglantés. Sa course fut toutefois interrompue par une petite musique provenant de la chapelle du domaine surplombant le cimetière familial et la Vistule. Elle s'arrêta, intriguée. La porte de la chapelle était entrouverte, ce qui était plutôt inhabituel. Érigée quelques siècles plus tôt, celle-ci ne servait plus que pour de rares cérémonies. Ses parents s'y étaient mariés, elle y avait été baptisée et c'est dans cette petite église qu'elle ferait bientôt sa première communion. Zivanka s'approcha et aperçut une lueur bleuâtre dans l'embrasure de la porte. Il lui fallut quelques pas de plus pour reconnaître la luciole qu'elle avait libérée plus tôt du petit livre. L'enfant courut vers sa nouvelle amie qui l'entraîna à l'intérieur du temple patrimonial. Il n'y avait personne à l'intérieur à l'exception de la petite luciole bleue.

– Es-tu une fée? demanda, d'une voix hésitante, Zivanka qui croyait reconnaître un visage féminin au milieu de cette petite boule lumineuse.

Elle n'eut pas de réponse, mais vit la nymphe dessiner des cercles au-dessus de sa tête avant de disparaître derrière le confessionnal. La petite s'en approcha et, timidement, décida d'ouvrir la porte habituellement réservée au curé confesseur. Elle y pénétra et se retrouva soudainement dans un très long tunnel taillé à même le roc. Elle descendit quelques marches sans trop se poser de question. Elle ne voyait plus rien sinon, quelque part au loin, la petite lueur bleue qui s'éloignait pour aller se fondre dans un étrange disque de lumière à l'autre bout du corridor. Elle crut aussi entendre des chants lointains accompagnés d'une musique orchestrale inédite qui ne ressemblait à rien de ce qu'elle n'avait jamais entendu et dont elle ne reconnaissait que la sonorité distinctive des hautbois et des tambours, deux instruments qu'elle aurait préféré apprendre à jouer plutôt que s'astreindre à ces ennuyeuses leçons de piano que lui imposaient ses parents.

Zivanka eut soudainement très peur, peut-être plus encore que lors de l'irruption des cosaques. Elle se sentit aspirée à l'intérieur de cet étrange corridor au bout duquel scintillait maintenant une lumière multicolore comme un ciel bleu parsemé d'étoiles rouges, jaunes, vertes ou blanches qui se bousculaient dans ce qui ressemblait à celles qu'elle observait dans ce merveilleux kaléidoscope qu'elle reçut en cadeau à Noël. L'enfant fut attirée, voulut s'approcher pour voir de plus près, mais résista de toutes ses forces convaincue qu'elle serait avalée par le tunnel et ne pourrait plus jamais en ressortir. Elle eut l'impression de combattre une mystérieuse puissance inconnue qui cherchait à l'empêcher de rebrousser chemin et sortir du confessionnal. Elle trébucha dans les marches. Elle crut alors voir une magnifique statue de la Sainte Vierge, toute de blanc vêtue. Celle-ci rayonnait, mais ce ne fut pas assez pour rassurer l'enfant. Elle continua à gravir ces marches qui lui parurent soudainement beaucoup plus hautes qu'à son arrivée. Il lui fallut de longues minutes pour y parvenir. Elle se retrouva, haletante, de nouveau dans la chapelle. Zivanka attendit un moment et rouvrit la porte du confessionnal, mais elle ne put s'empêcher de se retourner pour voir le tunnel auquel elle venait d'échapper. Il n'y avait plus de lueur, plus de marches taillées dans le roc, simplement un banc de bois réservé au confesseur. Peut-être avait-elle rêvé ?

Elle sortit de la chapelle et rentra au château en s'efforçant de se convaincre qu'une bonne fée veillerait désormais sur elle jusqu'à la fin des temps même si celle-ci venait de l'entraîner dans un étrange tunnel. Le petit livre qui était dans le fond de ses poches en serait la preuve. Si le petit garçon avait su libérer la fée à temps, il serait probablement toujours en vie, se dit alors Zivanka. Ce sont les jardiniers de la famille de Mazowiecki qui découvriraient les trois cadavres le lendemain. Zivanka ne raconterait ce dont elle avait été témoin à personne. Ce serait son dernier souvenir de sa Pologne natale, mais un souvenir qui viendrait la hanter périodiquement jusqu'à la fin de son existence.

Six mois plus tard, sa famille décida de fuir la démence politique où la Pologne était tenue en otage entre la Russie et la Prusse. Le château et le domaine continueraient d'être entretenus par les domestiques à qui ils annoncèrent qu'ils avaient décidé de déménager à Madras, aux Indes, là où les affaires du duc de Mazowiecki se voulaient, semble-t-il, plus florissantes que jamais. Ce dernier, horrifié par le climat social général qui ne cessait de se détériorer, avait surtout estimé que les Indes seraient un endroit plus sécuritaire, loin de l'oppression russe, prussienne ou austro-hongroise. L'homme avait beau être un fin diplomate, il agissait d'abord et avant tout comme un homme d'affaires avisé qui ne se voyait plus aucun avenir dans cette Pologne plus que jamais convoité avidement par ses voisins.

En montant à bord du fiacre qui les transporterait jusqu'au port de Warszawa, Tytus de Mazowiecki regarda sa propriété avec la conviction que c'était pour la dernière fois. Il ne se voyait pas revenir un jour à Plock, ni même dans le pays de ses ancêtres. Il s'efforça de ne pas verser de larmes devant son épouse ou sa fille. Il fit ses adieux à la Pologne en silence.

« Ô grand roi, je viens d'un pays étranger,
où il n'y a plus de vérité,
et où le mal ne connaît aucune limite. »

— Extrait du 3e khanda du *Pratisarga parvan*
du Bhavishya Mahapurana

II

Le panchen-lama, en dépit de son âge vénérable, il célébrerait bientôt son soixante-douzième printemps, se pencha pour bien s'assurer qu'il n'avait pas la berlue. L'éreintant voyage l'avait épuisé. Dans l'antichambre de cette étrange crypte du secteur de Khanyar, dans la petite ville de Srinagar au Cachemire, sept immenses jarres de terre cuite scellées, visiblement vieilles de plusieurs dizaines de siècles se dressaient devant lui. Elles mesuraient plus d'un mètre chacune et auraient toutes pu autrefois contenir plusieurs dizaines de litres de vin. Cette seule idée lui donna soif. La chaleur et l'humidité devenaient insupportables à une trentaine de mètres sous terre et le panchen-lama dut essuyer à plus d'une reprise ses petites lunettes pleines de buée. Il regarda l'homme qui était devant lui, un ascète qui devait avoir à peu près le même âge que lui, vêtu simplement comme un paysan du pays, et qui prétendait être le légitime descendant du prophète enterré dans le plus grand des tombeaux de la crypte souterraine et le gardien de ce lieu considéré comme sacré pour les musulmans, les hindouistes et les bouddhistes locaux.

— Vous ne m'avez pas dit votre nom, lui dit le panchen-lama en l'observant avec un certain scepticisme.

— Salman Pater.

Il pointa ensuite en direction d'un jeune garçon aux cheveux blonds courts, à la mâchoire carrée d'un spartiate, mais qui avait à peine dix ou onze ans. Le panchen-lama le trouva trop sérieux pour son âge, son regard trop intense à son goût.

— Et lui, qui est-ce ?

— C'est mon apprenti.

— Que fait ce jeune Allemand aux Indes ?

— Ne vous fiez pas à ses traits. Il est né dans votre pays, quelque part dans la cordillère du Kunlun.

Le panchen-lama dévisagea l'enfant et l'aborda en tibétain :

— Comment t'appelles-tu ?

— Wangdak Goldberg.

— N'est-ce pas là un nom de famille allemand, et juif, par-dessus le marché ? Ce n'est certainement pas un patronyme indien !

— Mon père était allemand. Il était aussi juif. Il était explorateur et il est mort au Tibet.

La réplique du gamin, qui parlait sans accent la langue tibétaine, ne rassura pas le panchen-lama pour autant. Salman Pater se sentit obligé d'intervenir.

— Wangdak n'a jamais vécu en Allemagne. Son père a abandonné sa mère, une Tibétaine comme vous, lorsqu'il a su qu'elle était enceinte. Sa mère et lui ont fui la persécution chinoise au Tibet pour trouver refuge ici à Srinagar. Nous étions voisins. Lorsqu'elle est morte, il y a quelques années, j'ai adopté cet orphelin et depuis je le considère comme l'un de mes propres enfants.

Le panchen-lama ne sembla pas ému par cette histoire.

— Vous savez ce que contiennent ces amphores même si elles n'ont jamais été ouvertes ?

— C'est le fabuleux héritage du prophète.

— Comment le savez-vous donc ?

— Ce savoir secret est transmis depuis des générations d'un gardien à l'autre. Lorsque viendra ma dernière heure, je le transmettrai à mon tour à mon successeur.

— Qui sera ce successeur ?

— Mon héritier.

Le panchen-lama jeta un coup d'œil dédaigneux en direction du blondinet.

— Celui-là ?

— Non. Il faut que ce soit l'un de mes fils. Nous sommes tous descendants du prophète.

— Personne à ce jour ne lui connaît une descendance.

— J'en suis la preuve vivante.

Le panchen-lama hocha la tête lentement. Il jeta un regard complaisant au maître des lieux. Le vieux moine s'attarda sur une série de symboles à l'encolure des jarres, essayant en vain d'en comprendre le sens. Le gardien du tombeau n'y prêta pas attention. Il était quelque peu décontenancé par l'attitude du grand sage bouddhiste qui avait accepté de lui rendre visite à Srinagar. Il tenta alors de reprendre le contrôle de la conversation.

— Mon prophète a beaucoup appris des enseignements de vos maîtres et il les a fait rayonner autant qu'il l'a pu.

– C'est pour ça que son enseignement doit demeurer si secret ? Votre prophète ne me semble pas très généreux dans la transmission du savoir. Ne trouvez-vous pas cela étrange ?

– L'arbre de la connaissance a chassé Adam et Ève du Paradis.

– Les dieux sont toujours plus puissants aux yeux de ceux qu'ils tiennent dans l'ignorance de leur science.

Pater fut vexé par ce commentaire, mais s'abstint de le démontrer. Il ravala sa frustration et poursuivit d'une voix neutre son explication.

– L'enseignement du prophète doit pour l'instant et peut-être pour plusieurs années encore demeurer secret. L'humanité n'est pas encore prête à le connaître. Surtout pas l'Église qui prétend répandre son message.

– Et pourtant, son autorité repose essentiellement sur la foi aveugle de ses fidèles. Vous m'excuserez, mais j'ai du mal à comprendre votre propre raisonnement sur cette question.

– Le savoir, dans les mains de gens vils et mal intentionnés, peut s'avérer une arme des plus redoutables. Le prophète souhaitait améliorer la condition humaine, certainement pas la rendre encore plus insoutenable qu'elle l'est toujours pour ceux à qui les pouvoirs et les richesses temporels échappent depuis la nuit des temps.

– Ça, je le sais. Je suis d'ailleurs surpris que leurs espions n'aient pas déjà pillé cette tombe abritée par un taudis qui ne saurait résister à la moindre attaque. En soi, c'est à mes yeux un miracle plus inexplicable que tous ceux qui lui ont été attribués au cours de sa vie publique.

– Ce lieu est protégé. Il n'existe pas une armée sur cette terre capable de s'en emparer sans périr.

— Pourtant, je suis entré ici sans aucune difficulté. J'ai simplement ouvert la porte de la petite mansarde au-dessus de nous sans que personne se manifeste. Je suis descendu jusqu'au tombeau, où vous m'attendiez avec votre jeune assistant.

— Vous aviez notre bénédiction. Sinon, vous seriez déjà mort.

— Je suis peut-être naïf, mais comment pourriez-vous contenir un groupe armé désireux de s'emparer de votre trésor ou de le détruire ? Quelque chose m'échappe, et cela, avec tout le respect que je vous dois, m'agace.

— Je serai heureux de répondre à vos questions.

— Les musulmans prétendent que ce lieu est saint et, du coup, qu'il leur appartient. Ils sont partout dans la région et n'hésitent pas à s'attaquer à tous ceux qui ne partagent pas leur vision du monde. Le Vatican, très certainement mis au courant par ses espions de l'existence de cet insolite endroit, a intérêt à effacer toute trace d'un tombeau qui prouverait que le Christ a survécu à sa crucifixion et qu'il serait venu mener une existence heureuse ici à Srinagar. C'est sans compter sur tous les pillards qui pullulent partout et dont la cupidité est légendaire. Comment voulez-vous que je croie qu'en près de deux mille ans, personne n'ait réussi à s'emparer du trésor que vous souhaitez désormais me confier ?

— Je ne vous ai jamais dit que personne n'a tenté de violer ce tombeau. Bien au contraire ! Nous avons su nous opposer vaillamment à des siècles de convoitise.

— Vous et vos prédécesseurs avez tous résisté aux assauts des infidèles. Est-ce vraiment ce que je dois comprendre ?

— Ils sont venus, mais nous avons su les empêcher de mener à bien leur funeste mission. Nous avons même récemment reçu, deux fois plutôt qu'une, la visite d'un émissaire papal qui a eu tort de tenter de nous menacer à sa dernière intrusion. Nos léopards ont fait un festin de ses sbires.

— Vous avez des léopards dressés pour tuer les intrus ?

— Les khandromas n'interviennent que si c'est absolument nécessaire.

Le panchen-lama fut assommé par cette réponse. Il prit une longue pause avant de poursuivre son questionnement, dévisageant l'ascète.

— Vous êtes juif et vous vous intéressez à ces bestioles imaginaires de la religion hindoue ? Vous êtes un homme plutôt surprenant.

— Croyez-moi, les khandromas ne sont pas le fruit de l'imagination de qui que ce soit.

— Ne défendez-vous pas l'héritage d'un prophète pacifiste ?

— La nature est composée de prédateurs et de proies. Il n'est pas de notre ressort d'en empêcher le cycle.

— Personne ne contrôle l'appétit des fauves, n'est-ce pas ?

— Disons plus simplement que nous avons les ressources naturelles pour défendre ce lieu et ses secrets. C'est un terma. Je crois que c'est comme ça que vous appelez les trésors spirituels, n'est-ce pas ?

— Le Tibet n'est pas un endroit aussi sûr que vous semblez le croire. Nos temples aussi sont menacés, plus que jamais, me semble-t-il. Comment défendrais-je votre précieux trésor spirituel si j'ai du mal à défendre mes propres frontières ?

— N'existe-t-il pas une vallée inviolable ?

Le panchen-lama se rembrunit. Il ne devinait que trop l'endroit auquel son hôte faisait référence.

— Quelle vallée ?

— Celle que l'on nomme Ximbala ?

Cette fois, le vieux moine bouddhiste se crispa et instinctivement, fit un pas de recul. Il refusait d'admettre l'existence de ce lieu devant quiconque, encore moins devant un juif aussi exalté.

— Cet endroit n'existe pas. C'est un mythe.

— Vous êtes lié à cette mission, que vous le souhaitiez ou non. Votre propre destin vous l'impose.

Le panchen-lama sembla encore plus irrité. Lui aussi avait été troublé dans ses songes et ses rêves. Son interlocuteur disait vrai. Il n'avait pas le droit de refuser de protéger ce trésor, quel que soit son véritable contenu. Il rouspétait en silence et tournait autour des jarres en tentant de déchiffrer les inscriptions qui y avaient été gravées près de deux mille ans plus tôt. Il reconnut la langue ancienne dans laquelle elles avaient été rédigées. Tout en continuant la conversation avec le gardien, il prit le temps de lire et de relire chacune de ces inscriptions. Il devinait davantage la nature de leur précieux contenu. *Shahzada nabi.* Ces deux mots revenaient constamment sur chacune des jarres. *Shahzada nabi.* Têtu comme une mule, il chercha une échappatoire.

— Je n'apporterai pas ces jarres à Lhassa.

— Je sais. Il n'existe qu'un seul endroit où elles seront en sécurité. Vous le savez.

— Je vous ai dit que cet endroit-là n'existe pas.

— Il y a un tunnel qui y mène sous sa tombe.

Le visage du panchen-lama devint aussitôt cramoisi. Il haussa le ton sans même s'en rendre compte.

— Qu'en savez-vous ?

— Le gardien se contenta de sourire placidement et lui exhiba alors un petit livre serti de quatre pierres précieuses, dont la couverture de velours était parée d'un étrange dessin composé de cercles concentriques multicolores que reconnut avec frayeur le panchen-lama.

— D'où tenez-vous ce document ?

— Il n'en existe, vous le savez mieux que moi, que douze exemplaires. Ces livres sont la clé qui ouvrira toutes les portes dont celles des corridors secrets du centre de la Terre.

— Vous divaguez.

Salman Pater pointa une petite luciole bleue qui venait d'apparaître devant eux. Elle virevoltait drôlement pour un insecte. Le panchen-lama reconnut rapidement qu'il était en présence d'un khandroma même s'il n'en avait jamais encore vu et n'avait jamais pris au sérieux la possibilité que ce ne soit rien d'autre qu'un mythe ou une légende dont on se nourrit allègrement aux Indes. Le gardien du tombeau afficha une mine triomphale.

— Suivez-nous.

Le panchen-lama suivit son hôte et le khandroma dans un tunnel qui s'enfonçait davantage dans le ventre du tombeau. D'autres petites lumières bleuâtres apparurent et au bout d'un moment, les deux hommes se laissèrent guider par un véritable nuage de khandromas. Derrière eux, le jeune Wangdak avait organisé le transport des jarres en mobilisant les disciples du prophète qui, regroupés au rez-de-chaussée depuis le début de l'entretien, n'attendaient que son signal. Ils entendirent l'écho de coups de feu au-dessus lorsque s'ouvrit devant eux le tunnel. Wangdak et les hommes transportant les jarres s'y engouffrèrent sans hésitation. En l'espace d'une fraction de seconde, ils disparurent sous leurs yeux, aspirés par une force inexplicable vers l'inconnu. Le panchen-lama se mit à trembler comme une feuille d'automne s'accrochant à son arbre.

— Que se passe-t-il ?

Salman Pater posa sur l'épaule de son invité une main bienveillante.

— Le temps presse. Ximbala vous attend. Vous y serez en moins d'une heure.

Devant le vieux moine, un corridor irréel creusé dans le roc l'invitait avec un tourbillon chatoyant de couleurs. Il savait qu'il ne rêvait pas, ce qui n'ajoutait qu'à son sentiment de terreur. Il entendait des sons, des voix, des cris, mais aussi des chants ainsi qu'une musique familière qu'il ne reconnaissait pas. Il se sentait aspiré vers ce tunnel qui souhaitait le transporter au bout du monde. Un passage en apparence hospitalier, mais qui se présentait aussi comme un couloir effrayant éclairé d'une invitante lumière bleue prenant en son corps des teintes éméraldines comme il n'en avait jamais vu. Il s'avança lentement vers elle, hypnotisé, mais terrifié. Son corps fut alors soulevé par des millions de petites lucioles dont la luminosité changeante dans toutes les nuances de couleurs devenait aveuglante. Il crut qu'il allait rejoindre son Créateur. La voix de Salman Pater le ramena brièvement à la réalité.

— Ils vous attendent. Ne craignez rien.

Il se sentit littéralement avalé par cet étrange corridor lumineux. Le choc fut d'une violence inouïe. Cette fois, il était convaincu que sa dernière heure était venue.

• • •

Les rebelles musulmans surveillaient distraitement le Rozabal lorsqu'ils virent d'inquiétants éclairs jaillir sans avertissement à l'intérieur de l'édifice modeste qui l'abritait. Un tel phénomène leur parut pour le moins singulier dans l'antre de ce tombeau qui, par le passé, avait paru doté de mécanismes de défense aussi étranges qu'efficaces. Ce qui expliquait leur indolence pendant le guet, mais aussi leur réaction spontanée devant une soudaine menace inattendue. Ils avaient pour mission de protéger le tombeau du prophète de toute intrusion, mais n'avaient certes pas anticipé un tel phénomène. Ils firent feu sans réfléchir avec leurs armes désuètes face à un ennemi aussi invisible que lumineux. Mal leur en prit. D'énormes nuages bleus jaillirent aussitôt et se mirent à les attaquer avec la fureur d'essaims d'abeilles enragées. Des milliers de léopards venus de nulle part bondirent tout autour d'eux. Le massacre fut aussi bref que dévastateur. Ce fut un abominable carnage. Lorsque leur chef Tarikh Khan al-Mahdi arriva sur les lieux, il ne put que constater l'horreur d'un champ de bataille où il venait de perdre des centaines de valeureux soldats qui ne voulaient que défendre une sépulture patrimoniale. Il fut alerté par ses propres enfants, Helena et Khurram, qui jouaient dans les parages lorsque la catastrophe éclata. Le chef arriva trop tard. Tout s'était déroulé beaucoup trop rapidement. Il avançait avec dégoût dans un champ sanguinolent couvert de corps mutilés laissés en charpie, de chairs déchiquetées, d'os grugés jusqu'à la moelle dans certains cas et de membres éparpillés sur le terrain, décharnés par des bêtes fauves innommables qui, à l'évidence même, furent dirigées abjectement vers des proies vulnérables. Le plus incroyable, c'est qu'elles étaient désormais introuvables, comme si elles s'étaient volatilisées. Ses enfants, qui l'avaient alerté et qui l'accompagnaient, réagirent différemment face à cette immonde tragédie humaine. Il ne leur prêta pas la moindre attention. Le petit Khurram ne cessait de pleurer à chaudes larmes. Helena, sa sœur aînée, celle que l'on surnommait Marana, ne cessait pour sa part de palper les restes humains qu'elle voyait sur son passage en marmonnant d'étranges paroles dans une langue inconnue de tous les autres membres du clan al-Mahdi. Les gestes profanateurs de l'adolescente passèrent pourtant inaperçus. Personne ne la remarqua lorsqu'elle entreprit de s'abreuver du sang encore frais de certains des restes humains qui jonchaient cet affreux champ de bataille. Seul le jeune Khurram vit sa sœur dévorer à pleines dents un morceau de chair qui avait à ses yeux l'apparence d'un pénis.

— Que fais-tu ?

— J'avais faim alors je mange. Tu devrais toi aussi te délecter du festin, mon ange.

L'enfant prit peur en voyant le regard diabolique de cette grande sœur qu'il ne reconnaissait plus. Il se remit à pleurer dans l'indifférence générale. Les autres n'en avaient que pour les malheureux défunts. Lui seul venait de voir son aînée se métamorphoser et devenir, sous ses yeux, un petit dragon qui s'éleva au-dessus de la mêlée. Lorsque son père lui demanda où était passée Helena, Khurram balbutia des mots incompréhensibles et se mit à pisser comme un bambin incontinent. Son père le gifla avec autorité.

— Où est ta sœur ?

L'enfant était inconsolable. Il pointa le ciel du doigt.

– Elle s'est envolée comme un oiseau.

La réponse lui valut une autre baffe, plus solide que la précédente. Il en perdit connaissance.

Helena survola la scène avec la satisfaction et surtout la conviction d'avoir finalement trouvée sa voie. Elle venait de s'affranchir du monde des hommes, mais aussi du monde des dieux.

« Je ne suis pas venu apporter la paix sur terre, mais l'épée. »

— Jésus de Nazareth, Évangile selon Matthieu (10.34)

III

Fleming et Goethe ne s'attendaient certainement pas à se retrouver ce matin-là face à face dans la grande salle à manger de l'Hôtel Taj qui surplombait le magnifique et vaste lac Dal de Srinagar, un plan d'eau que l'on qualifiait, avec raison, de joyau de la Couronne du Cachemire. Une rencontre fortuite, au moment d'aller prendre le petit déjeuner, qui les laissa tous deux bouche bée. Tous deux poursuivaient, chacun de son côté, la piste du cinquième évangile depuis maintenant près de trois ans. Ils avaient parcouru des chemins différents pour arriver dans ce lieu perdu, mais tous deux savaient pertinemment ce que cherchait l'autre. Ni l'un ni l'autre n'avait l'air de vacanciers venus admirer la chaîne de montagnes du Karakoram sur laquelle ils avaient d'ailleurs une vue imprenable. L'agent du Vatican prit donc les devants.

— Quels intérêts croyez-vous donc servir ici, Goethe ? Il me semble que vous êtes plutôt loin des terrains de jeux habituels de von Bismarck, non ?

– Comme toujours, mon cher ami, je ne sers que mes propres intérêts. Et vous, Fleming, votre pape vous a demandé de convertir les sauvages de ce pays ?

– Les desseins de l'Église sont impénétrables.

– Je suis ici pour me refaire une santé.

– Il n'y a rien à voir à Srinagar.

– On raconte que le tombeau de votre Christ s'y trouve. Est-ce vrai ?

– Vous êtes naïf.

– Non. Je suis curieux.

– Ce n'est qu'une légende. Vous ne trouverez ici qu'un minable édifice délabré et bancal où sont enterrés deux supposés prophètes musulmans. De toute façon, il est impossible d'y entrer à moins d'entretenir des pensées suicidaires. Ne me faites surtout pas ce plaisir.

– Je pourrais vous étonner.

– Vous savez qu'ils ont des léopards affamés ? La malnutrition dans ce pays est un fléau qui affecte même les félins. Ces sales bêtes ont bouffé une douzaine de mes hommes.

– Auriez-vous perdu la main ? Moi qui croyais que vous aviez déjà découvert ce cinquième Évangile qui vous a mené ici. Je m'apprêtais d'ailleurs à fouiller votre chambre.

Fleming lui tendit sa clé de chambre.

– C'est la chambre cent treize. Faites-vous plaisir. Mais, de grâce, ne salissez rien.

Goethe lui présenta un visage volontairement triste.

– Vous trichez. Vous me privez du plaisir d'exercer mon métier honorablement en me donnant votre clé.

– Vous connaissez un seul espion qui ne triche pas ?

– N'avez-vous pas, comme catholique, des règles différentes aux nôtres à suivre ?

— Je bénéficie de l'absolution du Christ quand il s'agit de défendre son Église. Il est mon sauf-conduit en ce bas monde !

— Vous pouvez même tuer en son nom ?

— J'ai ce privilège. Heureusement pour vous, vous m'êtes encore utile. Sinon, vous ne seriez plus de ce monde depuis déjà longtemps, Goethe.

— Alors il n'y a pas de cinquième évangile ?

— Il n'y en a jamais eu.

— Le Vatican me semble faire de très grands efforts pour taire l'existence de possibles écrits révélant des informations inédites sur le Christ.

— Les ennemis de l'Église ne lésinent pas sur les moyens pour en discréditer les enseignements. Il faut faire taire les rumeurs malveillantes.

— Il paraît que sa mère est enterrée dans les parages, que son disciple Thomas l'est dans le sud du pays.

— Ce sont là de bien belles fables, Goethe.

Goethe fut amusé par ce déni.

— Bien sûr. Si ça ne vous ennuie pas, je vais aller visiter du pays. Le grand air des montagnes m'appelle.

— Ils ont barricadé le Rozabal, et l'endroit est farouchement gardé par des policiers kashmiris sans parler des révolutionnaires musulmans qui rodent en grand nombre.

— De quoi parlez-vous ?

— De toute façon, nous sommes en retard. Les amphores ne sont plus ici. Elles ont été transportées loin d'ici, quelque part au Tibet. Le panchen-lama lui-même était ici la semaine dernière pour diriger les opérations.

— Vous en êtes sûr ?

— Je vous ferai lire le rapport que j'ai rédigé pour le Saint-Père si vous le souhaitez.

Goethe fut pris de court. Jamais n'aurait-il cru Fleming capable de partager la moindre bribe d'information avec quiconque en cours de mission. Il flairait l'arnaque.

— Je vous trouve généreux de vouloir, de façon si spontanée, partager avec moi le fruit de votre enquête.

— Il est vrai que je m'attends à une certaine réciprocité.

Goethe fut soudainement rassuré. Son vieil ennemi ne partageait pas ce qu'il connaissait sans qu'il y ait un prix à payer. Tout s'expliquait. Il se détendit.

— Ah ! Là, je vous reconnais !

Fleming posa sa main sur l'épaule de Goethe avec une affection inhabituelle.

— Le trésor du prophète est désormais gardé à Ximbala. Vous connaissez l'endroit mieux que moi de ce que j'en entends. Je vous demande de m'y conduire.

Fleming examina attentivement la réaction de Goethe qui s'efforça de rester impassible.

— Jamais entendu parler de cet endroit.

— Vous pouvez garder les bijoux, l'or et les diamants. Mon Église n'en a pas besoin. Nous ne recherchons pas davantage de richesse. Quelques bouts de papier suffiront à nous rendre heureux. En revanche, je crois comprendre que les Allemands n'ont pas encore tout à fait les moyens de leurs ambitions territoriales en Europe. Vos velléités expansionnistes risquent de vous coûter très cher, n'est-ce pas vrai ?

Goethe ignora cette question visant principalement à l'offenser. Il y eut un long silence avant qu'il livre le fond de sa pensée.

— Alors, il existe ce cinquième évangile.

— Nous sommes des gens prévoyants enclins à la prudence quand il s'agit de protéger le dogme. Je ne veux pas vous ennuyer avec ces détails administratifs. Je vous offre une entente gagnante pour tout le monde : moi, je détruis les documents ennuyeux et vous récoltez le magot en plus de découvrir le supposé berceau de ces origines aryennes qui vous empêchent de dormir la nuit !

– Pourquoi ai-je l'impression que vous me tendez un piège ?

Fleming sortit de sa poche un petit livre serti de pierres précieuses qui ne manqua pas de faire sursauter Goethe.

– J'imagine que vous le reconnaissez ? Je l'ai chipé à ce Salman Pater pendant qu'il nourrissait ses léopards avec mes mercenaires. J'ai cru comprendre qu'il en existe d'autres exemplaires. C'est votre fils qui me l'a dit.

Goethe devint livide. Fleming était triomphant. Il tenait son éternel rival en position d'échec et mat et il n'allait pas bouder son plaisir quitte à se montrer plus exubérant qu'il ne se le permettait normalement.

– Le petit Wangdak, votre fils, c'est l'apprenti de l'illuminé. Il n'a que dix ou onze ans, mais la ressemblance est frappante, avec bien sûr en prime une belle chevelure que vous avez perdue depuis longtemps. La maman était tibétaine, non ?

– Fleming, je vous interdis d'aller plus loin.

– Vous allez m'aider à trouver Ximbala ou non ?

Goethe esquissa un rictus qui tenait davantage de la grimace de dédain.

– Menez-moi d'abord au Rozabal. Je veux le voir de mes propres yeux, et ce, même si l'endroit est gardé par l'armée tout entière des Indes. Je n'aurai pas fait cet insupportable voyage au Cachemire pour rien.

• • •

À leur grande surprise, personne ne gardait le Rozabal. Il n'y avait pas de gardes ni de milices révolutionnaires en vue. Ni l'un ni l'autre ne vit le gardien du tombeau les observer du haut d'un promontoire, suivant ainsi les instructions précises qu'il avait reçues la veille dans un songe qui lui annonçait la venue de deux ennemis du prophète dont le seul but était de détruire son enseignement. Une dizaine de policiers kashmiris attendaient un signal pour intervenir. Les ordres étaient formels. Les deux étrangers devaient être remis à la justice seulement après avoir profané le Rozabal, ni avant ni pendant. Salman Pater ne comprenait pas pourquoi, mais ce n'était pas à lui de juger de la pertinence de la volonté de son maître. Il n'était que son instrument, lui, le fidèle et loyal gardien du plus précieux tombeau du monde.

Inconscient du danger qui les guettait, Goethe fut surtout étonné de l'état plutôt délabré de l'édifice qui ressemblait à une quelconque bicoque mal entretenue, surtout pas à un temple religieux abritant les tombeaux de prophètes.

— C'est ici ? Vous en êtes bien certain ?

— Qu'espériez-vous, Goethe, une gigantesque stèle comme vous les affectionnez tant par chez vous ?

Goethe le regarda froidement, visiblement peu impressionné par l'endroit et encore moins par les plaisanteries de l'Anglais.

— Où sont les policiers, le gardien et ses féroces léopards affamés ?

Fleming avançait avec prudence. Il n'aimait pas la situation dans laquelle ils se trouvaient même s'il s'efforçait de ne pas le montrer. Il scrutait l'horizon tout autour à la recherche d'indices confirmant ce que lui disait son intuition, qu'ils couraient vers de graves dangers s'ils pénétraient à l'intérieur du Rozabal, ce qu'ils feraient sans l'ombre d'un doute, car jamais il ne serait en mesure d'en dissuader Goethe, peu importe les arguments qu'il lui servirait.

– Je n'en ai pas la moindre idée. Hier encore, l'endroit était barricadé comme si on tenait à le protéger d'une invasion militaire. Au cours des deux derniers mois, chaque fois que nous avons tenté de nous en approcher nous avons été chassés par un comité d'accueil qui nous tirait dessus à bout portant et servait nos morts ou nos blessés à leurs léopards. Cette volte-face ne m'inspire rien de bon. Ça sent le guet-apens à plein nez.

Goethe refusait de se laisser intimider. Il commençait même à croire que Fleming l'avait berné en lui parlant de la protection dont l'endroit faisait l'objet.

– Vous faites ce que vous voulez, mais moi j'y entre.

– À vous les honneurs. Si vous n'avez pas d'objection, je vous suivrai à distance. J'ai déjà vu ce dont sont capables leurs fauves. Au moins avec votre tronche, il y a des chances que vous leur coupiez l'appétit.

– J'écorcherai vif le premier animal qui tentera de me faire la peau.

La bravade plus que la bravoure inspirait à ce moment précis les deux espions rivaux. C'est pourquoi ils pénétrèrent à l'intérieur de cet insolite édifice d'un pas incertain. Ils y entrèrent non sans crainte, d'autant que la porte n'était même pas verrouillée. Tous deux craignaient de s'enfoncer dans un traquenard. Ils avaient trop d'expérience pour baisser leur garde. C'était trop facile. Les gardiens de l'endroit avaient-ils vraiment laissé leurs léopards à l'intérieur ?

Ils descendirent lentement les marches d'un escalier taillé dans le roc qui menait aux tombeaux. Un escalier étroit devenu dangereusement précaire tant il avait été érodé par les intempéries au fil des siècles. Tous deux balayèrent du regard leur environnement, l'oreille tendue recherchant un bruit révélateur de la menace qui les attendait. Armés de revolvers, ils étaient prêts à faire feu au moindre mouvement suspect. L'endroit était sombre et lugubre à souhait. Au bout d'un moment, ils arrivèrent dans la nef et virent les deux pierres tombales, dont celle attribuée à ce Yuz Assef dont les pieds et les mains, sculptés dans le bas-relief, se voulaient troués comme l'aurait été un crucifié. Même Goethe fut saisi par cette image. Il en fut ému sans comprendre pourquoi.

— C'est sa tombe ?

— C'est ce que l'on murmure par ici loin des oreilles des musulmans. Vous savez que les disciples de Mahomet sont parmi les plus hystériques d'entre tous ?

— Ce sont surtout les plus dangereux. Pire que les juifs, je vous dirais.

— Vous êtes assurément le premier boche que je connaisse qui ne croit pas que les juifs soient le plus bas dénominateur commun de l'humanité après les nègres.

— Au moins, eux n'essaient pas de convertir la planète !

— Vous êtes un grand pragmatique, cher ami.

— Je le suis, ne vous en déplaise. C'est pourquoi j'ai toujours suggéré de laisser ces deux infâmes peuples s'entretuer sans que nous intervenions. Israël et l'islam sont deux des têtes vénéneuses de la même hydre des plus bâtardes races de l'humanité. Elle ne se portera que mieux lorsque toutes deux auront été éradiquées de la face de la Terre !

— J'ai toujours admiré le sens de la nuance qui vous habite, Goethe.

L'Allemand haussa les épaules en lui offrant un air d'incompréhension. Fleming lui indiqua un corridor qui descendait plus bas. Ils l'empruntèrent, toujours avec leurs armes au poing. L'odeur de la mort et de la putrescence envahissaient les lieux. Plus ils descendaient vers l'inconnu, pire c'était. Ils étaient bel et bien au beau milieu d'un cimetière où tous n'avaient pas connu la grâce d'être inhumés dans des tombeaux de marbre. Ici gisaient des ossements, là, quelques crânes. Ils descendirent pendant des centaines de mètres pour se retrouver devant un mur recouvert de lucioles bleues qui illuminaient cette fin de corridor. Ils s'arrêtèrent net.

— Quel est ce phénomène ? se demanda Fleming à haute voix.

— Je ne sais pas. Je n'ai jamais rien vu de tel.

Goethe remarqua alors des traces de pas sur le sol qui s'arrêtaient devant le mur, comme si un groupe d'individus s'y étaient arrêtés. Fleming fit le même constat.

— C'est peut-être un passage secret.

Il se pencha pour prendre une petite pierre précieuse sur le sol. Il la montra à Goethe.

— C'est une pierre identique à celles que l'on retrouve sur les petits livres indiquant la route à suivre pour aller jusqu'à Ximbala.

— C'est dire que quelqu'un nous a précédés. Je parie que derrière ce mur il y a un autre corridor. Essayons de trouver le dispositif secret qui activera cette porte qui nous barre le chemin.

Fleming s'approcha pour toucher ce mur, à la recherche d'un mécanisme qui ouvrirait le passage. Une vive brûlure le fit reculer. Goethe tenta la même approche avec le même résultat. Non seulement se trouvaient-ils dans un cul-de-sac, mais l'endroit était protégé par de curieux moustiques.

— Ces bestioles sont féroces. Jamais vu un insecte pareil.

Il insista et cette fois la morsure des lucioles fut si violente que sa main saigna comme s'il venait de se couper sur de la vitre brisée. Il poussa un cri de douleur. Fleming tenta d'écraser ces incroyables insectes lumineux avec son poing. C'était comme frapper dans le vide, comme tenter d'écraser un reflet de lumière. Pourtant, il sentit la morsure et à son tour il hurla en voyant le sang gicler de ses jointures. Les deux hommes eurent le réflexe de tirer des coups de feu, mais ce fut en vain. Ils étaient soudainement recouverts de millions de ces petites lucioles bleues qui leur mordaient la peau de la tête au pied. Ils fuirent les lieux en se tortillant de douleurs, comme s'ils échappaient à un bassin rempli de piranhas. Lorsqu'ils s'extirpèrent enfin des entrailles du Rozabal et se retrouvèrent devant l'immonde édifice, ils étaient ensanglantés, leurs corps en lambeaux comme s'ils avaient traversé un mur de verre. Fleming et Goethe, étendus devant le Rozabal, échangèrent un regard hagard.

— J'aurais préféré affronter leurs léopards, avança Fleming.

Goethe voulut répliquer, mais fut interrompu par des mouvements inattendus autour d'eux. C'est en effet à ce moment qu'ils comprirent qu'ils étaient encerclés de dizaines de policiers kashmiris particulièrement agités escortés par des soldats britanniques qui tentaient de les calmer. Un officier de l'armée de Sa Majesté s'avança vers eux. Fleming tenta de comprendre ce que les policiers hurlaient et fit un pas vers l'officier anglais.

— Qu'est-ce qu'ils disent ?

— Ils réclament votre mise à mort. Si nous n'étions pas intervenus en passant ici par hasard, vous seriez d'ailleurs déjà dans l'Au-Delà. C'est votre jour de chance, messieurs.

— C'est sympathique. Peut-on savoir pourquoi ?

— Vous venez de commettre un très grave crime, je le crains. Ici, le viol du tombeau d'un prophète de l'Islam est passible de mort.

— Je ne vois qu'une bicoque. On dirait une maisonnette abandonnée. C'est un tombeau ce truc ?

— Tout le monde ici le sait. C'est celui d'un prophète de Mahomet du nom de Yuz Assef.

— Je n'en ai jamais entendu parler.

— Que faites-vous dans ce pays de toute façon ?

— Mon ami et moi sommes des professeurs de géographie en vacances.

L'officier britannique ne savait déjà plus trop que faire de ces deux étranges personnages qui le déroutaient et, surtout, venaient déranger sa routine bien établie. Sans sa présence providentielle, ces deux inconscients seraient probablement déjà morts.

— Vous n'avez vraiment pas la tête de professeurs de géographie.

— Ça ressemble à quoi une tête de professeur de géographie, si vous me permettez de vous le demander ? lui lança Fleming.

— À n'importe qui, sauf à vous deux ! En tous les cas, vous faites un drôle de duo de compagnons de voyage, ironisa l'officier qui se doutait bien que ces deux lascars-là étaient tout sauf des touristes au Cachemire, encore moins de simples professeurs d'école.

Fleming tenta une explication plausible.

— Nous marchions sans déranger personne lorsque nous avons été attaqués par une horde d'insectes malcommodes qui nous prenaient pour leur repas du midi et nous cherchions refuge et voilà que la porte de cette vieille cabane était ouverte, expliqua Fleming. Nous n'avons pas eu le temps de voir le moindre tombeau. Regardez-nous ! Elles sont voraces les bestioles dans ce pays !

Le commandant hocha la tête. Sur ce point, il ne lui mentait pas. Il demeurait sceptique, mais fut tout de même tenté de croire cette version des faits.

— Vous êtes en effet dans un piteux état. Nous allons vous raccompagner à notre infirmerie. Lorsqu'ils auront soigné vos morsures d'insectes, il vous faudra toutefois quitter le pays à la première occasion.

— Nous venons à peine d'arriver ! Vous ne pouvez pas saboter ainsi nos vacances à cause de ces illuminés qui adorent Mahomet, protesta Goethe.

— Srinagar n'est pas Madras. Les gens disparaissent rapidement sans laisser de traces dans cette région. C'est surtout vrai pour les étrangers téméraires qui, comme vous, se moquent des us et coutumes de cette province. C'est pourquoi il serait nettement plus prudent pour vous d'accepter notre escorte et l'hospitalité de notre base militaire jusqu'à ce que nous puissions organiser votre voyage de retour en Europe.

— Et nos affaires restées à l'hôtel ?

— Une escorte militaire vous y accompagnera pour vous permettre de vider vos chambres et régler la note. Nos installations sont moins luxueuses, mais au moins vous pourrez y dormir sans craindre d'être décapités au beau milieu de la nuit.

– Sommes-nous en état d'arrestation ?

– Bien sûr que non, même si je dois leur donner l'illusion que vous êtes désormais nos prisonniers. Il en va de votre sécurité. Il y a un navire marchand qui part bientôt de Karachi pour l'Angleterre. Nous vous y mènerons. Tant que vous serez sous notre protection, il ne vous arrivera rien, mais si vous tentiez de prolonger votre séjour au Cachemire ou même aux Indes, il est certain que les fanatiques d'Allah vous retrouveront et vous mourrez tous les deux lapidés sinon égorgés, et je vous préviens que leurs méthodes de torture vous feront souhaiter une exécution rapide qu'ils ne voudront jamais vous accorder.

Ils suivirent les Britanniques sans regimber. Tous deux savaient très bien que l'Anglais leur donnait l'heure juste.

• • •

Tarikh Khan al-Mahdi observait la scène du haut d'une colline avec quelques-uns de ses hommes et du petit Khurram, son cadet. Il posa la main sur l'épaule de l'enfant. Ils étaient tous armés de vieilles carabines, qu'ils tenaient en bandoulière, même le gamin dont le visage était toujours tuméfié des suites de la violente gifle que lui avait assénée son père quelques jours plus tôt, au milieu d'un désolant champ de bataille jonché de cadavres décharnés par des hordes de fauves et d'insectes infernaux. Pour le paternel, l'incident, qui n'en était pas un, était clos. Il avait regroupé ses troupes parmi les survivants, retrouvé sa fille et au passage, donné une bonne leçon à son garçon qu'il se devait d'éduquer convenablement pour qu'un jour il puisse devenir un homme et lui succéder honorablement.

— C'est une véritable disgrâce, mon fils. Ils sont peinards que nos armes soient désuètes sinon nous les tuerions tous au nom d'Allah !

— Je ne comprends pas. Que se passe-t-il, papa ?

— Les Anglais empêchent une fois de plus nos policiers de rendre justice. Ces deux hommes devraient être lapidés. C'est la loi.

— Pourquoi ne le seront-ils pas ?

— À cause de l'occupant.

— Je hais les Britanniques !, décréta rageusement l'enfant.

— Ce sont tous les soldats de Chaytan, ne l'oublie jamais. Souviens-toi de ce dont nous sommes témoins aujourd'hui. Ces deux infidèles ont profané impunément le tombeau de deux de nos prophètes avec la complicité des soldats britanniques qui occupent notre pays et méprisent notre foi.

— Pourquoi ont-ils profané le tombeau, papa ?

— Ils voulaient le piller. Les infidèles sont tous des voleurs. Ils ne respectent rien. Mais ceux-ci ont été devancés par les jaunes.

— Les jaunes ?

— Tu te souviens du massacre de nos saints innocents ?

— Je ne l'oublierai jamais.

— Ils sont venus de très loin pour aider le juif et par un sortilège qui nous échappe encore, ils ont réussi à partir avec le trésor.

— C'était un gros trésor ?

— C'était celui des prophètes, pas le leur.

— Pourquoi l'ont-ils volé ?

— Parce que les infidèles sont tous des êtres cupides et dénués de toute morale.

— C'est terrible.

— Ne crains pas, Khurram. Nous retrouverons les amphores sacrées et ils payeront tous pour leur blasphème même s'il fallait que ça prenne toute une vie. Tous ceux qui auront approché ce trésor mourront. Si je ne vis pas assez vieux pour achever cette mission, ce sera à toi de venger le Prophète. Un jour, nous chasserons ces chiens d'Anglais de notre valeureux pays ainsi que leurs misérables valets de la dynastie des Dogrât !

Il se retourna vers ses hommes et leva le poing au ciel :

— *Allahu Akbar* !

Ils répondirent à l'unisson :

— *Allahu Akbar* !

Khurram était fier de son père ce jour-là et se promit de toujours se montrer digne de ses enseignements. Le jour viendrait où il défendrait jusqu'à la mort le Prophète et pourchasserait tous les infidèles, où qu'ils se terrent. Assise seule derrière avec les autres femmes, Helena al-Mahdi fit sa propre prière en silence. Il lui fallut déployer d'énormes efforts pour ne pas se métamorphoser de nouveau en dragon. Le temps de la vengeance viendrait plus tard. Elle s'intéressait particulièrement à Goethe. Ses sens de plus en plus aiguisés lui permettaient de saisir la nature de l'individu. Il serait bientôt son instrument, son véhicule pour atteindre ses sombres desseins.

• • •

Lorsqu'ils eurent récupéré leurs effets personnels au Taj et qu'ils furent en sécurité sur la base militaire britannique de Srinagar, Fleming offrit à Goethe ses deux copies du petit livre. Il lut la surprise dans le visage de l'Allemand et en fut amusé.

— Dois-je comprendre que vous abandonnez l'idée de vous rendre à Ximbala ?

— Les petites lucioles qui nous ont sauvagement attaquées sont autant de petites fées selon les traditions de ce pays qui défendent et protègent des mystères qui nous échappent.

— Qu'est-ce que vous me racontez là ?

— Ximbala sera votre perte, Goethe.

— Nous aurons amplement le temps d'en discuter au cours de notre voyage de retour vers l'Angleterre.

— Nos routes se séparent ici.

— Je ne vous suis pas.

— J'ai expliqué à nos charmants hôtes de l'armée britannique que vous êtes un espion de la Prusse et qu'il serait dangereux pour ma vie de me retrouver confiné dans le même navire que vous pendant deux semaines. Vous m'excuserez, j'ai convenu avec eux d'un itinéraire différent. De toute façon, je n'ai rien à faire en Angleterre, je suis attendu à Rome et vous ne le savez peut-être pas, mais Pie IX n'est pas le plus patient des successeurs de saint Pierre.

Goethe ne s'en étonna pas. Un espion britannique, même à la solde de l'Église, bénéficiait d'un statut privilégié auprès des militaires de Sa Majesté. En revanche, il trouvait fâcheux que Fleming l'ait dénoncé. Von Bismarck en serait certainement informé et désobligé. Officiellement, Goethe était en mission non autorisée par Berlin même si dans les faits il y avait été dépêché. Sa présence au Cachemire déclencherait assurément un raz-de-marée diplomatique qui susciterait la colère de ses patrons, d'autant qu'il en reviendrait bredouille, expulsé du sous-continent par l'armée britannique. Il lui faudrait fournir des explications, rendre des comptes, ce qui ne l'enchantait guère. Il lui vint même à l'esprit de rédiger sa lettre de démission. Mais ce faisant, il se priverait de toute opportunité ultérieure de se venger de l'espion papal qui, une fois de plus, venait de lui faire mordre la poussière. Un jour, il ferait payer à Fleming ce camouflet. Pour l'instant, Goethe était d'humeur rageuse au moment d'entreprendre la rédaction de son rapport au sujet du Rozabal, du trésor mystérieux d'un prophète qui pourrait être Jésus et qui aurait été transporté dans une cité mythique, celle du peuple aryen, Ximbala. Évidemment, dans ses recommandations, il proposerait de poursuivre son enquête jusque dans les profondeurs du Tibet, quelque part en Himalaya, à la recherche de ce trésor, mais aussi de l'héritage d'Alexandre Le Grand. Ce voyage aura été une catastrophe du début à la fin, se dit-il. Une conclusion quelque peu hâtive qu'il dût réviser rapidement. Il ne pouvait toutefois pas prévoir que le destin l'avait placé sur un cargo de marchandises appartenant à celui qui deviendrait bientôt son futur associé, le duc Tytus de Mazowiecki, un homme extrêmement riche et influant qui lui ouvrirait un jour ou l'autre les portes de l'aristocratie polonaise exilée à Paris. Ce fut une rencontre déterminante dont tous les deux se souviendraient éternellement. Le Diable sait parfois influencer le cours des événements.

« Ne pouvoir se passer de Paris,
marque de bêtise ;
ne plus l'aimer,
signe de décadence. »

— Gustave Flaubert

IV

La jeune duchesse venait de terminer sa première année d'études à l'école nationale de pharmacie de Paris. Elle y était la seule femme inscrite, qui plus est, la toute première à n'y avoir jamais été admise, mais non sans difficultés. Elle s'était montrée surdouée, mais sans l'influence et l'argent de la famille de Mazowiecki, jamais n'aurait-elle pu espérer obtenir la chance d'y être admise comme étudiante. Ce qui n'empêcha pas les maîtres de s'assurer que son parcours serait des plus difficiles. Toute l'année durant, ils furent d'une sévérité et d'une intransigeance à son égard à la limite de la persécution. Elle le savait, mais comprit qu'il lui fallait non seulement résister, mais surtout dépasser toutes les attentes. Elle y parvint, envers et contre tous. Un exploit dont elle commençait à peine de comprendre l'ampleur. Malgré les embûches, elle était sortie triomphante de cette épreuve douloureuse par moments. Zivanka flottait maintenant sur un nuage. Même si, en cette journée de juin 1883, la température demeura en dessous des normales saisonnières, elle prit son temps pour regagner le domicile familial situé sur la rue de Turenne dans le troisième arrondissement. Ainsi, après avoir traversé le pont Marie, elle décida de flâner devant les étals des bouquinistes qui bravaient le froid le long de la Seine en tentant d'intéresser les clients moins nombreux qu'à l'habitude. L'adolescente qui avait célébré ses seize ans quelques mois plus tôt raffolait des livres, lisait avec une avidité sans réserve. Elle se passionnait pour les romans de science-fiction de Jules Verne, dont elle connaissait l'œuvre par cœur. Elle avait lu et relu les péripéties de Kin-Fo le héros des *Tribulations d'un Chinois en Chine*. Elle avait rêvé de faire elle aussi le tour du monde en quatre-vingts jours avec Phileas Fogg. L'univers sous-marin que lui avait ouvert le capitaine Nemo dans *Vingt mille lieues sous les mers* était aussi au nombre de ses plus ludiques souvenirs de littérature.

Zivanka ne se limitait toutefois pas à l'œuvre de Jules Verne et aux romans fantastiques. Les recueils de poésie, les livres de géographie et les ouvrages consacrés à la botanique figuraient aussi parmi ses lectures préférées. Les plantes et les fleurs la fascinaient depuis sa plus tendre enfance. Elle feuilletait justement un volumineux bouquin traitant de biologie végétale lorsqu'un garçon à peine plus âgé qu'elle, au teint foncé et aux yeux légèrement bridés, lui saisit le bras ce qui l'a fit sursauter. Il portait des vêtements trop grands pour lui, ce qui lui donnait un air un peu ridicule. Il avait l'apparence d'un étranger, probablement originaire de l'orient, mais pas celui de Madras et des Indes orientales où elle avait vécu avec sa famille pendant quelques années. Son français était impeccable et l'on n'y décelait pas le moindre accent trahissant l'usage d'une langue seconde.

— Mademoiselle, j'ai le livre que vous cherchez.

Elle ne put s'empêcher de trouver amusante cette assertion qu'elle jugea pour le moins prétentieuse.

— Qu'en savez-vous ? Je ne cherche rien, mon pauvre ami. Je ne fais que bouquiner comme je le fais chaque fois que je passe par ici.

— Pourtant, vous vous intéressez à la biologie.

— J'étudie à l'école de pharmacie.

— Un jour, vous découvrirez des plantes qui guérissent des plus terribles maladies.

Elle lui fit un sourire moqueur.

— Ce que vous en savez des choses ! En moins de deux minutes, vous prétendez lire dans mes pensées et connaître mon avenir.

— Vous serez peut-être surprise par mes dons, mademoiselle.

— Vraiment ?

— Je sais ce que vous cherchez.

— Je ne cherche rien du tout.

— Si, je suis certain du contraire.

— Quel serait donc ce livre que vous croyez susceptible de me faire délier les cordons de ma bourse ? Je ne suis qu'une pauvre étudiante sans le sou, vous savez.

— Étudiante vous l'êtes, mais sans le sou vous me permettrez d'en douter. Je vois bien que vous portez des vêtements coûteux. Vos parents sont très riches, c'est l'évidence même.

— Vous êtes vraiment très présomptueux.

— Faites-moi confiance, vous ne serez pas déçue.

Il l'observa un moment puis retourna vers son étal et fouilla dans des piles de livres qui ne semblaient avoir été disposés dans aucun ordre particulier. Elle eut envie de lui fausser compagnie, mais fut amusée par le manège du jeune homme, convaincue qu'il serait incapable de la surprendre. Elle décida donc d'attendre. Il sembla alors trouver ce qu'il cherchait et exhiba sous ses yeux un petit livre carré dont la couverture de velours sertie de quatre pierres qui semblaient précieuses attira immédiatement son attention. Elle le reconnut aussitôt, et l'horrible souvenir du massacre dont elle avait été témoin à Plock dix ans plus tôt défila dans sa tête. L'image d'un œil arraché d'un coup de fouet pour ensuite choir dans l'herbe comme un œuf mollet lui donna la nausée. Elle se sentit vaciller. Même le souvenir olfactif de la scène demeurait intact dans sa mémoire. Elle n'oublierait jamais l'odeur de la mort. C'est pourquoi elle avait opté pour des études à l'école de pharmacie plutôt qu'à la faculté de médecine. L'odeur du camphre lui plaisait certainement plus que celle des miasmes et de la putréfaction. Le garçon insistait pour qu'elle touche à ce petit bouquin.

— Voilà le livre dont vous avez besoin.

Elle se ressaisit péniblement. L'envie d'étrangler le bouquiniste lui vint à l'esprit. Par quel prodige lui avait-il offert ce livre-là d'entre tous les livres de son étal ? Elle n'en avait pas la moindre idée. Mais ses pensées se bousculaient. Elle tenta de reprendre le contrôle d'une conversation qu'elle n'avait pourtant jamais voulu entreprendre.

— Je l'ai déjà, dit-elle en s'efforçant de ne pas montrer ses émotions que trahissaient toutefois ses joues soudainement empourprées.

Diverses émotions montèrent en elle : la scène effroyable où une famille fut assassinée sous ses yeux par des cosaques, mais aussi celle d'une petite fée lumineuse libérée d'un petit livre identique lorsqu'elle l'ouvrit. Zivanka tenta de se raisonner :

« Ce n'était qu'une luciole », se répétait-elle en silence.

— C'est normal que vous soyez émue, dit-il avec une étonnante empathie. Je vous avais dit que ce livre était pour vous. Il vous est destiné.

— Je suis un peu surprise, c'est tout. Comme je vous disais, j'ai déjà une copie de ce livre. Je le pensais plus rare qu'il ne l'est, c'est tout.

Il plongea son regard dans le sien et lui tint les mains en le lui remettant.

— J'en doute, mademoiselle. Cet exemplaire est unique.

— Je vous le répète, j'ai le même à la maison et je ne l'ai jamais ouvert, mentit-elle en se demandant pourquoi elle tentait de lui cacher la vérité.

Il ne détacha pas son regard du sien, ce qui ajouta à son embarras. Le malaise ne semblait pas l'ébranler, au contraire.

— Il y ressemble peut-être, mais je vous assure que ce n'est pas le même. Chaque exemplaire de ce livre est différent, donc unique. Prenez-le. Il changera votre vie à tout jamais, je vous le garantis. Ouvrez-le, vous verrez.

Elle détourna le regard, de plus en plus mal à l'aise devant son insistance. Elle céda à la tentation. Elle l'ouvrit. Et comme dix ans plus tôt, une petite luciole bleuâtre jaillit et virevolta sous ses yeux comme le ferait une petite fée magique sortie d'un conte de fées. Le bouquiniste ne sembla toutefois pas la voir et n'eut donc aucune réaction. Seule

Zivanka vit la chose, à l'évidence même. Elle en était troublée. Elle lui rendit le bouquin avec une certaine hargne.

— Vous avez vu ce qui vient de se produire ?

— Que s'est-il donc produit ?

— La luciole qui a surgi du livre, c'était planifié ?

— J'ignore ce dont vous parlez.

Elle ne le croyait pas. Il en savait plus qu'il voulait l'avouer. Il ne faisait plus aucun doute à ses yeux qu'il lui mentait et qu'elle se trouvait au milieu d'une quelconque mascarade dont elle ne comprenait pas le sens. C'est à ce moment qu'elle eut une folle envie d'enfin savoir ce que contenait cet étrange petit livre dont il connaissait probablement l'origine.

— De quoi traite ce livre ? Je ne connais rien de la langue dans laquelle il est écrit.

— Il vous fera découvrir un monde fabuleux et vous mènera à un grand trésor. Il changera assurément votre vie. Vous devriez mourir d'envie de vous le procurer.

Il lui tendit l'ouvrage de nouveau. Elle éclata de rire en le feuilletant, s'efforçant de ne pas laisser paraître qu'elle avait l'impression de le découvrir pour la première fois.

— Je vous l'ai dit que je suis incapable de lire cette langue. Qu'est-ce que c'est ?

— C'est du burushaski. Une langue qui n'est parlée que dans le nord des Indes. Vous l'apprendrez sans effort comme si vous l'aviez connu dans une vie antérieure.

Elle décida alors spontanément de lui répondre en ourdou. Les yeux du garçon s'agrandirent quand il l'entendit s'exprimer dans cette langue très peu connue des Européens. Il lui parut médusé et béat d'une soudaine admiration dont le sens lui échappait. Il répondit spontanément en ourdou.

— Vous parlez ma langue.

— J'ai vécu cinq ans à Madras avec ma famille.

— Vous êtes son incarnation.

— Vous délirez ?

— Vous étiez là bien avant que ces petits livres fussent écrits. Vous portez en votre sein la lumière du plus grand des humains, celle du fils des étoiles.

— Qu'est-ce que vous me racontez là ?

— Votre âme est pure comme celle de la Madonne.

Zivanka s'esclaffa.

— Alors là, vous me connaissez vraiment très mal.

— Vous confondez la pureté et l'obéissance aux dogmes imposés par les pharisiens. Vous n'avez pas à répondre de la loi des hommes, votre voie a été tracée par le Tout-Puissant.

Les étranges lucioles bleues revinrent tournoyer autour d'elle. Soudainement, elle se vit à une tout autre époque, dans un tout autre monde qui lui sembla tout aussi familier qu'étranger. Elle repoussa cette image vigoureusement pour défier le jeune commerçant.

— Je ne comprends rien de ce que vous tentez de m'expliquer.

— Vraiment ? répondit-il à son tour cette fois en burushaski.

Étonnement, elle comprit ce qu'il venait de dire. Sans s'en rendre compte, elle lui répondit dans cette obscure langue le plus naturellement du monde tout en s'étonnant de cette incongruité. Elle hocha la tête, totalement confuse par cet événement.

— Ce que vous me racontez ne fait aucun sens. Je n'ai jamais parlé ou compris le burushaski. Je ne connaissais même pas l'existence de cette langue avant de vous croiser !

— Vous venez pourtant de me répondre dans cette langue dont vous croyiez ignorer l'existence. Vous ignorez les prodiges dont vous êtes capable.

Elle eut envie de se pincer pour s'assurer qu'elle ne se trouvait pas au milieu d'un rêve. C'est alors que son regard s'attarda sur ce qui semblait être une carte manuscrite rédigée à la main. Elle lui semblait nettement différente de celle que contenait son livre. Elle l'était. Cette fois, sa curiosité fut piquée. Ce livre-là n'était pas exactement pareil au sien. Il y ressemblait à s'y méprendre, mais il comportait de nombreuses différences. Elle aurait voulu pouvoir les comparer, un à côté de l'autre. Plus intrigants encore, les étranges caractères du texte lui semblaient maintenant un peu plus familiers, comme si la mémoire d'une langue apprise il y a très longtemps lui revenait subitement.

— C'est la carte qui mène à ce trésor dont vous me parliez ? C'est aux Indes ? Vous croyez vraiment que vous allez me faire gober l'idée de trouver un trésor secret au bout du monde à cause de votre bouquin ?

— Je n'oserais pas vous mentir à ce sujet, mademoiselle.

— Combien coûte ce livre ?

Elle craignait que le prix demandé soit exorbitant, mais soudainement elle convoitait ce livre plus qu'elle ne l'aurait soupçonné au départ. Elle croyait plus ou moins à cette histoire de trésor, du moins n'imaginait pas de montagnes de bijoux, d'or et d'argent comme dans les légendes. En revanche, Zivanka était maintenant certaine que ce petit livre, comme celui qu'elle avait déjà depuis une dizaine d'années, contenait un secret qu'elle souhaiterait désormais élucider.

— Il vaut une fortune, mademoiselle, car il vous rapportera beaucoup plus que le montant que je pourrais vous en demander.

— Vous n'avez toujours pas répondu à ma question.

— À n'importe qui d'autre, je réclamerais au moins cinq mille francs.

Elle s'étouffa et lui rendit le livre.

— Jamais personne ne payera une telle fortune pour ce livre.

— Vous pourriez être surprise, mademoiselle. Certains accepteraient de payer dix fois plus pour l'obtenir, mais personne d'autre que vous ne saurait en exploiter le potentiel avec la bonté et la noblesse dont vous êtes capable. Ce livre, il a été écrit pour vous.

Il lui rendit le livre. Elle fit un pas par en arrière.

— Je n'en ai pas les moyens que je vous dis.

Elle s'apprêtait à quitter cet étrange personnage lorsqu'il se montra de nouveau insistant.

— Vous ne comprenez pas. Je vous le donne, mademoiselle. Ce livre vous était destiné et c'est mon devoir de vous le rendre. Acceptez ce cadeau, je vous en prie. Je vous demande seulement de ne pas ignorer votre destinée. Cet héritage vous appartient.

Elle s'arrêta, prit le livre et toisa longuement le jeune homme avec une certaine méfiance.

— Pourquoi donc êtes-vous si convaincu que ce livre m'est destiné ?

— Vous connaissez déjà les forces invisibles de la nature qui nous entoure et les corridors de vie dans lesquels ils nous entraînent.

Elle feignit une certaine indifférence et mit le livre négligemment dans son sac à main.

— Au fait, comment vous appelez-vous ?

— Je m'appelle Youssef.

— C'est un joli prénom.

— Vous le connaissiez déjà, n'est-ce pas ?

— Adieu, Youssef.

— À bientôt, mademoiselle.

Elle partit d'un pas pressé, sans se retourner.

« Oh !
Tant que vous vivez, dites la vérité,
et vous humilierez le Diable. »

— William Shakespeare, *Henri IV*

V

La jeune duchesse Zivanka de Mazowiecki marcha en direction de chez elle d'un pas accéléré, convaincue d'être suivie. Elle n'osait se retourner, mais elle sentait une présence menaçante la pourchasser. Cela ravivait des souvenirs d'enfance. Une peur indicible l'envahit. C'est pourquoi elle poussa un cri de frayeur lorsqu'elle sentit une main se poser lourdement sur son épaule. La voix grave qui retentit aussitôt n'avait rien pour calmer ses inquiétudes en dépit de ce qu'elle prétendait.

— Mademoiselle, je ne voulais pas vous effrayer.

L'homme qui se dressait derrière elle devait être, du moins à ses yeux de jeune fille, un vieil homme, mais il n'en était pas moins intimidant. Il mesurait au moins deux mètres, avait une mâchoire carrée et des yeux bleus d'acier qui semblaient incapables de ciller. C'était là devant elle un importun barbon, mais cet imposant vieillard aurait probablement été capable de lui broyer tous les os du corps d'une seule main. Elle sentit qu'elle tremblait et s'efforça de maîtriser la peur instinctive qu'il lui inspirait. Il avait la tête d'un boche, se dit-elle. L'homme, dont la calvitie avancée révélait toutefois quelques cheveux encore blonds, esquissa un sourire qui ne la rassura pas du tout.

— Excusez-moi de vous importuner, mademoiselle, mais je voudrais vous racheter le petit livre que vous venez de vous procurer sur le bord de la Seine. Je suis collectionneur et vous m'avez pris de court. Votre prix sera le mien.

Elle lui jeta un regard mauvais.

— Vous me suivez depuis tout ce temps juste pour me racheter un livre ?

— J'ai mis du temps à vous rattraper. Vous êtes jeune et avez un pas rapide. Moi, je n'ai malheureusement plus les jambes de mes vingt ans et elles peinent à transporter mes excès de table.

— Ce livre n'est pas à vendre.

— Vous ne semblez pas comprendre. Je vous en donnerai le montant que vous me demanderez. Faites-moi une offre.

— Vous perdez votre temps.

— Et si je vous en offrais cinq mille francs ?

— Je n'ai pas de temps à perdre avec vous.

— Vous laissez passer une bonne affaire.

Elle flaira une fois de plus l'arnaque et continua son chemin en essayant d'ignorer l'importun. Il la rattrapa non sans s'essouffler et lui tendit avec empressement sa carte. Elle le pourfendit d'un regard embrasé de colère, ce qui ne sembla pourtant pas l'émouvoir ou le rebuter. Zivanka haussa le ton.

— Je vous ai déjà dit non, j'espère que vous ne me suivrez pas comme ça encore longtemps sinon je crie jusqu'à ce que les gendarmes rappliquent, monsieur.

Il insista pour qu'elle prenne sa carte.

— Au moins, prenez-la, juste au cas où vous changeriez un jour d'idée.

Elle prit la carte et lut le nom qui y était inscrit : Wolfgang Goethe. Il était donc allemand comme elle l'avait imaginé. « Les Allemands sont tous des violeurs, des égorgeurs d'enfants et des meurtriers », répétait souvent sa grand-mère maternelle pour qui la diplomatie était une perte de temps, surtout lorsque venait le temps de discuter avec les Prussiens. « Ils détestent l'art et la philosophie et ne vivent que pour faire la guerre. » Des paroles gravées à jamais dans la mémoire de Zivanka.

— Vous êtes allemand, dit-elle non sans une pointe de mépris.

— Cela vous offense ?

— Je suis polonaise. Les Allemands ne sont pas nos amis. Vous devriez le savoir.

— Je suis un pacifiste.

— Un Allemand pacifiste. Ce serait une première.

— Je vous le jure.

— Si vous le dites. Qu'importe monsieur, vous m'indisposez. Je vous prie de ne plus me suivre. Si vous insistez, j'informerai les gendarmes, que vous pouvez certes voir sur le coin de la rue, qu'un vieux monsieur dégoûtant, ce que vous êtes à mes yeux, me harcèle de façon beaucoup trop insistante à mon goût en m'offrant de l'argent pour des faveurs sexuelles particulièrement immorales. Je vous donne trois secondes pour vous éloigner de moi après quoi je crierai au viol !

— Ce ne sera pas nécessaire. Bonne journée, mademoiselle.

Il s'éloigna rapidement. Elle jeta un autre coup d'œil furtif à sa carte et fut pour le moins étonnée par un détail qui lui avait échappé. Elle reconnut le logo de la prestigieuse université britannique d'Oxford et le titre de cet individu qu'elle aurait soupçonné d'être un tueur, un colonel dans une armée de sadiques ou tout simplement un fier-à-bras, bref n'importe quoi sauf son véritable métier : professeur de sciences économiques. Elle poursuivit son chemin encore plus perplexe. Cet épisode lui semblait aussi mystérieux que suspect. Elle n'arrivait pas à en comprendre le sens. Pourquoi donc un professeur d'économie d'origine allemande se disait-il prêt à payer une fortune pour ce petit livre écrit dans une obscure langue étrangère, dont elle possédait déjà une copie, et dont un bouquiniste venait de lui en offrir un deuxième exemplaire pour de quelconques raisons mystiques dont le sens lui échappait ? Était-ce possible que ce vieil Allemand soit lui aussi en possession d'un autre exemplaire du mystérieux livre ? Tentait-il lui aussi d'en comprendre les secrets ? Si, comme le prétendait Youssef, ce livre lui était destiné, elle en conclut que toutes les autres copies du même livre, avec leurs différences, lui étaient aussi destinées. C'est donc elle qui devrait reprendre son dû à l'importun. Cela ne répondait toutefois pas à la question qui la hantait. Pourquoi ce vieil Allemand à la mine patibulaire avait-il pris la peine de la suivre comme un détective pour tenter de la convaincre de lui vendre un objet qui ne lui était pas destiné ? De quel droit avait-il même osé l'aborder en pleine rue ?

Une étrange petite musique, presque inaudible, vint interrompre sa réflexion. Il lui semblait avoir déjà entendu cet air, mais ne parvenait pas à se rappeler où ni quand. Il lui sembla qu'elle venait d'au bout de la rue de Turenne, à quelques centaines de mètres de là où elle était, vraisemblablement tout près de la maison où elle habitait avec ses parents. Elle accéléra le pas. Étrangement, la musique demeurait toujours à peine perceptible, comme si elle ne s'en approchait pas. Elle regardait tout autour, mais ne vit rien de particulier. Puis, il lui sembla que la musique cessa. Elle en vint à se demander si ce n'était pas son cerveau qui lui jouait des tours. Elle continua sa route. C'est au moment d'ouvrir la porte de l'hôtel particulier de la famille Mazowiecki, au trente-quatre de la rue de Turenne, qu'elle réentendit les quelques notes de flûte derrière elle, cette fois un peu plus audibles. Elle se retourna, mais ne vit pas tout de suite. Elle reconnaissait maintenant, quoique vaguement, la ritournelle provenant de ce qui semblait sans aucun doute être une flûte. Il ne faisait plus aucun doute qu'elle avait déjà entendu cette étrange mélodie. C'était comme un lointain souvenir enfoui dans sa mémoire qu'elle ne parvenait pas à faire remonter à la surface. C'est alors qu'elle crut voir quelque chose scintiller, de l'autre côté de la rue. Là où adossé entre deux hôtels particuliers se dressait la fontaine de Joyeuse, un édicule d'environ trois mètres de large logé au beau milieu d'une arcade ionique abritant une niche en cul-de-four qui, depuis deux siècles, alimentait en eau le quartier du Faubourg Saint-Antoine. L'attention de Zivanka fut attirée à l'intérieur, là où se trouvait la petite statue en fonte, dressée sur un piédestal en marbre, représentant un enfant tenant une jarre inclinée de laquelle se déversait l'eau dans un bassin semi-circulaire supportant une vasque en forme de coquille destinée à recevoir l'eau de la jarre. C'est à l'intérieur de la coquille qu'elle crut apercevoir une lueur lumineuse. Ce fut un choc. « Ce n'est pas possible ! » se dit-elle en repensant à la petite fée qu'elle avait cru voir l'attirer dans la chapelle du domaine de Mazowiecki et qui avait semblé ressurgir du livre que lui avait offert Youssef Pater. Elle traversa la rue pour s'approcher de la fontaine. Au début, elle crut voir des lucioles au-dessus de la coquille et autour de la statue. Mais elle constata rapidement qu'il s'agissait de petites lueurs sans corps, qui dégageaient d'étranges lumières de différentes couleurs. Elle s'approcha et tenta d'en saisir une, mais sans succès. La musique qu'elle entendait maintenant très clairement comme au beau milieu d'un orchestre provenait, elle n'en doutait plus, de ces informes créatures lumineuses. Celles-ci ressemblaient aux petites créatures voltigeuses qu'elle avait vues émerger des petits bouquins écrits en burushaski. Quel était donc ce prodige ? Que lui voulaient donc ces petites bestioles ? Elle vit alors un petit objet scintillant au fond de la coquille de la fontaine. Elle y plongea la main et en ressortit une toute petite statuette d'à peine trois centimètres, une sorte de pendentif ou de talisman, représentant une déesse hindoue, reconnaissable à son tilak, cette marque portée dans le front par la plupart des femmes aux Indes, assise dans la position du lotus et portant d'énormes épaulettes. Ses cheveux se dressaient en un chignon pyramidal sur sa tête et un large collier se dressait au-dessus de ses seins nus. Sa main gauche semblait demander à quelqu'un de s'arrêter tandis que sa main droite, ouverte le long de sa cheville, esquissait un geste d'ouverture, sinon de bienveillance. Elle s'empara de l'objet et l'observa longuement. Elle avait déjà vu une telle figure quelque part, mais où ? Une voix derrière elle la fit bondir. C'était celle d'Youssef, le petit bouquiniste de la Seine.

— Les khandromas veillent déjà sur vous.

Elle se retourna, mais il n'y avait personne. La rue était pourtant presque déserte, mais nulle part elle n'y voyait Youssef.

— Il y a quelqu'un ?

Un passant se retourna sur son passage, la dévisageant avec un drôle d'air. Elle l'ignora.

— Youssef, vous êtes là ?

Il n'y eut aucune réponse.

— Youssef, cessez de vous cacher. Montrez-vous et expliquez-moi une fois pour toutes le sens de cette charade.

Les petites lucioles dansèrent une fois de plus au-dessus de sa tête. Elle l'appela à quelques reprises, mais ne reçut aucune réponse de sa part. Elle traversa la rue et rentra chez elle, la tête bourrée de questions et d'hypothèses plus invraisemblables les unes que les autres. Son esprit scientifique était mis à rude épreuve. Il est normal de croire aux fées à l'âge de six ans. À son âge, c'était de la pure folie. Ce n'était pourtant là qu'un début. L'univers de la duchesse Zivanka de Mazowiecki ne faisait que commencer à basculer inexorablement.

• • •

Khurram Kahn al-Mahdi, fils de Tarikh, le séditieux leader du mouvement révolutionnaire musulman désireux de chasser les Britanniques et les maharadjahs à leur solde du pouvoir aux Indes avait été envoyé à Oxford tant pour obtenir une éducation universitaire de qualité que pour espionner Goethe et apprendre ce qu'il savait du trésor du prophète. Une fatwa avait été émise contre l'Allemand depuis maintenant dix ans, mais sa vie serait épargnée jusqu'au jour où l'on aurait retrouvé la trace du trésor profané. Khurram était maintenant âgé de vingt ans et plus déterminé que jamais à servir tant sa patrie, le Jammu-et-Cachemire, que sa religion, l'islam. Il avait promis à son père de mourir pour la cause si cela devait s'avérer nécessaire. Il avait été inscrit à Oxford sous le nom de Corey Kane, muni de faux papiers lui donnant la nationalité britannique. Goethe y fut l'un de ses professeurs. Élève brillant, il s'attira, ironie du sort, la sympathie de ce maître qu'il devrait, ultimement, assassiner pour venger le Prophète. Le destin fit qu'il se lia aussi d'amitié avec Wladislaw Roman-Alfons Czartoryski, un jeune prince héritier polonais dont la famille exploitait, entre autres choses, des usines qui fabriquaient, des armes, des munitions, des bombes et des chars d'assaut. Il réussit à se faire embaucher au sein de l'entreprise dans un poste de vendeur où il s'illustrait particulièrement par sa capacité de persuasion. Quand il apprit que les Czartoryski avaient des visées expansionnistes aux Indes, Khurram y vit là une opportunité inespérée d'y acheminer, en toute légitimité, des armes qui seraient une fois sur place détournées pour les forces rebelles dirigées par son père à Srinagar.

Khurram s'empressa d'en informer son contact à Paris, un imam pakistanais du nom de Tahir el-Saïfi, qui se voulait le coordonnateur de toutes les cellules indiennes actives du mouvement de résistance musulmane dans la capitale française et qu'il rencontrait périodiquement dans un petit bistro de la rue Saint-Antoine. Ils élaborèrent sur-le-champ un plan préliminaire pour profiter pleinement de l'occasion qui se présentait à eux de déstabiliser les forces en présence autour de Srinagar. C'est en sortant du bistro qu'il aperçut, contre toute attente, Goethe en grandes discussions avec une jeune adolescente qui semblait plutôt contrariée.

Il les observa discrètement, de l'embrasure de la porte du bistro. Lorsque Goethe s'éloigna de la jeune fille, il entreprit de la suivre à distance sur la rue de Turenne ne serait-ce que pour tenter de comprendre ce que lui voulait l'Allemand. Il vit alors le petit livre qu'elle tenait dans sa main droite. Le soleil fit briller les petites pierres de sa couverture et il comprit l'objet de son désir. Il avait vu quelques exemplaires du même livre dans l'appartement particulier de Goethe, le même qu'il avait fouillé de fond en comble à quelques reprises à la recherche d'indices sur la tombe du Prophète et le trésor pillé. Écrit en burushaski, ce livre ne lui était pas apparu comme important dans le bazar de son ancien professeur d'économie. Peut-être avait-il eu tort à cet égard. Il lui faudrait vérifier cette hypothèse. Il en arrivait à cette conclusion lorsqu'il vit la jeune fille s'arrêter devant une fontaine. Les lueurs bleues autour de celle-ci le firent reculer d'effroi. Qui donc était cette mystérieuse blonde à qui parlaient les khandromas ? Quel lien existait-il entre le petit livre que voulait lui prendre Goethe et les protectrices du tombeau ?

Khurram Khan al-Mahdi rentra chez lui avec davantage de questions que de réponses quant à la suite des événements. Mais il était certain d'au moins une chose : ce qui intéressait Goethe devenait plus que jamais à ses yeux un véritable sujet d'intérêt.

« Il est des vérités qui peuvent tuer un peuple. »

— Jean Giraudoux, *Électre.*

VI

Le duc Tytus de Mazowiecki ne put réprimer un air de dédain, sinon de désagrément, lorsque sa secrétaire lui annonça la visite de son associé Wolfgang Goethe. La journée s'annonçait pourtant jusque-là plutôt calme à son bureau situé dans le quartier industriel de Paris, sur le bord de la Seine, près du pont National. Goethe ne s'amenait jamais avec de bonnes nouvelles. Dans le meilleur des scénarios, et c'était rarement le cas, il ne serait qu'un visiteur importun qui lui ferait perdre son précieux temps pour des fadaises. Les deux hommes s'étaient connus dix ans plus tôt à bord du *Lady Anastasia*, l'un des navires de la flotte opérée par le duc pour le transport des marchandises qu'il importait d'Orient vers les pays européens. Goethe lui avait alors raconté une fable selon laquelle il devait regagner l'Angleterre de toute urgence et que l'armée britannique lui avait offert la chance de faire le voyage à bord d'un bateau commercial. Bien entendu, le duc de Mazowiecki avait été informé des véritables motifs de l'expulsion de l'espion allemand des Indes, mais s'était gardé de l'exposer. D'autant qu'il s'aperçut rapidement que l'individu n'était pas dépourvu de moyens financiers et qu'il pouvait s'avérer un atout insoupçonné dans ses propres projets d'expansion. Il ne s'était jamais imaginé à quel point Goethe deviendrait un associé aussi pénible qu'encombrant. Le duc n'attendait plus que le moment opportun pour racheter ses parts et s'en débarrasser une fois pour toutes. Il en avait pourtant les moyens, mais, prisonnier de ses propres ambitions, il ne pouvait se résoudre à ouvrir ses goussets en cette époque politique des plus troubles et incertaine. Les rentrées d'argent de ses entreprises n'étaient pourtant pas négligeables.

Tant à Paris qu'à Londres ou à Berlin, la mode était aux meubles chinois, aux tapis persans, aux statuettes hindoues ou bouddhistes, aux robes de soie et même aux estampes exotiques de toutes sortes. Une vision romantique de ces pays lointains racontés par des auteurs aussi prisés que Chateaubriand, Von Schlegel, Lamartine, Flaubert ou Victor Hugo avait grandement contribué à cet engouement. Le thé, les épices, mais aussi le *dawamesc* étaient en vogue. Cette confiture de haschisch composée de miel, de farine de pistache, d'amandes douces et d'opium formait une puissante drogue hallucinogène popularisée par des figures littéraires comme Théophile Gautier et Charles Baudelaire. Tous ces produits orientaux devinrent prisés aux quatre coins de l'Europe, surtout auprès de son élite. L'ouverture du canal de Suez près de quinze ans plus tôt avait largement contribué à l'essor de l'orientalisme, une vague qui ne concernait plus uniquement les milieux artistiques et littéraires, mais désormais le public en général. Après avoir fui la Pologne pour installer sa famille à Madras, Mazowiecki s'était totalement investi dans l'importation et l'exportation entre l'Europe et les Indes au point de se départir des quelques entreprises métallurgiques qu'il possédait toujours en Pologne et en Autriche. Cela lui avait permis de prendre de l'expansion et d'étendre son réseau au-delà des Indes, en Chine, en Indonésie et au Japon. Cette fin de XIXe siècle n'annonçait rien d'autre qu'une importante mondialisation dont les entrepreneurs se devaient de profiter pour s'enrichir davantage.

Goethe entra dans son bureau, sans cérémonie, bousculant presque la pauvre secrétaire, madame Jeanne, au passage. Elle décida de sortir du bureau avec un air bougon plutôt que d'exprimer le fond de sa pensée devant pareille intrusion à laquelle elle ne s'habituerait décidément jamais. Goethe sembla, comme toujours, satisfait de l'effet qu'il avait eu sur elle.

— Je vois que madame Jeanne affiche son légendaire sourire. Après, on s'étonnera qu'elle n'ait jamais trouvé mari ! Ton épouse n'aura jamais de raison d'être jalouse d'une secrétaire d'apparence aussi bovine !

— Combien de fois t'ai-je dit de ne pas venir me déranger sans prévenir ?

— Mon cher Tytus, que je suis heureux de te voir, vieil ami ! Je passais dans les parages et je me suis dit qu'il y avait longtemps que je n'avais pas eu de tes nouvelles. Tu vas bien, j'espère ? On m'a raconté que tu avais eu une attaque ? Tu comprendras que je m'en suis inquiété, cher ami !

— Rien de sérieux. Je n'en ai même pas parlé à ma femme, alors je te prierais d'être discret.

— Tu approches la quarantaine, mon cher Tytus. Il faut apprendre à te ménager. Nous n'avons plus le cœur aussi solide qu'à vingt ans.

— C'est gentil de t'enquérir de mon état de santé, mais je suis certain que tu n'as pas fait le détour juste pour ça. Je ne t'ai jamais connu très friand des visites de courtoisie. Que puis-je pour toi ?

Goethe prit ses aises sans y être invité dans l'un des confortables fauteuils installés devant le bureau de Tytus, en prenant dans ses mains un cadre dans lequel se trouvait une photographie de famille. Il fit semblant d'être ébahi.

— Ah ! Les progrès de la technologie. Je suis malheureusement d'une autre époque et je préfère encore le dessin et la peinture. On raconte toutefois que l'avenir est à la photographie. Qui sait ? Cela dit, elle est vraiment bien cette photographie. Ta fille a tellement grandi. Elle sera encore plus belle que sa mère. Au fait, madame la duchesse va bien ?

— Tu as besoin de combien ?

— Pardon ?

— Combien d'argent espères-tu m'extorquer cette fois-ci ? Je dois maintenant te verser des dividendes toutes les deux semaines ou quoi ? Je te trouvais moins envahissant quand tu enseignais à Oxford !

— Tytus. Mon très cher Tytus. Tu me vexes. Nous sommes associés depuis si longtemps, n'est-ce pas normal que je me soucie de ta santé ? Tu ne le sais peut-être pas, mais moi aussi en vieillissant je dois apprendre à ménager mon pauvre cœur. Si le tien est déjà usé, imagine l'état dans lequel doit se trouver le mien !

— Encore faudrait-il que tu en aies un, Goethe !

La remarque volontairement abrasive n'eut aucun effet sur l'Allemand. Il toisa son associé avec un regard insistant, mais prit tout son temps pour lui répondre.

— On raconte que la guerre est sur le point d'embraser l'Europe. Il faudrait peut-être penser à réinvestir dans la métallurgie.

— J'y ai perdu tout intérêt.

— L'avenir est à ceux qui fabriquent des usines, des armes, des bombes et surtout, des chemins de fer. Dans un monde aussi volatil, les moyens de transport seront la clé du succès.

— Les Czartoryski n'ont pas besoin de moi pour armer la planète et la mener à la destruction !

Goethe marqua une autre pause et offrit cette fois un petit sourire énigmatique.

— Qui parle de destruction ?

— Si l'Europe part en guerre comme tu l'avances si joyeusement, ce sera le début d'un conflit mondial qui ne cessera de dégénérer pendant plusieurs décennies. La paix ne sera plus jamais possible.

— Pourquoi un tel scénario apocalyptique ? Je te propose de contribuer à unifier l'Europe, les Indes et l'Orient avec un réseau ferroviaire et toi, tu me rebats les oreilles avec une guerre planétaire.

— C'est toi qui m'annonces que l'Europe est sur le point de s'embraser. Je te rappelle que c'était la prémisse de ta proposition pour que je réinvestisse dans le domaine de la métallurgie.

— Ce que je voulais t'expliquer, c'est que c'est le moment plus que jamais d'investir dans le développement de moyens de transport efficaces pour relier les continents.

— J'avais compris, et je te répète que les Czartoryski n'ont certainement pas besoin de moi pour y parvenir.

— Imagine le potentiel si vous vous associez.

Le duc de Mazowiecki sentit que son partenaire d'affaires tentait de l'entraîner vers une voie qui ne l'intéressait pas du tout. Il se mit aussitôt sur la défensive.

— Et pourquoi donc voudrais-je m'associer avec le clan Czartoryski ?

— Parce que je vous vois très bien unir vos forces pour développer le réseau ferroviaire en Orient. Tu as le réseau de contacts, tu entretiens d'excellentes relations avec les Britanniques, tu possèdes une certaine expertise en la matière et lui a déjà les usines, dont certaines que tu lui as cédées par le passé. C'est une proposition gagnante pour tout le monde.

Le portrait global se précisait donc aux yeux de Tytus.

— Je vois, tu veux que je vous ouvre les portes des Indes et de l'Asie.

— Tu y trouverais ton profit, sois sans crainte.

— Ça ne m'intéresse pas.

— Encore faudrait-il que tu entendes notre proposition.

— Ça commence par des chemins de fer et ça finit par la fabrication de bombes et d'armes pour faire la guerre. Je connais la chanson.

— Les temps changent. Il faut s'adapter à la réalité.

— Elle ne m'amuse pas, cette réalité. Tu crois que je ne la vois pas ? Ton propre peuple cherche noise à tout le monde en Europe. Les Russes ont des visées expansionnistes. Les Balkans sont sur le point d'exploser et de faire voler en éclats toute la région. Je ne te parle pas des Chinois qui croient être au centre de l'univers et de ces Américains qui se croient investis d'une mission divine de moderniser le monde avec l'arrogance de ces enfants convaincus qu'ils ont le monopole de la vérité au point d'en perdre tout respect pour leurs aînés ! Tu crois vraiment que je n'ai pas senti le pouls de notre planète ? Tu te trompes !

— Pourtant, tu souhaites jouer un rôle de spectateur et continuer la brocante d'objets inutiles.

— C'est le métier que j'ai choisi.

— Tu pourrais tellement en faire plus.

— J'ai déjà donné et je ne sais que trop bien ce que cela implique sur le plan politique. À ce jeu-là, on ne peut que se brûler. En temps de guerre, ce sera pire.

Goethe haussa les épaules. Il savait parfois se montrer patient. Une alliance entre les deux familles polonaises servirait ses intérêts financiers tout en lui donnant une raison légitime de retourner aux Indes sans craindre d'y être arrêté par les Britanniques ou lapidé par les musulmans. Sans compter que Berlin souhaiterait recevoir des rapports plus détaillés sur la situation dans la colonie britannique des Indes.

— C'est un type très bien, le prince Czartoryski, vous vous entendriez bien tous les deux, j'en suis certain.

— Je le connais.

— Tu sais que j'ai enseigné à son fils ?

— Pendant que tu enseignais les théories de l'économie à l'université, moi je la faisais rouler depuis fort longtemps. J'ai du travail. Si tu te préoccupes tant de tes investissements, tu devrais me laisser travailler au lieu de débarquer comme ça sans préavis pour m'enquiquiner avec des broutilles et me suggérer des alliances que je ne souhaite pas.

— C'est d'accord, je ne t'embêterai pas plus longtemps. J'ai toutefois un petit service à te demander.

— Tu m'étonnes !

– Ta fille s'est procuré un bouquin chez les marchands ambulants sur le bord de la Seine. Or, il me le faut.

– Je ne peux pas t'aider. J'ai déjà assez de mes propres affaires sans me soucier de celles de ma fille.

– J'ai offert de le lui racheter, mais elle n'a pas voulu.

– Ça me surprend qu'elle ne t'ait pas dénoncé aux gendarmes.

– Elle m'a menacé de le faire.

– Elle aurait dû. Tu as le genre de tête à effrayer les jeunes filles de bonne famille comme ma belle Zivanka.

– Tu dis des bêtises. Cela dit, je souhaiterais que tu m'aides. Toi au moins, tu sauras, j'en suis certain, te montrer persuasif pour récupérer cet ouvrage qui m'est indispensable.

– Qu'est-ce qui te fait croire que j'en ai le pouvoir ?

– Elle n'a que quinze ou seize ans. Elle te doit obéissance.

– Tu crois que cela me donne le droit de débarquer dans sa chambre et de lui ordonner de me donner un livre que je ne suis même pas censé savoir qu'elle a acheté et auquel elle tient visiblement ?

– Exactement. Si un père ne peut plus donner des ordres à sa fille où s'en va le monde ?

– Tu ne connais rien aux femmes et encore moins aux jeunes filles. Nous sommes au XIXe siècle.

– Bien sûr que je le sais. Qu'est-ce que ça change ?

– Tu sais qu'en Angleterre les femmes réclament maintenant le droit de vote ?

Le visage de Goethe s'assombrit et il eut une moue des plus dédaigneuses.

– C'est terrifiant !

Le duc de Mazowiecki ne put s'empêcher de se montrer amusé par cette réaction et décida d'en rajouter avec un sourire en coin.

— Je suis prêt à te parier qu'elles l'obtiendront et après elles, toutes les femmes du monde pourront y aspirer. J'ai bien peur que le monde que tu partages avec des dinosaures comme toi soit en train de tomber. Nous sommes en plein cœur d'un siècle de changements technologiques, philosophiques et sociaux au cas où tu ne l'aurais pas remarqué, mon vieux Wolfgang !

— Je ne peux croire que tu puisses être d'accord avec ce principe ! Serais-tu devenu un socialiste ?

— Tu crois vraiment que les femmes d'aujourd'hui sont aussi dociles que le furent nos mères ? Si je lui exige de me rendre le livre que tu convoites, ma fille m'enverra paître comme elle t'a envoyé paître. Et entre nous deux, elle aurait toutes les raisons de le faire.

— Et ton autorité paternelle ? Tu l'as abdiquée à cause des suffragettes anglaises ?

— Crois-tu vraiment que je vais abuser de cette autorité paternelle, comme tu le dis, pour un vulgaire bouquin acheté chez les colporteurs de la Seine ?

— Alors, tu n'as qu'à le prendre à son insu. J'espère que tu as encore au moins le droit d'entrer dans sa chambre quand elle n'y est pas ?

— Il n'en est pas question. Maintenant, je te prierais de partir, j'ai du travail.

Goethe se leva et s'apprêta à prendre congé lorsque Mazowiecki voulut comprendre son intérêt pour un petit livre écrit dans une langue incompréhensible. Il connaissait trop son associé pour imaginer qu'il s'agissait d'un simple caprice de collectionneur.

— Combien as-tu offert à ma fille pour lui acheter cet objet qui semble tant te tenir à cœur ?

— Je lui ai dit que son prix serait le mien. Je lui ai même offert cinq mille francs !

— Tu y tiens plus que je ne l'aurais cru. Un radin comme toi prêt à se départir d'une telle somme, on ne voit pas ça tous les jours. Il doit valoir très cher, ce bouquin.

— C'est une valeur sentimentale

— Te connaissant, si tu es prêt à débourser une telle fortune, c'est que l'ouvrage en question vaut dix fois, peut-être même cent fois plus. Je peux négocier en ton nom, mais il faudra que tu fasses monter les enchères.

— Je t'écoute.

— Serais-tu prêt à renoncer à tes parts dans mon entreprise pour l'obtenir ?

— Je lui ai dit que son prix serait le mien, et tu conviendras que mon offre était déjà fort généreuse. Je doute qu'une gamine ait pensé m'extorquer des millions comme tu sembles me le suggérer. Ton amitié et nos succès comme associés valent beaucoup plus que n'importe quel bouquin que je pourrais convoiter. Mais c'était gentil de ta part.

— Tu es le Diable incarné.

— Tu as toujours été très flatteur.

— De quoi a-t-il l'air, ce livre ?

Goethe lui exhiba un des exemplaires qu'il possédait déjà.

— Il est quasiment identique à celui-là.

— Alors là, je ne comprends vraiment plus rien. Tu en as déjà une copie, pourquoi en vouloir une autre ?

— Ces livres n'ont de valeur que si je possède l'entière collection.

— Alors, ils valent une fortune. Ma fille aura été perspicace de refuser ton offre.

— C'est à toi de lui enseigner les bases de la négociation. À moins que tu aies choisi d'abdiquer ton rôle de père.

Le duc fit une grimace. Il avait tellement autre chose de plus important à négocier que cette histoire de petit livre sans intérêt à ses yeux.

— Je vais voir ce que je peux faire. Mais je t'assure qu'il te faudra délier les cordons de ta bourse. J'y verrai personnellement.

— Je savais que tu finirais par entendre raison. On se voit au bal du quatorze juillet des Czartoryski ?

— Les roturiers sont invités ?

— Je fais partie de la famille, ou presque. Je te présenterai le prince.

— Ce ne sera pas nécessaire. Je te répète que je le connais, mieux que tu pourrais le croire.

— C'est parfait. On pourra reparler de mon projet.

— Je n'ai accepté l'invitation que pour plaire à mon épouse et à ma fille. Elles aiment ce genre de soirée, pas moi. Je n'ai pas l'intention d'y parler de quelque projet d'affaires que ce soit. Combien de fois devrai-je te le répéter ?

— C'est la tragédie de ta vie, mon cher Tytus. Tu te laisses mener par le bout du nez par ton épouse, ta fille et probablement aussi ta belle-mère. C'est d'une tristesse infinie.

— Je n'ai pas de leçon à recevoir de toi.

— Il t'aurait fallu un fils comme le petit prince Czartoryski. Les jeunes sont davantage des visionnaires que leurs ancêtres. Tant que ta fille n'aura pas d'époux, elle ne te sera d'aucune utilité, et ça me désole parce que si tu refuses d'entendre notre proposition, tu vas rater une occasion en or d'accroître considérablement ta fortune et celle de ta famille.

La remarque fit sortir le duc de ses gonds.

— Sors ! Déguerpis. Je ne veux plus te voir ! Et la prochaine fois, je te suggère fortement de prendre rendez-vous !!!

Goethe le salua et sortit aussitôt avec son habituelle désinvolture, bousculant une fois de plus au passage madame Jeanne et laissant le duc de Mazowiecki sans voix, le visage cramoisi et le cœur battant à une folle allure.

« La noblesse aurait subsisté
si elle s'était occupée davantage des branches
que des racines. »

— Napoléon Bonaparte

VII

L'invitation au grand bal du quatorze juillet organisé par les Czartoryski avait été livrée dans les règles de l'art par un messager. Zivanka s'en montra particulièrement émue. Ce serait son tout premier bal même si, au départ, son père trouva l'idée ridicule et chercha des excuses pour ne pas y assister.

— Quelle mouche a donc piqué les Czartoryski ? Organiser un bal le quatorze juillet ! C'est l'idée la plus ridicule qu'ils pouvaient imaginer ! Fêter le quatorze juillet ! C'est de la démence !!! Le quatorze juillet, c'est une fête républicaine pour ceux qui souhaitent voir disparaître la monarchie à tout jamais !

Son épouse fut étonnée par un tel emportement.

— Je ne te savais pas royaliste.

— Je ne le suis pas et je déteste la politique, tu le sais. Mais les visées des républicains sont inquiétantes. Elles menacent la noblesse !

— Ne fais pas d'histoires. Ce n'est qu'un bal. Nous y assisterons avec plaisir. Notre fille est tout excitée, ce sera son tout premier bal.

— Il ne fallait pas lui en parler avant que je décide d'accepter ou non cette invitation.

— Mon cher, il n'a jamais été question de décliner pareille invitation provenant, qui plus est, d'aussi illustres compatriotes que les Czartoryski. C'eût été un accroc impardonnable à la bienséance, tu devrais le savoir. Allez, ne fais pas cette tête. Je suis convaincue que toi aussi tu auras du plaisir au cours de cette fête.

Tytus fut vexé de voir que son épouse avait tranché sans même lui demander son avis.

— Pour le plaisir, on repassera. Je déteste ce genre de soirées mondaines où les gens font semblant de s'estimer. Rien n'est plus ennuyeux.

C'est alors qu'intervint la belle-mère de Tytus, la princesse Yulia Masalski, qui n'allait pas laisser son gendre lui gâter son plaisir.

— Vous ne savez pas de quoi vous parlez, Tytus ! Les fêtes chez les Czartoryski ont toujours été grandioses. Je me souviens de la belle époque où cette chère Sofia réunissait tout le gratin de Paris et d'Europe pour des bals mémorables. Nous aurions tous tort de rater un tel événement.

Tytus dut s'y résigner. Il ne pouvait s'opposer à la volonté de cette vieille aristocrate déplaisante sans s'attirer les foudres de son épouse. Sans compter qu'il y avait aussi sa fille qui ne rêvait plus qu'à cet événement. Elles étaient trois contre lui. Toute protestation serait vaine. L'affaire était entendue à son grand désespoir.

• • •

La visite de Goethe quelques jours plus tard donna toutefois au duc de Mazowiecki l'opportunité de réitérer ses objections quant à leur présence au grand bal des Czartoryski. Ils étaient attablés pour le dîner lorsqu'il évoqua le sujet avec autorité, encore piqué dans son orgueil par les critiques de l'Allemand. Il prépara soigneusement sa sortie qui, espérait-il, serait tellement impressionnante qu'elle resterait sans réplique.

— Vous irez célébrer le quatorze juillet sans moi, déclara-t-il sans préavis.

La princesse Yulia regarda son gendre avec un sourire aussi hautain qu'amusé. Elle qui ne manquait jamais une occasion de le rabrouer n'allait pas se gêner à la suite d'une déclaration aussi intempestive que vouée à un lamentable échec.

— Quel prétexte douteux nous servirez-vous cette fois pour vous défiler, mon cher Tytus ?

Il n'eut pas le temps de répondre à la question de sa belle-mère. La princesse Anastasia s'empourpra avant qu'il ait la chance d'ouvrir la bouche.

— Nous avons déjà confirmé notre présence. Il te faudra plus qu'un prétexte, mais une explication des plus convaincantes pour nous convaincre de renier notre engagement.

Tytus regarda son épouse avec un aplomb inhabituel.

— Vous pouvez y aller sans moi, prétendre que je suis alité. Vous direz ce que vous voudrez, mais je ne participerai pas à cette mascarade. La fête nationale c'est le quinze août, pas le quatorze juillet. C'est une hérésie que de célébrer la France un quatorze juillet.

— C'est tout ?

— Non. Je ne me sens pas très bien ces jours-ci. Je crois que j'ai eu une attaque récemment. Mon cœur s'agite sans raison. J'ai besoin de repos. Les fêtes m'épuisent. Bref, vous irez sans moi, c'est tout.

Anastasia le regarda d'un œil circonspect.

— Tu es malade, mon amour ? Tu veux que j'appelle le docteur Le Pelletier ?

— Ce n'est pas nécessaire. Je n'ai besoin que de repos, quelques bonnes nuits de sommeil.

— Alors, tu auras amplement le temps de refaire tes forces avant le grand bal.

— Je n'irai pas. Ma décision est irrévocable.

— Tu crois ?

— Elle l'est.

— Tu viendras au bal. Je t'y amènerai de force s'il le faut.

— Puisque je te dis que je veux me porter pâle !

— Il n'en est pas question. Ton absence ferait jaser, alimenterait assurément de désagréables rumeurs. Ce serait d'une grossière inconvenance à moins que tu sois couché sur un grabat à l'hôpital ! Si c'est ce que tu veux, je vais aller chercher le docteur Le Pelletier.

— Le prince Czartoryski m'a envoyé un émissaire aujourd'hui. Notre invitation à ce bal n'est qu'un prétexte pour me convaincre de m'associer à un insensé projet en Orient. Je déteste me sentir piégé de la sorte. Ces gens-là préparent la guerre. Je ne veux pas être mêlé à leurs manigances.

— Tu peux assister à un bal sans accepter un pacte qui ne te convient pas. Personne ne t'y contraindra. Tu ne cherches qu'un prétexte pour ne pas y assister.

Zivanka, qui mourrait d'envie d'aller à ce bal, intervint à son tour.

— Père, c'est une occasion de s'amuser. Pourquoi vouloir nous en priver ?

Le duc ne rata pas cette opportunité de s'allier sa fille sur le sujet.

— Évidemment, tu pourrais en profiter pour conclure tes négociations avec Wolfgang Goethe. Tu possèdes un petit livre qui lui tient drôlement à cœur, de ce que j'ai appris.

La jeune fille devint pâle.

— Je ne négocie pas avec les boches.

La grand-mère approuva en tapotant tendrement l'épaule de Zivanka.

— Tu as raison, ma petite. Il ne faut jamais négocier avec les boches. Ce sont tous des fourbes et des menteurs.

— Je vous ferai remarquer que Goethe est un boche et l'un de mes associés.

— Ce ne fut certainement pas votre meilleure décision, mon très cher gendre. D'ailleurs, de quel droit ce sinistre individu se permet-il d'aborder une adolescente qui ne le connaît pas en pleine rue ?

Zivanka comprit alors que l'Allemand avait tenté de convaincre son père de lui vendre le petit livre qu'elle s'était procuré quelques jours plus tôt. Elle utilisa pleinement la perche que venait de lui tendre sa grand-mère pour dépeindre un portrait encore plus sombre de l'individu.

— Il t'a raconté comment il m'a apostrophée pour que je lui vende ce bouquin ?

— Je sais seulement qu'il t'en a offert cinq mille francs. C'est une véritable fortune. Pourquoi as-tu refusé ?

— Je me suis dit que peu importe ce que j'en aurais obtenu, je me serais probablement fait avoir. Il sera au bal ? Je croyais que c'était réservé à la noblesse ?

— Il travaille pour les Czartoryski. Il a enseigné au fils de Ladislas à Oxford et semble prendre ses aises dans la famille. C'est pourquoi il y sera.

— Tant pis.

— Tu as toujours envie d'aller à ce bal ? Tu peux être certaine qu'il va profiter de l'occasion pour te relancer. Il est tenace.

— J'ai l'intention de m'y amuser, de danser toute la nuit. Je doute que nos chemins se croisent à l'hôtel Lambert. À moins qu'il soit un vieux pervers qui tente de s'imposer sur le plancher de danse des jeunes.

— Et si Goethe essaie tout de même de revenir à la charge et ruine ta soirée par son insistance ?

— Je l'enverrai paître avec la même élégance que tu trouveras pour empêcher le prince Czartoryski de t'entraîner dans des aventures commerciales qui ne t'intéressent pas.

Le duc fut aussitôt échec et mat. Anastasia ne put s'empêcher de laisser échapper un petit rire. Sa propre fille venait de clore tout débat possible quant à leur présence au bal du quatorze juillet. Il s'efforça de ne pas perdre la face tout en se souvenant des commentaires désobligeants de Goethe au sujet de l'emprise qu'exerçaient sur lui les deux femmes de sa vie. Ni l'une ni l'autre ne comprit que sa dignité de mâle souffrait de leur entêtement.

Zivanka en profita aussitôt pour ajouter une nouvelle revendication.

— J'aimerais qu'Eva nous accompagne au bal.

— De quel droit ? s'insurgea le duc.

— C'est ma meilleure amie.

— Ce serait tout à fait inconvenant. C'est ta camériste, peu importe l'amitié qui vous lie. C'est une employée de la maison. Elle n'a pas été invitée. Son rang social m'interdit d'accueillir pareille fantaisie.

La grand-mère Yulia, qui prenait toujours un malin plaisir à contrarier son gendre, ne put s'empêcher de se porter de nouveau à la défense de sa petite fille qui était aussi sa filleule.

— Goethe aussi est un employé chez les Czartoryski et, que je sache, il n'est pas issu de la noblesse. Vous l'avez déjà clamé ; c'est un roturier. Pourtant, il est invité. En quoi serait-ce différent pour Eva ? D'autant qu'elle est presque votre propre fille depuis le temps qu'elle habite sous votre toit.

Anastasia, qui savait tout au sujet des infidélités de son mari avec la mère d'Eva, lança un regard glacial en direction de sa mère qui savourait pleinement ce petit coup bas. Le duc baissa la tête et ne put que constater qu'il était grand temps de battre en retraite, qu'il avait, une fois de plus, perdu sur toute la ligne avec les trois femmes de la maison. La princesse trancha.

— Ta grand-mère a raison Zivanka. Eva est beaucoup plus qu'une simple servante dans cette maison. Elle t'accompagnera à titre de chaperon. Après tout, tu es encore trop jeune pour que ce bal soit celui qui te confirmera comme débutante dans la haute société.

— Il lui faudra toutefois une robe.

— Notre tailleur va lui confectionner la plus belle dont pourrait rêver une camériste.

— Mère, je vous en suis reconnaissante. Eva le sera encore plus.

— Il n'y a pas de quoi. C'est une excellente idée. Ne le crois-tu pas, cher mari ?

Il n'avait plus la force de combattre, de débattre ou même d'émettre une simple opinion sur une question aussi insipide à ses yeux que l'achat d'une robe pour la camériste

— Vous avez toutes les trois raison, comme toujours.

Il fit un signe de lassitude. À la seule idée que Goethe n'avait peut-être pas eu totalement tort, il ressentit un terrible cafard.

— Tu sais que je t'aime, mon cher Tytus.

Il acquiesça sans conviction. Elle s'abstint d'ajouter qu'il ne devait pas avoir honte de présenter « ses » deux filles en public. Tytus, contrit, ne put qu'opiner tout en se palpant discrètement les amourettes pour s'assurer qu'elles y étaient toujours. Jamais ne s'était-il senti aussi vulnérable malgré ses idées de modernité quant à l'émancipation de la gent féminine.

• • •

Aussitôt le dîner terminé, Zivanka s'empressa d'annoncer à sa caméariste la bonne nouvelle. Eva Eichenbaum irait elle aussi au bal. Le tailleur personnel de la famille lui confectionnerait la robe de ses rêves. La jeune femme, une juive hongroise âgée de dix-huit ans, était aux anges. Elle était au service des Mazowiecki depuis près de six ans, puisqu'elle n'avait que douze ans lorsqu'elle y fut embauchée, d'abord comme simple bonne après le décès de son père. La mère d'Eva, qui fut jadis la maîtresse du duc, avait demandé à ce dernier de prendre la petite sous son aile, ce qu'il avait accepté d'autant plus prestement qu'il avait toujours soupçonné que celle-ci pouvait être le fruit de leur amour secret. Anastasia n'en avait jamais douté. Elle reconnut instinctivement chez Eva plusieurs traits de caractère, mais aussi physiques, lui confirmant qu'elle était la bâtarde de son conjoint. Rapidement, Eva et Zivanka devinrent d'inséparables complices, parfois même davantage. Elles se voyaient comme les meilleures amies au monde. Eva était une jeune femme un peu ronde avec un bon sens de l'humour, mais surtout dotée d'une grande perspicacité. Malgré son statut de servante, elle n'avait jamais eu la langue dans sa poche et ne se gênait pas pour s'exprimer librement.

— C'est le plus beau jour de ma vie ! Ma mère serait tellement fière de savoir que je vais assister au plus prestigieux bal de l'année à Paris ! Merci, Zivanka !

— Il n'était pas question que j'y sois sans toi.

— Mais comment as-tu réussi à convaincre ta mère ?

— Tu ne me croiras pas, c'est mon père qui s'y opposait. C'est ma mère et ma grand-mère qui ont tranché en ta faveur !

— Je n'y comprends plus rien. Ta mère est pourtant beaucoup plus obnubilée par la bienséance que ne l'a jamais été ton père !

— Les temps changent et les apparences deviennent de plus en plus trompeuses, ma chère Eva.

— Une juive hongroise, bâtarde de surcroît, invitée dans un bal aussi prestigieux de la noblesse parisienne, ça me semble déjà un signe que les mentalités sont en profonde mutation, ma chère amie, et ce, plus que je ne l'aurais jamais cru possible.

« Dieu pêche les âmes à la ligne,
Satan les pêche au filet. »

— Alexandre Dumas

VIII

Les fiacres, plus magnifiques les uns que les autres, se succédèrent à la queue leu leu devant le 2 de la rue Saint-Denis-en-l'Isle, et les prestigieux invités, triés sur le volet, durent patienter avant de pouvoir pénétrer à l'intérieur de l'hôtel Lambert pour le grand bal commémorant la prise de la Bastille. Une fête nationale républicaine récemment instituée au grand dam des royalistes qui ne se gênaient pas pour contester le choix du quatorze juillet, une date qui, à leurs yeux, semait davantage la division que l'harmonie au sein des enfants de la patrie.

L'été de 1883 avait été l'un des plus froids de mémoire d'homme dans la capitale française, mais ce soir-là une brise douce et chaude soufflait et l'ambiance s'annonçait des plus festives. Plusieurs grandes personnalités avaient confirmé leur présence dont la célèbre Sarah Bernhardt de retour de New York où elle avait reçu un accueil triomphal. Ils étaient nombreux à la chercher du regard. Lorsqu'elle fit son entrée, des applaudissements fusèrent de partout. Ceux qui étaient trop loin pour la voir en furent jaloux. Le peintre Édouard

Manet, le compositeur allemand Richard Wagner, le ministre de l'Éducation Jules Ferry et le grand compositeur français Jules Massenet figuraient tous avantageusement parmi les personnalités conviées à cet événement qui s'annonçait comme le plus couru de tout Paris. Le comte Jules-Albert de Dion, un illuminé aux yeux de plusieurs, fit une entrée remarquée à bord de son invention, un tricycle à vapeur qu'il appelait automobile et qui, prédisait-il, se voulait le moyen de transport du futur !

Aucun de ces invités toutefois n'avait, aux yeux de Wladyslaw Roman-Alfons Czartoryski, autant d'attrait que la belle Zivanka de Mazowiecki, cette jeune fille qu'il apercevait régulièrement sur la rue des Deux-Ponts de l'île Saint-Louis et dont il était secrètement amoureux depuis la première fois qu'il l'avait vue. Il avait personnellement insisté auprès de ses parents pour que les noms du duc de Mazowiecki et des membres de sa famille soient ajoutés sur la liste des invités, et ce, même si les deux clans ne se fréquentaient guère et avaient peu d'intérêts communs sinon pour une affaire ancienne menée entre le prince Ladislas Czartoryski et le duc Tytus de Mazowiecki au sujet de la vente d'une usine d'armement dans le nord de la France. Quand la belle-mère du jeune homme, la princesse Marguerite, avait sondé le terrain sur ses réelles intentions, il s'était refermé comme une huître, confirmant aux yeux de Marguerite, sans le savoir, qu'il avait été victime des flèches de Cupidon.

Il était follement amoureux de la splendide Zivanka. Souvent, il l'avait observée traverser le pont de Sully reliant la rive droite de la Seine à la pointe de l'île Saint-Louis jusqu'à l'entrée du quai d'Anjou, sa grâce et son élégance éclipsant le magnifique panorama d'un fleuve qui caressait la rive d'un flot égal et dont il pouvait admirer les splendeurs au-dessus de hauts platanes qui, voilant sous la guipure des branches, se dressaient devant la façade de l'ancienne maison que possédait fièrement sa famille. Plusieurs fois, il fut tenté de l'aborder, mais jamais n'avait-il osé, incapable de se décider sur le prétexte à utiliser pour entreprendre une conversation avec la belle inconnue qui ferait enfin ce soir son entrée à l'hôtel Lambert. Cette fois, il n'était plus question pour lui de se défiler. Ce bal représentait pour lui l'opportunité ultime de manifester son intérêt, voire son amour pour cette jeune duchesse dont il était épris.

En débarquant du fiacre, accompagnée de ses parents ainsi que de sa camériste Eva, la jeune duchesse s'était d'abord étonnée de n'avoir jamais remarqué auparavant cet édifice, elle qui aimait pourtant humer l'air du temps dans l'île Saint-Louis et ses petits cafés. Il lui fallut un moment pour constater que l'hôtel Lambert se fondait discrètement dans le décor de la pointe de l'île, près du quai d'Anjou. Au tournant du quai, cette façade se terminait en rotonde, mais le soubassement continuait vers la rue Saint-Louis, soutenant un jardin en terrasse que dominaient discrètement deux majestueux corps de bâtiments établis en équerre. Il s'agissait là d'un véritable tour de force, le tout permettant un rapprochement curieux avec les vieilles gravures d'une époque archaïque, car depuis que l'hôtel avait été pris en charge par les Czartoryski, ses occupants s'étaient plu à conserver à leur domaine un aspect réservé vu de l'extérieur, rien ne s'offrait au premier coup d'œil, mais soigneusement il n'en fut pas moins rajeuni sous la succession des modes. C'est pourquoi chaque jour le rendait toujours un peu plus précieux. Cet hôtel, témoin discret des plus belles épopées de la vie parisienne, s'arrondissait face à l'amont de la Seine et continuait à ouvrir magnifiquement la perspective des belles constructions du quai d'Anjou, situé du côté parallèle de la rue. Entre la rue, le pont et le quai qui l'isolent, l'hôtel Lambert resterait décidément et résolument le plus confortable dans son cadre original, le plus agréable dans la construction qui se soit pu trouver au XVIIe siècle en l'île Saint-Louis. Cette unique demeure qui conservait secrètement depuis un si grand air n'était pas moins splendide en dedans. Elle portait fièrement le nom de son premier architecte, Lambert de Thorigny. Ce que les gens ignoraient, c'est que cet édifice fut souvent menacé par la perspective d'une décrépitude, d'une déchéance innommable. La chronique parisienne ne manquait jamais l'occasion de rappeler à quel point la princesse Czartoryska avait sauvé d'un véritable outrage la mémoire de cet édifice, épargnant à la mythologie l'insulte qui le menaçait à la barbe de Jupiter.

En cet été 1883, l'hôtel Lambert avait non seulement évité la ruine depuis belle lurette, mais grâce à une louable magnificence et à un goût délicat, l'art contemporain s'était empressé de rendre la vie à celui du XVIIe siècle dont il demeurait un formidable témoin. C'était là l'œuvre d'un jeune architecte plein de mérite, Lincelle, qui avait su redresser ses murs, ranimer ses dorures et restituer aux ornements leur forme et leur saillie, aux peintures leur vivacité et leur couleur. C'est qu'il n'avait pas toujours eu aussi bonne mine, cet hôtel particulier. Il fallut d'énormes travaux pour qu'il redevienne aussi beau. Tout était désormais jeune dans cet hôtel qui se faisait jusqu'à tout récemment si vieux, si délabré, qu'on semblait, lors de son acquisition par cette grande famille exilée de la noblesse polonaise, vouloir jeter aux passants comme une défroque en lambeaux et une guenille. Daphné, Phaéton, Diane, Cupidon, Jupiter, les Muses et Mercures retrouvèrent donc leur beauté et leur sourire. Si Le Sueur et Lebrun sortant de leur tombe pouvaient revenir visiter l'hôtel Lambert, ils se croiraient certes encore dans le bon vieux temps.

C'est en ces lieux que se tenait ce grand bal qui promettait d'être aussi grandiose que ceux dont la princesse Sofia se montrait capable de son vivant. Comme ce fut le cas à cette ancienne époque, un plancher fut établi dans toute la cour à hauteur du premier étage et cette cour fut ainsi transformée en vaste salle de danse qui devint une fois de plus le clou de la fête. L'hôtel Lambert s'était paré de toutes ses splendeurs et jetait de tous côtés le feu de ses lustres et de ses mille bougies ; à le contempler éclatant de lumière et illuminant l'extrémité de cette île autrement morne et sévère ; à entendre les vives harmonies qui retentissaient joyeusement sous ses voûtes, dans le bruissement de la valse et, se glissant au dehors, qui allaient au loin mourir dans l'espace sur les flots de la Seine, on aurait cru voir le séjour de quelque aimable déesse ou de quelque bon génie de la nuit, un palais fantastique habité par le plaisir.

La soirée s'annonçait parfaite. Du moins, jusqu'à ce que Zivanka reconnaisse dans la foule cet importun professeur de l'Université d'Oxford qui était aussi au service des Czartoryski et associé de son père. Elle tressaillit en apercevant la silhouette du mastodonte qui, quelques semaines plus tôt, l'avait apostrophée en pleine rue pour tenter de lui acheter un étrange petit livre qui dormait toujours dans sa bibliothèque sans qu'elle n'ait eu le temps d'en percer le mystère. Wolfgang Goethe la reconnut à son tour et s'avança effrontément vers elle. Goethe se courba en révérence, baisa d'abord la main de la princesse Masalski, puis celles de la princesse de Mazowiecki, de Zivanka et de sa camériste Eva.

— Madame, mesdemoiselles, permettez-moi de me présenter. Wolfgang Goethe. Je suis un vieil ami du duc de Mazowiecki.

Il fit une chaleureuse accolade à ce dernier qui n'eut pas le temps de résister.

— Dans mes bras, mon cher Tytus. Heureux de te revoir. Alors, ce sont les femmes de ta vie ? Je vois que tu es un homme comblé.

Le duc fut pris par surprise, mais se ressaisit rapidement et fit un sourire forcé à cet associé dont il ne voulait plus depuis trop longtemps.

— En effet, Wolfgang. Je te présente mon épouse, la princesse Anastasia, ma belle-mère, la princesse Yulia, ma fille Zivanka et sa camériste Eva. Évidemment, ce n'est pas la première fois que tu rencontres mon héritière.

Goethe croisa le regard de la jeune duchesse avec condescendance.

— J'ai en effet eu le bonheur de rencontrer la belle Zivanka récemment. C'est une rude négociatrice. J'imagine qu'elle a hérité du caractère de son père.

Zivanka intervint alors sur un ton peu amène qu'on ne lui connaissait pas. Elle regarda Goethe droit dans les yeux.

— Vous devriez prendre garde, monsieur. J'ai davantage le tempérament de ma grand-mère maternelle. Sa haine viscérale des boches coule aussi dans mes veines.

La princesse Yulia esquissa un rictus approbateur à l'égard de l'Allemand qui s'efforça de rester calme. Anastasia fit mine de ne pas avoir entendu la remarque dérogatoire de sa fille.

— Vous permettez que je m'entretienne avec la duchesse en privé ?

Sans attendre la réponse, Goethe s'approcha, empoigna discrètement la duchesse par le bras et l'entraîna dans un coin du hall d'entrée tout en lui soufflant à l'oreille :

— Je double mon offre. Je vous donne dix mille francs en échange de ce petit livre.

— Vous perdez votre temps, et je vous prie de me lâcher.

Goethe se fit plus menaçant. Elle sentit son étreinte se resserrer un peu plus sur son bras. Elle se retint pour ne pas crier par orgueil, mais aussi pour ne pas lui donner ce plaisir.

— Comme vous le voulez, mademoiselle. Mais je vous préviens que j'obtiens toujours ce que je convoite, peu importe la manière dont je dois m'y prendre.

— Que dois-je comprendre ?

Il eut un rictus désagréable et continua de parler à voix basse pour s'assurer qu'elle seule l'entendrait.

— Vous auriez tort de ne pas vous montrer raisonnable avec moi. Je sais me montrer généreux comme le démontre mon offre. Je suis aussi capable de vous faire regretter amèrement de me barrer la route. Sachez qu'en refusant de me vendre ce petit livre vous me contrariez. Or, je gère mal la contrariété, mademoiselle. Ne surestimez jamais votre position de gamine dans un monde d'hommes.

Ce fut au tour de Zivanka de s'approcher. Personne ne vit qu'elle lui agrippa les testicules avec vigueur par-dessus son pantalon, mais Goethe en eut le souffle coupé et devint pâle. Sa main se détacha du bras de la duchesse. À son tour, elle chuchota à l'oreille de l'Allemand qui n'avait qu'envie de la prendre par la gorge et l'étrangler d'une seule main, ce qu'il aurait fait assurément s'ils n'avaient pas été entourés d'autant de témoins.

— Si vous tenez à votre virilité, je vous recommande fortement de garder vos distances. Dans mes cours de biologie, j'ai appris comment castrer un rat. Je soupçonne que ça ne doit pas être si différent avec un porc.

Elle le relâcha et, comme si de rien n'était, alla prestement rejoindre sa famille au bout de la longue file d'invités qui attendaient toujours de pénétrer à l'intérieur de l'hôtel Lambert. Goethe disparut aussitôt dans la foule, sans demander son reste, mais en se promettant de venger l'affront que venait de lui infliger cette insolente gamine. Elle venait de lui déclarer la guerre et elle serait servie.

• • •

L'attente fut longue à la porte, mais en valut la peine. Lorsqu'ils entrèrent à l'hôtel Lambert, ils en eurent tous le souffle coupé. Ils n'avaient jamais vu rien de tel ; c'était un fabuleux palais qui les accueillait. Tous furent époustouflés par le spectacle grandiose qui s'offrait à eux. Ils ne furent pas les seuls à se montrer impressionnés. De partout, les invités, pourtant habitués à fréquenter les plus beaux établissements de Paris et des grandes places d'Europe, poussèrent des « oh ! » et des « ah ! » de stupéfaction. Eva avait beaucoup d'ambition, et l'idée de passer toute sa vie au service d'aristocrates ne lui souriait guère. Elle y voyait davantage une formidable opportunité pour un jour vivre le rêve de Cendrillon. Elle murmura à l'oreille de Zivanka, dont elle était davantage l'amie et la confidente qu'une simple domestique :

— Si on ne trouve pas un prince charmant ici, c'est que ça n'existe que dans les contes de fées !

Zivanka opina d'un signe de tête des plus enthousiastes et lui murmura à son tour :

— Cette maison semble sortie tout droit d'un conte de fées.

En prononçant ces paroles, elle eut l'impression de voir une petite lueur bleue virevolter au-dessus de la foule. Une petite musique se mit aussitôt à résonner dans ses oreilles. Une étrange psalmodie. Elle en fut momentanément troublée. Au bout de la grande salle, elle aperçut Goethe qui discutait avec un jeune homme tout en pointant sans gêne en sa direction. Zivanka se mit à regretter sa grande témérité face à cet individu potentiellement beaucoup plus dangereux qu'elle ne l'avait soupçonné. Il ne faisait aucun doute dans son esprit qu'il l'avait carrément menacé.

— Pourquoi cette tête d'enterrement ?

Zivanka fut extirpée de ses pensées par Eva qui tenait deux coupes de champagne dans ses mains, lui offrant l'une d'elles.

— C'est à cause de cet enfoiré d'Allemand.

Zivanka vida sa coupe d'un trait. Eva intercepta rapidement un serveur et resservit la duchesse.

— Prends au moins le temps de déguster ton champagne cette fois. Sinon, on ne se rendra pas à minuit.

Zivanka s'efforça de redevenir souriante.

— Tu as raison. Je ne laisserai pas ce buffle gâcher cette soirée.

• • •

Au moment où la duchesse de Mazowiecki savourait sa deuxième coupe de champagne, Goethe entraînait son interlocuteur vers un vestibule mal éclairé de l'hôtel Lambert. Le comte Albert Buffereau était le mouton noir de sa famille, criblé de dettes d'alcool, de drogues et de jeux. Le jeune homme était rapidement devenu un pantin entre les mains de Goethe qui lui confiait régulièrement d'exécuter ses basses œuvres. Il lui exhiba sa copie de l'opuscule qu'il convoitait et lui remit un bout de papier.

— C'est l'adresse. Ils ont donné congé à leurs domestiques alors il ne devrait y avoir personne. Tu fouilles l'endroit de fond en comble jusqu'à ce que tu récupères ce que je t'ai demandé. Si au passage tu veux t'emparer des bijoux, de l'argent ou des œuvres d'art qui te plaisent, ça m'importe peu. Au contraire, je veux que ce soit considéré comme le cambriolage en règle d'un chic hôtel particulier. Tes complices et toi pouvez garder tout le reste, je ne tiens qu'à ce petit livre.

— Il doit être drôlement précieux ce bouquin,

— Il l'est. Et si tu es chanceux, tu pourras faire provision de dawamesc. Le duc en importe et devrait en avoir au moins quelques échantillons chez lui.

— Vous êtes certain que la voie sera libre ?

— Ils ont même trouvé le moyen d'amener la camériste de la duchesse. Tu as la soirée et une bonne partie de la nuit. Ne me déçois pas.

— Ce sera fait dans les règles de l'art.

Goethe lui glissa deux billets de mille francs. Le jeune comte se montra surpris.

– Ça, c'est une prime pour que tu souilles la couche de la jeune duchesse.

– Je ne comprends pas.

– Pisse dans son lit, éjacule sur sa couette ou défèque sur ses oreillers, peu m'importe pourvu qu'elle ait envie de vomir en pénétrant dans sa chambre.

– Qu'est-ce qu'elle vous a tant fait ?

– Tu poses trop de questions. L'important, c'est que tu t'acquittes de ta mission.

Goethe s'éclipsa aussitôt pour se fondre dans la foule d'invités avec qui il échangea civilités et plaisanteries d'usage. Il avait soudainement repris goût aux festivités de ce grand bal. Le comte Buffereau s'esquiva dans une ruelle sombre par une porte cochère. Il héla un fiacre pour le conduire rue de Turenne.

« Oh les tendres aveux
murmurés entre gens
qui ne se connaissaient pas le matin !
14 Juillet !
Sois béni,
car tu fais gagner joliment
du temps aux amoureux. »

— Alphonse Allais

IX

On se serait cru à la Belle Époque pas si lointaine, celle où le gratin de Paris se donnait régulièrement rendez-vous dans les plus beaux hôtels particuliers pour souligner la moindre occasion dans le cadre de somptueux bals où le champagne coulait à flots. Donné par les deux héritiers survivants du prince Adam Jerzy et de sa belle Sofia, décédés tous deux une vingtaine d'années plus tôt, cet événement ouvrait les portes de l'hôtel Lambert à une nouvelle génération de mondains. Une nouvelle princesse Czartoryska avait organisé minutieusement cette fabuleuse soirée. Izabella, la cadette des trois enfants, aujourd'hui âgée de quarante-trois ans, s'était assurée que tout, dans le plus infime détail, serait absolument parfait. Une telle fête eut été impossible du vivant de son frère aîné Witold qui détestait les réceptions, même les plus petites. Puisqu'il avait trouvé la mort un an plus tôt, la princesse Izabella décida de renouer avec une tradition abandonnée depuis trop longtemps en tenant ce grand bal d'été avec la bénédiction de son frère Ladislas, qui, à l'âge de quarante-quatre ans, était le nouvel aîné et donc maître de ce domaine que partageaient les deux familles. L'hôtel Lambert était si vaste qu'une aile complète hébergeait les jeunes filles de la mère patrie en difficultés. C'était là une œuvre caritative de la plus haute importance pour la princesse Izabella, soucieuse de perpétuer les valeurs de partage et de protection du patrimoine instituées depuis des siècles par ses ancêtres. C'est ainsi qu'Izabella et son frère avaient aussi renoué avec leur pays toujours occupé en reprenant et en rouvrant le musée Czartoryski à Krakow, fondé par leur grand-mère en 1801, mais que l'insurrection de novembre 1830 avait contraint à la fermeture. L'endroit leur donnait l'occasion de partager avec leurs compatriotes certaines des plus belles œuvres d'art de la collection familiale.

• • •

C'est dans la grande galerie dite de Charles Le Brun que se déroulaient le plus vif et le plus charmant de la fête organisée avec beaucoup de soins par la famille Czartoryski. Ils n'avaient rien laissé au hasard. Cette somptueuse galerie avait été décorée avec amour et grande minutie, incluant les œuvres artistiques de ceux qui imprégnaient la culture de ce fabuleux temple. L'illustre peintre qu'était Le Brun y avait représenté le *Mariage d'Hercule et Hébé* ; ce qui n'était pas rien. Bacchus, Pan, Cybèle, Flore, Minerve et Junon se voulaient les principaux témoins de la somptueuse noce. Ces peintures admirablement restaurées furent du plus charmant effet sur les invités. C'est là où Wladyslaw Roman-Alfons Czartoryski prit son courage à deux mains et alla se présenter à la jolie duchesse Zivanka de Mazowiecki. Le coup de foudre fut tout aussi mutuel qu'instantané. Elle le trouva beau et son cœur se mit à battre la chamade lorsqu'il lui demanda son nom. Il était élégant, plutôt grand et large d'épaules, avec de grands yeux verts et des cheveux blonds bouclés qui descendaient jusqu'à sa nuque. Il arborait une petite moustache blonde, soigneusement entretenue, qui donnait un peu de volume à ses petites lèvres. Elle savait d'instinct qu'il était un aristocrate comme elle. Quand il la vit rougir au moment où il lui baisa la main, il se sentit déjà beaucoup moins nerveux. Elle tenta de cacher son émotion. Il ouvrit la discussion au moment où elle allait tenter de balbutier quelque remarque possiblement désobligeante.

— Vous me pardonnerez ma hardiesse, mais ne vous ai-je pas déjà vue par ici, mademoiselle ?

— Zivanka. Je suis la duchesse de Mazowiecki et nous nous sommes possiblement déjà croisés dans Paris. Votre visage ne m'est pas inconnu non plus.

— Ne me dites surtout pas que j'ai raté votre bal de débutante ! lui dit-il sur un ton dramatique et volontairement théâtral, ce qui la fit sourire.

— Je n'ai que seize ans. Il vous faudra donc attendre encore deux ans avant d'espérer recevoir une telle invitation.

— Ah, mais il n'est pas question que j'attende si longtemps. C'est que j'espère vous revoir bien avant ça.

— Vraiment ?

— Je vous l'assure.

— Il vous faudra dans ce cas-là revoir vos manières, lui dit-elle avec un petit air de reproche volontairement coquin.

Pendant un court moment, il se sentit embarrassé.

— Mes manières vous sont-elles offensantes ?

— Elles le sont. Vous ne m'avez toujours pas dit votre nom !

Le prince devint alors rouge de honte.

— Excusez cette maladresse. J'étais si pressé de faire votre connaissance que j'en aurai oublié les règles les plus élémentaires de la bienséance. Je vous prie de me pardonner. Je suis le prince Wladyslaw Roman-Alfons Czartoryski. Mais vous pouvez m'appeler Vlad. C'est ainsi que m'appellent mes amis. J'habite ici. Ce sont mes parents et ma tante qui sont nos hôtes pour cette magnifique fête.

Elle se sentit fiévreuse en sa présence. Elle s'efforçait de ne rien laisser paraître. Jamais n'avait-elle ressenti pareille sensation en présence d'un homme. Certes, elle avait déjà été amoureuse, mais cette fois, c'était différent et beaucoup plus troublant. Pour sa part, il y avait longtemps qu'il l'avait remarquée et qu'il la trouvait fort jolie, avec son petit nez retroussé, ses pommettes saillantes dont la rougeur contrastait vivement avec son teint laiteux, ses yeux bleus comme la mer et sa chevelure blonde coupée à la garçonne qui lui donnait un petit air espiègle même quand elle était nerveuse comme c'était maintenant le cas.

— Enchantée de faire votre connaissance, Vlad. Il est possible que vous m'ayez vue par ici. Je passe quotidiennement par l'île Saint-Louis sur le chemin de l'école.

— Et, si ce n'est pas trop indiscret, où donc étudiez-vous ?

— Je suis inscrite à l'école nationale de pharmacie, sur la rive gauche. Mais j'habite rue de Turenne dans le troisième arrondissement avec mes parents. Notre maison est tout juste devant la fontaine de Joyeuse. Vous connaissez ?

— Elle apporte la joie, cette fontaine ?

— Elle abreuve les assoiffés, c'est déjà beaucoup. Et vous êtes encore à l'université ?

— J'ai étudié les finances et l'administration en Angleterre.

— À Oxford, si je ne m'abuse.

— Par quel prodige l'avez-vous deviné ?

— Ne vous inquiétez pas, je ne vous ai pas espionné pour le savoir. Tout le monde a tellement peur des espions ces jours-ci. J'ai l'impression que toute l'Europe est devenue soudainement paranoïaque. Mais j'ai rencontré votre ancien professeur d'économie plus d'une fois et c'est de lui que je tiens l'information. Wolfgang Goethe, c'est bien ça ?

— Le prince pouffa de rire.

— Wolfie ? Cette vieille fripouille ne vous a pas fait de proposition désobligeante, j'espère ?

— Non. Ou plutôt, si. Il insiste beaucoup pour me déposséder d'un ouvrage que je ne souhaite pas lui vendre même à fort prix.

— Méfiez-vous de lui. S'il vous offre un million de francs pour ce qu'il veut vous acheter, c'est que ça en vaut dix ! En effet, il m'a enseigné à Oxford. Aujourd'hui, ce filou est aussi conseiller spécial au sein de nos entreprises. Voyez-vous, je travaille pour les entreprises de sidérurgie et de métallurgie de ma famille. Je suis responsable du développement des marchés. Mon père est le grand patron, c'est lui le président et chef de direction. Nous sommes très impliqués dans les travaux des chemins de fer. Je sais que cela peut vous sembler ennuyeux, mais ce ne l'est pas. Vous avez déjà pris le train?

Elle s'esclaffa à son tour.

— Trop souvent à mon goût.

— Vous n'aimez pas prendre le train?

— J'ai chaque fois le mal de cœur. C'est pire pour moi que de voyager par bateau. Pourtant, Dieu sait que je ne raffole pas des voyages en bateau plus qu'il ne le faut.

— Vous avez le mal des rails. C'est plutôt rare ça. Et vous avez beaucoup voyagé?

— Quand ma famille a quitté la Pologne, nous avons immigré aux Indes. Mon père est importateur de produits asiatiques.

— Vous avez vécu longtemps en Pologne?

— J'y suis née, mais ma famille a quitté le pays alors que je n'avais que six ans. J'en garde peu de souvenirs, mentit-elle en revoyant la tuerie de Plock défiler une fois de plus sous ses yeux.

Cela ne durait qu'une fraction de seconde dans la réalité, mais son cerveau semblait chaque fois lui présenter la scène avec de nouveaux détails plus troublants. Elle avait du mal à oublier les soldats qui ont violé une pauvre femme devant elle. Ces images infernales ne la quitteraient jamais. Elle s'efforça de ne pas le laisser paraître et enchaîna rapidement en lui demandant :

— Vous avez vécu en Pologne?

— Malheureusement, je n'ai jamais mis les pieds dans la mère patrie. Je n'ai pas eu cette chance. Je suis né ici, à Paris. J'ai toujours vécu à l'hôtel Lambert. Je serais bien mal aisé de m'en plaindre, vous en conviendrez, mais il en est ainsi. Je vous envie d'avoir eu la chance de vivre en Pologne même si vous n'en gardez que peu de souvenirs.

Elle lui offrit une moue taquine qui lui permit de dissiper les images horrifiantes qui lui étaient trop brutalement revenues à l'esprit. Il perçut une certaine mélancolie dans son regard, mais jugea préférable de ne pas la questionner à ce sujet et de se contenter d'admirer son magnifique sourire, aussi moqueur pouvait-il devenir.

— Vous n'êtes donc plus polonais. Vous êtes français.

— Mon grand-père vous aurait répondu que l'on n'habite jamais son pays, mais que c'est le pays qui nous habite.

— Peut-être. Mais je n'ai guère envie de retourner vivre en Pologne. J'en garde, comme je vous le disais, très peu de souvenirs et aucun ne me semble agréable. J'y suis née, c'est déjà ça. Ce n'est qu'à Paris que j'ai vraiment eu l'occasion de m'enraciner. Il ne m'en faut pas plus pour me combler de bonheur. J'adore Paris comme je n'ai jamais adoré une ville auparavant.

— Vous êtes à Paris depuis longtemps ?

— Nous sommes arrivés il y a presque trois ans. J'avais treize ans. Mais c'est comme si j'y avais vécu toute ma vie. Je ne me vois pas vivre ailleurs.

— On ne sait jamais vraiment à l'avance ce que nous réserve le destin.

Elle repensa alors aux propos d'Youssef qui lui avait prédit qu'un jour elle retournerait aux Indes, que sa route était tracée à l'avance et réprima aussitôt l'idée, malgré les étranges signes qui s'étaient manifestés à elle comme le deuxième petit livre et la statuette en pendentif retrouvée sous des lucioles musicales sans corps dans la fontaine de Joyeuse.

— Je ne crois pas au destin sinon à celui que l'on s'invente.

— Vous ne croyez pas que Dieu a tracé nos routes ?

— Je crois que Dieu nous a placés sur différents chemins dès la naissance, mais qu'il nous laisse toujours le choix de la direction à prendre à chaque intersection de la vie. Le reste n'est que chaos.

— N'êtes-vous pas catholique ?

— Je le suis, mais cela ne m'oblige pas de croire toutes les sottises proférées par les curés ! Je crois sincèrement que Dieu a mieux à faire que de dicter ce que deviendront nos vies. De toute façon, ne serait-ce pas d'une tristesse infinie que de savoir que nous ne pouvons rien changer, que nous sommes esclaves de la vie ?

La remarque venant de la bouche d'une jeune femme d'à peine seize ans le fit sourire et le laissa sans mot. Il l'invita plutôt à danser ce qui la fit rougir davantage.

— Je vous préviens, je danse très mal, mon cher prince.

— Nous ferons alors semblant en observant les autres. Je suis certainement encore moins doué que vous, jolie duchesse. Nous serons donc deux à nous marcher sur les pieds et à importuner les autres valseurs !

— Dans ce cas, c'est avec plaisir que je danserai avec vous !

Et il l'entraîna sur le plancher de danse. Il lui avait menti parce qu'il dansait comme un dieu, la guidant habilement en parfaite harmonie avec la musique. Elle savait qu'elle venait de rencontrer son prince charmant.

• • •

Dans une pièce voisine du salon, les femmes qui avaient passé l'âge de la courtisanerie étaient réunies ; des guirlandes de fleurs enlacées en festons au plafond et aux murailles leur indiquaient galamment ce lieu d'asile. Tandis que leurs maris fumaient des cigares, discutaient politique et s'enivraient joyeusement de cognacs millésimés dans la grande bibliothèque du deuxième étage, elles échangeaient les potins et forgeaient des alliances qui parfois menaient à des mariages. C'est là où la princesse Anastasia de Mazowiecki, née Masalski, fit la rencontre de la princesse Marie d'Orléans, belle-mère de Vlad et de sa tante, Izabella Czartoryska. Une rencontre fortuite qui s'avéra teintée de promesses plus alléchantes les unes que les autres. Il ne faut jamais sous-estimer la diplomatie féminine et à ce jeu-là, depuis toujours, la princesse Anastasia était championne. Elle ne mit guère de temps à conquérir son auditoire.

– Qui sait, peut-être nos enfants se découvriront-ils une compatibilité ce soir ! Dieu sait les unions qui peuvent naître de ces grands bals, suggéra la princesse d'Orléans à la princesse de Mazowiecki qui opina.

– Moi-même, j'ai rencontré mon Tytus à mon bal de débutante. Il me semble que c'était hier.

– Le temps passe trop vite en effet. Mais j'ai oublié volontiers mon bal de débutante.

– Et pourquoi donc ?

– Parce que mes prétendants étaient tous plus laids et surtout plus idiots les uns que les autres ! dit-elle en éclatant de rire.

Elles rirent d'ailleurs abondamment au cours de la soirée en se racontant les histoires du passé et devinrent rapidement des amies qui se promettaient de se revoir plus souvent autour d'une bonne tasse de thé.

• • •

Corey Kane s'approcha comme une panthère pour aborder Eva Eichenbaum. Leurs yeux fusionnèrent d'un désir charnel purement animal. La camériste fut à la fois séduite et terrifiée par le regard brûlant qui la transperçait.

— Votre beauté, mademoiselle, est foudroyante, lui lança Corey, qui avait toujours secrètement fantasmé sur les femmes juives, et celle-ci en était certainement une selon son analyse physiologique.

Sous le couvert de son identité britannique, il n'allait certainement pas se priver d'une telle occasion. Elle fut prise de court par cette introduction et lui tendit une main nerveuse.

— Je m'appelle Eva. Et vous ?

— Appelez-moi Corey. Je travaille pour les Czartoryski.

— Je travaille pour la famille de Mazowiecki.

— Le destin nous offre donc d'être ici présents à cette grande réception organisée par nos maîtres respectifs, n'est-ce pas un magnifique signe des dieux ?

— Vraiment ?

— Vous n'êtes pas un signe des dieux !

— Vous êtes pas mal non plus, balbutia Eva maladroitement.

Il baisa sa main avec assurance. Elle n'avait guère l'habitude de ce genre de gentilhommerie. Elle crut qu'elle tomberait dans les pommes.

— Vous êtes polonaise ?

— Hongroise.

— Vous habitez à Paris ?

— Oui, sur la rue de Turenne.

— Je peux vous embrasser ?

Elle ne répondit pas, mais le saisit par le cou et sans avertissement plongea sa langue dans sa bouche. Ils échangèrent un long baiser bestial d'une intensité prodigieuse. Elle l'entraîna vers les escaliers menant aux chambres de l'hôtel Lambert. D'instinct, elle savait qu'ils en trouveraient une dans laquelle tous deux pourraient explorer leurs corps ardents sans craindre d'être dérangés par les autres invités. Il se laissa entraîner sans résistance. Wolfgang Goethe n'avait rien manqué de ce torride baiser entre les deux inconnus. Il les suivit patiemment à distance, sans se faire remarquer, juste assez pour les voir s'engouffrer dans une chambre à l'étage supérieur. Il ne put réprimer un sourire de satisfaction relativement à ce dénouement inattendu. L'instinct du vieil espion ne pouvait qu'être reconnaissant pour chaque élément d'information possiblement compromettante pouvant un jour lui servir. Il venait d'en saisir un.

• • •

Ils étaient entrés dans la première chambre sans se soucier si c'en était une réservée aux invités ou occupée par l'un des membres de la famille Czartoryski. Le diable au corps, ils se dévêtirent sans cérémonie et s'accouplèrent comme des félins en chaleur. C'était à la fois brutal et délicieux. Eva Eichenbaum ruisselait de plaisir. Corey Kane se retenait pour ne pas jouir prématurément. Ils dansèrent ainsi, l'un dans l'autre, pendant de longues minutes et atteignirent l'orgasme simultanément, une première pour tous les deux. Repus, ils se laissèrent choir sur le lit à baldaquin et s'assoupirent pendant une éternité. Ragaillardis, ils recommencèrent et recommencèrent jusqu'à la fin de la nuit, chaque baise se voulant plus longue et plus intense que la précédente. Eva n'avait jamais rien vécu de pareil. Corey Kane, plutôt habitué de visiter les prostituées de Paris, n'avait de toute sa jeune existence connu femme aussi généreuse sexuellement. Jamais n'aurait-il imaginé possible une telle communion des corps, surtout pas avec une juive. Jamais n'avait-il vu une femme jouir avec un tel abandon, et cela ne fit que décupler la force de ses propres orgasmes. Il en fut troublé. Venait-il d'offenser le Prophète en s'accouplant aussi sauvagement avec une femme impure ? Quelle serait la réaction de son père s'il apprenait qu'il s'était envoyé en l'air avec une juive ? Déjà que pour masquer sa véritable nationalité et du coup sa religion, Corey devait régulièrement enfreindre les préceptes du Coran en consommant de la viande qui n'était pas halal ou des boissons alcoolisées. Un jeune Britannique de vingt ans pouvait difficilement être convaincant auprès de ses confrères de classe en surveillant son alimentation et en s'abstenant de s'enivrer lorsque l'opportunité se présentait. Tant à Oxford qu'aujourd'hui à Paris, ces occasions ne manquaient pas. Son père l'avait prévenu des risques de sa mission et avant de partir pour l'Angleterre, un imam s'était montré rassurant sur le comportement occidental infidèle qu'il devrait adopter provisoirement à la condition de ne pas y prendre goût et d'y renoncer définitivement lorsqu'il rentrerait un jour chez lui à Srinagar. Pourvu qu'il se comporte alors comme un fidèle croyant, Dieu lui pardonnerait les péchés commis pour servir les disciples du Prophète. Le problème, c'est qu'il commençait à prendre goût aux excès de la société occidentale, de la permissivité des mœurs, surtout ici à Paris. Il en éprouva de brefs remords qui disparurent toutefois de son esprit lorsqu'Eva mit son sexe mou et collant dans sa bouche pour le caresser d'une langue de velours qui ne tarda pas à relancer son érection. Lorsqu'il éjacula dans sa bouche et qu'elle avala le tout goulûment sans réserve, il se consola puisqu'elle n'avait pas laissé une seule goutte de sa semence toucher le sol. Sans le savoir, elle respectait ainsi les lois prescrites par le Coran. Il connut autrefois bien des jeunes filles musulmanes qui n'étaient pas aussi consciencieuses de ces règles pourtant élémentaires de leur religion.

• • •

La rue de Turenne était déserte lorsque le fiacre laissa le comte Albert Buffereau devant l'hôtel particulier de la famille de Mazowiecki. Il ouvrit la porte menant à la cour intérieure et s'étonna qu'elle ne soit pas verrouillée. Le jeune homme se mit à trembler, regrettant d'avoir accepté de commettre un pareil crime. Il n'avait jamais cambriolé de maison de sa vie. Certes, il avait chipé de l'argent, des bijoux ou des objets dans la plupart des résidences où il avait été invité, mais cela relevait davantage du hasard qui se présentait à lui. Il se sentit épié, observé et de plus en plus convaincu qu'il serait surpris au moment de commettre son délit. Il lui semblait entendre une étrange mélodie. Il se tapit dans l'ombre. Il ne vit personne et s'aventura vers ce qui lui semblait être la porte principale. Lorsqu'il posa la main sur la poignée, un éclair bleuâtre l'aveugla et une vive douleur s'empara de lui. Sans jamais savoir ce qui lui était arrivé, il passa de vie à trépas.

« L'homme est une corde tendue
entre la bête et le surhumain,
une corde au-dessus de l'abîme »

— Friedrich Nietzche

X

Si le plancher de danse fut des plus animés par les jeunes et les moins jeunes venus s'éclater au son des valses, des polkas et des mazurkas enchaînées par un orchestre fort alerte, le ton était beaucoup plus sérieux au fumoir où s'étaient réunis certains des hommes les plus influents d'Europe. Loin du tintamarre des danseurs, un petit ensemble de cordes, de bois et de cuivres emplissait avec retenue et délicatesse l'espace sonore des plus douces mélodies de Haydn, de Schumann, de Brahms ou de Mozart. Tout autour, dans ce salon feutré adjacent à la grande bibliothèque du troisième étage, il y avait bien sûr le gratin de la noblesse parisienne, pour la plupart des oisifs fortunés qui regrettaient la monarchie et déploraient l'exil du comte de Chambord, que l'on disait d'ailleurs fort alité. Mais ils n'intéressaient personne et se retrouvaient prisonniers de leur rôle d'apparat plus décoratif qu'utile. Ceux-là n'avaient été invités que par pur respect du protocole et des convenances établis. Il en allait de même de ces artistes de renom qui ne valaient leur invitation que par les dispositions de leurs hôtes à les exhiber comme de véritables trophées pour étaler leur puissance et rehausser leur prestige. Il ne s'agissait que d'artifices de séduction populaire dont se délecteraient une certaine presse à potins et son lectorat facilement ébahi. Les discussions les plus prometteuses impliqueraient plutôt des acteurs beaucoup plus actifs dans la société parisienne de cette fin du XIXe siècle. Une faune hétéroclite composée d'éminents fonctionnaires, de diplomates aguerris, d'industriels ambitieux, de financiers avaricieux ainsi que de puissants politiciens. Tous les invités avaient été soigneusement triés sur le volet, et les invitations qu'ils reçurent n'avaient rien d'innocent. Chacun avait, sans le savoir, un rôle bien précis à jouer au cours de cette fabuleuse soirée d'été.

Ce bal, le prince Ladislas Czartoryski entendait bien le transformer en opportunité pour tisser des liens plus serrés avec les politiciens invités, mais aussi avec les hommes d'affaires et les entrepreneurs qui avaient confirmé leur présence. Si sa sœur était une romantique nostalgique d'une autre époque, le prince lui se voulait beaucoup plus pragmatique. Veuf, il s'était remarié une dizaine d'années plus tôt avec la princesse Marguerite Adélaïde, issue de la maison d'Orléans et troisième enfant du prince Louis. Ladislas eut deux enfants de sa première épouse ; Auguste, devenu prêtre salésien à la mort de sa mère, et Wladyslaw Roman-Alfons, que tout le monde appelait Vlad. C'était lui le prince héritier désigné. Il avait aussi un fils illégitime, Clementicek, aujourd'hui âgé de vingt-cinq ans, dont il était sans nouvelle depuis plusieurs années, ainsi que deux autres enfants de son union avec Marguerite ; les petits princes Adam-Louis, onze ans, et Witold Casimir, sept ans.

Comme son père, Ladislas demeurait impliqué, quoique beaucoup plus discrètement, dans les activités d'opposition à la Russie impériale et fut même pendant quelques années le principal agent diplomatique du Rzad Narodowy, le gouvernement national révolutionnaire polonais exerçant dans la clandestinité. Toutefois, contrairement à son père, ses activités ne se limitèrent pas à la diplomatie ou à l'acquisition de nouvelles œuvres d'art pour accroître leur immense collection composée de peintures, de sculptures et d'antiquités. Lucide, le prince Ladislas savait que cette nouvelle ère industrielle changeait considérablement la donne et que les héritages des nobles pouvaient fondre comme neige au soleil. Homme d'affaires avisé et soucieux de faire fructifier la fortune familiale, il avait beaucoup investi dans la métallurgie et les aciéries un peu partout en Europe. La forte demande pour la création de chemins de fer avait grandement contribué à lui permettre de voir sa fortune fructifier de manière exponentielle. Certes qu'il rêvait du jour où la Pologne retrouverait son indépendance, mais il avait acquis la conviction au fil des ans que cela ne serait possible qu'au terme d'un spectaculaire changement de mentalités à travers le continent qui ne pouvait s'effectuer de manière pacifique.

Le développement des réseaux ferroviaires à travers l'Europe, mais aussi dans les Amériques, et, l'espérait-il, bientôt aussi dans les Indes et les autres colonies britanniques, n'en finirait plus de le rendre encore plus immensément riche qu'il le fut à sa naissance. Il n'en était pas peu fier, loin de là. L'Empire russe contrôlait la Pologne, ainsi soit-il. Au cours de la prochaine année, Varsovie serait, en grande partie grâce à ses entreprises, reliée par voies ferroviaires tant avec des capitales comme Saint Petersburg ou Vienne qu'avec l'ensemble du réseau prussien, donc avec l'Europe de l'Ouest. La montée des tensions nationalistes incitait aussi la plupart des pays à investir dans leurs armées et là encore, cela se traduisait pour le prince Czartoryski par de fort lucratifs contrats avec les gouvernements les plus influents du continent. Seule la porte de Londres lui restait fermée, l'empêchant de partir à la conquête des colonies britanniques dont l'Empire des Indes où le réseau demeurait encore bien modeste vu l'ampleur du territoire. Les Britanniques reprochaient encore aux Czartoryski leurs liens trop étroits avec la France, mais surtout, leurs investissements du siècle dernier qui avaient contribué à la déclaration d'Indépendance des États-Unis. Un jour, se disait-il, ces vieilles rancunes seraient oubliées, mais pour l'heure le duc de Mazowiecki lui offrirait peut-être la possibilité de se refaire une virginité plus rapidement auprès des dirigeants du Raj. Entre-temps, il ne se gênait pas de tirer profit de la volatilité des passions de ce continent qui n'en finissait plus de rechercher sa véritable identité. Il fut probablement le premier à reconnaître et à savoir comment s'enrichir des antagonismes irrationnels des nations.

Partout en Europe, les usines et les entreprises du clan Czartoryski semblaient toujours être la propriété d'investisseurs locaux qui étaient en réalité des partenaires minoritaires voire des prête-noms ne servant que de façades pour transiger avec le pouvoir. En cas de guerre, ce stratagème lui permettrait d'éviter de voir ses usines nationalisées en plus de lui permettre de vendre des armes et des explosifs à des pays ennemis sans que personne s'en émeuve. Ses propres parents l'avaient avisé de ne jamais sous-estimer la haine que se vouaient viscéralement les peuples du monde, la convoitise qui les poussait aveuglément vers des guerres insensées et le racisme qui, inévitablement, motivait tous les conflits dont les brasiers, même après les déclarations de paix, ne s'éteignaient jamais totalement. Il comprit que même la Pologne qu'il aimait de tout cœur serait toujours divisée de l'intérieur par les nombreuses ethnies qui la composaient et qui n'hésitaient pas à s'entretuer au nom d'un clan ou d'une religion. L'Europe lui apparaissait tout aussi divisée, sinon même davantage. Toutes ses frontières faisaient l'objet d'un litige ou d'un contentieux plus ou moins dramatique. Des haines parfois couvées depuis des siècles, voire des millénaires, semblaient renaître et reprendre vie dans certaines régions. Le monde semblait sur le point d'entrer dans une toute nouvelle ère avec la naissance et la disparition de pays, la métamorphose des relations entre les classes sociales et même entre hommes et femmes. Le changement pouvait inquiéter, mais recelait aussi le potentiel de représenter de nouvelles occasions d'accroître son capital. L'homme d'affaires décida donc de gérer ses entreprises en conséquence, de tirer profit de la présente situation et des développements qu'elle risquait d'entraîner. Sous l'emprise du conglomérat Czartoryski, on retrouvait à Berlin la *Die CI Deutsch Metall Kompany*, à Paris *Les Aciéries françaises C.I.*, tandis qu'à Moscou il opérait la très pompeuse *Rossiyskoe Mietallurgitcheskoye Priedpriyatiye Gruppi CI*, ou la *RMPGCI*. Tout le monde y trouvait son compte. Un jour viendrait où il aurait aussi pignon sur rue à Londres et même dans les colonies britanniques. Le nom de la compagnie avait déjà été enregistré : *The C&I British Metal & Steels*. Personne ne se douterait que le véritable propriétaire de toutes ces entreprises était la seule et même personne ; un aristocrate polonais vivant en plein cœur de Paris d'où il tirait discrètement les ficelles de son fabuleux empire. C'était là son plus grand art de mystification, sa plus fabuleuse fumisterie. Elle était nécessaire à la réussite de ses compagnies. Chacune de ces entreprises pouvait se targuer d'être digne de sa nation et au service de celle-ci. Cette diversification lui permettrait bientôt de jouer sur tous les tableaux. Si tout allait comme prévu, l'Europe serait en guerre pour de nombreuses décennies à venir. Les affaires n'en seraient que meilleures pour tous les industriels qui auraient été assez prévoyants pour se poster aux premières loges afin de bénéficier d'une manne quasi infinie. La perspective de la guerre se voulait une occasion d'affaires inestimable.

Fort des informations fournies par Goethe, il espérait profiter de cet événement pour renouer avec le duc Mazowiecki et s'efforcer de le convaincre de l'aider à développer le marché des colonies britanniques qui lui échappait. Le champagne, surtout lorsqu'il coule à flots, s'avère souvent un grand rassembleur.

Parmi la brochette d'invités, il y avait, sans surprise, le vicomte Richard Lyons, diplomate britannique en poste à Paris, un ami personnel du duc. Les deux hommes furent ravis de s'y rencontrer même si le duc se doutait qu'il ne s'agissait vraisemblablement pas d'un hasard, mais davantage d'une toile que tentait de tisser Goethe pour profiter de ses alliances avec Londres. Ce dernier ne tarda d'ailleurs pas d'ergoter sur les opportunités d'affaires à l'étranger pour un homme comme le duc de Mazowiecki, essayant de le convaincre d'investir à nouveau dans l'armement militaire, prédisant une guerre dans laquelle chaque pays européen combattrait bientôt ne serait-ce que pour chasser les juifs chez son voisin. Il espérait aussi convaincre tant le comte Jules-Albert de Dion que son bon ami, le baron Étienne van Zuylen, qui était aussi un soupirant connu de la richissime Hélène de Rothschild, de ne plus perdre leur temps avec leurs projets d'automobile et de s'investir dans des projets plus concrets. Goethe jouait à fond la carte du nationalisme autant que celle de l'antisémitisme. Démoniser le juif se voulait alors un sujet qui portait non seulement dans les salons mondains de Paris, mais aussi dans ceux de l'Europe tout entière. À ce jeu-là, Goethe prenait un malin plaisir à jeter de l'huile sur le feu, à tout faire pour embraser les passions.

« L'affaire Tiszaeszlàr va prouver une fois pour toutes à toute l'Europe à quel point il faut se méfier de ces juifs sanguinaires ! » clama-t-il de manière théâtrale en faisant référence au procès d'une quinzaine de juifs accusés d'un effroyable crime rituel sur une adolescente de quatorze ans et qui bouleversait la Hongrie, mais aussi tout le continent depuis plus d'un an, provoquant du coup une nouvelle vague d'antisémitisme de Lisbonne jusqu'à Vladivostok. Plusieurs des distingués convives acquiescèrent avec le propos de Goethe.

– Cette histoire est abominable, répétèrent des gens qui ne connaissaient rien de cette triste affaire, ce qui ne les empêchait pas de se forger une opinion tranchée.

Après tout, il est toujours plus facile de se scandaliser que d'analyser ce qui fait les manchettes de l'actualité.

Le comte Jules-Albert de Dion fut le premier à se prononcer contre ses dires.

— Vos propos sont grossiers, mon cher Goethe. Vous êtes d'ailleurs plutôt mal informé.

Goethe en prit ombrage, mais n'eut pas le temps de s'exprimer que le baron Étienne de Zuylen en rajouta.

— C'est désolant d'entendre des gens prétendument intelligents émettre des propos aussi désagréables. Le monde est en ébullition. Nous vivons des moments formidables sur le plan technologique et industriel. Cette triste histoire en Hongrie nous ramène des siècles en arrière.

Goethe se dressa avec autorité.

— Oseriez-vous défendre des crimes aussi ignobles ?

— Vous accusez des innocents !

— Qu'en savez-vous ?

Le duc déclara que l'issue de ce procès était loin d'être connue et que de récentes informations suggéraient qu'il s'agissait possiblement d'un coup monté dans le seul but d'embraser les préjugés contre les juifs. Au moment où Goethe tenta d'en rajouter, Tytus lui cloua le bec en lui rappelant que l'exhumation du corps de la victime, quelques mois plus tôt, avait démoli la thèse du crime rituel tout en rappelant que son bon ami, le patriote hongrois Lajos Kossuth, en exil à Turin, avait lui-même appelé ses compatriotes à la raison et au calme.

Le prince Ladislas fit alors son entrée. Il en avait entendu suffisamment pour corroborer les propos du duc de Mazowiecki.

— Il y a beaucoup de tensions à travers l'Europe. Malheureusement, il se trouve beaucoup trop de gens qui souhaitent mettre le feu aux poudres avec des histoires de sorcières ou de loup-garou. Le duc a parfaitement raison, ce qui se passe en Hongrie est ignoble et devrait tous nous inciter à la plus grande prudence. Nous vivons une période qui me trouble et qui devrait tous vous interpeller. L'Europe est confrontée à des choix difficiles à tous points de vue. Si nous cédons aux rumeurs populaires, nous verrons toute la planète sombrer dans une série d'effroyables conflits meurtriers comme jamais nous n'en avions imaginé.

Le vicomte Lyons applaudit l'intervention du prince.

— C'est très bien dit. Je vois que vous êtes un homme sage doté d'un jugement clair.

Goethe, involontairement, avait donc réussi à créer une première alliance entre son patron, le duc et l'ambassadeur. Il avait certes mal paru par son enthousiasme antisémite, mais personne ne lui en tiendrait rigueur. Au contraire, une majorité de l'auditoire détestait les juifs autant que lui. Peu lui importait, il sentait qu'il venait de jouer avec succès son rôle d'entremetteur.

Pour sa part, si le duc se réjouissait d'avoir mis en échec le propos séditieux de Goethe, il n'en était pas moins horrifié par ce qu'il avait entendu, fort conscient de la dérive du discours populaire et la montée en flèche du ressentiment contre les juifs partout en Europe. Les deux hommes avaient toujours soigneusement évité de se rencontrer en public. Le duc de Mazowiecki ne voulut pas qu'on le sache associé avec cet individu qui traînait une triste réputation d'usurier même si celui-ci semblait désormais, par un prodige inexplicable, s'être drapé d'une certaine légitimité au sein des entreprises Czartoryski.

Goethe se montra surtout intéressé à vanter les qualités de celui qu'il désignait comme son vieil ami Tytus et à promouvoir ouvertement devant le prince la qualité et la profondeur du réseau de contacts qu'avait établi le duc aux Indes, au Tibet, en Chine et même au Japon. Le prince Ladislas Czartoryski devint de plus en plus convaincu que le duc était l'homme tout désigné pour aider ses entreprises à lui ouvrir les portes de Londres et lui permettre d'enfin décrocher d'importants contrats de chemins de fer dans les colonies britanniques. S'il n'était pas convaincu de l'amitié entre Goethe et Mazowiecki, il percevait avec acuité que celle entre le duc et le vicomte Lyons n'était pas feinte. Il n'avait jamais obtenu une oreille aussi attentive à Londres, malgré ses efforts en ce sens. Mazowiecki finit par se montrer très intrigué par la diversité des entreprises métallurgiques des Czartoryski et les opportunités d'affaires dans le développement des chemins de fer à travers l'Europe et l'Asie. L'idée que leurs deux familles puissent tirer profit de certains accords de réciprocité germa en son esprit. Il profita de l'occasion pour mousser ses propres projets auprès de Ladislas.

À minuit, les chants et les danses n'avaient toujours pas cessé au rez-de-chaussée de l'hôtel Lambert. Aux étages supérieurs, les tractations de tout genre se poursuivirent avec tout autant d'intensité. Le duc de Mazowiecki prit tout le monde par surprise au fumoir en annonçant être à la recherche d'investisseurs pour exploiter un autre marché en pleine croissance, celui du tabac. Il retint d'ailleurs l'attention de plusieurs lorsqu'il annonça pour la première fois aussi publiquement sa participation dans la création de la Régie des Tabacs Ottomans avec des partenaires français et allemands, un investissement sûr promettait-il, qui rapporterait gros à tous ceux qui y participeraient. Intrigué, le prince Czartoryski voulut en savoir davantage. Le monde ne serait pas toujours en guerre et l'on finirait bien un jour par ne plus avoir de chemins de fer à construire. Lui aussi souhaitait diversifier ses investissements et il mordit à l'hameçon que venait de lui tendre le duc même s'il commença par évoquer les embûches potentielles.

— Mais ne craignez-vous pas une possible volte-face de la Turquie ? L'Empire ottoman est en lambeaux, et le refus des Turcs de signer les accords de Londres n'augure rien de bon, me semble-t-il.

— Vous n'avez pas tort, mon cher prince, mais les Turcs demeurent de grands consommateurs de tabac, et nous avons désormais le monopole à cet égard sur leur territoire. Cela nous met à l'abri des soubresauts des politiciens, d'autant que j'ai accès aux meilleurs tabacs d'Orient et d'Asie. J'envisage aussi d'importer de Virginie, aux États-Unis, des tabacs que l'on dit encore supérieurs.

— Encore faudrait-il que la consommation de la cigarette devienne populaire et pas seulement réservée aux bourgeois. J'investirais bien dans une telle affaire si je croyais que cela pouvait se traduire par des ventes auprès des masses.

Le vicomte Lyons intervint, lui qui revenait d'un récent séjour aux États-Unis.

— Les Américains sont déjà très friands des produits du tabac et chez la classe ouvrière la cigarette est de plus en plus populaire. Je crois qu'il y a en effet là un marché potentiel qui surpassera celui du cigare ou de la pipe.

Le prince Ladislas s'approcha du diplomate britannique qu'il cherchait tant à amadouer pour ses projets ferroviaires aux Indes.

– On raconte que les États-Unis nous feront bientôt passer pour des dinosaures.

Lyons monopolisa alors l'attention avec enthousiasme.

– C'est un pays d'inventeurs. Ils n'ont guère de culture, guère de littérature digne de ce nom, mais ils se targuent d'être le pays de l'innovation. À lui seul, un certain Thomas Edison est à révolutionner le monde. Il a inventé une machine qui reproduit les sons et la voix, il promet de bientôt permettre l'usage de l'éclairage électrique dans toutes les maisons et les usines. C'est encore, dans les campagnes, un pays peuplé de sauvages et de barbares, mais dans les grands centres comme New York, ils semblent sur le point de redéfinir notre monde. Les Américains sont parfois insupportables de familiarité et d'incivilité, mais sur le plan technologique ils sont sur le point d'imposer de nouveaux standards. Je reconnais de nombreux grands industriels dans cette salle et je vous mets en garde, le nouveau continent est en ébullition.

Le prince s'approcha de Tytus et lui murmura à l'oreille :

– Vos projets m'intéressent, mon cher duc.

– Vous savez qu'il existe maintenant aux États-Unis une machine qui peut fabriquer deux cent quarante mille cigarettes par jour ?

– C'est prodigieux. Mais est-ce bien réaliste ? C'est une chose de produire autant de cigarettes, encore faut-il pouvoir les vendre.

– Mon ami, le vicomte Lyons, a totalement raison. Il y a un avenir insoupçonné dans cette industrie-là. Ici, en France, nous en sommes exclus parce que c'est un monopole, mais il y a le reste de l'Europe, l'Orient et, pourquoi pas, un jour, le marché américain qui ne cessera, me semble-t-il, de croître ?

Le duc tendit la main au prince.

— Vous accepteriez que je vous invite à déjeuner ?

— Avec plaisir.

— Ma secrétaire contactera la vôtre dès la semaine prochaine pour que nous puissions convenir de la date, du lieu et de l'endroit. Je ne vous savais pas si visionnaire.

• • •

Au rez-de-chaussée, dans le jardin transformé en piste de danse en plein air et illuminé par les étoiles et une lune des plus brillantes, la valse tourbillonnait encore à trois heures du matin. La jeune Zivanka et son soupirant y avaient dansé sans s'arrêter, les yeux dans les yeux et leurs cœurs battant allègrement en harmonie. Ils parlèrent très peu, mais c'était sans importance de toute manière. Ils étaient déjà follement amoureux l'un de l'autre. Leurs mains moites jointes ensemble sur le plancher de danse disaient plus que toutes les paroles qu'ils auraient pu échanger à cet instant. Ils ne savaient pourtant que très peu de choses l'un de l'autre, ce qui ne les empêcha pas, en quelques minutes, de sentir que leurs âmes semblaient devoir s'unir, leurs corps ne réclamaient rien d'autre que de se blottir l'un dans l'autre. Leurs lèvres brûlaient de désir et ils finirent par s'embrasser, d'abord timidement, puis plantureusement sans se soucier du regard des autres danseurs, sans se préoccuper de ce qu'en diraient les gens soi-disant de bonnes mœurs. Elle avait déjà embrassé Eva, mais cette fois c'était différent. C'était la première fois qu'elle embrassait un garçon et elle crut défaillir en sentant leurs langues se caresser ainsi. Elle sentit aussi sur sa cuisse le sexe du prince qui durcissait pendant leur étreinte de plus en plus passionnée. Elle rougit en songeant intérieurement à ce à quoi pouvait ressembler un pénis en érection, image qui l'excitait autant qu'elle la troublait. Inconsciemment, elle avait depuis longtemps bloqué de sa mémoire ceux des cosaques qui violèrent jadis sous ses yeux une pauvre juive sans défense. Et ce soir-là, elle réussit aussi à oublier toute la scène pour se laisser aller aux étreintes de son beau prince charmant. Elle-même sentit une agréable moiteur dans son entrejambe et se retint de ne pas se caresser sur la cuisse de son partenaire comme elle en aurait eu follement envie. Mais cela aurait été des plus inconvenants. Déjà que leurs baisers langoureux, même dans la très tolérante Ville lumière, auraient pu en choquer plus d'un. Heureusement que l'éclairage tamisé des torches et des étoiles, en partie voilées par les nuages, ne dévoilait que partiellement leur impudeur. Heureusement aussi que plusieurs autres jeunes couples autour d'eux étaient tout aussi occupés à se séduire, les yeux dans les yeux, ou à s'enlacer pour que personne ne puisse remarquer les baisers de plus en plus longs que s'échangeaient maintenant à pleine bouche la jeune duchesse Zivanka de Mazowiecki et le prince Wladyslaw Roman-Alfons Czartoryski. Aux yeux de plusieurs, il y aurait certes eu là matière à scandale impliquant deux familles de la noblesse polonaise exilée à Paris. Pourtant, il n'en fut rien, sauf quelques rumeurs qui mirent du temps à s'enflammer. Au contraire, pour le moment, l'amour naissant entre le prince et la duchesse se transforma en une histoire romantique digne du plus beau des contes de fées. Plusieurs se mirent à rêver d'un grand mariage comme il n'y en avait plus eu depuis trop longtemps à Paris, la ville où la romance est toujours de mise. Surtout quand il est question d'un beau prince charmant.

Une fois le grand bal terminé avec ses pétaradants feux d'artifice qui illuminèrent tout le ciel de Paris juste avant l'aube, ni l'un ni l'autre ne réussit à s'endormir.

• • •

Sur la toiture de l'hôtel particulier de la famille de Mazowiecki, rue de Turenne, d'étranges petits insectes bleus achevaient leur festin sur le cadavre du jeune comte Albert Buffereau dont ils avaient grugé les os jusqu'à la moelle au grand désespoir de toutes les mouettes qui survolaient l'immeuble depuis des heures dans l'espoir de se délecter des restants. Personne n'entendrait plus jamais parler de ce fêtard dont les proches conclurent qu'il avait probablement fui ses créanciers. Goethe regretta de lui avoir donné deux mille francs, convaincu que ce couard ne s'était jamais rendu sur les lieux de sa mission, préférant empocher l'argent pour aller se faire voir ailleurs. Décidément, ce grand bal n'aurait été qu'une source de désagréments pour Goethe. Non seulement avait-il dû subir l'effronterie de la jeune Zivanka, et assister à une troublante alliance entre les Czartoryski et le duc de Mazowiecki, qui n'était certes pas celle qu'il souhaitait et dont il aurait été le marionnettiste, mais voilà qu'en prime il avait été floué par un petit escroc qui s'était évanoui dans la nature.

« L'homme est de feu.
La femme est d'étoupe.
Le Diable arrive et souffle. »

— Cervantès, *Les Nouvelles exemplaires.*

XI

Seul dans son vaste bureau de l'usine Czartoryski située en banlieue de Paris, Wolfgang Goethe contemplait pour une millième fois les huit exemplaires du même petit livre de velours qu'il avait patiemment acquis au cours des deux dernières décennies. Ces années de recherches et d'efforts acharnés lui permettaient enfin d'espérer aller jusqu'au bout de son ambitieux projet. Il était à la fois si proche et pourtant si loin du but. Il ne lui en manquait plus que quatre. Il savait où se trouvait l'un d'entre eux, il appartenait à Zivanka, mais n'avait pas le moindre indice quant à l'endroit où il pourrait retrouver les trois autres. L'homme, aujourd'hui âgé de quarante-trois ans, n'avait ménagé aucun effort pour les trouver et se les approprier tantôt en les achetant, tantôt en les dérobant à leur propriétaire. Pour tenter d'en comprendre le message, il avait appris le burushaski, la langue dans laquelle avait été écrit cet ouvrage dont il n'existait que douze exemplaires qui se complétaient pour révéler le secret de Ximbala. Ce ne fut toutefois pas suffisant. Ce texte était crypté au-delà de la langue dans laquelle il semblait être rédigé. Il crut longtemps, comme plusieurs, qu'il n'en existait que sept, mais c'est en découvrant le huitième, chez un libraire de Vienne, qu'il comprit que ses recherches étaient loin d'être terminées. Il avait reçu le premier des mains de Gobineau lui-même, celui qui l'avait convaincu non seulement de l'existence de Ximbala, mais aussi de l'inégalité des races, de la supériorité aryenne et de la riche descendance d'Alexandre le Grand. Quelques mois plus tard, au Potala de Lhassa, il avait réussi à s'emparer en douce de l'exemplaire que possédait le panchen-lama. L'année suivante, c'est dans un petit village caché dans les montagnes tibétaines qu'il avait acheté d'un itinérant le quatrième exemplaire. Il dut attendre trois ans avant de trouver les cinquième et sixième, ceux que lui remit l'espion papal Graham Fleming à Karachi, un geste généreux qu'il ne parvenait toujours pas à s'expliquer, toujours convaincu que le Britannique avait espéré lui tendre un quelconque piège. L'avenir le lui dirait, mais l'important pour Goethe, c'était de les posséder, peu importe les véritables motivations de Fleming. Peut-être après tout avait-il dit la vérité en annonçant qu'il renonçait à sa quête de la cité mythique, qu'il la croyait inaccessible à moins d'être sous la protection de ces bestioles que l'on appelait les khandromas. Après tout, en tant que soldat du Vatican, Fleming était lui aussi un illuminé convaincu de l'existence de Dieu et d'anges gardiens qui batifolent au Paradis. Des concepts pour qui Goethe n'avait que dédain et mépris. Il était profondément athée. Il se voulait tout aussi convaincu de la supériorité de la race blanche sur toutes les autres. Les religions n'étaient qu'une bête source de distraction dont il s'accommoderait pour abuser de la crédulité de ces êtres inférieurs, ces cloportes qui constituaient la majorité de l'humanité. Quand Goethe rendait ses rapports à Berlin, il ne cessait de dénoncer la décadence de la vie parisienne, ce qui renforçait chez ses supérieurs la notion que la discipline prussienne finirait par leur assurer d'être au sein de l'Europe une hégémonie encore plus grandiose que celle qu'exerçaient déjà les États-Unis sur l'Amérique.

Le hasard voulut que ce soit à l'hôtel Lambert, dans la grande bibliothèque de la famille Czartoryski, qu'il découvrît un autre précieux exemplaire. Il venait à peine d'être embauché pour aider à conclure un délicat contrat gouvernemental avec la Prusse qu'il fut convié par le prince, pour célébrer l'événement lors d'un somptueux dîner organisé au bénéfice des membres de la haute direction des entreprises Czartoryski. La soirée s'était terminée dans la bibliothèque où ils furent invités à fumer le cigare en sirotant un excellent cognac. Le prince avait noté l'intérêt que manifestait son nouvel adjoint pour le contenu de sa vaste collection de livres et l'avait invité à l'explorer à sa guise, ce que Goethe fit volontiers. Il ne cherchait rien en particulier lorsqu'il aperçut la reliure de velours qu'il connaissait trop bien. Son cœur se mit à battre à vive allure. Le destin lui souriait-il à ce point? Il approcha ses doigts du petit livre en s'efforçant de ne pas attirer l'attention des autres qui, fort heureusement, n'avaient visiblement aucun intérêt pour sa curiosité de bibliophile, trop absorbés par l'épaisse fumée de ces cigares importés des lointaines Caraïbes. C'était bel et bien le septième de ce qu'il croyait toujours être une série de sept livres. Un garçon prénommé Witold y avait inscrit son nom dans l'une des premières pages. Goethe le cacha immédiatement à l'intérieur de son veston. Il croyait alors posséder le véritable secret de Ximbala. Pourtant, la lecture et la relecture de chaque petit livre, l'analyse de chacune des cartes ne lui donnaient aucun indice concret. Il était dans un cul-de-sac. Il en vint alors à entretenir certains doutes sur l'existence même de Ximbala, ce qui le rendit plutôt morose.

Il s'empressa de remettre les huit petits livres dans son tiroir avant d'inviter le jeune prince Wladyslaw Roman-Alfons Czartoryski à entrer.

— Tu voulais me voir, Wolfie ?

— Oui, Vlad. Entre, je t'en prie. Le bal organisé par ta famille était absolument fabuleux. Jamais rien vu de tel.

— Merci, mais je n'y suis pour rien. C'est ma tante et ma belle-mère qui ont tout organisé. Je me suis amusé autant, peut-être même plus, que les autres invités.

— J'ai cru comprendre que tu as connu beaucoup de succès avec la petite Mazowiecki. C'est une très jolie fille, félicitations.

— Elle m'a parlé de toi. Ainsi, tu as tenté de lui chiper un bouquin ? Tu es vraiment un incorrigible escroc.

— Je lui en ai offert dix mille francs, ce n'est pas rien !

— Pour un livre ? Vraiment ? Tu es plus cinglé que je croyais.

— Tu ne comprends pas. C'est un livre de collection. Cette pauvre idiote ne le comprend probablement pas.

— Je te prie de soigner ton langage, Wolfie. Qui sait ? Tu parles peut-être de celle qui deviendra un jour ma fiancée. Je crois que je suis amoureux de la petite duchesse.

— Bonne idée. Épouse-la ! Comme ça, je pourrai négocier l'achat du livre avec son mari.

— Ce sera quand même son livre.

— Ne dis pas de connerie, Vlad. Le jour où tu l'épouses, elle t'appartient ainsi que toutes ses précieuses possessions. C'est toi qui deviens le patron et qui décides à sa place pour tout.

— Peut-être qu'il en était ainsi dans ton temps, Goethe, mais je t'assure que les femmes d'aujourd'hui ne voient plus les choses de cette façon.

— Alors, à quoi bon se marier ? Il faut toujours s'assurer du retour sur son investissement. Mais si tu es de ces esprits prétendument modernes qui croient qu'une femme a le droit d'émettre des opinions et d'être écoutée, alors je te conseille fortement de te contenter des putes. Au moins, avec elles, tu sais exactement à quoi t'attendre. Et à la longue, elles finissent par coûter moins cher !

— Tu es vraiment un être ignoble, Wolfie. J'espère que tu ne m'as pas convié uniquement pour me sermonner sur l'art du mariage.

— Pendant que tu t'intéressais au cul de sa fille, moi je m'intéressais au père Mazowiecki lors de votre grand bal. Tu sais qu'il a de solides entrées aux Indes et un peu partout en Asie ? Il semble plutôt disposé à partager son réseau de contacts avec nous. Je crois que nous devrions le rencontrer et peut-être l'inviter à prendre le déjeuner dans un restaurant. Tu pourrais en profiter pour lui demander la main de sa fille.

— Et que voudrait-il en échange ?

— La famille Czartoryski s'est fermée, au fil des ans, bien des portes en Grande-Bretagne. Il faut les rouvrir. Les colonies anglaises sont en pleine expansion et il y a là une fortune qui nous échappe, surtout dans le sous-continent indien. Ton père en est conscient.

— Alors, pourquoi souhaites-tu que j'intervienne ?

— Je crois que pour le bien de ton père, il faille encadrer une éventuelle alliance.

— Mon père est bien meilleur négociateur que je ne le suis.

— C'était vrai, mais je crains que ce ne le soit plus.

— Je ne te laisserai pas insulter mon paternel gratuitement.

— Calme-toi. Je ne veux pas offenser quiconque dans ta famille.

— Alors, pourquoi tenir de tels propos devant moi ?

— J'ai peur que ton père se soit laissé distraire par un absurde projet de vente de tabac en Turquie lors de sa conversation avec le duc.

— J'en ai eu vent. Ce n'est peut-être pas si absurde, de ce que j'en comprends.

— Ce n'est pas le temps de s'éparpiller. Le réseau ferroviaire des colonies britanniques, les chemins de fer aux Indes et ailleurs dans le monde doivent pour le moment être notre seule priorité avec le duc de Mazowiecki.

— Et qu'attends-tu de moi ? Si mon père et le duc sont devenus complices, en quoi pourrais-je changer quoi que ce soit ?

— Il m'écoutera jusqu'à un certain point, mais toi, comme héritier principal de l'empire familial, tu pourrais lui faire entendre raison.

— Mais pourquoi ?

— J'ai à cœur les intérêts de votre famille. Je crois que tu le sais depuis longtemps, Vlad. Je pense que tu dois assumer l'autorité qui te revient pour éviter les dérapages. Je ne veux qu'être de bon conseil.

— Alors, je parlerai à mon père. Pourquoi inviterais-je le duc à déjeuner ?

— Je souhaite que tu parviennes à le convaincre, avec diplomatie, que nous n'investirons pas dans son commerce de tabac, du moins à court terme, parce que nous ne croyons pas que ce puisse être rentable à grande échelle.

— Il croit que ce puisse l'être ?

— C'est un rêveur, je le connais depuis très longtemps. Il croit que parce qu'une machine peut fabriquer plusieurs centaines de milliers de cigarettes par jour que c'est un marché qui va connaître une formidable croissance. Ton père, qui est parfois lui aussi un grand rêveur, s'est laissé séduire. Il nous faut les ramener tous les deux à la raison, mais le faire d'abord séparément sinon ils n'en démordront pas.

— Pour ce qui est du projet de prolongement du réseau de chemins de fer aux Indes, est-ce vraiment un projet réalisable ? On me dit que c'est non seulement un vaste pays, mais que les cultures et les mentalités sont drôlement différentes des nôtres.

— Depuis que les Britanniques y sont, les Indes, c'est quasiment devenu l'Europe. Et je crois que ton père lui-même commence à comprendre le véritable potentiel du sous-continent.

— Tu le connais mieux que moi. De toute façon, tu peux compter sur mon appui. Tu sais que Corey Kane, mon ami à qui tu as aussi enseigné, parle quelques langues indiennes.

— Lui non plus ne semble pas s'être ennuyé à l'hôtel Lambert.

— Tu le connais. C'est un impénitent séducteur. Il a probablement brisé plus d'un cœur ce soir-là !

— Je n'en ai vu qu'une à ses bras, mais elle semblait assez ardente. Je crois d'ailleurs que c'était la cavériste de ta dulcinée. Une autre de ces petites putains juives qui essaient de grimper les échelons et d'améliorer leur rang dans la société en se cherchant un mari riche.

— Eva ? Qui t'a dit qu'elle est juive ?

— J'ai un flair très développé, et les juifs, c'est bien connu, ont tous une odeur désagréable. Bien entendu, celle-ci tentait de la dissimuler avec du parfum volé à sa maîtresse, mais je n'ai pas été dupe.

— Eva n'a certainement rien volé à Zivanka, ce sont les meilleures amies du monde !

— Cette génération-là est vraiment décadente. Non seulement elles font fi des religions, mais en plus elles n'ont aucun égard pour le rang social. Ça me dégoûte.

— Tu es nostalgique d'une époque dont plus personne ne veut sauf les vieux croûtons de ton acabit.

— Les juifs gangrènent l'Europe depuis toujours ! Je rêve du jour où l'on pourra s'en débarrasser à jamais !

— Et toi, tu fais le procès d'Eva parce que tu crois qu'elle est juive, et ce, sans en avoir la moindre preuve ! Elle est hongroise et que je sache la majorité des hongrois sont catholiques romains !

Le regard de Goethe s'embrasa. Vlad crut que l'allemand aurait une crise d'apoplexie !

— Elle est juive ! Je l'ai lu dans ses yeux, par ses paupières gonflées et son teint blafard et sa peau huileuse.

— Tu dis des conneries, Goethe !

— Je sais de quoi je parle. En plus, elle a le nez crochu légèrement relevé et presque aussi épaté que celui des nègres.

— C'est n'importe quoi !

— J'ai aussi remarqué qu'elle avait une grande bouche particulièrement lippue. Ce sont des traits qui ne mentent pas.

— Foutaises ! Juive ou non, je la trouvais plutôt jolie et il faut croire que Corey aussi. Il ne faut pas te mettre dans un tel état pour ça !

Goethe sortit un mouchoir de sa poche, reprit ses sens et son calme.

— Tu as raison. Ce n'est pas ici que nous réglerons le problème de ces cancrelats de juifs. Tu pourras toutefois prévenir Corey que les jeunes juives flétrissent rapidement. Celles qui sont belles à dix-huit ans sont généralement complètement fanées avant d'avoir trente ans. Mais n'oublie jamais que tôt ou tard, il nous faudra purifier l'Europe et la rendre à ses véritables fondateurs.

— Comment comptes-tu t'y prendre ? Tu ne voudrais tout de même pas exterminer tous les juifs d'Europe ?

Goethe s'approcha de Vlad.

— Quelqu'un devra un jour en avoir le courage politique. Sinon, nous sommes tous foutus.

Cette discussion perturbait terriblement le jeune prince héritier. Il voulait quitter le bureau de Goethe le plus rapidement possible.

— Bon, si tu n'y vois pas d'objection, je vais retourner travailler. Si nous devons nous embarquer dans le projet ferroviaire des Indes, j'ai intérêt à régler tous les autres dossiers qui traînent avec diligence. Bonne fin de journée, Goethe.

— L'important, c'est que tu rencontres au plus tôt le duc de Mazowiecki. Et surtout, ne parle à personne de notre petite réunion, pas même à ton père.

— Je n'ai pas l'habitude d'agir au nom de nos entreprises sans en parler au préalable avec mon père. Je regrette Goethe, mais je devrai l'en informer.

— Ce serait plutôt dommage pour ton ami Corey.

— Que racontes-tu, Goethe ?

— Si je devais révéler à ton père sa véritable identité, je crains que cela soulève quelques problèmes.

— Quelle véritable identité ?

— Tu sais que son vrai nom est Khurram Khan al-Mahdi et que son père est à la tête d'un mouvement séditieux au Cachemire ?

— Comment l'as-tu su ?

— D'abord, à cause de mon flair. Ensuite, parce que c'est mon devoir de ne négliger aucun détail.

— Je croyais être le seul à savoir. Il s'est confié à l'issue d'un soir de beuverie à Oxford. Je te prie de respecter son secret surtout si nous devions éventuellement faire affaire avec les Britanniques et leurs colonies. Tu sais comment les indigènes sont traités par les Anglais !

— C'est pourquoi il me semble que tu devrais écouter mes conseils pour éviter que ton ami se retrouve dans une situation particulièrement désagréable.

Vlad s'empourpra.

— C'est du chantage !

— Si tu le dis.

— Tu sembles oublier quelque chose.

— Laquelle ?

— Tu es au service des Czartoryski, toi-même me l'as répété au début de cette discussion. Que je sache, tu n'as pas d'ordre à me donner parce que moi aussi je suis ton patron, Goethe, que ça te plaise ou non !

— Ça me laisse totalement indifférent, mon très cher petit prince. Je t'ai exposé certains faits qui sont, je le crains, indéniables. Puisque tu es désormais devenu un homme en âge de vouloir prendre épouse, j'en déduis que tu es aussi arrivé à cette maturité qui permet aux plus sages d'opter pour des choix judicieux.

— Tu es ignoble, Goethe.

— Tes compliments ne m'émeuvent pas, Vlad.

— Parce que tu crois que je te complimente en soulignant que tu sois un être absolument abject ?

— Je suis comme je suis. Quand je désire quelque chose, je n'ai pas besoin de l'acheter. Je le prends.

— Comme le Diable prend les âmes ?

— C'est un exemple qui me plaît.

Le rire de Goethe n'avait rien de plaisant. Vlad se dit à l'instant qu'il ne s'y habituerait jamais.

• • •

Assis dans le salon bleu du Café Frascati, Corey Kane sentait qu'il était sur le point de rafler la mise à une partie de cartes, le trente et un, un jeu devenu une véritable obsession chez lui. L'alcool, qu'il n'avait découvert que depuis son entrée en Europe, handicapait de plus en plus son jugement. Il ne lui manquait qu'un as pour triompher. Il relança ses adversaires en augmentant la mise à deux mille francs. C'était une somme astronomique, vu les risques. On lui remit de nouvelles cartes. La chance des ivrognes lui sourit. La carte qu'il espérait y était. C'était presque trop beau pour être vrai. Il abattit l'as. Ses adversaires, deux ritals qui n'entendaient pas à rire, en prirent ombrage. Une dispute éclata aussitôt.

— Tu la cachais où, cette carte ? demanda d'un ton peu amène celui que tout le monde appelait Rossi, un jeune gigolo aux mœurs aussi douteuses que ses fréquentations.

Kane protesta son innocence.

— Mais c'est votre ami qui distribuait les cartes. J'ai eu de la chance, c'est tout. N'est-ce pas le principe même de ces jeux de hasard ?

Rossi se tourna vers son ami Rocco Salvatore, dont le visage rugueux orné d'une barbe de quelques jours ne le rendait certainement pas particulièrement sympathique. Ce dernier grogna son mécontentement.

— Je ne me souviens pas de lui avoir servi un as.

— Mais voyons, vous avez distribué les cartes et, je l'espère, sans les regarder !

Les deux Italiens se levèrent, prenant avec eux l'argent qui était au centre de la table.

— Je refuse de jouer avec un tricheur, s'exclama Rossi avec une indignation plutôt exagérée qui se voulait un avertissement à l'endroit des autres clients de ne pas intervenir.

Corey se leva à son tour, tentant de protéger son butin. Mais il titubait déjà, un peu trop grisé par le vin qui lui montait à la tête. Rossi et Salvatore lui montrèrent alors chacun l'arme à feu accrochée à leur ceinture. Il ne faisait aucun doute qu'ils n'hésiteraient pas à s'en servir. Corey ne refroidit pas ses ardeurs pour autant. Il hurla sa colère.

— Mais j'ai gagné. C'est du vol ! Ces deux bandits me menacent avec des pistolets devant tout le monde. Vous allez laisser un tel crime impuni ? Le Café Frascati est-il désormais la propriété des plus ignobles brigands venus d'Italie ?

Le propriétaire de ce restaurant fréquenté par les gens de la haute société, Giovanni Frascati, dut intervenir personnellement pour éviter le pire.

– Corey, tu exagères, commença-t-il. Ne fais pas d'esclandre, je t'en prie.

– Vraiment ? C'est moi qui exagère ? Tu encourages l'extorsion, Giovanni ? Parce que j'ai gagné honorablement et tu le sais.

– Tu es encore trop saoul, mon cher Corey. Tu ne sais pas ce que tu racontes.

Frascati savait bien que le pauvre Kane n'y était pour rien, qu'il avait probablement raflé une main heureuse au trente et un. Son crime n'était pas d'avoir triché, il en était convaincu. Son crime était bien autre. Kane venait de provoquer deux hommes de main d'un dangereux criminel, Vito Cascio Ferro, qui extorquait les commerçants italiens de Paris, réclamant d'eux un *piso* qui se voulait une sorte de police d'assurance contre de fâcheux incidents. L'insistance de Corey, qui une fois de plus avait un peu trop bu, fit en sorte que la situation continua à dégénérer. Frascati tenta de calmer le jeu tout en étant bien conscient qu'il ne pouvait, pour sa sécurité et celle de son établissement, donner raison à Kane.

– Allons, messieurs, nous sommes entre gentilshommes. Tout peut s'arranger.

– Cet infect individu a triché. Il est inacceptable que votre maison tolère pareille ignominie !

Kane voulut agripper par le collet son accusateur. Mal lui en prit. Frascati fit un signe à ses deux videurs, Éric Rochereau, vingt-cinq ans, un ancien champion de boxe française et Claude Ferré, vingt-sept ans, un ancien flic faisant plus de deux mètres et dont le sourire crispé inspirait généralement la frayeur. Les deux gorilles s'approchèrent d'un pas rapide et maîtrisèrent rapidement Kane. Frascati s'installa devant lui.

— Mon petit, ma patience a des limites et tu les repousses de plus en plus loin.

— Mais ce sont eux, les tricheurs, tu le sais. J'ai gagné la partie et ils m'ont volé mon argent!

Frascati continua à simuler la colère en faveur des deux malabars.

— Corey Kane, je t'ai assez vu et assez entendu. Tu as de la chance d'être un ami du prince Czartoryski. Maintenant, fous le camp!

— Mais Giovanni, puisque je te dis que c'est moi la victime dans cette histoire.

— Tu mens comme tu respires! Là tu vas rentrer chez toi et tu ne reviendras que lorsque tu seras capable de boire raisonnablement, de jouer raisonnablement et de ne pas te faire remarquer. C'est ton dernier avertissement.

— Je n'ai pas triché. Ce sont eux, les menteurs!

Salvatore bondit et s'élança pour gifler Kane, mais retint sa main juste à temps en voyant Claude Ferré lever le bras en sa direction d'un air menaçant. Le jeune homme, toujours retenu par les gorilles de Frascati, grimaça comme s'il avait encaissé la claque.

— Je me fous de savoir s'il ment, si tu as vraiment triché ou si tu as juste voulu faire le malin. C'est la troisième fois cette semaine que tu fous le bordel dans mon bistro et c'est la fois de trop. La prochaine fois, j'aviserai ton patron, pas ton ami Vlad, mais son père, le prince Ladislas, de ton comportement inapproprié. C'est ce que tu souhaites?

— Bien sûr que non.

— Alors, tu files, tu te fais oublier, et la prochaine fois que tu entres chez moi tu te fais tout petit, tu n'enquiquines personne et tu te comportes comme un gentilhomme. C'est compris ?

Kane opina.

Frascati se tourna vers ses sbires.

— Maintenant, foutez-le à la porte.

Ce qu'ils firent sans ménagement. Kane fit un vol plané sur le trottoir qu'il termina en atterrissant brutalement sur le menton. Il demeura inconscient pendant de longues minutes sans qu'un seul passant se préoccupe de son sort. Il conserverait la cicatrice de sa mésaventure pendant plusieurs semaines, ce qui l'incita à se laisser pousser une barbe, qui devint dense et touffue en seulement quelques jours, une initiative que désapprouva rapidement Eva qui n'en comprenait pas la véritable motivation.

« On parle volontiers de coups de foudre ;
je ne suis que trop conscient de ce que l'amour tend
à créer une légende de soi-même,
à mythifier après coup ses commencements. »

— Milan Kundera, *La plaisanterie.*

XII

Zivanka éprouvait beaucoup de difficultés à se concentrer depuis le grand bal donné à l'hôtel Lambert une semaine plus tôt. Elle souffrait de la terrible maladie qui frappe généralement sans prévenir et que l'on appelle « l'amour ». Il lui tardait de recevoir un billet doux ou mieux, une invitation de Vlad, le petit prince Czartoryski, celui qu'elle désignait désormais à ses proches comme son prince charmant. Elle n'avait jamais ressenti un tel sentiment pour un garçon auparavant même si elle avait beaucoup aimé Nikhil, le fils aîné des voisins de la famille Mazowiecki lors de leur séjour à Madras. Elle avait été si heureuse que leurs parents se furent entendus pour que Nikhil les accompagne à Paris afin d'y étudier et améliorer son français. Elle avait certes beaucoup aimé et même secrètement désiré le jeune Indien, mais ce dernier lui avait rapidement fait comprendre qu'il ne pouvait être son amoureux même si elle n'avait jamais trop bien compris ce qu'il l'empêchait d'être au moins son amant, bien qu'elle n'ait eu aucune idée à l'époque de ce que cela impliquait. Pour lui, elle avait même appris l'ourdou ainsi que le tamoul, deux langues qui leur permettaient de communiquer sans que personne d'autre ne comprenne le contenu de leurs échanges qui n'avaient pourtant rien de compromettant. Zivanka avait beaucoup pleuré lorsque Nikhil partit étudier en Angleterre à l'Université Cambridge. Elle ne l'avait plus revu depuis et il lui arrivait de s'en ennuyer. Il avait été un timide premier amour, mais ce qu'elle éprouvait aujourd'hui pour Vlad était nettement plus intense. Bien qu'elle fût consciente que de telles pensées furent totalement prématurées, elle se surprit même à rêver d'un grand mariage.

— Le jour où je prendrai époux, tu accepterais d'être ma demoiselle d'honneur ? demanda-t-elle à Eva, sans prévenir.

— Tu prévois de te marier bientôt ?

— On ne sait jamais.

— Toi, mon amie, tu es follement amoureuse du prince Czartoryski.

— Peut-être. Et si nous nous marions, j'aimerais bien que tu sois ma demoiselle d'honneur. Tu accepterais ?

La camériste répondit avec son habituel franc-parler.

— C'est hors de question !

Zivanka s'assombrit.

— N'es-tu pas ma meilleure amie ?

— Ça n'a rien à voir.

— Alors, je ne comprends pas ta réaction. Tu refuserais d'être ma demoiselle d'honneur ?

— Tu rêves ou quoi ? C'est impossible ! Que j'accepte ou non est sans importance. Surtout si tu devais épouser l'héritier du clan Czartoryski !

— Et pourquoi donc ?

— D'abord parce que ta mère n'accepterait jamais que je le sois. Pour elle, je ne suis que ta servante, l'aurais-tu oublié ?

— Tu exagères, ma mère t'aime beaucoup. Tu es presque une deuxième fille pour elle.

— Peut-être, mais je suis davantage la fille bâtarde que l'on ne présente pas trop souvent en public. Je t'épargne les détails, mais j'ai entendu des ragots particulièrement ennuyeux au sujet de ma présence au sein de votre famille. J'étais même surprise de pouvoir vous accompagner au bal. Encore plus surprise que ce soient ta mère et ta grand-mère qui aient permis ma présence.

— J'ai moi aussi entendu ces rumeurs au sujet d'une liaison inopportune entre mon père et ta mère. Tu n'es pas sans savoir que ma grand-mère dit tout ce qui lui passe par la tête sans jamais se censurer.

— Certains affirment que j'en suis le fruit ! Tu imagines le scandale ? La princesse a choisi une domestique, sa demi-sœur bâtarde, juive de surcroît, pour être sa demoiselle d'honneur au mariage le plus attendu du Paris mondain ! Les gazettes s'en donneraient à cœur joie, ma belle.

— On s'en fout des gazettes.

— Pas ta mère, crois-moi, mon amie.

— Ma mère est parfois une pauvre idiote d'une autre époque. Si je me marie, ce sera selon mes volontés et pas les siennes.

— Je t'adore, Zivanka, comme si tu étais ma sœur, mais là je crois que tu sous-estimes le pouvoir de ta mère, mais aussi les incontournables règles de ton rang social. Elle prendra le contrôle de tout dès l'instant où un homme demandera à ton père de lui céder ta main.

— Voyons donc, là, tu exagères.

— Au contraire, je suis réaliste. Je connais les règles d'usage. Il y aura un comité mis sur pied et il sera assurément composé de spécialistes responsables du protocole. Ce sera une affaire d'État, Zivanka. Je le répète, ce sera encore pire si tu devais marier le prince Czartoryski. Pour tous les expatriés de Pologne, l'union entre vos deux familles dépasserait toutes les espérances. En cette époque où Russes et Allemands déchiquettent allègrement votre pays, ce mariage ne symboliserait rien de moins que la ténacité et la résilience de tout un peuple.

— C'est absurde ! Après tout, nous ne sommes que deux jeunes amoureux comme les autres. Nous sommes tout sauf des porte-étendards d'une nation !

— Le reste du monde voit ça bien différemment. Vous deviendrez l'incarnation de la renaissance de la Pologne, rien de moins.

— C'est ridicule.

— Ce l'est beaucoup moins que tu puisses te l'imaginer, Zivanka. Ta mère en a probablement déjà des palpitations à la seule idée que ce puisse être possible. Je t'assure que ni toi ni ton futur époux n'aurez un seul mot à dire sinon pour répondre à l'affirmative devant l'autel lorsque l'évêque, voire l'archevêque, parce que ce ne sera pas un vulgaire curé, ça, c'est certain, vous demandera si vous prenez l'autre pour époux. Votre pouvoir s'arrêtera là.

— Tu crois que ma mère sait que je suis amoureuse du prince Czartoryski ?

Eva écarquilla les yeux avec incrédulité.

— J'espère que tu n'es pas sérieuse quand tu oses me demander ça, Zivanka.

— Pourquoi ? Elle le sait ? Je n'en ai parlé à personne !

— Elle et tout Paris sont déjà au parfum de votre idylle. Vous n'avez pas été très discrets à l'hôtel Lambert. Si ça se trouve, on a déjà commencé à répandre la rumeur de votre mariage dans les salons de Londres, de Vienne, de Berlin et de Moscou. La nouvelle a peut-être même déjà eu des échos en Amérique et en Asie. Si la Lune ou la planète Mars sont habitées, là-bas aussi ils sont au courant.

— Tu dis n'importe quoi. C'est impossible. Nous nous sommes embrassés qu'une seule fois lors d'une réception privée. Ça ne regarde personne d'autre.

— Ce n'était pas un baiser, vos lèvres ont été soudées pendant toute la soirée !

— Ça ne regarde que moi.

— Zivanka, ta naïveté est parfois aussi attendrissante que désespérante.

— Je ne suis pas naïve !

— Non seulement l'es-tu, mais tu connais surtout très mal les mondains de Paris. Tout le monde t'a vu danser avec le prince, et on ne parle que de ça. Moi, je me suis amusée avec l'ami du prince, mais de ça, personne ne s'y intéresse. Nous ne sommes pas les membres de familles illustres comme vous deux. Nous ne sommes que des employés, lui un commis aux ventes chez les Czartoryski, et moi, ta secrétaire particulière. Le monde se fout de Kane et moi. Mais de toi et Vlad, il en va autrement. C'est le genre de potin dont se délectent ces gens-là. Il y a probablement des bars enfumés où ils prennent des paris sur la date de l'annonce de vos fiançailles, celle de votre mariage, la couleur des robes des filles d'honneur et la destination de votre voyage à la façon anglaise.

— Tu exagères.

— C'est probablement encore pire que ça.

— Et ma mère est vraiment au courant? Tu en es certaine?

— Ta mère est venue m'interroger là-dessus comme si elle était une détective qui enquête sur un meurtre. Elle voulait que je lui donne tous les détails, elle tenait à savoir combien de fois vous avez dansé ensemble. Elle m'a interrogé pendant près d'une heure pour savoir si j'avais entendu vos conversations et si je vous avais vu vous embrasser. C'est tout juste si elle ne m'a demandé si j'avais vu vos langues se toucher!

— Que lui as-tu dit?

— Rien de compromettant pour toi. Je lui ai répondu que j'étais passablement occupée de mon côté avec un prétendant pour ne pas avoir eu le temps de surveiller chacun de tes moindres gestes.

— J'ai probablement la mère la plus envahissante de l'histoire de l'humanité! se plaignit Zivanka.

— Elle n'a rien d'autre à faire de ses journées, c'est pour ça. Ma mère était une brave paysanne hongroise qui commençait à travailler avant le lever du soleil et qui ne revenait des champs qu'au crépuscule. Je peux t'assurer qu'elle n'avait pas le temps de se mêler de mes histoires de cœur.

— Tu crois que je suis trop jeune pour me marier?

— J'ai connu bien des filles qui se sont mariées à treize ou à quatorze ans. De toute façon, même si ton prince demandait à t'épouser aujourd'hui, il faudra compter tout près d'un an pour organiser la noce. Tu auras alors dix-sept ans, ce qui est loin d'être trop jeune pour prendre époux selon moi.

— Et toi, ton bel Anglais ? Vous allez vous revoir ?

Eva rougit et haussa les épaules.

— Je ne sais pas si Corey est le genre de garçon pressé de prendre épouse. J'ai plutôt l'impression que son cœur est volage. Les hommes ont tous un cœur plus ou moins volage alors je ne tiens pas rigueur à ceux qui ne s'en cachent pas.

— Ça ne te dérange pas ?

— Pas du tout. Le mien aussi l'est. L'important, c'est qu'il embrassait très bien et que ses caresses m'ont fait du bien. Il s'est avéré un amant passionné dont j'ai aimé les ardeurs.

— Autant de bien que les miennes ?

Eva rougit. Depuis quelque temps, les deux jeunes femmes se donnaient dès qu'elles en avaient l'occasion du plaisir, des caresses intimes aussi délicieuses que réprouvées par les bonnes mœurs.

— C'est différent. Tu le sais.

— C'est tout ? Tu n'es même pas un peu amoureuse de ce garçon ?

— Contrairement à toi, moi je ne suis pas certaine que je sois pressée de chercher un mari, du moins, pas à n'importe quel prix. Je suis bien heureuse comme ça avec des amoureux d'occasion. J'aime bien ma liberté. Je n'ai pas envie de devoir obéissance à un homme. En revanche, si j'en trouve un riche à craquer et aussi porté sur la chose que moi alors je le marie sur-le-champ !

— Tu ne crains pas pour ta réputation ?

— Au contraire, je me suis bâti une réputation du tonnerre qui fait saliver bien des mâles.

— Tu en es fière ?

— Tu n'as pas idée. Comme ça, je sais que l'homme qui souhaitera un jour me demander ma main saura à l'avance que je suis torride au lit ! Si ça le dérange de ne pas avoir été le premier alors, c'est qu'il est jaloux. Je ne veux surtout pas épouser un homme jaloux. Si ça ne le dérange pas alors il aura droit à des plaisirs que je n'ai encore offerts à aucun homme. J'ai une imagination des plus fertiles quand il s'agit des plaisirs de la chair.

— Je sais.

— Et pourtant, tu n'as rien vu, ma chère amie.

— On dit que les femmes qui ont trop d'amoureux sont des femmes de peu de vertus, enchaîna Zivanka.

— Balivernes ! Ce sont des histoires que se racontent les catholiques vertueux pour convaincre les jeunes filles comme toi de rester vierges jusqu'au jour de leur mariage.

— Tu n'es pas vierge, toi ?

Eva lui offrit un sourire entendu.

— J'avais douze ans lorsque j'ai été déflorée.

— Tu n'as aucun regret ?

C'est l'un des avantages d'être née juive. Je n'y suis pas obligée moi !

Elles rirent comme des gamines.

• • •

C'est dans un petit bistro irlandais du cinquième arrondissement que Corey Kane avait rendez-vous avec Colin Kelly pour conclure une entente préliminaire de trafic d'armes au cours de la mission qui se dessinait aux Indes. Membre de l'Irish Republican Brotherhood, Kelly était en exil à Paris depuis les attentats de 1867 dans une prison de Londres qui avaient fait une vingtaine de morts. Le pub O'Malley's, situé dans un sous-sol de la rue des Irlandais, n'avait rien d'inspirant avec sa clientèle d'expatriés plus ou moins révolutionnaires qui s'exprimait principalement en gaélique et montait le ton au fur et à mesure qu'ils étaient imbibés d'alcool. Ils partageaient tous le projet de soulèvement général en Irlande contre l'occupation britannique et appuyaient tout mouvement séditieux dans les colonies. Les bagarres y étaient monnaie courante et généralement provoquées par des sottises amplifiées par l'ébriété avancée des belligérants. Les étrangers, c'est-à-dire quiconque ne pouvait s'exprimer en gaélique, n'y étaient pas les bienvenus à moins d'être accompagnés et invités par un Irlandais. C'était leur refuge secret au cœur de Paris et il n'y avait pas d'affiche au-dessus de la porte de l'établissement qui avait pignon sur rue à côté du Collège des Irlandais. Ici, Kane préférait être connu sous son vrai nom, Khurram Khan al-Mahdi, de peur d'être confondu pour un vrai Britannique. Sa barbe de plus en plus fournie, quatre jours après avoir été projeté sur le trottoir devant le Café Frascati, lui donna la tête de l'emploi. Il n'était toutefois pas question d'entrer dans ce pub irlandais sans Kelly qu'il attendait depuis une dizaine de minutes à la porte. Chaque fois qu'un client entrait ou sortait, Kane avait l'impression qu'il serait roué de coups juste pour être à quelques mètres de leur bistro. Il fut soulagé en voyant la silhouette de Colin Kelly au bout de la rue. Avec sa moustache blonde à la gauloise, ses petites lunettes rondes et son front dégarni, il ressemblait davantage à un professeur de philosophie qu'à un rebelle sanguinaire capable de commettre des actes de violence pour défendre sa cause. C'était pourtant un leader révolutionnaire au sommet de la liste des fugitifs à abattre aux yeux des autorités de Grande-Bretagne. Il tendit la main à Kane et s'exprima dans un français impeccable, presque sans la moindre trace d'un accent étranger.

— Vous m'excuserez mon retard. J'ai été retenu dans une interminable réunion. Une révolution, ça ne s'improvise malheureusement pas !

— Disons que je préférais vous attendre à l'extérieur.

Kelly acquiesça en lui offrant un petit sourire en coin.

— C'était préférable, en effet.

Il l'invita à le précéder et ils pénétrèrent dans ce petit bistro enfumé où un client sur deux avait une pipe à la main ou accrochée sur le bord de la bouche. Tous saluèrent, tantôt de la tête, tantôt de la main, l'arrivée de Kelly qui était visiblement un habitué. Une table vide dans un coin au fond de l'estaminet et qui lui était à l'évidence réservée en permanence confirma cette impression. Kane savait qu'il s'apprêtait à discuter de trafic d'armes avec un dangereux homme malgré ses manières affables. Il était conscient qu'il jouait un triple jeu terriblement risqué où il trahissait la confiance des Czartoryski, de Goethe, en plus de se ranger résolument du côté des ennemis jurés de la Couronne britannique. Mais il était prêt à risquer sa vie pour aider son peuple à chasser les Anglais du Jammu-et-Cachemire. En détournant des armes du côté des révolutionnaires irlandais, il s'assurait d'avoir des alliés pour sa propre cause. Il y avait aux Indes un ami de Kelly qui avait les ressources pour l'aider à acheminer les armes et les munitions que contiendrait clandestinement le navire qui y mènerait l'expédition Czartoryski-Mazowiecki. Il s'agissait d'un repris de justice en cavale que ses complices avaient déjà croisé, mais dont ils étaient incapables de retrouver la trace. Ils ne connaissaient que son surnom, l'Ombre de la Mort, et sa réputation de fin stratège pour fomenter des attentats meurtriers contre l'armée britannique. Ce mercenaire, toujours activement recherché par les autorités, vivait en effet dans l'ombre et monnayait ses services en aidant les rebelles ou révolutionnaires qui réussissaient à entrer en contact avec lui, là où il se trouvait ce jour-là sur le vaste territoire des colonies indiennes. Ce qui n'était pas une sinécure. Ce ne l'avait guère été davantage pour obtenir une audience auprès de Colin Kelly même si les deux hommes avaient un ami commun.

— Ainsi, c'est Henry Wilson qui vous a demandé de me contacter, commença d'ailleurs Kelly, sur un ton plein de soupçons.

— Je l'ai connu sous son véritable nom. Tomas Seamus O'Cleirigh.

Kelly eut l'air terriblement contrarié.

— Je vous interdis de répéter ce nom en public.

— N'est-il pas votre ami ?

— Vous pouvez l'appeler Tom Clark, mais je vous suggère fortement de ne plus jamais dire son nom en gaélique. Ni ici ni ailleurs.

— Je ne comprends pas.

— Vous ne semblez pas être conscient des risques que nous courons. Même ici dans un endroit où, règle générale, seuls les vrais Irlandais sont admis. Si vous n'étiez pas mon invité, vous n'auriez jamais franchi le seuil de la porte. Nous ne sommes pas méfiants pour le plaisir de l'être. Il y a des espions partout.

— Je suis désolé.

— Comment l'avez-vous connu ?

— C'était lors d'un voyage à Dungannon, en Irlande. J'avais été invité par sa sœur qui étudiait à Oxford avec moi.

— Vous avez enconné sa sœur ?

— Malheureusement, ce ne fut pas le cas.

— Je vous crois. C'est d'ailleurs pourquoi vous êtes encore en vie. Mais pourquoi vous a-t-il recommandé de me contacter ? Il n'est pas le type à se confier au premier venu, encore moins à un prétendant de Rosemary.

— Un soir, nous avons discuté autour d'une bouteille de whisky, et de fil en aiguille le sujet de la politique a été abordé. Le dossier de l'Irlande m'interpelle pour des raisons évidentes. Vos aspirations de vous émanciper du joug britannique m'apparaissent justifiées et sont aussi pour moi une grande source d'inspiration. Bref, nous avons compris que nous avions les mêmes ennemis. Je lui ai révélé ma véritable identité et il en a fait de même.

— Je sais ce qu'il défend. Mais vous, je ne le sais guère.

— Je prépare un soulèvement contre les Britanniques dans le nord des Indes. Vous n'êtes pas les seuls à souhaiter vous libérer de l'oppression de la Couronne.

Kelly dévisagea son interlocuteur, son regard soudainement plus dur, comme s'il tentait de lire dans ses pensées, de sonder son âme pour s'assurer qu'il disait la vérité. Plus que jamais, il ressemblait à un instituteur qui soupçonne son élève d'avoir triché à l'examen, mais qui n'en a pas la preuve.

— Je pensais que la paix était revenue aux Indes.

— Vous avez tort. Nous sommes prisonniers, tenus en otages par des pantins locaux qui obéissent aveuglément aux ordres venus de Londres et dont l'application est assurée par des militaires lourdement armés qui n'hésitent pas à brutaliser et à terroriser une population qui n'est pas équipée pour opposer la moindre résistance. Soyez assuré que si je donne des armes à mon peuple, il les utilisera avec plaisir.

— C'est donc pourquoi vous êtes devant moi.

— Les maharadjahs au Jammu-et-Cachemire sont à la solde des Britanniques. Ils persécutent la majorité musulmane. Ailleurs aussi, j'ai entendu parler d'atrocités.

— Qu'espérez-vous de moi ?

— J'ai réussi à infiltrer les entreprises de riches industriels qui planifient un séjour aux Indes où ils souhaitent décrocher des contrats pour le prolongement du réseau ferroviaire. Ces gens-là fabriquent aussi des armes, des munitions et différents types d'explosifs pour fabriquer des bombes. Parce que je parle couramment quelques langues du pays, j'ai réussi à les convaincre de la pertinence de ma présence lors de ce voyage exploratoire. Mon plan est d'en profiter pour transporter clandestinement des caisses d'armes et de munitions.

Ce fut au tour de Kelly de murmurer à l'oreille de son interlocuteur.

— Je suis acheteur.

— Alors, vous m'aiderez.

— Jeune homme, je connais beaucoup de monde partout sur cette bonne vieille terre, incluant différents contacts qui ont élu domicile dans le Raj. Pouvez-vous me donner des précisions sur celui que je suis censé connaître et susceptible de vous permettre de le retrouver ?

— Il y a un de vos compatriotes là-bas qui, selon mes informateurs, serait capable de m'aider à déplacer clandestinement le matériel qui sera dans les cales du paquebot du Ceylan jusqu'à Srinagar.

— A-t-il un nom ?

— Tout ce que je sais, c'est qu'on l'appelle « l'Ombre de la Mort ». Le connaissez-vous ?

Kelly recula vivement en entendant ce surnom qu'il ne connaissait que trop bien. Ils étaient tous deux du commando qui avait attaqué un fourgon cellulaire en septembre soixante-sept, soit seize ans plus tôt, pour libérer deux compagnons d'armes de l'Irish Republican Brotherhood. Ils avaient abattu un policier, libéré les prisonniers, mais cinq membres du commando avaient été capturés dont celui que l'on surnommait « l'Ombre de la Mort ». D'abord condamné à la peine capitale, sa sentence avait par la suite été commuée et il fut condamné à l'exil dans la colonie pénitentiaire d'Australie. Le navire qui devait l'y amener avait toutefois sombré dans une violente tempête au large de Ceylan. Les autorités rapportèrent qu'il n'y avait eu aucun survivant, mais c'était faux. Il y en avait eu au moins un. Celui-là même que l'on appelait « l'Ombre de la Mort ».

— Qu'est-ce que vos informateurs vous ont dit à son sujet ?

— Il a aidé plusieurs de mes compatriotes à saboter des installations britanniques, dont ce foutu chemin de fer qu'ils souhaitent prolonger à la grandeur du pays pour mieux nous asservir. Il a aussi participé à des commandos pour exécuter certains militaires qui violaient nos femmes. On dit que c'est un géant doté d'une force herculéenne et qu'il est un tireur d'élite. On dit aussi qu'il a un vaste réseau souterrain capable de déjouer les autorités britanniques quand bon lui semble. Bref, c'est l'homme qu'il nous faut.

— Il coûte cher. Je dirais même qu'il coûte très cher.

— Nous avons les moyens de nos ambitions, je vous l'assure.

— Et pour mes services à moi, que proposez-vous ?

— Combien désirez-vous ?

— J'ai besoin de bombes. J'ai besoin de dynamite et d'explosifs. Moi aussi, voyez-vous, j'ai ma propre guérilla à mener.

— Il vous en faut beaucoup ?

— C'est vous l'expert. Vous croyez pouvoir m'en procurer suffisamment pour détruire un pont ?

— Ça dépend du pont, de sa structure, de son emplacement et bien entendu de sa longueur.

— Disons que ça m'en prend suffisamment pour détruire le pont de Londres. Vous croyez que c'est possible ?

Kane ne cacha pas sa surprise.

— Vous planifiez de faire sauter le pont de Londres ?

— Si tout se passe comme nous le souhaitons, nous le ferons avant la fin de l'année.

— Votre programme est ambitieux.

— Il ne l'est pas moins que le vôtre.

— Vous avez un hangar ou un entrepôt ? Ce que vous me demandez demandera un grand espace à l'abri des regards indiscrets. Il vous faudra des tonnes d'explosifs pour mener à bien pareille entreprise.

Kelly griffonna une adresse sur un bout de papier.

— Vous pouvez livrer ça rapidement ?

— Donnez-moi une semaine.

Kelly sembla satisfait. Il s'approcha de nouveau pour chuchoter à l'oreille de Kane.

— Il s'appelle Stewart Houston. Je le contacterai. Il viendra à votre rencontre lorsque votre navire arrivera à Colombo. Je vous préviens, il n'est pas commode et ne vous accordera pas sa confiance sur la seule foi de ma recommandation. C'est un homme méfiant qu'il ne faut surtout pas tromper. Si vous jouez franc-jeu avec lui, il deviendra un extraordinaire allié. S'il a l'impression que vous lui cachez quelque chose, il n'hésitera pas à vous tuer.

— Je n'ai aucune raison de ne pas jouer franc-jeu avec lui. Mais dites-moi, comment réussit-il à échapper aux filets de la justice sous le nez des Anglais aux Indes ?

— D'abord parce qu'on le croit mort même si des rumeurs circulent depuis le naufrage que quelques prisonniers, dont lui, auraient survécu, ce qui relèverait du miracle. Ensuite, il porte bien son surnom. Il vous verra avant que vous le voyiez. Il vous surveillera avant de se révéler à vous. C'est un homme prudent. C'est pourquoi il est introuvable, qu'il tire les ficelles à distance dans différents repaires discrets, bien cachés, et disséminés un peu partout sur le vaste territoire de l'Empire des Indes. Vous ne le verrez jamais se promener en public en plein jour.

— Alors, j'ai raison de croire qu'il peut m'aider dans la logistique de transporter des caisses pleines d'armes jusqu'à Srinagar.

— Son organisation criminelle contrôle les ports de Colombo et de Karachi. Peu de gens ont vécu après avoir vu son vrai visage, après avoir connu sa véritable identité. Je vous aurai prévenu.

— Comment s'y prendra-t-il pour assurer le transport de mes armes ?

— Ne vous inquiétez pas. Votre marchandise passera sous le nez de douaniers anglais corrompus sans même qu'ils aient le temps de faire semblant de réagir. Elle sera à Srinagar avant vous ! Pour déplacer des armes et organiser des attentats qui tueront un maximum de soldats britanniques, il vous offrira un service irréprochable. Vous l'aurez, votre révolution.

« Les traités d'alliance ou de paix perpétuelle ne peuvent jamais être une œuvre d'entière bonne foi. »

— Gustave Le Bon, *Les incertitudes de l'heure présente*

XIII

Le duc de Mazowiecki était sans nouvelles de Goethe depuis le grand bal donné par les Czartoryski à la mi-juillet, soit depuis maintenant une dizaine de jours, ce qui lui convenait parfaitement même s'il ne pouvait attendre de lui annoncer une décision qui, assurément, le rendrait fou de rage ; une perspective somme toute plutôt agréable à l'esprit de l'aristocrate. En voyant la moue de dédain de madame Jeanne, il savait qui venait de s'inviter une fois de plus à son bureau et qu'aujourd'hui serait le moment de s'aliéner Goethe à tout jamais. Il ne pouvait que se réjouir à l'idée qu'il serait bientôt débarrassé de cet escroc à tout jamais. Madame Jeanne n'eut même pas le temps d'annoncer l'importun que le duc fit un signe de la main exprimant ce qu'elle interpréta comme l'expression d'une certaine lassitude.

— Faites-le entrer.

Une fois de plus, avant même qu'elle eût le temps d'inviter Goethe, il traversait le cadre de la porte avec son attitude altière habituelle amplifiée par l'arrogance projetée par sa voix naturellement goguenarde autant que sa démarche aussi lourde qu'encombrante. Il fit alors une pause pour apprécier la théâtralité de son entrée et constater son effet.

– Je te trouve un peu pâle, mon cher Tytus. Tu devrais prendre des vacances.

Le duc referma la porte et se dirigea d'un pas résolu vers son bureau derrière lequel il prit place le plus calmement possible. Ce n'était certes pas l'effet escompté par Goethe.

– Que puis-je pour toi, mon cher ami ? Que veux-tu cette fois ?

– J'attends toujours que tu me donnes ce que je t'ai demandé.

– Si je devais me souvenir de tout ce que tu me demandes, il me faudrait une secrétaire embauchée à plein temps pour ne se consacrer qu'à ça !

Goethe n'aimait pas cette attitude frondeuse. Il serra les dents.

– Le petit livre de ta fille, l'aurais-tu déjà oublié ?

– Ah oui, celui-là.

– Alors, tu l'as ?

– Non. Elle l'a égaré, mentit-il. Si tu avais eu des enfants, tu saurais que ce ne sont pas les créatures les plus organisées au monde.

– Il faudra lui apprendre à être plus rangée. Tu connais ma patience, Tytus. Elle a ses limites.

– La mienne aussi. C'est tout ?

– Non. Il y a autre chose dont je souhaite t'entretenir.

– De quoi s'agit-il ?

– Tu te souviens de nos conversations au sujet d'un possible partenariat entre ton groupe et celui des Czartoryski ?

Le duc se montra de plus en plus détendu. Son nouvel associé avait respecté sa parole. Goethe n'était visiblement pas au courant de certains développements dans leur relation. Tout aussi conseiller financier du clan de son compatriote Czartoryski, l'Allemand ne figurait pas au nombre de ses confidents et c'était pour le mieux.

— Bien sûr que je m'en souviens. Ce fut une rencontre des plus fructueuses.

— Alors, tu y songes sérieusement.

— Il n'est plus question d'y songer. Il faut maintenant agir. Mais mon cher Goethe, si cela peut te rassurer, sache que ce projet avance très rapidement.

— De quoi parles-tu ?

— Tu ne savais pas que Ladislas et moi avons déjà déjeuné à quelques reprises depuis ce fabuleux bal pour en discuter plus sérieusement ?

Goethe se raidit, sans tenter de cacher que cette information le contrariait.

— Vraiment ? Il ne m'en a pas parlé.

— C'est sans importance. Tu ne semblais pas de toute façon très intéressé par notre alliance dans l'industrie du tabac et l'avenir de la vente de cigarettes à l'échelle mondiale.

— Pardon ?

— Tu avais raison pour une fois. Le prince et moi avons beaucoup plus en commun que je l'aurais imaginé.

— Il n'y a aucun avenir dans la commercialisation du tabac. La consommation de cigarette ne sera jamais plus qu'un loisir marginal comme celle du dawamesc ! Ce sont des trucs de bourgeois, d'intellectuels et d'artistes. Les gens ordinaires ont autre chose à faire que de fumer des cigarettes de tabac ou de s'offrir des tartines de confitures de haschich. Ça ne marchera pas, votre truc. Dans les grands salons, tu imagines que les gens vont cesser de fumer le cigare ou la pipe pour tes petites cigarettes de merde ? Ça ne tient pas debout, votre projet.

— Il ne faut jamais sauter aux conclusions trop hâtivement. Le prince Czartoryski n'est vraiment pas de ton avis. Il croit, tout comme moi, que grâce à la production industrielle de masse, il y aura bientôt davantage de fumeurs dans le monde que de non-fumeurs. Ce que nous ne t'avons pas encore expliqué, c'est que nous allons utiliser le marché de la Turquie comme laboratoire d'essai. Nous envahirons ensuite l'Europe, l'Asie et, pourquoi pas, même l'Amérique avec nos cigarettes. On ne cesse de nous répéter que c'est en Virginie que l'on retrouve le meilleur tabac. J'y ai déjà envoyé un émissaire outre-mer pour explorer les possibilités qui pourraient s'offrir à nous.

Goethe voulut hurler. Il se mordit la lèvre inférieure et prit le temps de réfléchir à son prochain geste dans une partie d'échecs qu'il sentait désormais lui filer entre les doigts.

— Cet imbécile de Czartoryski est mon employeur. Je ne peux que lui conseiller où investir, où ne pas investir. Toi, c'est différent. Nous sommes associés que je sache. Tu n'as pas le droit d'investir NOTRE argent sans mon consentement.

C'était le moment qu'il attendait. Cette fois, le duc de Mazowiecki rayonnait de joie. Jusque-là, il ne savait trop comment annoncer la nouvelle à Goethe, mais ce dernier venait de lui en donner l'occasion parfaite.

— C'est pourquoi dans cette petite affaire de tabac, comme tu le dis, il n'y a que moi et le prince. Il ne s'agit pas d'un conglomérat Czartoryski-Mazowiecki, du moins, pas comme tu l'imaginais. Nous investissons chacun un montant d'argent et ça ne concerne personne d'autre que lui et moi. C'est probablement aussi pourquoi il n'a pas tenu bon de t'en parler. Cela ne t'implique en rien. Nous avions compris que tu ne croyais pas à l'avenir du commerce de nos cigarettes sur le marché mondial et nous avons convenu de respecter ton choix.

C'était le comble. Lui, Wolfgang Goethe, venait d'être piégé, voire floué, par deux aristocrates dont le seul véritable fait d'armes fut de naître dans l'opulence. Rien ne se déroulait comme il l'avait prévu. Il était aussi furieux que dépourvu devant cette imprévisible situation.

— Je ne peux pas croire que vous allez gaspiller vos énergies et l'argent de vos familles dans une pareille aventure !

Le duc savourait chaque moment de la défaite de Goethe. Il s'en délectait. Il fit semblant de se montrer bon prince, ne serait-ce que pour prolonger le plaisir d'observer tant la déconfiture que l'agonie de l'Allemand.

— Allez, ne fais pas cette tête, mon vieil ami. Ladislas et moi déjeunons ensemble demain. Il est même possible que nous abordions la question des chemins ferroviaires aux Indes qui te tient tant à cœur. Ce sujet-là demeure toujours sur la table. Tu vois bien que je n'ai pas perdu la raison.

Goethe se sentit trahi à plus d'un niveau. Une fois de plus, il voulut ne rien laisser paraître de son inconfort.

— Je l'espère. C'est comme si vous m'aviez totalement exclu de tous vos projets. J'ai soudainement eu l'impression que vous n'aviez plus besoin de mes conseils.

— Tu as tort de me sous-estimer en affaires.

— Tu me fais de la peine, Tytus.

La réplique fut balancée d'un ton qui se voulait beaucoup plus hostile.

— Je n'en ai cure !

— Je sais que tu me méprises, mais c'est l'évidence même, lui et toi parlez généralement le même langage. Entre aristocrates, vous risquiez de vous comprendre. Après tout, ce n'est pas comme si vous n'aviez pas déjà brassé des affaires ensemble. Mais le bon prince n'est pas seul dans l'équation, ne t'en déplaise. Son fils, le prince héritier, a lui aussi un mot à dire sur l'emploi des fonds de la famille.

— Je reconnais là l'économiste, le théoricien pour ne pas dire l'éternel professeur d'université !

— Ce sont là les qualités qui m'ont permis de vous aider, toi et les Czartoryski à prospérer.

— Tout cela en t'efforçant d'exercer ton influence malsaine sur Vlad.

— Je suis au service de la famille et le prince héritier compte parmi mes distingués maîtres à qui je me dois de prodiguer les plus judicieux conseils.

— Tu l'as dit. C'est un futur héritier, comme ma belle Zivanka sera un jour mon héritière. Il n'a rien à dire dans nos affaires. Nos enfants n'ont pas droit au chapitre à ce stade-ci de leurs vies.

— Ce n'est pas tout à fait pareil. Un héritier a, légalement, un rôle beaucoup plus reconnu par les tribunaux qu'une héritière. C'est ainsi. Or, le prince héritier n'est pas très à l'aise à l'idée de voir son père s'aventurer dans un pari aussi risqué avec l'argent de la famille.

— Je vois que tu es vraiment désespéré.

– Je conseille la famille Czartoryski, tant le père que son fils. C'est mon rôle, au risque de me répéter, de veiller sur leurs intérêts respectifs et mutuels.

– C'est lui qui t'envoie pour me réitérer une autre invitation à déjeuner ?

– Je me suis offert. J'aime bien lui montrer que je peux lui être utile ailleurs que derrière mon bureau à potasser des chiffres et lui permettre de maximiser ses profits.

– Son père est au courant de tes démarches ?

– Je ne suis qu'un conseiller financier qui tente de faire le pont entre deux générations, mon cher Tytus.

– Tu es incorrigible, et c'est ce qui te rend plutôt vulnérable. Tu joues sur tous les tableaux et pourtant tu crois encore avoir le dessus sur ceux qui font ta fortune.

– Tu sais que je pourrais réclamer mes billes.

Voilà la menace qu'attendait avec impatience le duc de Mazowiecki. Son visage s'illumina à la grande stupéfaction de Goethe qui ne s'attendait certainement pas à une telle réaction de joie.

– C'est en effet ton droit. Je pourrais aussi te dénoncer aux autorités. As-tu eu récemment des nouvelles du comte Albert Buffereau ? C'était un de tes fidèles, non ?

Le visage de Goethe devint un masque hostile.

– C'est faux.

– De ce qu'en concluent les policiers, il a été assassiné sur le toit de mon hôtel particulier le soir du bal. En fait, le mot est faible. Il a été déchiqueté jusqu'à la moelle des os par des bestioles dont on ignore encore la nature. Il ne restait que quelques restes humains, des parcelles de vêtement, mais aussi deux coupures de deux mille francs dans son portefeuille. Comment expliques-tu pareil mystère ?

— Paris est de plus en plus risqué.

— C'est pourquoi nous avons décidé de participer à l'enquête quitte à en financer une bonne partie.

— Tu en as soudainement les moyens ?

— Tu pourrais être étonné. Les échanges d'informations te concernant avec mon nouvel ami Ladislas nous ont fait comprendre bien des choses, mon vieux. C'est pourquoi nous avons confié à nos avocats une relecture approfondie des différentes ententes conclues avec toi, tant du côté des entreprises Czartoryski que des miennes. La beauté de consulter un avocat quand vous avez pactisé avec le Diable, c'est de découvrir qu'il est encore plus retord que le Prince des Ténèbres. Les nôtres sont d'ailleurs encore plus diaboliques que nous l'avions cru possible.

— De quoi parles-tu ?

— Tu ne vois pas où je veux en venir ?

— Je ne le sais pas, mais là je te préviens, mon cher Tytus, tu joues un jeu extrêmement dangereux. Je ne crois pas que tu as bien évalué les forces en présence.

Tytus se retenait pour ne pas glousser.

— Vraiment ?

La mine ahurie de Goethe le comblait.

— Tes charades m'ennuient. J'aimerais bien comprendre le petit jeu auquel tu te livres parce que je n'en comprends ni le sens ni la pertinence !

Le duc sourit et poursuivit son explication d'un ton volontairement neutre, prolongeant le calvaire de son vil interlocuteur.

— Non, je le vois bien. Je vais donc t'expliquer. Après avoir consulté nos avocats, nous avons pris certaines décisions nous libérant d'obligations qui devenaient fâcheuses et terriblement contraignantes. C'est pourquoi j'ai vendu toute ma flotte de navires marchands au prince Czartoryski.

Goethe n'en croyait plus ses oreilles.

— Tu as vendu ta flotte sans me consulter ?

— Il nous fallait agir rapidement. J'ai liquidé l'essentiel de nos actifs. Tu l'as peut-être oublié, mon cher Goethe, mais, il y a dix ans, dans ton empressement, tu m'auras signé un document me donnant une plus grande autorité décisionnelle que je ne l'aurais rêvé. Mes charmants avocats ont trouvé comment je pouvais me débarrasser du boulet financier que tu étais devenu. On a aussi mis des comptables sur le coup et tu n'as pas idée à quel point ils sont capables d'ingéniosité pour conclure que j'ai depuis longtemps remboursé ma dette et les intérêts que je te devais. Ce serait même toi qui me devrais de l'argent. Tu connais les avocats, ils me suggéraient de t'intenter des poursuites pour récupérer les millions que tu as détournés dans ta propre fiducie. J'ai décidé de t'épargner cette humiliation. Tu es peut-être un très bon professeur, mais pour les affaires tu es d'une nullité absolument ahurissante. Je ne te dois plus rien. La réalité, c'est que je pourrais carrément te ruiner.

— Qu'est-ce que tu me racontes là ? Ça ne se passera pas ainsi. Je vais te faire un procès qui à lui seul sera ta ruine. Je connais certains des meilleurs avocats de ce pays ! Ces procès-là sont souvent très longs et des plus complexes. Il est loin d'être assuré que tu en sortirais vainqueur.

— Mes avocats craignaient une telle réaction et c'est pourquoi ils m'ont fortement suggéré la banqueroute.

La colère de Goethe ne cessait de croître. Il s'approcha de Mazowiecki avec un air de plus en plus menaçant.

— Pardon ?

— Mon entreprise déclare faillite. Tes actions dans celle-ci ne valent donc plus un centime.

— Tu ne peux pas me faire ça. Tu n'as pas le droit !

— Trop tard, Goethe. Moi, je repars à neuf avec ce bon Ladislas. C'est un homme particulièrement ingénieux. La petite compagnie de tabac que nous venons de créer chapeautera différentes entreprises, dont, fort possiblement, l'une qui voudra offrir ses services pour le prolongement et la rénovation des réseaux ferroviaires aux Indes. En clair, je n'ai plus besoin de toi et tu ne peux plus rien me demander sans passer par tes avocats. Je laisserai à ce bon Ladislas le plaisir de t'annoncer ses propres décisions te concernant.

Goethe crut qu'il allait s'évanouir, sinon vomir à l'idée que le duc de Mazowiecki se voulait maintenant carrément menaçant. Il l'avait vraiment sous-estimé.

— C'est ta reconnaissance pour tout ce que j'ai fait pour toi, Tytus ?

— Je n'aurais pas assez d'une vie pour te faire payer les ennuis que tu m'auras occasionnés. En me menaçant de me ruiner pour un petit livre de merde que tu souhaitais que je chipe à ma propre fille, tu m'as ouvert les yeux. J'étais devenu un peu trop dépendant de tes « investissements » et de tes taux d'intérêt prohibitifs. Vois-tu, je n'ai jamais aimé dépendre de quiconque. J'ai même quitté ma patrie pour ne plus dépendre de mes amis qui détenaient pourtant le pouvoir absolu en Russie. Or, toi, tu es un parasite, une sangsue, un véritable vampire. Maintenant, tu n'es plus rien pour moi.

— Je croyais sincèrement que tu étais un homme honorable.

— C'est gentil de ta part, mais je n'ai jamais pensé que toi, Wolfgang Goethe, pouvais prétendre en être un.

— Tu me payeras très cher cet affront, j'en fais le serment.

— Devant Dieu ou le Diable ?

— Dieu n'a jamais rien gagné.

— Le Diable n'a jamais eu à se battre devant une armée d'avocats. Sa méchanceté ne ferait pas le poids. Après tout, il est d'une autre époque !

— Ça reste à voir.

— Au moins, tu as le mérite de ne pas cacher le clan que tu défends.

— Tu peux bien crâner. Je te jure que le jour viendra où toi et ta petite bande d'aristocrates serez exterminés. J'y veillerai, Tytus. J'y veillerai, sois-en assuré. Vous n'en avez pas fini avec moi.

— C'est comme tu veux. Mais pour l'instant, tu m'ennuies. En passant, parle-moi de ce bon comte Albert Buffereau.

— Jamais entendu parler de lui.

— Intéressant. On me raconte pourtant que tu le connaissais bien, très bien même. Pourquoi, selon toi, est-il mort sur le toit de mon hôtel particulier de la rue de Turenne le soir du grand bal ?

Goethe devint livide.

— Je n'ai jamais entendu parler de cet individu avant ce jour.

— Tu sais que c'est la troisième fois en quelques minutes que tu oses le renier.

— Puisque je te dis que je ne le connaissais pas !

— Je vais tenter de raviver tes souvenirs. C'était un de ces aristocrates qui sombrent dans les plaisirs artificiels et s'enfoncent inexorablement dans de lourdes dettes qui les rendent particulièrement vulnérables. Vous sembliez nourrir une belle amitié depuis bien longtemps. Ils sont des centaines à le dire.

— Les gens font erreur.

— Vraiment, Goethe ?

— Bon d'accord, je le connaissais, mais ce n'était pas un allié ni un complice comme tu le sous-entends.

— Alors ?

— J'ai tenté de le replacer dans le droit chemin à quelques reprises, mais ce n'était que par pure charité humaine.

— Quoi qu'il en soit, il a connu une mort des plus atroces. Il ne restait plus grand-chose de son corps ou de ses vêtements. En revanche, dans sa besace il y avait un bout de papier sur lequel était rédigée notre adresse. J'ai cru reconnaître ton écriture.

— Ça ne prouve rien.

— Tu as raison. Mais je te répète qu'il y avait aussi deux jolis billets de mille francs comme tu aimes les exhiber à la moindre occasion.

— Je comprends que vous ne reculerez devant aucune infamie pour me traîner dans la boue.

Tytus le regarda avec froideur.

— Je te demanderais maintenant de ne plus m'offenser par ta présence. Je te suggère de partir dans la dignité avant que j'appelle les gendarmes. Je pourrais être tenté de leur dire que tu es toujours un espion actif pour le compte de nos cousins germains.

— Ne dis pas de sottises.

— Tu sais très bien que la beauté de l'aristocratie, c'est qu'elle transcende les frontières et raffole des petites indiscrétions. Nous aussi, nous avons nos propres réseaux qui nous mettent en garde des espions de la plèbe qui, comme toi, essaient d'infiltrer nos maisons.

— Tu divagues.

— Tu as dupé le prince pendant de nombreuses années, mais voilà qu'en regroupant certaines informations, lui et moi, nous avons eu des soupçons qui ont piqué notre curiosité. C'est ainsi que nous avons appris que tu travaillais en réalité pour le compte de ce bon vieux prince de Bismarck-Shönhausen qui est aussi votre chancelier si je ne m'abuse.

— C'est du délire!

— Ce que tu ne sais pas, c'est que son fils, Herbert, a toujours été follement amoureux de mon épouse qu'il a même déjà demandée en mariage. Ce bougre de coquin n'a jamais cessé de lui écrire au fil des ans, ce qui m'agaçait jusqu'à ce que je profite de ces échanges épistolaires pour obtenir la confirmation que tu étais bel et bien l'espion du chancelier. Avoue que c'est amusant, non?

— Ce petit con n'a jamais rien compris à la politique. J'avais pourtant prévenu son père qu'il commettrait une grave erreur en le nommant au service diplomatique.

— Que veux-tu? Il ne t'aura pas écouté. Les conseils d'un mécréant ne valent pas lourd dans le cœur d'un paternel. Cela dit, tu dégages ou j'appelle les gendarmes? Tu sais que ces jeunes zélés de la force constabulaire raffolent des histoires d'espionnage et des grands complots internationaux menaçant la souveraineté d'un pays. Ceux de notre douce France ne manquent pas de ressentiments envers les anciens occupants du Reich que tu représentes en nos terres. Ne le savais-tu pas déjà ?

Goethe se retira en maugréant. Il se promettait de venger cet affront de même que celui des Czartoryski. Tous les Polonais devinrent ce jour-là ses ennemis jurés. Avant de les larguer, il détournerait au profit de son nouvel ami, un criminel du nom de Vito Cascio, les meilleures armes de l'entreprise. L'argent n'était plus sa principale source de motivation ni ses ambitions de découvrir Ximbala. Là, l'affaire devenait carrément personnelle. C'était une question de vengeance. Heureusement, se disait-il, le mal triomphe inéluctablement du bien. L'histoire, celle que l'on refuse d'enseigner aux enfants sans mentir, en est la preuve depuis toujours.

« L'amour d'une jeune fille est plus fort que toutes les réprobations sociales. »

— Honoré de Balzac

XIV

La jeune Zivanka crut qu'elle allait défaillir lorsqu'Eva lui annonça qu'il y avait une lettre pour elle parmi le courrier du matin. Qui d'autre que le prince, son prince charmant, le beau Vlad Czartoryski, aurait donc eu idée de lui écrire, un peu plus d'une semaine après leur foudroyante rencontre lors du grand bal du quatorze juillet à l'hôtel Lambert ? Sa cavériste lui sembla prendre un temps fou avant de lui apporter la lettre tant attendue à sa chambre. Lorsqu'elle prit enfin l'enveloppe dans ses mains, elle reconnut rapidement le monogramme des Czartoryski ainsi que les armoiries de la famille sur le sceau. Elle prit une grande inspiration avant de la décacheter. Une idée sombre lui traversa l'esprit. Et si pour une quelconque raison il lui écrivait pour lui annoncer qu'il ne pouvait plus la revoir, que son cœur était promis à une autre ou que sa famille avait décidé d'un autre parti ? Cette mode était devenue désuète, mais certaines familles, surtout dans la noblesse slave, s'accrochaient obstinément aux traditions, refusant de s'ajuster au monde moderne. Juste d'y penser lui brisait le cœur. Elle fut prise d'un soudain vertige. Elle pleurerait alors assurément toutes les larmes de son corps. Elle avait beau se répéter que les mariages arrangés étaient de moins en moins prisés, même au sein de l'aristocratie polonaise en exil attachée aux valeurs traditionnelles, cette perspective ne devait pas être ignorée même si elle ne saurait accepter que ses parents choisissent un jour l'élu, son futur mari. Elle refuserait assurément une union imposée, et ce, même si sa mère serait probablement du genre à vouloir déterminer l'identité de son futur gendre. La princesse Anastasia demeurait une femme du siècle dernier enracinée dans la bienséance, les bonnes manières et les convenances les plus archaïques. Bien sûr, sa cariériste l'assurait que cette alliance entre deux grandes familles de la noblesse polonaise se voudrait probablement l'événement du siècle, mais qu'en savait-elle vraiment ? Les angoisses de la jeune femme étaient aussi nombreuses qu'injustifiées.

Heureusement qu'il y avait le duc. Zivanka était convaincue, à juste titre d'ailleurs, que jamais son père n'oserait lui imposer un mari. C'était un homme bon, un homme juste qui avait trop à cœur le bonheur de sa fille pour placer ses intérêts commerciaux ou personnels au-dessus du sentiment amoureux. C'était aussi un homme de son temps, du moins, il l'était davantage que sa mère bien que celle-ci puisse parfois se montrer des plus surprenantes comme elle le fut le jour où elle décréta qu'Eva les accompagnerait au bal organisé à l'hôtel Lambert. Mais elle ne connaissait que très peu le clan Czartoryski et ne pouvait deviner quelles étaient leurs intentions pour le prince Vlad. Eva, qui ne comprenait pas le drame qui se déroulait dans la tête de Zivanka, fit une moue d'impatience. À ses yeux, l'affaire se voulait pratiquement entendue et toutes ces hésitations ne pouvaient que provoquer son impatience.

— Alors, tu l'ouvres ou non cette lettre ?

— Et s'il m'y déclare que notre amour est impossible, qu'est-ce que je fais ?

— Tu ne l'as pas vu te déshabiller du regard avec ses yeux humides de puceau qui n'a jamais eu le cœur transpercé par les flèches de Cupidon ?

— Ça ne veut rien dire. Ce n'est peut-être pas de son ressort de décider qui il a le droit d'aimer. On m'a raconté des histoires d'horreur sur les mariages « arrangés » pour satisfaire les besoins de certaines familles de la noblesse. Je dois t'avouer que c'est depuis toujours ma plus grande hantise.

— Ma main au feu que ce n'est pas le cas !

— Les Czartoryski forment une dynastie beaucoup plus imposante que la famille de Mazowiecki. Nous sommes à Paris. Ce ne sont pas les belles héritières issues de la noblesse qui font défaut. Le prince héritier a peut-être été déjà promis à une fille issue d'une famille plus prestigieuse que la nôtre !

— Foutaise. Allez, cesse de me faire languir. Tu es insupportable dans cet état.

— J'ai soudainement trop peur de ce qu'il a pu m'écrire. Tu ne te rends pas compte que mon cœur serait en morceaux si sa famille s'opposait à notre union ?

— Alors, il y a longtemps que la mère de ton prince charmant serait débarquée ici pour parler à ta mère et tuer dans l'œuf toute velléité en ce sens. Tu ne m'écoutais pas l'autre jour quand je te disais que le Tout-Paris ne parle que de la possibilité d'un mariage princier entre deux des plus beaux partis de la noblesse polonaise exilée en France ? Si ça se trouve, vos mères ont déjà entrepris, en cachette, les premiers préparatifs de vos fiançailles. Tu t'en fais pour rien, je te l'assure.

— Je souhaite tellement que tu dises vrai.

— Zivanka, si tu n'ouvres pas cette lettre immédiatement, c'est moi qui le ferai à ta place ! Tu ne tenais plus en place depuis le lendemain du bal parce qu'il ne s'était pas encore manifesté, alors je te prie de ne pas faire durer cet interminable suspense, une seconde de plus.

La duchesse saisit un coupe-papier sur son secrétaire et défit délicatement le sceau des Czartoryski. Elle déplia de l'enveloppe une petite lettre écrite sur du papier fin. Son cœur battait à tout rompre. Elle la lut en silence, plus convaincue que jamais que les nouvelles seraient catastrophiques. Eva attendait, la bouche ouverte, de connaître le contenu du billet. Zivanka essuya une petite larme sur sa joue et recommença à lire la lettre une deuxième et puis une troisième fois.

— Ça suffit !, s'écria Eva. Tu l'apprends par cœur ou tu préfères que je te l'arrache de force pour en lire le contenu ?

— Il veut me revoir, finit par dire la jeune duchesse avec une voix tremblante. Il souhaite demander ma main à mon père et voudrait que nous soyons fiancés le plus tôt possible.

Le visage d'Eva s'illumina.

— Voilà une grande et bonne nouvelle. Tu vois que tu t'en faisais pour absolument rien.

— Je sais.

Puis, Zivanka se mit à pleurer à chaudes larmes tout en échappant un rire nerveux. Eva resta stupéfaite face à cette réaction des plus inattendues.

— N'est-ce pas ce que tu souhaitais ?

— Bien sûr que si. Je ne suis pas triste. J'ai eu tellement peur que mes sentiments soient à sens unique que je suis soulagée et terriblement heureuse. Je n'ai jamais rien éprouvé d'aussi fort pour quelqu'un.

— Alors, pourquoi pleures-tu comme une Madeleine ?

— C'est le trop-plein d'émotion que je gardais en dedans depuis le bal qui refait surface. Excuse-moi, Eva. C'est le plus beau jour de ma vie, dit Zivanka tout en continuant à pleurer sans retenue.

Eva hocha la tête.

— Je n'ai vraiment pas envie de voir comment tu réagiras lorsque tu croiras vivre le pire jour de ta vie !

Entre deux sanglots, Zivanka se mit à rire encore plus nerveusement du commentaire de sa caméristе qui n'avait pas l'habitude de garder pour elle ses réflexions, peu importe les situations.

— T'es conne, Eva.

— Je te ferai remarquer que c'est comme ça que nous sommes devenues amies. Nous sommes unies dans la connerie, pour le meilleur et pour le pire. Alors, a-t-il décidé du moment de votre prochaine rencontre ?

— Il souhaite m'inviter à déjeuner vendredi. Bien sûr, il faudrait que tu m'accompagnes comme chaperon. Lui sera accompagné de son fidèle ami, Corey.

Ce fut au tour d'Eva d'éclater de rire.

— Moi et Corey comme chaperons ? Je dois avouer que c'est la meilleure celle-là !

— Le contraire serait plus approprié probablement.

— En effet. Mais aux yeux de la bonne société, tout se déroulera donc dans les règles de l'art et de la bienséance. Ta maman sera fière de toi, la sienne aussi sera toute gourmée par la gentilhommerie de son petit prince. Tout le monde y trouvera son compte. Il faudra choisir l'une des meilleures tables de Paris. Il y a quelques adresses que j'aimerais bien visiter. Je te ferai une liste si tu le veux. Idéalement, il faudrait un restaurant donnant sur une auberge.

— Et pourquoi donc ?

— Comme ça, Corey et moi pourrions vous laisser tranquilles pendant une heure ou deux, le temps que vous échangiez des regards langoureux. Ça nous donnera pour notre part le temps de faire tout ce qu'interdit aux jeunes gens ta prude religion catholique.

Les deux éclatèrent de rire en même temps.

— Je commence à comprendre pourquoi ma grand-mère ne cesse de répéter que les apparences peuvent être trompeuses.

— Surtout dans la haute société, Zivanka. Chez les paysans, on n'a pas le temps pour de telles simagrées. Je n'ai jamais eu besoin de chaperon. Il suffisait que ma mère prévienne un garçon qu'il serait obligé de me marier s'il venait à m'engrosser pour faire débander les plus téméraires sinon les convaincre de la nécessité absolue d'enfiler une redingote anglaise avant de m'enconner.

Zivanka s'essuya les larmes et se mit à rire de manière aussi incontrôlable qu'elle avait pleuré.

— Qu'est-ce que c'est une redingote anglaise ?

— C'est un joli petit costume de caoutchouc que revêtent les gentilshommes sur leur virilité pour ne pas propager leur semence dans le ventre des jeunes filles comme moi aux mœurs et à la cuisse légères.

— Tu dis vraiment des conneries.

— Oh que non, ma chère amie. Là-dessus, je te raconte la plus stricte vérité. Je peux même t'en montrer une pour parfaire ton éducation.

Zivanka était pliée en deux. Elle n'avait aucune idée à quoi ressemblait une « redingote anglaise », mais cela lui semblait plus hilarant que tout ce qu'elle avait entendu au cours de sa jeune existence sur les choses du sexe et de l'amour. Quand Eva lui montra de quoi avait l'air cette fameuse « redingote anglaise » elle s'esclaffa de plus belle.

• • •

Dans l'arrière-boutique du Café Tortoni, à l'angle du boulevard des Italiens et de la rue Taitbout, dans le neuvième arrondissement, Vito Cascio Ferro avait établi ce qu'il appelait « sa permanence » à Paris. Autrefois connu comme le petit salon bleu où se réunissaient discrètement artistes ou hommes d'État à l'abri des regards indiscrets, l'endroit était devenu, au fil des ans, sans que l'on sache trop pourquoi, le salon particulier de dangereux criminels à l'insu de la clientèle huppée qui fréquentait la principale salle à manger de la famille Tortoni. Il n'y avait plus que trois tables dans le petit salon bleu : une grande, pouvant accueillir huit convives et au milieu de laquelle siégeait Ferro, et deux autres de quatre personnes, de chaque côté de la porte, où étaient postés les gardes du corps, ils étaient toujours au moins deux, de celui qui aimait se faire appeler don Vito. Natif de Palerme, et seulement dans la jeune vingtaine, Ferro n'en était pas moins en pleine ascension et à la tête de ce qui deviendrait bientôt l'un des plus redoutables syndicats de criminels au monde. Après avoir servi de *gabellotto*, soit collecteur de revenus au service d'un propriétaire terrien en Sicile, Ferro, déjà connu pour son insatiable ambition de pouvoir, avait mis sur pied sa propre organisation de collection d'abord dans le sud de l'Italie pour l'étendre dans tout le pays puis jusqu'à Marseille et maintenant au cœur de Paris. L'homme au regard vif et perçant était plutôt costaud, large d'épaules, portait une barbichette fournie au menton et la moustache en guidon soigneusement astiquée aux extrémités ; Ferro paraissait beaucoup plus vieux que ses vingt-trois ans ce qui lui donnait un plus grand ascendant sur ses sujets qui ne tardaient pas à découvrir qu'il était capable d'une cruauté implacable. Dès le début du printemps 1883, il était débarqué à Paris pour établir les bases de son organisation dans la capitale française, monter son réseau tout en convainquant les immigrants italiens des conséquences fâcheuses qui les attendaient, eux, leurs familles et leurs commerces, s'ils ne s'acquittaient pas religieusement du *piso*. Après Marseille, Paris était la deuxième ville française où il prélevait ce type de taxe auprès de ses compatriotes. Il commençait maintenant à étendre ses tentacules dans l'univers du pari et des salons de jeux dont le potentiel de rendement s'avérait une source de revenus illimités bien que pour le moment surtout pratiqué par une certaine classe de gentilhommerie. Il entendait bien contribuer à la démocratisation de ce vice. Un jour, il se promettait aussi de traverser l'Atlantique et d'accroître son empire dans les grandes villes des États-Unis comme New York ou Chicago. Il se définissait comme un visionnaire et un révolutionnaire protégeant les pauvres gens des vicissitudes des gouvernements, des institutions financières et de leurs malandrins. Il pensait à ses rêves d'expansion lorsqu'Adèle Tortoni vint l'informer que son invité était arrivé. Il sembla contrarié et fit un geste d'impatience.

— Alors, faites-le entrer. Et apportez-nous du chianti !

Elle s'excusa et Goethe se pointa aussitôt dans la petite salle, son regard s'arrêtant rapidement sur les deux mastodontes qui occupaient la petite table à la droite de la porte et dont la mine patibulaire ne laissait aucun doute sur leurs fonctions. Il fit une petite courbette en direction de Ferro et prit place devant lui. Les deux hommes s'étaient rencontrés fortuitement dans ce même établissement, quelques mois plus tôt. Après quelques verres de vin, ils comprirent très rapidement qu'ils nourrissaient des intérêts communs pour certaines activités illicites. Quand Goethe constata les véritables ambitions criminelles de Ferro, il comprit qu'un partenariat deviendrait des plus profitables entre eux. Il prit le temps de gagner sa confiance, de lui suggérer certaines opportunités d'affaires et rapidement, les deux hommes devinrent d'abord des amis puis des confidents prêts à nouer des liens. Ils en étaient justement à cette étape de leur relation lorsque Goethe proposa ce rendez-vous chez Tortoni.

— J'ai de bonnes nouvelles pour toi, mon cher don Vito.

Ferro plongea son regard dans celui de Goethe.

— Je ne peux pas t'en dire autant. Commence par tes bonnes nouvelles.

Goethe fut aussitôt déstabilisé. Il croyait sincèrement avoir gagné la confiance de Ferro et il fut étonné de le voir aussi rébarbatif d'entrée de jeu.

— Je ne comprends pas.

— Commence par les bonnes nouvelles, Wolfie.

— Les Polonais se préparent pour les Indes.

— Leurs histoires de chemins de fer ?

– Les deux familles vont travailler ensemble pour séduire les Britanniques.

– Sur place ?

– C'est le but.

Ferro esquissa un petit sourire. Il se détendit enfin, au grand soulagement de Goethe.

– C'est bon pour nous, ça. C'est pour quand ?

– Bientôt. Ils parlent déjà d'une première mission exploratoire à Madras dès la fin de l'été.

– Tu seras de l'expédition ?

– Je ferai le voyage, mais à mes frais. Je ne travaille plus pour eux.

– Alors, comment tu t'y prendras ?

– T'inquiète, j'ai mon plan. J'ai encore des amis qui ont des dettes envers moi dans leurs entrepôts. Ta marchandise fera partie, officiellement, de la cargaison de leur convoi.

– Je croyais que c'était une mission de reconnaissance.

– Ce l'est. Mais ils vont apporter du matériel pour impressionner les Anglais. Disons que je ferai tout simplement en sorte qu'il y ait des caisses supplémentaires sur le bateau. La beauté, c'est que personne ne pensera à fouiller le matériel des Czartoryski-Mazowiecki. Ils sont trop bien vus par les Anglais pour se voir humiliés de la sorte.

– Oui, c'est bon pour nous ça.

– Et tes mauvaises nouvelles ?

Ferro ignora la question, son cerveau bouillonnant quant à la marche à suivre.

– Dire qu'on le fera au nez et à la barbe de l'armée britannique. Ce sont vraiment de très bonnes nouvelles, Goethe. Ça prenait bien un boche pour venir égayer ma journée ! Je sens que c'est le début d'une grande amitié entre nous deux.

Il ouvrit aussitôt la bouteille de chianti qu'avait apporté Adèle pendant qu'ils discutaient et remplit deux verres.

— Santé !

— Santé !

Ils firent cul sec. Ferro remplit leurs verres de nouveau malgré le geste de Goethe qui n'en voulait pas un second. Ce fut alors au tour de l'Allemand de se montrer sérieux.

— Et toi, quelles sont donc les mauvaises nouvelles que tu apportes ?

Le rital se rembrunit aussitôt.

— C'est à propos de Kane.

— Quelles bêtises nous a-t-il encore fait celui-là ?

— Il est un peu trop doué pour les jeux de hasard. Ça pourrait nuire à sa santé.

— Il triche ?

— Possible. Ça ou bien il a la chance des cocus. Je ne crois pourtant pas qu'il soit cocu, ton protégé. Ça veut donc forcément dire qu'il triche, qu'il a un truc. Mais mes hommes n'ont pas encore réussi à comprendre sa combine. C'est qu'il est malin.

— Il l'est, en effet. Parfois, un peu trop pour son bien.

— Heureusement, dans certains établissements, comme chez Frascati, on le fait boire suffisamment pour le faire expulser sous un prétexte quelconque avant qu'il puisse faire main basse sur l'argent qu'il a gagné. Mais ailleurs, c'est plus compliqué comme au Palais Royal ou au Grand Salon. Tu me connais, je déteste perdre de l'argent. Ce serait tellement dommage qu'il lui arrive quelque chose de fâcheux.

– Ce serait plus que dommage, Vito. Ce serait une véritable catastrophe. N'oublie pas que nous avons besoin de lui aux Indes. Il a un accès privilégié à l'arsenal de la famille Czartoryski. Sa réputation est impeccable et il peut passer des commandes sans que personne ne s'en étonne. S'il n'est pas là, nous serons incapables de te fournir les armes, les munitions et les explosifs dont tu as besoin.

– Je croyais que tu avais des amis dans les entrepôts.

– Ils vont obéir à mes ordres pour, disons, l'emballage et les quantités. Mais je ne suis pas habilité à signer les bons de commande. Même avec l'aide de l'intérieur, ça deviendrait suspect si je laissais des traces. Le petit, lui, a ce pouvoir. Par le temps qu'ils auront découvert qu'il a autorisé des commandes fantômes, il sera trop tard, tu auras tes armes et moi je serai à l'autre bout du monde. D'ailleurs, ta mauvaise nouvelle pourrait nous servir. Je vais avoir un argument de poids pour le forcer à signer les bons de commande pour tes armes sans qu'il puisse regimber.

– C'est d'accord. Mais je ne pourrai pas le protéger comme ça indéfiniment. J'ai une réputation à défendre. Tu devrais lui conseiller de se tenir loin des salons de jeux pendant quelque temps. Toi, il risque de t'écouter. Surtout si tu réussis à le faire chanter comme un colibri.

– Je m'en occupe.

– Tu as de l'imagination, je te fais confiance. L'important, c'est de lui foutre la trouille et l'éloigner de mes salons de jeux. Tu t'y prendras comme tu voudras, je m'en fous. De toute façon, c'est aussi pour ça que je te paye, mon cher Goethe, pour ton sens de la débrouillardise, non ?

Ferro déposa alors une imposante liasse de billets de banque sur la table. Goethe en fit le décompte devant lui, sans manifester la moindre émotion.

— Le compte est bon.

— Tu me coûtes cher.

— Jusqu'ici, que je sache, tu y as trouvé ton profit.

— En effet, tu t'avères pour l'instant un investissement payant. Je ne ferais pas affaire avec toi s'il en était autrement. Je repars bientôt pour Palerme, je veux rentrer la tête tranquille sans me soucier de ceux qui ont pour mission de bien faire fructifier mon argent ici ou ailleurs.

— Je vais te rapporter cent fois plus et tu le sais.

— Que la Madonne t'entende.

— Elle est sourde et ne te serait d'aucune utilité.

— Que racontes-tu encore ?

— Les vierges ne font que ça se masturber. Ça rend sourd, ne le savais-tu pas ?

— Tu blasphèmes comme Satan en personne

Goethe fit un signe de la croix au niveau de son pubis.

— Ainsi soit-il. J'oublie toujours que tu es un fervent catholique.

— Tu as tort.

— Je sais. C'est le drame de ma vie.

— Tu sais qu'un jour tu auras besoin de moi plus encore que j'ai présentement besoin de tes services.

— On verra bien.

— Tu aimes croire que tu es le mal incarné.

— Peut-être le suis-je.

— Je t'aime, Goethe, mais tu es parfois tellement prétentieux que j'ai envie de t'abattre moi-même avec l'une de ces armes que tu me fournis si généreusement.

— Je suis athée. Tu finiras par m'ennuyer avec tes notions surannées du Bien et du Mal. Tu te dis catholique et pourtant tu ne cesses de briser tous les supposés commandements de votre Dieu !

— Je sais que tu ne comprendras jamais. Tu m'emmerdes chaque fois avec tes conneries sur la religion. Ça t'amuse vraiment de faire chier le monde avec ces sottises ? Tu me considères comme un bandit, mais moi je ne suis qu'un patriote qui défend les intérêts des gens ordinaires. N'oublie jamais que ce n'est pas pour rien que l'Église est d'abord romaine ! Nous, les Italiens, sommes les seuls à la défendre avec ferveur en Europe et partout dans le monde !

Ferro se signa aussitôt de la croix obséquieusement. Goethe ne put réprimer un sourire narquois.

— J'aime surtout vous voir tous convaincus de l'existence du bien et du mal, de décider arbitrairement de ce qui se veut un péché véniel ou mortel, de ce qui peut être confessé avec absolution ou non. Je ne crois en rien, Vito. Je ne crois qu'en moi, en ma patrie et surtout, en ma mission sur cette terre. Dieu peut aller se faire foutre. Belzébuth peut l'y accompagner. Voilà ce que je crois.

C'est alors que Goethe se versa lui-même un autre verre de chianti qu'il avala d'un trait avant de fausser compagnie à Ferro sur une révérence quelque peu exagérée que n'apprécia visiblement pas son hôte. Avant de sortir, il prit le temps de saluer les deux gardes du corps qui s'ennuyaient visiblement autour de leur espresso.

— *Arrivederci* !

Il n'eut pas l'occasion de les entendre répondre à l'unisson :

— *Vaffancula stronzo* !

• • •

Le commis de l'usine d'explosifs Czartoryski en banlieue de Paris, un jeune Marseillais au passé trouble, trouva Corey

Kane particulièrement nerveux lorsqu'il vint passer une commande urgente pour une tonne d'explosifs. Le responsable des ventes n'avait pas son flegme habituel. Il regardait constamment autour de lui comme s'il craignait d'être surveillé ou d'avoir été suivi dans l'entrepôt. Mais ce commis dont Kane ne connaissait probablement pas le nom n'était pas là pour questionner un supérieur, alors il passa docilement la commande sur la liste prioritaire, promettant qu'elle serait livrée dans les prochains jours à l'adresse indiquée.

— À qui j'adresse la facture, monsieur Kane ?

— Je m'occuperai de la facturation. C'est un client qui exige la plus grande discrétion. Vous prendrez d'ailleurs les mesures appropriées pour que la livraison soit confiée à des hommes de confiance qui savent tenir leur langue.

— J'en prends note, monsieur Kane.

Dans l'univers de la vente d'armement et d'explosifs, ce n'était pas là une procédure totalement inhabituelle, même si cela relevait de l'exception. Le commis remplit donc le formulaire approprié que signa rapidement Kane.

— J'aurai bientôt une autre commande encore plus importante qui devra, elle aussi, être traitée confidentiellement.

— Encore des explosifs ?

— Non, cette fois il s'agira aussi d'armes à feu et de munitions. Il faudra les emballer dans des sacs d'engrais et de semences provenant de nos usines agricoles. Vous croyez que vous pouvez coordonner tout ça dans la plus grande discrétion ?

Il glissa un billet de cent francs sur le comptoir. Cette fois, le commis, qui avait une solide expérience de la rue et de ses activités illicites, comprit que Kane ne travaillait pas uniquement pour l'entreprise. Il prit le billet et acquiesça d'un signe de tête. Kane sembla maintenant beaucoup plus calme.

— Il y en aura d'autres pour compenser vos risques. Vous me rappelez votre prénom, jeune homme ?

— Chaffret. Vous pouvez me faire confiance, monsieur Kane. Mais si vous me permettez, j'aimerais vous prévenir que vous avez un collègue qui en mène large ici. Je ne contrôle pas toutes les langues de l'usine, et certaines d'entre elles se délient sous la menace.

— De qui parlez-vous ?

— Monsieur Goethe a prêté beaucoup d'argent aux employés de l'usine. Des employés qui n'auront jamais les moyens d'honorer leurs dettes et qui se font saigner à blanc en plus de se voir forcés de détourner du matériel, fermer les yeux sur des irrégularités et délier leurs langues pour l'informer de tout ce qui se passe ici.

Kane, reconnaissant, déposa un autre billet de cent francs sur le comptoir. Il disparut rapidement dans les poches de Chaffret qui lui fit un clin d'œil complice.

— Goethe ne travaille plus pour les Czartoryski.

Chaffret ravala sa salive et baissa les yeux.

— Je sais. Mais son emprise n'en est pas moindre, monsieur Kane.

Un autre billet de cent francs apparut devant Chaffret qui s'en empara avec une rapidité féline.

— Je veux savoir qui dans cette usine est à la merci de Goethe. Pouvez-vous me dresser une liste ? J'ai besoin des noms de tous ceux qui lui doivent de l'argent.

Chaffret fit signe que oui.

Kane quitta l'usine, mais il était loin d'être rassuré. Il craignait Goethe comme la peste depuis toujours. Il savait de quoi il était capable. Le congédiement de son ancien professeur des entreprises opérées par les Czartoryski ne le rassurait pas. C'était même plutôt le contraire après ce qu'il venait d'apprendre. Goethe devenait un obstacle à ses projets et devrait être éliminé, une tâche qui ne s'annonçait certainement pas facile, mais à laquelle il devrait se soumettre sans trop tarder.

« La haine s'exprime d'ordinaire par la colère ;
mais le calcul est tellement le plus fort,
qu'il ne va jamais au-delà de ce qu'il convient de montrer,
suivant les circonstances et les personnes. »

— Madame de Staël, *Dix années d'exil*

XV

Au départ, la rencontre organisée à l'hôtel Lambert, aux bureaux du prince Ladislas Czartoryski, se déroula fort mieux que ne l'aurait imaginé le duc de Mazowiecki qui, malgré plusieurs rencontres préliminaires hautement secrètes, entretenaient toujours beaucoup d'appréhensions. Tytus se sentit de plus en plus en confiance en présence du prince, un homme raffiné, plutôt grand et élancé et dont tant le sourire que le regard se voulaient sans compromis, francs et directs. Sans long préambule, il mit d'ailleurs la table. Une dizaine de membres de la haute direction des entreprises Czartoryski et Mazowiecki avaient été conviés à cette rencontre. Ils comprirent rapidement qu'ils assistaient à une véritable fusion. Le prince héritier Vlad et son ami, Corey Kane, qui occupait un quelconque poste aux ventes, participèrent aussi à la réunion, mais furent contraints de se montrer plutôt discrets. Le duc fut d'ailleurs particulièrement étonné de la présence du jeune homme. Dès le départ, il fut établi que le prince et le duc entendaient mener la réunion sans interruption inutile. Il devint tout aussi limpide que des accords de principe avaient déjà été conclus entre les deux hommes.

Le prince prit son fils de court en annonçant son intérêt pour les investissements dans le marché en progression des cigarettes et de l'incursion de son compatriote en Turquie. Il annonça leur association sur ce front. Les deux hommes avaient déjà établi les bases de ce partenariat dès leur rencontre initiale et en avaient défini les paramètres lors de rencontres subséquentes. La compagnie C&M était déjà enregistrée. L'acquisition d'une première usine à Constantinople ainsi que de la machinerie nécessaire pour la fabrication de cigarettes seraient complétées au cours des prochaines semaines. La nouvelle entreprise dédiée à la fabrication et à la vente de cigarettes entendait s'implanter d'abord en Turquie, pour faire le pont entre l'Orient et l'Occident, mais les deux hommes envisageaient déjà une expansion européenne et même américaine au cours de la prochaine décennie. Ils avaient d'ailleurs déjà passé des commandes pour importer du tabac de Virginie prétendument le meilleur au monde entier.

— D'ici vingt ans, nous tirerons nos plus importants profits de la vente de cigarettes à l'échelle mondiale ! osa même prophétiser le prince Czartoryski.

Le prince avait toutefois d'autres grandes ambitions et rapidement les exposa en présence de son nouvel associé, surtout au bénéfice du prince héritier. Ses entreprises, par l'intermédiaire d'un bureau britannique qui serait bientôt créé, la CM&I British Metal and Steels, souhaitaient obtenir certains des nombreux contrats octroyés par la Couronne britannique pour le développement d'un vaste réseau de chemins de fer aux Indes. C'est le prince Ladislas qui prit la parole le premier pour exposer ce projet plus en détail.

— Le réseau ferroviaire y est actuellement déficient et ne couvre qu'une portion du territoire entre Madras, Bombay, Calcutta et Delhi. Depuis une dizaine d'années, les Britanniques n'ont presque plus investi. Le résultat est qu'il n'y a que quatorze mille kilomètres de rail. C'est à peine le quart de ce qu'il faudrait pour couvrir l'ensemble de l'Empire des Indes. Nous avons l'expertise, les usines et le capital nécessaire pour mener à terme une telle réalisation.

Le duc de Mazowiecki s'était finalement laissé subjuguer par l'ampleur du projet qui serait aussi coiffé par la nouvelle entreprise de commerce de tabac qu'il avait monté de toutes pièces avec le prince, à l'insu de tous les autres intervenants. C'était plus qu'une fusion, c'était la création de nouvelles entités juridiques savamment élaborées pour en évincer définitivement Wolfgang Goethe dont l'absence fut rapidement remarquée par tout le monde. Aucune explication ne leur fut fournie et personne n'osa en demander. Ils préférèrent se montrer motivés et grandement intéressés par l'ambitieux chantier auquel les deux grandes familles souhaitaient s'attaquer.

Tous furent surpris de voir à quel point les travaux préliminaires étaient avancés. Les plans d'architecte furent présentés, ainsi que différents tracés projetés tant à l'intérieur du sous-continent, mais aussi des tracés reliant les Indes à l'Afghanistan, au Cachemire, au Tibet et jusqu'en Chine. Le duc prit la relève et s'aventura d'entrée de jeu à leur signaler certaines des embûches purement géographiques auxquelles ils seraient confrontés. L'affaire avait été préparée soigneusement et il se sentait capable de négocier leurs entrées auprès du conseil de régence à Madras chargé de prendre les décisions finales en cette matière. À tout le moins, son réseau de contacts au sein de la bureaucratie gouvernementale et diplomatique du Royaume-Uni lui donnait raison d'afficher un certain optimisme quant aux résultats qu'ils obtiendraient lui et le prince Czartoryski. Sa réputation resterait intacte et il saurait servir d'entremetteur tout en y trouvant le moyen de générer de grands profits.

— Il nous faudra discuter avec monsieur Grant Duff. Il est le gouverneur de Madras. C'est le fils d'un très grand historien britannique, James Grant Duff. Mais surtout, il est membre du très sélect Conseil privé de Sa Majesté la reine Victoria. C'est un incontournable, pour ce que vous souhaitez accomplir.

— Vous le connaissez bien ?

— Je le considère comme un ami personnel. Il en va de même pour le premier baron de Connemara, M. Robert Bourke. Il occupe le poste de secrétaire d'État aux Affaires étrangères dans les colonies indiennes. C'est aussi un homme qui a l'écoute du palais de Buckingham. C'est indispensable pour ce que nous souhaitons accomplir ensemble.

Le prince Czartoryski en profita pour annoncer haut et fort combien il était impressionné par les lettres de noblesse du duc de Mazowiecki aux Indes. De toute évidence, les Britanniques des Indes le connaissaient bien et il commerçait déjà dans le sous-continent depuis suffisamment longtemps pour avoir acquis leur confiance. Il lui suffisait de recommander pour ces travaux la C&I et annoncer que son entreprise s'était associée à elle pour former un consortium qui superviserait la construction du réseau de chemins de fer indien. Les sommes en jeu se voulaient colossales. Flatté, mais un peu surpris de participer à cette réunion, Kane éprouvait un plaisir certain de constater que Goethe, congédié par le prince, n'en était pas. Un plaisir que le duc de Mazowiecki partageait secrètement. Il menait les discussions avec un enthousiasme évident.

— À l'heure actuelle, je vous dirais que leur priorité est de consolider, d'améliorer et de prolonger le réseau existant, mais aussi de relier Madras à Calcutta, les deux plus grandes villes de la côte est, avança le duc. C'est une tâche colossale qui représente à elle seule des travaux sur près de deux mille kilomètres. Ce seul projet justifierait l'entreprise et se traduirait par des revenus absolument fabuleux. Mais comme vous l'a expliqué le prince Czartoryski, nous prévoyons de bâtir au cours des prochaines années des dizaines et des dizaines de milliers de kilomètres de rails pour relier Tuticorin à l'extrême sud-est jusqu'à Srinagar à l'extrême nord-ouest. Plus de trois mille cinq cents kilomètres séparent les deux villes. De ce que j'en sais, le Raj souhaiterait voir son réseau passer de quatorze mille cinq cents à plus de soixante mille kilomètres d'ici le début du prochain siècle. Comme vous avez pu le constater, nous n'entendons pas nous arrêter au sous-continent. Une fois sur place, nous ambitionnons même déborder ces frontières et relier les Indes à ses voisins, peut-être même jusqu'en Chine où j'ai aussi de très bonnes relations avec les autorités en place.

— Vous avez raison. C'est toutefois par la route Madras-Calcutta que nous débuterons, puisqu'en ce moment, c'est celle qui fait le plus cruellement défaut sur le réseau actuel. Notre consortium, qui sera basé à Madras, est déjà enregistré sous le titre de CMI British India Railways. Par la suite, il ne nous restera plus qu'à présenter une soumission en bonne et due forme aux autorités.

– C'est à mon sens la marche à suivre, mon cher Ladislas.

En fait, tous les documents légaux étaient déjà rédigés. Il n'y manquait que leurs signatures et bien sûr les lettres d'autorisations. Il lui restait aussi à négocier sa part, du moins devant les autres intervenants. Cela se voulait surtout une mise en scène qu'il avait au préalable préparée dans ses rencontres privées avec le prince, un véritable écran de fumée qui ne servait qu'à faire taire les autres membres du clan Czartoryski susceptibles de présenter quelconque objection dans la conclusion de cette affaire dont ils avaient été totalement exclus du processus décisionnel. Le prince et le duc ne leur offraient rien de moins qu'une pièce de théâtre dont ils n'étaient que les spectateurs et, dans le meilleur des cas, de bêtes figurants.

Le prince héritier eut un pincement de cœur. Son propre père était-il en train de le trahir comme l'en avait prévenu Goethe avant de vider son bureau ? Décidément, ces deux-là aimaient un peu trop à son goût les ententes secrètes. Ni lui ni personne n'y pouvaient rien. C'est ainsi que l'entente, dans les faits, fut scellée sur une poignée de main devant des témoins qui ne furent jamais invités à participer aux discussions. La réunion fut aussitôt déclarée terminée et chacun repartit sur ordre du prince Czartoryski. Le duc était à ranger ses affaires lorsque le prince lui fit un signe discret et l'invita à rester un peu plus longtemps, le conviant à un verre de cordial à la bibliothèque.

– Maintenant que nous sommes seuls, j'aimerais vous inviter à boire un coup. Nous avons encore des choses à discuter.

— Mon cher ami, je suis exténué. Vous souhaitez déjà renégocier ce qui fut convenu ?

— Il ne s'agit pas de ça, Tytus, vous le savez bien.

— Je crains que votre fils ait trouvé cette réunion particulièrement pénible.

— Vlad est un bon garçon, mais malheureusement il n'y comprend rien aux affaires de la vie. C'est un rêveur qui essaie de jouer les durs. Parfois, il m'exaspère. Il a encore beaucoup à apprendre dans le monde des affaires. Il m'arrive même de me demander s'il parviendra à s'y illustrer.

— Vous êtes sévère à son endroit, me semble-t-il.

— Un père se doit de l'être avec son héritier.

— Je suis heureux de ne pas avoir ce problème. Avec une fille, un père peut se permettre davantage de se montrer indulgent.

— C'est l'évidence même, mon cher Tytus. Cela dit, je vous ai justement demandé de rester parce que je souhaite vous parler de nos enfants.

Le duc demeura interdit.

— À quel sujet ? Que viennent faire nos enfants dans tout ça ? Je ne comprends pas.

— Vous ne savez donc pas pour mon fils et votre fille ?

— Que devrais-je savoir ?

— Ils sont amoureux l'un de l'autre.

Le duc fut véritablement pris par surprise. Personne ne lui avait glissé mot à ce sujet qui, pourtant, se propageait depuis près de deux semaines comme une rumeur publique dans le Tout-Paris.

— Vous plaisantez ?

— Je suis sérieux comme un pape. Ça ne vous fait pas plaisir ?

— Est-ce que cela compromet nos projets ?

— Au contraire, je crois que cela ne peut que les rendre encore plus concrets.

— Mais comment savez-vous cela ?

Le prince lui répondit par un autre sourire qui avait dû faire de lui un redoutable charmeur vingt ans plus tôt.

— Je m'efforce de demeurer un homme bien informé et pour moi, c'est une très bonne nouvelle. Le destin de nos deux familles est, semble-t-il, désormais probablement intimement lié. Il est important que nous prenions l'initiative de certaines choses avant que nos épouses respectives prennent le plein contrôle.

— Là, je ne comprends vraiment pas ce que vous insinuez. J'ai toujours tenté de dissocier les affaires commerciales de mes histoires de famille.

— C'est sage de votre part, mais j'estime que dans les circonstances cela m'indique que les astres étaient vraiment alignés à la perfection pour que nos deux familles unissent leur destinée.

— En effet, vue sous cet angle, je conviens avec vous qu'il y a là un merveilleux hasard.

— Il vous faudra bien sûr vous assurer que votre fille est bel et bien amoureuse de mon fils avant d'accorder sa main. Nous ne sommes tout de même plus au XVIIIe siècle ! Je ne voudrais surtout pas que l'on nous accuse d'avoir arrangé ce mariage pour le bien des affaires que nous menons en commun, mon cher. Les gazettes populaires ne manquent jamais l'occasion de faire des gorges chaudes sur de pareilles coïncidences. Les gens disent ne jamais y prêter foi, mais la réalité est souvent tout autre, vous le savez aussi bien que moi.

Tytus était encore sous le choc. Sa fille, son petit bébé d'à peine seize ans, était donc follement amoureuse du petit prince Czartoryski. Il était à la fois réconforté que l'élu de son cœur soit digne de son rang social et en même temps affolé à l'idée de la voir prématurément quitter le nid familial pour se marier. Il ne pensait même plus aux avantages de l'alliance en développement entre les deux familles polonaises. Tout cela ne lui importait pas autant que le bonheur de son engeance. Sa fille était secrètement, ou presque, fiancée. Il en était fier et en même temps il ne se sentait pas du tout prêt à pareil bouleversement dans sa vie. Ladislas le prit par l'épaule.

– Les enfants grandissent trop vite, lâcha le duc.

– Il y a des réalités pour lesquelles nous ne sommes jamais véritablement bien préparés. Tout comme pour moi, un bon cordial vous fera le plus grand bien. Je devine que vous croyez votre fille trop jeune pour prendre époux, et moi je vous confierai que je commençais à désespérer pour mon fils qui aurait dû se marier depuis fort longtemps. À plus d'un égard, Tytus, vous permettez, je l'espère, que je vous appelle Tytus ?

– Bien entendu.

– Vous m'en voyez ravi. Car c'est à mes yeux un grand jour pour nos deux familles. Même en exil, grâce à des gens comme vous et moi, la nation polonaise continue de croître et de fleurir. Je ne suis pas un homme à se laisser gagner par les émotions, mais aujourd'hui, je dois vous faire une confidence, je suis confiant en l'avenir non seulement pour nos enfants, mais aussi pour les générations futures. Allons célébrer dignement, entre pères de famille, ces nouvelles alliances qui au bout du compte ne feront que permettre à notre patrie de renaître un jour de ses cendres. Nous sommes, j'en suis convaincu plus que jamais, l'avenir de la Pologne !

— Je ne crois pas que cela soit si simple, mon cher Ladislas. Il y a longtemps que j'ai cessé de croire au futur de notre mère patrie.

— Les hommes d'action réalisent toujours leurs rêves ! Nous en sommes. C'est ce qu'il faut pour sauver notre mère patrie, comme vous le dites si bien.

— Je vous trouve très optimiste. Je vois certes d'un très bon œil tant notre alliance commerciale en Turquie ou aux Indes que la perspective d'un mariage entre nos enfants, mais je suis loin d'être convaincu que l'un ou l'autre d'entre eux pourra un jour sortir d'exil et retourner vivre de façon prospère dans notre chère Pologne. Les boches, les Russes et tous les voisins que nous avons sont depuis toujours beaucoup trop affamés pour la laisser tranquille, cette douce Pologne que j'aime autant que je sens que vous l'aimez. Nous ne l'avons certes pas quittée par choix, mais par nécessité.

— Un jour, je vous expliquerai mon plan, mais l'heure n'est pas aux discussions politiques.

— Vous avez un plan ?

— Venez avec moi.

— Mon cher Ladislas, n'êtes-vous pas un incurable optimiste convaincu de pouvoir surmonter tous les obstacles ?

Le prince se contenta de sourire sans vraiment répondre. Ils pénétrèrent dans la vaste bibliothèque de l'hôtel Lambert qui soudainement semblait si vide sans les centaines d'invités qui y fumaient récemment le cigare tandis que les femmes piaillaient dans le salon d'à côté et que les jeunes dansaient dans le jardin intérieur aménagé pour l'occasion du grand bal d'été. Ladislav trouva rapidement une bouteille dont le liquide ambré semblait des plus invitant et versa deux verres en semblant réfléchir à ce que venait de dire Tytus qui tentait de se ressaisir de cette journée plutôt fertile en émotions de toutes sortes. Le prince Czartoryski se rembrunit un instant en apportant les verres.

— La Pologne ne sera probablement plus jamais celle que nous avons connue et tant aimée. J'en conviens. Vous avez probablement raison. C'est pourquoi j'essaie de limiter mon enthousiasme la plupart du temps. Mais j'ai quand même envie de trinquer avec vous et même peut-être de me soûler un peu en espérant un monde meilleur. Pas vous ?

— Nous sommes polonais, mon cher Ladislav. Tous les prétextes sont bons pour lever le coude. Vous avez de la vodka ?

— Notre pays est magnifique, mais ses alcools sont déplorables ! La vodka, c'est une boisson pour les paysans.

— Que proposez-vous ?

Ladislas lui tendit un verre.

— J'espère que vous aimez le whisky écossais. Celui-là est l'un des plus savoureux et des plus vieux que vous puissiez trouver dans le monde. C'est un magnifique Bowmore qui a plus de cinquante ans d'âge. Cet alcool a été conçu avant que nous soyons nés ! Vous m'en donnerez des nouvelles. C'est un divin nectar. Santé, mon ami !

Ils levèrent leurs verres et en vidèrent le contenu d'un seul trait, cul sec.

— Mon médecin n'approuverait pas, confia Tytus, mais il peut aller se faire foutre !

— Le mien aussi, pour tout vous avouer. Il y a si longtemps que j'ai eu envie de boire jusqu'à en perdre mes repères. Je dois toujours être sur mes gardes, vous savez. Mais avec vous, je sens que je peux baisser la garde. Alors, buvons, mon cher Tytus. Buvons à la Pologne, à nos affaires et au bonheur de nos enfants.

Ils avalèrent un deuxième verre sans cérémonie. Ladislas remplit les verres de nouveau. Tytus décida que c'était à son tour de proposer une bonne raison de boire la prochaine rasade.

— Alors, levons-le cordialement et faisons honneur au meilleur whisky d'Écosse en nous souhaitant retrouver un jour un pays qui nous ressemble et que nos enfants réussiront à rendre meilleur !

— Santé, cher ami. Il n'est pas interdit de rêver même pour de vieux aristocrates comme nous !

— Buvons à la santé des vieux aristocrates, clama Tytus.

— D'autant que nous-mêmes nous sommes en voie d'extinction. Le jour viendra bientôt où le peuple, non content d'avoir détruit la monarchie et imposé sa république, voudra aussi qu'on le considère comme nos égaux.

— N'êtes-vous pas républicain ?

— Je le suis par la force des choses. Il n'y aura plus jamais de roi en France, ça, c'est une certitude. Ce pauvre comte de Chambord se meurt et lorsqu'il trépassera, vraisemblablement dans quelques semaines, toute velléité d'un retour à la monarchie s'éteindra à tout jamais. Cela ne m'empêche pas de défendre certaines valeurs d'un autre siècle. On peut s'afficher comme républicain et revendiquer le droit des gens de notre rang. Contrairement à ce que certains prétendent, je ne crois pas que ces concepts soient nécessairement incompatibles.

— Vous êtes nostalgique de la belle époque.

— Je le suis. Vous avez raison. J'espère que nos enfants n'auront jamais à en venir un jour à perdre leurs titres de noblesse si chèrement acquis par leurs ancêtres pour se sentir du jour au lendemain au même niveau social que le commun des mortels. C'est aussi pourquoi l'amour que semblent éprouver l'un pour l'autre mon fils et votre fille me réchauffe le cœur. Ils vont, du moins je l'espère, perpétuer la noblesse polonaise jusqu'au siècle prochain ! Je crois qu'il est encore possible de s'afficher comme républicain dans ce pays tout en protégeant certaines institutions de l'aristocratie. Ne le croyez-vous pas, Tytus ?

— Je ne peux qu'être d'accord là-dessus, Ladislas.

— Bon sang ne saurait mentir. Nos enfants nous font honneur !

— Je ne vous savais pas si philosophe.

— Je vous le répète, Tytus : bon sang ne sait jamais mentir. Pourvu qu'il ne soit pas dilué par un sang de moindre qualité, oserais-je ajouter. N'est-ce pas aussi le défi de l'Europe qui ne cesse de se métisser ?

Le duc de Mazowiecki ne put s'empêcher d'offrir une accolade bien sentie à son hôte et d'embrasser ses joues à la française.

— Ladislav, je sens, plus que jamais, que nous avons bien des choses en commun vous et moi. Vous m'en voyez agréablement surpris.

Le prince leva son verre triomphalement.

— À l'avenir !

— À l'avenir !

— Et ne vous en faites pas pour Goethe même s'il tentera de se venger autant contre vous que contre moi de l'avoir floué. Je sais déjà comment je m'y prendrai pour le neutraliser. Il me reste quelques cartes cachées dans mon jeu et s'il m'y contraint, je les abattrai sans la moindre hésitation.

Le duc de Mazowiecki regretta alors d'être déjà un peu saoul.

— Que voulez-vous dire ? demanda le duc en s'efforçant de ne rien laisser paraître de son malaise.

— Il a des squelettes dans le placard qui pourraient venir le hanter.

— Il n'était pas seulement un espion pour Bismarck ?

— Il y a pire dans son cas. Je ne cesse d'en apprendre davantage à son sujet tous les jours. Ça ne me réjouit pas. J'ai manqué de vigilance dans son cas.

— Nul n'est à l'abri d'un fourbe.

— C'est possiblement le pire que je n'aurai jamais croisé dans ma vie.

— Ça ne me surprend pas. Moi aussi j'ai été floué, ne l'oubliez pas.

— Il a commis des atrocités.

— Je préfère probablement ne pas savoir lesquelles.

— Il vaut mieux que ce soit ainsi.

— Confidence pour confidence, cet individu-là me fout quand même le cafard.

— Tytus, c'est aussi pourquoi j'ai de l'admiration pour vous. Lorsque vous croisez le Diable vous savez le reconnaître. Car si le Diable existe, il a pour nom Goethe. Vous l'avez deviné et c'est tout à votre honneur. Vous êtes celui qui m'a ouvert les yeux à son sujet. C'est grâce à vous que j'ai réussi à m'en débarrasser. Votre perspicacité et votre honnêteté vous honorent. C'est ce qui fait de vous un homme prospère et, je l'espère, bientôt un homme encore plus immensément riche grâce à notre alliance.

— N'avez-vous pas peur d'essayer de contrôler la vengeance prévisible du Diable ?

— C'est tout le contraire, pardieu ! Lorsque le Diable est votre esclave, le monde est à vos pieds. J'aurai réussi où Dieu Lui-même a échoué ! Je propose que nous buvions à la conquête de Satan !

— Nos femmes nous accuseraient de blasphémer !

— Elles auraient raison parce que pour blasphémer, nous blasphémons sans vergogne ! N'est-ce pas pourquoi nous sommes si riches ? Les curés font vœu de pauvreté, mais certainement pas des gens comme nous !

— Peu importe, nos femmes sont désormais trop vieilles pour se soucier de nos blasphèmes. Elles se contentent de la richesse que nous leur procurons. Elles ne se soucient plus vraiment de nous. Si leurs corps étaient moins flasques, elles nous tromperaient depuis longtemps avec de jeunes amants. Leur seule jalousie, c'est que nous, malgré notre embonpoint, pouvons avec notre argent séduire de jeunes et jolies filles, peu importe leur âge.

— Ainsi va la vie, mon cher Tytus.

— Je n'oserais pas coller ma vieille peau sur celle d'une tendre jeune fille, objecta Tytus.

— C'est tout à votre honneur, mon cher ami. Mais je vous jure que cela serait d'une facilité déconcertante si l'envie vous en prenait.

— Vous n'avez pas de fille, et ça paraît.

— J'en suis conscient. Mais les garçons ont aussi leurs vies secrètes et parfois déroutantes pour un père.

Le duc de Mazowiecki éclata de rire.

— Nous vivons une triste époque où les valeurs traditionnelles volent par la fenêtre, mon ami. Que le Diable prenne nos âmes et surtout, qu'il nous laisse tranquilles pour mener nos affaires ! déclara alors Tytus en avalant d'un trait un autre verre de cordial.

— Au Diable et à son enfer !

— Qu'il se le garde pour lui n'en déplaise à nos femmes qui le craignent !

— C'est pourquoi les femmes ne comprennent rien aux affaires des hommes ! Allez, levons nos verres et ce faisant, rappelons à Dieu et au Diable que nous sommes les seuls véritables maîtres de l'univers ! Sans les commerçants et les entrepreneurs, la terre serait encore peuplée de sauvages terrifiés par le premier éclair, le premier coup de tonnerre. Dieu et le Diable ont fait leur temps.

— Le monde appartient désormais aux hommes d'envergure comme vous et moi, Tytus. La bonne nouvelle, c'est qu'il n'appartiendra bientôt plus jamais aux curés et autres jacasseurs en soutane.

— Ce n'est pas demain la veille. Le Vatican demeure toujours la multinationale la plus riche de la planète.

— Son règne n'est pas éternel. Plus nous entrerons dans la modernité, moins il y aura de place pour les anges, les démons, les archanges et leurs souteneurs. Je décrète que Dieu, et son ami imaginaire Satan, sont condamnés à mort. Et il est bien qu'il en soit ainsi.

— Et que faites-vous des juifs ou de l'islam ? Ils sont encore plus dangereux que le Diable !

— Les dieux sont appelés à mourir comme le sont les supposés suppôts de Belzébuth. On connaîtra un autre siècle de Lumières, je vous le dis.

— Dois-je comprendre que Goethe est désormais condamné à mort ?

— J'espère bien.

— Vraiment ?

— Bien entendu. Il nous appartient. Nous avons pour devoir de procéder à son exécution sans autre forme de procès ! Cela ne doit toutefois pas nous empêcher de nous amuser encore un peu à ses dépens. Le problème avec le Diable, c'est qu'il se croit toujours plus malin que nous.

Ils rirent aux éclats de cette effroyable boutade. Ils burent ainsi tout l'après-midi, en levant leurs verres pour tout et pour rien, et finirent tous deux par sombrer, deux bouteilles plus tard, dans un coma éthylique dans la grande bibliothèque de l'hôtel Lambert. Ils ne se réveillèrent qu'au beau milieu de la nuit, mais personne n'aurait vraiment connaissance de leur beuverie. Peu importe ce qu'en diraient les avocats, l'affaire était conclue. Les familles Mazowiecki et Czartoryski étaient désormais unies pour la vie, pour le meilleur et pour le pire, bien entendu. Tytus mit des jours à se remettre de ses excès et tout en se réjouissant de s'être fait un ami d'un aussi puissant homme que le prince Czartoryski, il fut fort embarrassé de ne pas réussir à se souvenir de toutes les conversations intimes que s'étaient échangés les deux hommes d'un verre de cordial à un autre.

« Qui fait confiance au monde sera trahi. »

— Hazrat Ali, cousin et gendre de Mahomet

XVI

Aussitôt l'entente entérinée par les avocats et signée par les deux parties, Tytus entreprit d'obtenir tous les rendez-vous nécessaires à Madras afin que la nouvelle société conjointe unissant les Mazowiecki et les Czartoryski puisse obtenir de premiers contrats pour le développement du réseau ferroviaire à l'intérieur du sous-continent indien. Moins de deux semaines après le grand bal chez les Czartoryski, le duc peinait à croire que ce qui se voulait au départ un vague projet était déjà devenu une entreprise aussi ambitieuse. Il en avait le vertige, mais le temps lui manquait cruellement pour regarder en arrière et poser un regard critique sur une décision prise sur un coup de tête d'abord pour se dissocier de Wolfgang Goethe.

En ce vendredi 27 juillet 1883, le duc de Mazowiecki avait rendez-vous avec l'ambassadeur de la Grande-Bretagne à Paris, le vicomte Lyons, un aristocrate qu'il avait connu lors d'une de ses premières visites à Londres et qu'il considérait, avec raison, comme un fidèle ami. Richard Bickerton Pernell Lyons était un favori de la reine Victoria. Après son séjour en Amérique, il fut transféré en Turquie pour y remplacer un ambassadeur véreux plongé au cœur d'un scandale politico-financier qui plongeait alors la Couronne britannique dans le plus grand embarras. Puis, à l'automne 1867, il fut récompensé pour ses loyaux services par le titre d'ambassadeur dans la Ville lumière, considéré comme le plus prestigieux poste de la diplomatie britannique. À plus d'une occasion au cours de son mandat, il avait joué un rôle de facilitateur auprès de son ami le duc de Mazowiecki dans l'établissement de ses comptoirs commerciaux aux Indes, mais aussi ailleurs en Orient. C'est notamment grâce à la vigilance de Lyons que le duc avait pu saisir l'occasion de commercer le tabac en Turquie. L'ambassade, ou la « *chancery* » comme l'appelait le vicomte, était située dans un magnifique hôtel particulier construit au début du XVIIIe siècle pour Armand de Béthune, deuxième duc de Charost et gouverneur de Louis XV et qui fut ensuite connu comme l'hôtel Chevalier de Montigny, puis l'hôtel d'Esclignac, l'hôtel de Montchenu et l'hôtel de Commaille avant son rachat en 1855 par deux frères d'origine portugaise, Émile et Isaac Pereire. Étonnamment, pour la majorité des Parisiens, c'était encore l'hôtel de Charost. Les Britanniques étaient toutefois locataires de l'édifice situé au trente-neuf de la rue du Faubourg Saint-Honoré, à deux pas du palais de l'Élysée, et qui abritait non seulement l'ambassade, mais aussi la résidence de l'ambassadeur. Ils convinrent de se rencontrer au restaurant de l'hôtel de Crillon pour déjeuner ensemble. Le vicomte était déjà attablé avec ce que Tytus devina être un verre de gin devant lui, sa boisson de prédilection. Le duc crut devoir s'excuser de son retard. Le vicomte lui tendit chaleureusement la main.

— Vous n'êtes pas en retard, mon cher Tytus. C'est moi qui, comme toujours, ai pris un peu d'avance. Je sors si peu de l'ambassade ces jours-ci que lorsque l'occasion se présente j'en profite. Je vous en prie, assoyez-vous.

— Vous me semblez dans une forme splendide, Richard.

— Rien de mieux qu'un bon verre de gin pour assurer le bon fonctionnement du cœur. Vous m'accompagnerez, j'espère ?

— J'ai l'impression qu'il n'est plus possible de faire des affaires à Paris sans boire trop d'alcool ! Cela dit, il fait si chaud que je ne me ferai pas prier.

— Cette canicule est insupportable, surtout à mon âge. Mais croyez-moi quand je vous affirme qu'elle demeure plus tolérable que les froids sibériens que j'ai connus au Canada et dans le nord des États-Unis.

Le diplomate héla un serveur et commanda deux verres de gin avec des glaçons.

— Et assurez-vous que ce soit bien du No.3 et rien d'autre.

Le serveur acquiesça. Lyons se tourna vers son ami.

— Je refuse de boire autre chose que l'original London Dry Gin des frères Berry et Rudd. C'est de loin le meilleur. Les Français, je le déplore, ne connaissent rien d'autre que le vin et, par conséquent, ne comprennent pas qu'il existe d'autres nectars qui méritent d'être appréciés à leur juste valeur. Le gin, me semble-t-il, en est. Mais bon, nous ne sommes pas ici pour palabrer sur le chauvinisme français !

— C'est vous l'expert. Il n'y a qu'avec vous que je savoure cette boisson. Alors, c'est beau l'Amérique ?

— Pour être beau, c'est beau. C'est vaste, c'est varié, mais c'est surtout encore très sauvage à plusieurs endroits. Dans les grandes villes, la croissance effrénée est absolument affolante. New York sera bientôt une ville plus populeuse que Paris, je vous l'affirme.

— Ce n'était pas l'image que je m'en faisais.

— Ne vous méprenez pas, il se trouve encore des coins de pays où ce sont les cowboys et les tribus de sauvages qui sont rois et maîtres. Mais c'est aussi un pays en pleine effervescence où les technologies de pointe se développent à un rythme impensable en Europe. Vous avez rencontré Thomas Edison lors de l'Exposition universelle il y a deux ans. Cet homme-là va changer le monde !

— L'inventeur ? Oui, j'ai eu la chance. C'est un génie, pas de doute là-dessus. Il me semblait toutefois un peu éparpillé.

— Certes, mais c'est, vous l'avez dit, un véritable génie. Il est persuadé que son système d'ampoules électriques permettra d'illuminer tout un quartier de Manhattan dans un très proche avenir. Il a même pris des paris !

— Imaginez les possibilités.

— C'est ça, l'Amérique. Mais c'est aussi, surtout dans le sud, le racisme à ciel ouvert qui rend ce pays hostile aux étrangers.

— L'esclavagisme perdure ?

— Les lois se changent plus facilement que les mentalités. Je peux vous affirmer que dans le sud des États-Unis il y a encore de nombreux nègres qui se retrouvent dans un état de servitude involontaire. Pendant une dizaine d'années, les troupes fédérales tentaient d'empêcher les propriétaires terriens de se livrer à de telles pratiques, mais depuis qu'elles ont quitté des États comme l'Alabama, le Mississippi ou la Louisiane, je vous assure que c'est reparti de plus belle.

— C'est terrible.

— Officiellement, dans les plantations, les nègres sont des employés, mais leurs salaires sont minables, ils n'ont aucun droit et sont carrément à la merci de leurs maîtres. La ségrégation raciale demeure entière et au cœur du problème. Je ne serais pas étonné que les États-Unis soient de nouveau plongés dans une autre guerre de Sécession d'ici quelques années.

— Pourtant, de ce que j'ai pu lire dans les gazettes parisiennes, surtout à en croire le député Clemenceau, la France devrait s'inspirer du modèle américain.

Lyons s'empourpra et fort heureusement, le serveur arriva à l'instant avec les deux consommations. Le diplomate fit une pause pour prendre une gorgée du nectar de genièvre dont il raffolait tant avant d'exploser d'une voix feutrée pour éviter que d'autres entendent leur conversation.

— C'est de la foutaise. C'est n'importe quoi, et son contraire colporté par quelqu'un qui n'a jamais voyagé. Clemenceau est aussi prolixe qu'idéaliste. Il ne comprend rien à la réalité.

— Je vous connais généralement beaucoup moins lapidaire.

— Il n'y a qu'en votre présence que je peux parler sans caviarder mes opinions. À vous, je peux parler franchement. J'ai développé en vieillissant une certaine aversion pour tout communard doublé d'un imbécile.

— Moi aussi, mon seuil de tolérance devant la bêtise humaine a chuté drastiquement au fil des ans.

— C'est une forme de sagesse. Cela dit, en matière de déficit intellectuel profond susceptible de menacer l'ordre établi et les bonnes mœurs sociales auxquelles nous avons toujours souscrit, ce cher Clemenceau, ma foi, se présente comme un véritable champion, mon cher Tytus. À lui seul, il fait la preuve de la faillite inévitable de la République ! Vous avez vu dans quel état il est en train de mettre Montmartre ? Imaginez si on lui confiait les rênes de la France ! Ce ne serait rien de moins que la catastrophe, mon cher.

— Vous exagérez.

— J'aimerais vous dire que c'est le cas.

— Vous me voyez étonné par la dureté de votre propos, mon cher ami.

— Vous savez qu'il croit aussi que tous les peuples sont égaux et comme si ce n'était pas assez, il voudrait que des pays comme la France ou la Grande-Bretagne cessent de civiliser les contrées peuplées de sauvages ?

— Vous me l'apprenez. Ce serait une tragédie économique, rien de moins. Il ne peut être sérieux !

— Le monde change, mais ce n'est pas nécessairement une métamorphose idoine à laquelle nous assistons.

— Dieu sait ce que nous réservera le prochain siècle à la suite de toute l'ébullition sociale à laquelle nous assistons.

— Nous sommes à la veille d'une véritable révolution, mon cher Tytus. Le sens de l'honneur, les vraies valeurs et même le sens de la patrie sont menacés dans leurs fondements. Nous vivons dans un monde en mutation, Tytus. L'Europe n'en a plus fini de se transformer et, croyez-moi, ce n'est pas pour le mieux. Il faudra bientôt revoir nos certitudes. Vous le savez plus que quiconque, vous qui voyagez tant en Orient et en Asie.

— Voilà un univers dont les secrets sont impénétrables pour nous, occidentaux. C'est vrai que j'ai pu le constater de visu à la suite de mes nombreux voyages.

— La stabilité est une vertu qui nous échappe, mais que maîtrisent avec une patience exemplaire les Orientaux. C'est pourquoi les traditions se perdent. Mais bon, on verra bien. De toute façon, nous avons des affaires plus pressantes à discuter n'est-ce pas ?

— En effet, Richard.

— Alors, allons tous deux à l'essentiel. Mais d'abord, laissez-moi vous offrir un autre apéritif. Cette chaleur insoutenable me donne soif. Garçon !

Le serveur accourut. Le vicomte commanda aussitôt deux autres verres de gin sur glace après avoir avalé la dernière gorgée de celui qui était devant lui. Une fois de plus, il précisa qu'on ne lui serve que le No.3 et rien d'autre, ce qui sembla agacer le serveur qui se garda toutefois de l'exprimer autrement que par un léger soupir qu'ignora le Britannique, mais qui n'avait pas échappé au duc de Mazowiecki. Puis, Richard Lyons décida de plonger dans le vif du sujet.

— Je dois vous avouer, Tytus, que je suis plutôt étonné de vous voir vous associer dans un projet aussi ambitieux que le développement du réseau ferroviaire aux Indes.

— J'ai aussi des projets en Turquie et peut-être même bientôt en Amérique.

— Pour ce qui est de l'Amérique, ses réseaux de chemins de fer sont déjà bien en place.

— Non, avec Czartoryski, nous explorons aussi la possibilité d'investir dans l'industrie de la cigarette.

— Je reconnais le visionnaire en vous. C'est déjà très à la mode aux États-Unis. Il y a là un marché en pleine croissance chez les ouvriers qui n'ont pas les moyens de se payer des cigares ou même de fumer la pipe.

— C'est ce que je crois.

— Et votre intérêt pour les chemins de fer ?

— Ce fut la bougie d'allumage de mes entretiens avec ce bon Czartoryski. Il avait, semble-t-il, besoin de mon réseau de contacts. Or, il se trouve que vous en êtes. Ça ne vous contrarie pas, j'espère ?

— Au contraire, j'en suis, je vous l'assure, fort heureux, car l'expertise et les ressources commencent à manquer à l'Empire britannique. Nous avons de si vastes colonies au Canada, en Australie et aux Indes qu'il devient de plus en plus complexe de dénicher les bonnes personnes pour mener à terme d'aussi ambitieux chantiers simultanément.

— C'est en effet un défi de taille auquel nous allons nous attaquer.

— Une centaine de millions de livres ont été débloquées par le Trésor du Raj pour mener à terme notre objectif de poser plus de soixante mille kilomètres de rails. Il est difficile de régner sur un aussi vaste territoire avec un si piètre réseau de transports.

— Notre conglomérat ne vous décevra pas.

— Mais je ne vous connaissais pas d'intérêt pour les grands travaux. Il me semblait que vous aviez renoncé à tout jamais aux secteurs industriels le jour où vous avez vendu vos usines. Vous me sembliez ma foi fort content de ne faire que du commerce.

— Vous l'avez dit, Richard, les temps changent et la situation économique est de plus en plus difficile. Le climat politique demeure instable, vous le savez mieux que moi.

— La montée du nationalisme un peu partout en Europe menace en effet de la transformer en poudrière mortifère. Les frontières n'ont pas fini d'être redéfinies au cours des prochaines décennies.

— Je le crains, moi aussi. C'est pourquoi j'ai décidé de diversifier mes investissements. Je dois penser à l'héritage que je laisserai à ma fille et à mes futurs petits-enfants. Vous n'êtes pas sans savoir que ma belle Zivanka est amoureuse et peut-être même bientôt la fiancée du prince héritier Vladislav ?

— La rumeur court à cet effet.

— Vous l'avez probablement entendue avant que je n'en sois informé.

— Nous, les hommes, sommes souvent les derniers à savoir ces choses-là.

— Ce fut une surprise pour ma part, mais elle me réjouit.

— Voilà une alliance prometteuse pour laquelle je me dois de vous féliciter.

— Vous m'en voyez des plus heureux.

— Pour tout vous avouer, c'est un sujet qui est sur toutes les lèvres. C'est une autre preuve de l'importance de la noblesse. En ces temps difficiles, les gens ont besoin de rêver, et rien de tel qu'un mariage princier pour les faire rêver. Je vous invite toutefois à demeurer prudent. Le père de votre futur gendre est reconnu pour être un véritable rapace en affaires. On m'a souvent dit de lui que c'était un loup déguisé en agneau. Vous n'êtes pas sans savoir que lui et sa famille ne se sont pas fait beaucoup d'amis à Londres au fil des siècles.

— J'ai cru comprendre que le gouvernement britannique lui tient encore en rigueur les affaires qu'il menait en Amérique au moment de la révolution de 1776. Il me semble que c'est là une bien vieille rancune. Cela fait plus d'un siècle ! Les temps changent !

— C'est plus compliqué que ça. Ce l'est toujours dans de telles histoires, vous n'êtes pas sans le savoir.

— C'est donc vrai que la Grande-Bretagne lui en tient encore rigueur ?

— Je crois que c'est le propre de la nature humaine de ressasser de vieilles rancunes et d'en alimenter la susceptibilité pendant plus longtemps que nécessaire. Mais il est vrai que c'est toujours considéré comme une tache à la réputation de la famille Czartoryski d'être prête à tout pour s'enrichir malgré l'intérêt supérieur de l'Europe.

— Vous en peignez un portrait très sombre.

— Je vous le répète, le prince est un homme raffiné, élégant et particulièrement amène. Cela dit, le prince Czartoryski est à mes yeux autant un charmeur qu'il peut s'avérer un serpent qui hypnotise sa proie avant de l'étrangler et l'avaler sans prévenir. Croyez-moi, le futur beau-père de votre petite princesse est un homme redoutable.

— Il est le premier à reconnaître qu'il laisse peu de places aux sentiments dans la conduite de ses affaires. Mais nous avons conclu une entente de partenariat qui me semble équitable. J'ai confiance en lui. Il me semble d'une droiture irréprochable. Qui plus est, nos destins sont déjà liés par cet éventuel futur mariage de nos enfants. Je crois que tout homme d'affaires qu'il soit, il est aussi un père de famille soucieux de l'héritage qu'il léguera à ses enfants et petits-enfants. Si son fils et ma fille décident d'unir leurs destinées alors la donne sera, ma foi, plutôt différente.

— Je vous le souhaite de tout cœur, mon cher Tytus, et vous avez probablement raison. J'espère que vous comprendrez que je sentais qu'il était de mon devoir de vous prévenir. Après tout, vous êtes un ami, presque un frère.

— C'est réciproque, n'en doutez point. Cela dit, croyez-vous pouvoir nous aider à obtenir les permis nécessaires et les formulaires de soumissions que je vous ai demandés ?

— Après avoir reçu votre télégramme, j'ai aussitôt communiqué avec nos bureaux aux Indes. Grant Duff et Bourke, que vous connaissez bien, se réjouissent à l'idée de vous accueillir de nouveau à Madras. Ils vous aiment bien. Soyez certain qu'ils vous faciliteront la tâche. Qui plus est, comme je vous l'expliquais plus tôt, ils ont cruellement besoin de l'expertise que vous proposez et de nouveaux entrepreneurs. Vous aurez donc toutes les lettres de recommandation dont vous aurez besoin. Je tenterai de mon côté d'aplanir le plus d'aspérités bureaucratiques qu'il me sera possible. Grant Duff et Bourke en feront autant. Cela dit, vous ferez face aux mêmes difficultés auxquelles vous êtes familiers ; bureaucratie, corruption, piètre qualité de main-d'œuvre, climat imprévisible.

— J'ai déjà prévenu mon associé.

— Vous serez aux Indes pour la prochaine décennie, mon cher ami ! Et ça, c'est si tout va bien.

— Ce sera bon pour l'économie, mon ami. C'est d'ailleurs la perspective de pouvoir établir les bases d'un chantier qui sera en place pendant quelques décennies qui m'aura finalement convaincu. On aura le temps de former de la main-d'œuvre, de développer des contremaîtres et des chefs de chantiers. C'est aussi plus facile, nous l'avons déjà constaté, d'intéresser les meilleurs ingénieurs et architectes.

— La tâche est titanesque, mais vous avez raison, elle assurera l'avenir financier de milliers d'hommes. Il suffit d'être bien préparé, de tout planifier, même les imprévus, et de s'armer de beaucoup de patience.

– C'est exactement ce que croit le prince.

– Alors, c'est entendu. Je me ferai un plaisir de continuer à vous ouvrir les portes de la colonie des Indes une fois de plus, mon cher Tytus. Je parle au nom de Sa Majesté la reine quand je vous dis que l'Empire apprécie votre droiture et votre façon de mener vos affaires dont le rayonnement contribue aussi à celui de l'Angleterre.

– J'en suis ému.

Le vicomte leva son verre.

– Maintenant que nous avons réglé ce dossier, mangeons. Je meurs de faim. Et un peu de soif aussi ! Vous aimez le bœuf bourguignon ?

– Je vais vous surprendre. Je ne crois pas en avoir déjà mangé depuis que je suis en France même si cela peut vous paraître invraisemblable. Tout le monde ne cesse de me répéter que c'est un classique de la gastronomie française.

– Ce l'est ! Alors, il vous faut absolument goûter celui du chef Louis. Il est absolument exquis. J'estime que c'est le meilleur que vous trouverez à Paris, peut-être même dans toute la France, y compris la Bourgogne ! Vous saurez me le dire. Surtout, ne répétez jamais ça à un vrai Bourguignon, il voudrait m'expédier séance tenante à la guillotine. Encore une fois, c'est entre vous et moi.

Ils poursuivirent leur déjeuner en se remémorant des souvenirs de leur longue amitié et du siècle fou dans lequel ils vivaient et dont ils ne finissaient plus de se lamenter. Tout au long du repas, le duc de Mazowiecki ne put toutefois s'empêcher de méditer sur ce que son ami le vicomte avait dit au sujet de Ladislas : un loup déguisé en agneau. Il avait beau vouloir se convaincre que leurs intérêts étaient désormais communs, il se mit à craindre d'avoir ouvert les portes de la bergerie à une meute sanguinaire dont Wolfgang Goethe n'était peut-être pas le plus vorace des canidés. Avait-il trop fait confiance au prince Czartoryski ? La question lui vint à l'esprit à plus d'une occasion. Heureusement que les quelques verres de gin, puis un excellent vin du domaine de la Romanée-Conti d'Ouvrard d'un millésime exceptionnel, celui de 1869, engourdirent ses peurs et lui permirent de conclure cette rencontre de très bonne humeur. À n'en pas douter, son nouvel associé serait très fier des nouvelles qu'il lui apporterait plus tard dans la journée. Les premières embûches avaient été éliminées beaucoup plus rapidement que ne l'aurait espéré le duc de Mazowiecki. Plus rien ne s'opposait désormais à la fortune de l'alliance conclue avec le clan Czartoryski. Le prince y trouverait certainement le prétexte pour déboucher une autre précieuse bouteille de whisky importé d'Écosse. Lui-même n'y verrait certainement pas d'objection. Il ne pouvait prévoir que le destin en déciderait autrement.

• • •

Lorsque Goethe se pointa à l'usine d'explosifs des Czartoryski, le commis Chaffret demeura en plan dans son cagibi pour voir à qui il irait parler. Il prit des notes qu'il entendait bientôt monnayer avec ce bon Corey Kane. Il n'avait jamais apprécié les manières brutales du conseiller financier de l'empire Czartoryski. La seule raison qui l'empêchait d'appeler la gendarmerie pour faire expulser cet ancien dirigeant de l'entreprise était justement cette mission qui lui fut confiée d'identifier les employés criblés de dettes et forcés d'obéir à Goethe. Le Marseillais y prenait un malin plaisir.

« Être Parisien, ce n'est pas être né à Paris. C'est y renaître. »

— Sacha Guitry

XVII

Au moment même où son père s'apprêtait à rencontrer l'ambassadeur britannique, Richard Lyons, pour le déjeuner, Zivanka quittait la maison accompagnée de sa camériste et chaperonne Eva, en route vers un autre rendez-vous galant avec celui qui était désormais officiellement son fiancé, le prince Vladislav Czartoryski. Cette fois, il l'emmenait dans son restaurant préféré, le meilleur du Tout-Paris, avait-il même insisté. Elle avait le cœur léger en cette magnifique journée d'été malgré la canicule qui s'abattait sur Paris depuis une semaine. Elle était amoureuse or, elle ne pouvait qu'être heureuse, convaincue qu'aucune ville au monde ne pouvait mieux convenir aux tourtereaux touchés par les flèches délicieusement empoisonnées par Cupidon. Sous le soleil ou sous la pluie, Paris savait toujours se montrer beau et séduisant. Elle aimait flâner en passant devant les grands magasins qui en mettaient plein la vue avec leurs devantures lumineuses qui faisaient paraître plus démodées et plus provinciales les petites boutiques sombres d'une autre époque, ce qui ne l'empêchait pas, contrairement à ces trop nombreuses Parisiennes désabusées, d'en apprécier le charme que celles-ci trouvaient désuet. Elle se délectait avec un malin plaisir de la cuisine française dans les restaurants-gargotes où le prix du repas ne dépassait guère vingt sous. Elle aimait côtoyer la faune bruyante, souvent flamboyante, dans ces cafés mal éclairés du Quartier latin d'où rugissaient les conversations et les débats les plus enflammés sur tout et sur rien. Elle se reconnaissait dans l'arrogance et la susceptibilité des commerçants qui, au-delà de cette façade, pouvaient, la plupart du temps, se montrer des plus gentils. Elle connaissait aussi très bien le quartier où l'avait convié son amoureux. Elle s'y rendait souvent tantôt pour faire des achats chez le père Blum, une boutique de rubans et de soieries, tantôt pour aller se sucrer le bec à la pâtisserie Stohrer ou encore pour s'offrir les irrésistibles croissants de la boulangerie Collet. Elle était amoureuse de Paris presque autant qu'elle l'était devenue de son beau Vlad. Chaque arrondissement, chaque quartier lui semblait avoir sa propre personnalité, sa propre physionomie. La Pologne serait toujours sa patrie, mais Paris serait, jusqu'à sa mort, sa ville. Il lui arrivait encore de rêver à l'occasion de visiter à nouveau les Indes, peut-être était-ce par nostalgie, mais elle n'éprouvait plus la même envie d'y habiter. Elle était devenue une Parisienne de Pologne. Elle était surtout devenue une Polonaise de Paris. Elle en était fière. Il en serait toujours ainsi. Elle ne se serait pas vue vivre dans une autre ville. C'était du moins sa perception à l'âge de seize ans.

Ils se retrouvèrent, comme convenu, au restaurant Philippe, rue Montorgueil, l'une des meilleures tables du deuxième arrondissement depuis que Pascal, l'ancien chef réputé du très exclusif Jockey Club, s'était joyeusement installé aux fourneaux plus de trois décennies plus tôt pour y concocter des mets plus exquis les uns que les autres. Son légendaire souci du détail, son perfectionnisme, son avant-gardisme et sa grande créativité culinaire provoquèrent une véritable révolution appréciée des gastronomes de Paris. Ancien apprenti de Jules Gouffé, qui lui-même avait été formé par le légendaire Antonin Carême, que l'on disait être le roi des chefs et le chef des rois, Pascal se faisait un point d'honneur de rehausser la saveur des aliments et non de la masquer, de servir des plats alléchants au premier coup d'œil. Ses talents de pâtissier lui valurent de grands éloges. Il avait d'ailleurs collaboré avec Gouffé à la rédaction de livres de recettes qui eurent un grand succès chez les libraires. Quand circula la nouvelle qu'il devenait le chef propriétaire de Philippe, le Tout-Paris s'enthousiasma, ce qui en soi revêtait un caractère absolument exceptionnel. Il n'avait pas encore trente ans, mais sa réputation n'était plus à faire. Plusieurs membres de ce prestigieux club privé qu'était le Jockey Club le suivirent dont les Czartoryski qui en avaient fait leur endroit de prédilection dans un quartier où, au cœur des Halles, foisonnaient de grands lieux de la gastronomie parisienne comme L'Escargot Montorgueil qui apprêtait les gastéropodes mieux que quiconque ou le Rocher de Cancale réputé pour le goût exceptionnel de ses huîtres et dont il était le voisin immédiat. Le restaurant Philippe parvint malgré tout à trouver sa niche grâce à la cuisine raffinée et innovante qui selon certains clients était désormais supérieure à celle de Borel, le chef virtuose du Rocher de Cancale. Françoise, la femme de Pascal, avait pour sa part monté une cave à vins qui fit aussi la renommée du restaurant, proposant sur sa carte de grands crus aussi rares que le Château-Yquem de 1847 ou le Clos-Vougeot 1846. Lorsqu'ils firent l'acquisition de l'établissement pour trois cent vingt mille francs en 1848, Pascal et son épouse remarquèrent rapidement qu'il y avait encore, chez cet ancien marchand de vin qu'était Philippe, de véritables trésors du terroir, ce qui leur permit de présenter une carte aussi relevée à leur clientèle toujours grandissante où les gens de tous les horizons se donnaient rendez-vous. Les gourmets, mais aussi les gourmands, appréciaient la table généreuse que proposait le restaurant Philippe. Le chef Pascal, qui avait aussi le sens du spectacle, trouva un moyen d'attirer de nouveaux clients en permettant aux plus insatiables goinfres de Paris de donner un bien curieux spectacle hebdomadaire qui contribua à relancer tous azimuts sa célébrité dans le quartier.

Tous les samedis, depuis six heures du soir jusqu'au lendemain midi, les douze membres du Club des grands estomacs s'y réunissaient pour faire bombance, dévorant le pantagruélique repas que leur préparait le chef Pascal : potage à la Crécy, turbot sauce aux câpres, filet de bœuf, gigot braisé, poulardes en caisse, langue de veau au jus, sorbets au marasquin, poulets rôtis, crèmes, tourtes et pâtisseries. Un festin joyeusement arrosé de six bouteilles de vieux bourgogne par convive ! Il fallait réserver jusqu'à un an à l'avance pour s'assurer d'une des tables qui n'étaient pas occupées par cette douzaine d'apôtres des invraisemblables excès gastronomiques. Pour l'équipe des cuisines, c'était à la fois l'apothéose et l'enfer. Les autres restaurateurs de la rue Montorgueil jalousaient secrètement cet étrange succès tout en accueillant volontairement ceux qui, penauds, se voyaient rejetés à l'entrée, faute de place.

Même à l'aube de la soixantaine, le chef Pascal n'avait rien perdu de sa maîtrise et quotidiennement, l'endroit était fréquenté du midi jusqu'à tard dans la nuit. Lui et son épouse accueillaient une nouvelle génération de clients qu'ils avaient vus grandir sous leurs yeux. Vlad était de ceux-là. Sans cérémonie, la patronne Françoise l'accueillait inévitablement en l'appelant son « petit prince » avant de lui faire la bise et une généreuse accolade. Ce midi-là, quand elle le vit avec la belle Zivanka, elle l'accueillit avec encore plus d'enthousiasme qu'à l'habitude.

— Si ce n'est pas mon petit prince avec sa fiancée. Venez dans mes bras, mes enfants.

Elle l'embrassa avec force sur les joues, le serra avec encore plus de force que jamais et fit de même avec la jeune promise qui ne s'attendait certes pas à un tel élan d'affection.

— Ce qu'elle est belle, ta future princesse, dit-elle en faisant des pincettes à celle-ci avant de se retourner et d'une voix de stentor déranger son mari en cuisine.

— Pascal, viens voir qui nous honore de sa visite. C'est le petit prince et sa dulcinée.

Ce fut au tour de Pascal de s'amener en trombe et de répéter le manège des bises et accolades sous le regard de plus en plus amusé des chaperons Eva et Corey. Françoise appela aussitôt un serveur en guidant les amoureux à la table habituelle réservée en tout temps pour les Czartoryski.

— Tu apportes du champagne aux amoureux et à leurs chaperons. Deux bouteilles de Veuve-Clicquot. C'est la maison qui offre.

Le garçon s'exécuta tandis que Françoise retourna accueillir les clients à la porte avec son exubérance naturelle. Zivanka encore un peu sur le choc de cet accueil inusité regarda le prince ;

— C'est toujours comme ça ?

— Françoise me connaît depuis que je suis haut comme trois pommes. Elle est plus chaleureuse à mon égard que ne l'a probablement jamais été ma propre mère.

— Disons que c'est moins guindé que dans les autres restaurants de Paris.

Eva intervint alors avec un sourire moqueur.

— Je ne saurais dire. Ce n'est pas avec mon salaire de trois francs par jour que je pourrais me permettre pareille folie. Pas que je me plaigne, mais je n'ai pas l'habitude de ces établissements de la haute même si personnellement je pourrais y prendre goût. Pas toi, Corey ?

Son compagnon acquiesça sans rien dire, visiblement préoccupé et perdu dans ses pensées. Un inconnu à l'air plutôt louche l'avait apostrophé plus tôt sur la rue pour lui glisser un billet dans la poche. C'était un message succinct de Colin Kelly dont il ne comprenait pas vraiment le sens : « Bien reçu commande. SH 10+10+30k. Carnet à venir. Bon appétit. » Comment l'Irlandais avait-il su qu'il se rendrait sur la rue Montorgueil pour le déjeuner ? Que signifiaient SH et cette étrange addition ? Ces questions le rendirent plutôt absent tout au long du repas. Eva fut contrariée et se posait de nombreuses questions sur l'étrange attitude de Corey, mais n'en laissa rien paraître pour ne pas ruiner le rendez-vous galant de Zivanka.

Ce midi-là, le petit prince et Zivanka se régalèrent, l'un d'une matelote, soit un ragoût de poissons, l'autre d'une simple sole normande, en buvant justement un Château-Yquem de 1847 hors de prix que s'empressa de commander Vlad lorsque la duchesse lui eut manifesté son goût particulier pour les vins liquoreux. Sans surprise, elle fut plus que comblée par ce grand cru. Eva qui fit honneur à son appétit légendaire aussitôt après avoir bu une première coupe de champagne, bien frais comme il est de mise, décida de commander la copieuse choucroute alsacienne même si c'était là un plat plutôt lourd par une telle chaleur. Corey opta quant à lui pour le confit de canard, une autre spécialité du chef. Les chaperons, peu friands du Château-Yquem, poursuivirent leur repas en commandant une troisième bouteille de Veuve-Clicquot. Eva insista tellement pour que son champagne ne soit pas tiède que le serveur s'en était presque énervé. Il réussit à contenir son impatience parce qu'il était trop conscient de la présence du couple princier qu'il servait à la même table et ne pouvait qu'espérer un généreux pourboire au terme du repas. Il ne serait pas déçu. Le petit prince Czartoryski dépensait sans compter quand il prenait place à la table du chef Pascal. Il en avait amplement les moyens, mais surtout, il s'y sentait davantage chez lui que dans l'empesée salle à manger de l'hôtel Lambert.

Le ton était jovial et détendu, les ventilateurs, plongés en direction de bacs remplis de glace, à l'intérieur du restaurant réussissant à rendre la lourdeur de la température moins insoutenable pour les quatre convives même si Corey sembla plutôt distant et renfrogné, plongé dans de sombres pensées. Quant à Zivanka et à Vlad, ils s'échangeaient des yeux langoureux entre deux bouchées jusqu'au moment où la jeune duchesse aborda la question du prochain voyage aux Indes prévu dans quelques semaines par leurs paternels respectifs.

— J'ai une grande nouvelle. Mon père souhaite que je sois de la mission aux Indes.

Vlad esquissa un sourire peu convaincant.

— Vraiment ? Mais nous ne revenons pas avant la fin du mois d'octobre, peut-être même plus tard. Tu vas rater au moins deux mois à l'école de pharmacie. Ça ne te dérange pas ?

— Il y a moyen d'arranger ça. Ne t'inquiète pas.

— Alors, c'est en effet une bonne nouvelle.

Zivanka ne fut pas convaincue.

— Je pensais que tu réagirais avec plus d'enthousiasme.

— Ne te méprends pas. Ta présence suffit pour me combler de joie.

— Tu n'as pas l'air heureux d'apprendre que nous ne serons pas séparés pendant trois mois.

Le prince héritier leva la tête et fit une grimace. Il hésita avant de lui répondre franchement.

— J'aurais personnellement préféré rester ici à Paris.

— Tu n'as pas envie d'aller aux Indes ?

— Ce voyage-là ne m'inspire rien d'agréable.

— Mais pourquoi mon amour, puisque nous serons ensemble ?

— Nos pères sont devenus de véritables larrons en foire et ça m'énerve. C'est tout. Je préférerais que nous soyons tous deux ici à Paris pour préparer notre mariage. Tu te rends compte que nos mères vont profiter de notre absence pour tout organiser à leur goût ?

— Je n'y avais pas pensé.

— C'est certain qu'elles y ont pensé. Mais bien sûr que si je dois absolument faire ce voyage je préfère que tu sois là. Pourquoi ton père a-t-il changé d'idée à ce sujet ?

— Je parle le tamoul et l'ourdou, tu sais, mieux que lui. Il croit que cela pourrait être utile. N'est-ce pas génial ?

Il lui offrit un petit sourire gêné

— Je croyais que c'était pour ça que Corey nous accompagnerait.

Kane sortit brièvement de son trou noir en entendant son nom pour se joindre à la conversation.

— Ouais, il a raison, à quoi je sers, moi, si c'est toi l'interprète ?

Zivanka haussa les épaules.

— Toi tu seras l'interprète des Czartoryski et moi celle des Mazowiecki. Comme ça, les deux groupes seront en confiance.

Cette fois Kane y prit ombrage.

— Quel est le problème ? Ton père ne me fait pas confiance ? Je ne suis pas assez bon pour lui ?

L'impatience de Zivanka fut perceptible.

— Tu le lui demanderas.

— Je trouve ça offensant.

— Non mais, pourquoi ça t'indispose tant ? Il ne te connaît pas, Corey. Moi je suis sa fille.

— Je suis tout de même le futur garçon d'honneur à votre mariage, protesta-t-il.

Vlad intervint pour essayer de calmer le jeu.

— Ne vous disputez pas. Ce n'est pas une question de confiance en l'un ou l'autre, si le père de Zivanka raisonne comme le mien, il ne veut rien laisser au hasard. Ce sont des maniaques du détail, des perfectionnistes qui veulent contrôler même les imprévus. C'est donc probablement pour s'assurer de bien comprendre tout ce qui se dira au cours de nos négociations avec les indigènes. Réflexion faite, ce sera probablement mieux ainsi. Vous serez vraisemblablement même heureux de pouvoir corroborer que l'autre aura bien compris parce que vous pouvez être assurés qu'ils n'hésiteront pas à le demander ouvertement.

Eva, qui finit d'avaler une bouchée voulut ajouter son grain de sel en jetant un clin d'œil malicieux à Corey.

— Tu devrais te réjouir pour une tout autre raison, mon chéri. Si Zivanka n'est pas du voyage, je n'en suis pas.

Il se calma aussitôt.

— C'est vrai que vu sous cet angle, je ne peux que m'en réjouir. Excusez-moi de m'être énervé.

Eva ne rata pas l'occasion qui se présentait.

— En effet, Corey, tu ne sembles pas être dans ton assiette. Quelque chose te trouble ?

— Ce n'est rien. Nous partons dans deux semaines et j'ai l'impression que je vais manquer de temps pour tout ce que j'ai à faire d'ici là. Ça me préoccupe, c'est tout.

Zivanka avait aussi le pressentiment que son fiancé ne lui disait pas tout.

— Et toi, mon amour, qu'est-ce qui te préoccupe ?

— Rien. Tout va bien.

— Menteur.

— Ça n'a rien à voir avec toi, je te l'assure.

— Alors, qu'est-ce qui te tracasse ?

— C'est mon père.

— Je ne comprends pas.

— Nous serons à la fois si près et pourtant si loin. Mon père me tyrannisera, comme il le fait toujours tandis que le tien continuera à te couver.

— Ce sera mieux que de passer au moins quatre-vingt-un jours sans nous voir !

— Tu ne connais pas encore mon père. C'est un homme extrêmement contrôlant. L'idée de passer deux semaines sur un paquebot dans la même suite que lui ne m'enchante certainement pas. C'est pour ça que j'ai du mal à partager ton enthousiasme, ma belle Zivanka.

— Je suis certaine que tu exagères.

— Je t'assure que ce n'est pas le cas.

Corey intervint pour corroborer.

— Il n'est vraiment pas commode, le père Czartoryski. Quand il débarque dans une usine, les employés tremblent de peur. Les patrons sont encore plus terrorisés. Le pire, c'est qu'il ne cache pas tirer un malin plaisir à la seule idée que son souffle glacial le précède dans les corridors. Or, je crois qu'il est encore plus intolérant avec son fils ce qui n'est pas peu dire.

Zivanka fut amusée plus que convaincue.

— Bah, je trouverai bien une façon de l'amadouer, mon futur beau-père. C'est l'avantage d'être une femme. Je suis là pour te protéger, mon amour.

— Bonne chance, murmura Vlad d'une voix morne et surtout peu convaincue.

Elle plongea ensuite son regard amoureux dans celui de son fiancé.

— Tu sais que la plage de Madras est l'une des plus belles et des plus longues au monde ?

— Ça m'étonnerait qu'on ait du temps pour aller flâner à la plage, ma chérie.

Elle feignit d'ignorer ce commentaire.

— Tu as déjà été à la plage ?

— Oui, mais c'était chaque fois à Nice. Ma famille y possède une résidence d'été. La ville est sympathique, mais la plage est nulle à chier.

— Ne sois pas vulgaire, mon amour.

— Je m'excuse, mais c'est la vérité. Il n'y a que des galets sur les plages de Nice. C'est sans parler des vagues sournoises qui viennent vous happer les mollets sans prévenir !

— À Madras, ce n'est que du sable fin. Et mon père me dit que le gouverneur en a fait venir des tonnes pour que la plage soit encore plus jolie. Tu verras, c'est magnifique.

— Je croyais que tu gardais un mauvais souvenir des Indes ?

— Disons que c'est un drôle de pays. D'abord, il est immense et d'une région à l'autre on se retrouve aux antipodes. Ce n'est pas la France, ça, c'est certain.

— Si jamais nous décrochons tous ces lucratifs contrats de chemins de fer, ne crains-tu pas que nos pères nous abandonnent là-bas pour voir à leurs intérêts ?

— Non, ça jamais, il n'en est pas question. Au retour de ce voyage, je retourne étudier la pharmacie. Que nos pères et leurs entreprises se débrouillent avec leurs projets !

— Corey te l'a dit, mon père peut se montrer assez tyrannique. S'il décide que je reste à Madras, j'y serai condamné. Tu auras beau lui présenter tes plus beaux sourires, lui faire les yeux doux, il sera inflexible.

— Il n'a pas le droit. Je saurai lui faire entendre raison.

— As-tu idée le nombre de fois par jour qu'il menace de me déshériter si je ne lui obéis pas ?

— Ce sont des menaces en l'air.

— Il en est capable, ne te méprends pas.

— Alors, qu'il le fasse. Nous saurons nous débrouiller sans la fortune de tes parents. D'abord, ma famille ne me déshéritera jamais et ensuite j'aurai un jour ma propre pharmacie à Paris. Il faut avoir confiance en l'avenir.

— J'aimerais tellement partager ton optimisme, mon amour. Mais je te le répète, tu n'as aucune idée combien mon père peut se montrer intransigeant et impitoyable lorsqu'on ose le défier.

— Il te faudra un jour le confronter, Vlad.

Il prit une rasade de vin.

— C'est une idée terrifiante, Zivanka.

— Ce que nos pères décident entre eux, c'est leur affaire. Personnellement, je n'ai ni envie d'importer des babioles d'Asie et encore moins envie de m'impliquer dans les aciéries de ta famille, trancha Zivanka.

— Alors, pourquoi faire le voyage aux Indes ?

— J'aide nos familles, c'est tout.

— Tu crois que nos pères se contenteront de ça ?

— Je n'en ai cure, mon amour. Moi, je serai pharmacienne. Après ce voyage, je retourne faire mes études, j'obtiens mon diplôme et j'ouvre ma propre pharmacie.

— Mais il te restera, après la prochaine année scolaire, encore au moins deux années d'études avant de pouvoir pratiquer le métier de pharmacienne. Pourquoi poursuivrais-tu ces études après être devenue mon épouse et donc la princesse Czartoryska ?

— Les titres de noblesse, je les possède déjà.

— Tu veux tout de même avoir des enfants j'espère ?

Soudainement, il parut effrayé par l'entêtement de sa fiancée quant à ses projets de carrières. Elle se voulut rassurante.

— Évidemment que je souhaite avoir des enfants, mais pas dans un avenir rapproché. Ça ne t'ennuie pas j'espère ?

— Bien sûr que non.

La réalité, c'est qu'il aurait préféré qu'elle abandonne ses velléités d'ouvrir une pharmacie et soit plus empressée à lui donner une descendance. Il ne comprenait pas non plus son entêtement à vouloir poursuivre ses études. Il aurait préféré qu'elle fasse ce que les femmes de l'aristocratie font soit s'adonner aux mondanités et, à l'occasion, à quelques œuvres caritatives. Il se garda toutefois de le lui dire, soucieux d'éviter ce qui serait assurément une pomme de discorde entre eux. Il s'empressa donc de changer de sujet.

— Qu'est-ce que tu penses de leur projet d'usine de cigarettes ?

— Ça, c'est une lubie typique de mon pauvre père. Pareil pour le dawamesc qui fait fureur dans les cercles d'artistes et d'intellectuels, mais qui ne lui rapporte pas autant qu'il le prétend.

— Ça m'étonne qu'il ait convaincu mon père de s'aventurer dans pareille galère.

— Je crois que c'était surtout un prétexte pour évincer Goethe. C'est ce que j'en comprends.

— Alors, ce n'est pas vraiment sérieux ?

— J'espère que non. D'abord parce qu'il est prouvé que la nicotine du tabac est un insecticide qui peut s'avérer mortel pour l'être humain. J'ai lu des études à ce sujet. Tu vois bien que mes cours me servent à quelque chose d'utile !

— Ton père le sait ?

— Mon père ne m'écoute pas toujours.

— Pour l'avoir vu avec le mien mener une réunion, je n'en doute même pas.

Elle lui sourit, consciente de l'avoir froissé.

— C'est pour ça que je t'aime. Tu as le sens de l'écoute, une qualité plutôt rare chez un homme et totalement inexistante chez nos paternels.

— Ils sont d'une autre époque. Le problème, c'est que je ne sais trop dire comment nous pourrons un jour, parce qu'il le faudra, leur succéder. Je comprends tes ambitions d'ouvrir des pharmacies, mais inévitablement viendra le jour où tu devras aussi gérer les entreprises de ton père.

— Ne t'inquiète surtout pas pour moi. J'y ferai face en temps et lieu. Je ne serai jamais la proie de quiconque. Je n'ai besoin de personne pour me défendre ou me protéger. Je suis une douce chatte avec ceux que j'aime, mais je peux aussi devenir une redoutable panthère capable de tuer si nécessaire, que ce soit pour me protéger ou protéger ceux que j'aime.

Il hésita un moment.

— Je t'aime Zivanka et j'espère que tes griffes ne seront sur mon corps que des plus affectueuses.

— Sur ta peau, je ne veux que laisser des marques d'amour, répondit-elle avec un sourire sibyllin.

Tandis que les amoureux échangeaient ces remarques, un homme s'approcha de leur table. Ni Zivanka ni Vlad ne virent le visage de Corey Kane pâlir. Le moment qu'il appréhendait tant était venu. Eva, qui continuait à faire honneur aux succulents plats du chef Pascal, ne vit l'individu qu'à la dernière minute. Âgé d'une cinquantaine d'années, il avait l'allure d'un professeur ou d'un intellectuel. Il portait sa moustache blonde à la gauloise, arborait de petites lunettes rondes qui cachaient à peine ses yeux bleus. Il salua la tablée et, dans un français impeccable, se présenta aussitôt.

— Je suis désolé d'interrompre votre déjeuner, mais si vous me le permettez, je voudrais m'entretenir avec monsieur Kane pour une affaire urgente de la plus haute importance, si cela ne vous procure pas d'inconvénient.

Ils n'eurent pas le temps de réagir que Kane s'excusa et suivit l'inconnu avec une nervosité apparente. Même la mère Françoise, qui ne manquait que très rarement l'occasion d'interpeller quiconque entrait dans son restaurant, fut prise de court. Zivanka fronça les sourcils.

— On dirait que Kane a des ennuis.

Le prince fit une moue.

— Ce n'est rien. Probablement un client qui a des difficultés à respecter ses échéanciers et qui vient implorer Corey de continuer les livraisons malgré les factures en souffrance. Il en reçoit au moins un par semaine comme ça.

— Oui, mais comment ce client pouvait-il savoir qu'il le trouverait ici ?

— Il l'aura vu entrer ou quelqu'un de son entourage le lui aura dit. Ne t'inquiète pas pour rien, Zivanka. Corey est un grand garçon. Il a l'habitude de régler ce genre de situation.

— Il m'avait tout de même l'air plus inquiet que son visiteur.

• • •

Kane était littéralement catastrophé par cette irruption totalement imprévue de Collin Kelly.

— Que faites-vous ici ?

— Tu as reçu mon message ?

— Comment m'avez-vous trouvé ?

Kelly trouva la question amusante.

— Tu as encore beaucoup à apprendre sur l'art de la révolution. Tout commence par un excellent service de renseignements. Je vois que mon ami aura beaucoup à vous enseigner pour que réussisse votre propre petite révolution dans votre pays. J'espère que vous apprendrez vite parce qu'il manque de patience envers les amateurs comme toi.

Le passage du vouvoiement au tutoiement perturba Kane. Il devint aussitôt encore plus nerveux.

— C'était impossible que vous puissiez savoir que je me trouvais ici.

— Ce sont, mon garçon, les renseignements impossibles qui s'avèrent souvent les plus précieux, sinon les plus indispensables.

— Le prince est un habitué de cet endroit. Ils vous ont tous vu. Les gens vont commérer.

— Ne t'inquiète pas pour moi. Alors, tu as reçu mon message ?

— Je n'y ai rien compris.

— Je m'en doutais. C'était pour te préparer à ma petite visite surprise.

— C'est gentil de votre part, ironisa Kane.

Kelly lui remit un petit calepin en ignorant le commentaire.

— J'ai bien reçu la marchandise. Tu as fait du bon boulot. Dans ce calepin, tu vas inscrire la date de votre départ, le nom du bateau et nous donner des informations pertinentes afin que Stewart Houston puisse récupérer les caisses à votre arrivée à Colombo.

Kane eut un soupir de soulagement. Il s'était donc inquiété pour rien. Il n'alla pas tarder à déchanter.

— Merci, j'apprécie énormément.

Son interlocuteur demeura de glace. Kane comprit alors qu'il avait eu raison d'entretenir des inquiétudes sur cette rencontre imprévue.

– Tu déposeras ensuite le calepin ainsi qu'une avance de dix mille francs dans un casier de la gare du Nord dont voici la clé.

– Pourquoi ? Vous avez déjà ce que vous m'avez demandé.

– Ce n'était que pour me démontrer ta bonne foi.

– C'est de l'extorsion.

Kelly ignora l'objection.

– Lorsque Houston te contactera au Ceylan, il te faudra lui verser dix mille francs supplémentaires. Tu pourras récupérer tes armes à Srinagar lorsque tu y seras en lui versant un paiement final de trente mille francs.

Il crut qu'il allait perdre connaissance en entendant les montants réclamés pour les services des Irlandais. Il se sentit piégé par des criminels sans pitié qu'il avait cru être, comme lui, des idéalistes.

– Mais je vous ai fourni une tonne…

Kelly l'interrompit en plaçant son doigt devant sa bouche pour lui indiquer de se taire.

– C'est pourquoi le prix est aussi bas.

– C'est une fortune !

– Tu m'as dit que l'argent ne posait pas de problème. Il est désormais trop tard pour changer d'idée.

– On peut certainement trouver un compromis.

– Ce n'est pas négociable jeune homme. Et je te le rappelle, Houston n'est pas du genre à discuter de ces choses-là. Je t'avais prévenu qu'il coûterait cher. C'était à toi et tes révolutionnaires de vous informer lorsque c'en était le temps. Bonne journée.

Avant même que Kane eut l'occasion de protester, Kelly lui faussa compagnie en tournant le coin au bout de la rue

Montorgueil. Il n'avait pas prévu que l'Ombre de la Mort lui coûterait cinquante mille francs. C'était le double de ce qu'il avait prévu de payer. C'était une fortune que son organisation ne pouvait lui fournir, il le savait. Il ne pouvait pourtant plus reculer. Déjà qu'en détournant près d'une tonne de dynamite et d'explosifs des usines Czartoryski il avait mis en péril sa carrière. Ses dettes de jeu paraissaient bien pâles en comparaison de ce qui l'attendait désormais. Il était dans un cul-de-sac. Eva, inquiète de l'intrusion de l'Irlandais, sortit au moment où le cerveau de Kane ébauchait les scénarios les plus fous pour aller au bout d'un projet de révolution qui devenait de plus en plus lourd à porter.

— Ça va, Corey ?

Il s'efforça de ne rien montrer de ses angoisses.

— Oui, ma belle Eva. Ce n'était qu'un client venu me proposer une affaire un peu tordue. Je l'ai envoyé se faire foutre. Non mais, tu imagines le culot de ces enfoirés qui viennent vous importuner en plein déjeuner ?

— Je ne saurais comprendre. Je ne suis qu'une simple camériste.

— Tu es bien plus que ça à mes yeux, Eva.

— Je te préviens que ce n'est pas la meilleure idée de te laisser devenir amoureux de moi.

— Qui t'a dit que j'étais amoureux ?

— Tes yeux.

— Mes yeux disent bien ce qu'ils veulent.

— C'est bien. Viens, entre, ils s'apprêtent à nous servir les desserts. Le chef Pascal est un artiste, paraît-il, dont les pâtisseries sont divines. Mon estomac raffole de tout ce qui ressemble à un dessert.

Il l'embrassa franchement, un baiser auquel elle n'opposa aucune résistance.

— Aucune sucrerie ne saurait être plus délicieuse que le goût de ta langue.

— Je sais. Tes yeux me l'ont déjà dit. C'est la même chose pour toi, mon beau Corey. Mais pourquoi se priver d'une comparaison franche et honnête ? Je crois qu'ils vont nous servir des profiteroles. J'adore les profiteroles, pas toi ?

— Allons-y, tu m'as ouvert l'appétit.

Corey retourna à l'intérieur, mais son sourire ne serait plus qu'une façade pour masquer l'angoisse qui le rongeait désormais de cette union qui le liait à la bande de Collins Kelly. Il était dans de sales draps, car il n'aurait jamais les moyens de ramasser les cinquante mille francs exigés. C'était dix fois son propre salaire annuel chez les Czartoryski. Il ne voyait qu'une seule issue possible. Un seul homme pouvait l'aider et lui permettre d'échapper à la mort. Il lui faudrait supplier Goethe de l'aider. Lui le combattant au service de l'islam n'en finissait plus de sombrer dans les ténèbres, s'approchant chaque jour un peu plus de la damnation éternelle. À moins qu'il ne trouve le moyen de flouer les Irlandais. Entre deux maux, c'est bien connu que l'on s'empresse de choisir le moindre. Les Irlandais auraient leur premier dépôt de dix mille francs et peut-être même le second. Mais une fois arrivé à Srinagar, Stewart Houston n'aurait droit qu'à un enterrement de troisième classe. L'homme avait beau être réputé pour être un implacable meurtrier, Kane parvint à se convaincre que sur son terrain au Jammu-et-Cachemire, il n'avait aucune chance de survie. Cela le rassura quelque peu.

« On a voulu, à tort, faire de la bourgeoisie une classe. La bourgeoisie est tout simplement la portion contentée du peuple. »

— Victor Hugo

XVIII

Après le déjeuner, le duc Tytus de Mazowiecki eut bien du mal à retrouver sa concentration pour abattre la tonne d'ouvrage clérical qui l'attendait à son bureau. Il avait beaucoup trop bu. Il se sentait émoussé comme rarement il ne l'avait jamais été, du moins, en plein jour. Il y avait tous ces connaissements et autres documents de douanes à signer, des papiers à remplir pour libérer les conteneurs chargés de meubles et de vases chinois qui venaient d'arriver au port de Paris. Des produits qu'attendait avec impatience le distributeur, pressé de rentrer dans son argent, lui qui avait payé le gros prix pour cette imposante collection toujours très populaire dans les salons huppés de la capitale et des autres grandes villes européennes. Tytus s'était tellement concentré sur sa nouvelle alliance avec le prince Czartoryski qu'il en avait quelque peu négligé ses affaires courantes d'importateur et se retrouvait maintenant submergé par une montagne de travail. Il regretta alors d'avoir abusé du Romanée-Conti. Le vin l'avait tellement amorti qu'il en avait maintenant les paupières lourdes de sommeil.

Il demanda à sa secrétaire de lui préparer un café qui, espérait-il, lui redonnerait un regain d'énergie. L'ambassadeur Lyons avait peut-être un peu raison. Quelle idée lui était venue de se lancer aussi témérairement dans des projets de cette envergure ? À tant vouloir se débarrasser de Goethe, n'avait-il pas péché par une impétuosité inhabituelle ? Il fut alors rongé par un doute. Peut-être qu'il n'aurait jamais dû s'embarquer dans cette galère avec le prince Czartoryski. Voilà qu'il devrait bientôt, dans à peine plus de deux semaines, reprendre la route des Indes et s'y installer pour au moins un mois afin de s'assurer que le nouveau consortium amorcerait les travaux dans des délais raisonnables. Il ne serait pas revenu en France avant la fin du mois d'octobre dans le meilleur des scénarios. Cela le forcerait à déléguer plus de responsabilités à son personnel-cadre qu'il n'aimait le faire, surtout dans un contexte où il venait de fusionner avec les Czartoryski. L'avantage, se dit-il, c'est que lui et le prince sauraient rapidement lesquels de leurs cadres supérieurs seraient aptes à relever le défi de la fusion et à travailler efficacement dans ce nouvel environnement. Cela ne diminuait pas sa propre charge de travail pour l'instant. D'autant que dès leur arrivée à Madras, après presque un mois passé en mer, ils devraient agir avec diligence. Sur place, il y aurait tant à faire pour mener à bien cette folle entreprise. Il faudrait recruter du personnel, soudoyer des vizirs, des maharadjahs, des rebelles et des policiers locaux, établir un échéancier tenant compte des périodes de mousson, importer du matériel ou en acheter sur place tout en continuant à superviser ses importations de soie, de thé et de tous ces objets indiens, chinois ou japonais qu'il continuerait à revendre à fort prix sur le vieux continent. Il fut gagné par un certain découragement. Il se sentait dépassé par les événements. C'est à ce moment qu'il ressentit une violente douleur à l'abdomen. Il eut l'impression que sa cage thoracique venait d'exploser puis un voile noir descendit sur ses yeux. Il s'effondra convaincu que sa dernière heure était venue et eut une pensée pour sa fille Zivanka avant de perdre conscience. Il ne voulait surtout pas mourir avant de la marier. Elle ne méritait pas d'être orpheline de père à un si jeune âge. Une larme coula sur son visage même si ses yeux étaient clos et que lui-même était inconscient.

• • •

Après leur long déjeuner, Zivanka et Vlad passèrent l'après-midi ensemble à flâner dans Paris comme ils aimaient tant le faire, non sans avoir largué au préalable Eva et Corey, leurs supposés chaperons. C'était le dernier vendredi de juillet et rien ne pressait. Ils s'attardèrent d'abord devant les boutiques avant d'aller flâner au Luco, le jardin du Luxembourg comme le surnommaient déjà les Parisiens. Elle aimait marcher dans ce vaste parc agrémenté de parterres de fleurs à perte de vue et de sculptures parmi les plus belles de Paris. Elle ne se lassait pas d'admirer dans ses moindres détails la fontaine et ses personnages mythologiques où le cyclope légendaire Polyphème surprend Galatée, la jeune et splendide déesse marine dont il est follement amoureux dans les bras du jeune berger Acis, le fils du dieu Pan, tous deux langoureusement allongés au bord de l'eau. Elle raconta l'histoire à Vlad qui ne la connaissait pas et, bien que plus ou moins intéressé par celle-ci, s'efforça de n'en rien laisser paraître, la laissant l'entraîner le long du bassin, sa petite main enfouie dans la sienne, sa tête penchée sur son épaule.

— Rien n'est plus romantique à Paris que le Luco, ne trouves-tu pas, mon amour ?

— Rien n'est plus romantique que Paris, Zivanka.

Elle se dressa sur ses orteils pour l'embrasser. Puis, elle lui offrit un petit sourire coquin qui ne manquait jamais de le séduire.

— J'ai envie d'une glace pralinée.

Ils se rendirent à l'un des kiosques ambulants et savourèrent chacun une glace. Puis, comme une enfant, Zivanka voulut pousser un petit voilier dans le grand bassin d'eau. Ils se prélassèrent ensuite dans l'herbe, s'échangeant à l'occasion de petits baisers volés et perdirent toute notion du temps. Lorsque le soleil disparut, ils eurent faim de nouveau. La duchesse lui suggéra de découvrir le Procope, un des plus vieux restaurants de Paris fréquenté depuis toujours par les artistes, les philosophes et tous ceux qui, à l'instar de Zivanka, avaient rêvé un jour ou l'autre, de changer le monde. Il connaissait trop bien l'endroit. Quelques années plus tôt, il y avait vécu des moments plutôt inconfortables dont il n'avait pas envie de partager le souvenir avec sa bien-aimée.

Au-delà de tout souvenir désagréable, la réalité implacable se résumait à un simple constat. Vlad Czartoryski ne se sentait vraiment pas dans son élément au Café Procope. Ce lieu incarnait probablement toutes les valeurs qui lui déplaisaient profondément. Il méprisait au plus profond de son être la plupart des habitués de l'endroit, qu'il considérait comme des anarchistes, ceux pour qui la noblesse et les aristocrates n'étaient que des parasites à éliminer comme le furent les membres de la monarchie. Zivanka, encore jeune et plutôt idéaliste, ne semblait pas comprendre qu'elle non plus ne cadrait vraiment pas dans cet environnement aussi subversif que séditieux. Son insouciance agaçait parfois Vlad. Il aurait préféré retourner dans le deuxième arrondissement, l'inviter dans un établissement plus convenable comme L'Escargot ou le Rocher de Cancale. Il lui proposa aussi le Jockey Club.

— Le Jockey Club, c'est pour les vieux.

— Et le Procope, d'après toi ? Les clients qui le fréquentent ont tous l'âge de nos parents !

— Ce n'est pas la même chose, Vlad. Le Jockey Club, c'est là où se rassemblent les vieux riches sclérosés. Le Procope, c'est une marmite où bouillonnent les idées nouvelles. Le Café Procope, c'est un incontournable à Paris. Tu sais que Molière, Voltaire et Montesquieu le fréquentaient ?

— À ce compte-là, on pourrait aller à la Tour d'Argent. Ça aussi c'est une institution et, en prime, la vue sur la Seine et la cathédrale Notre-Dame de Paris y est époustouflante.

— La Tour d'Argent ? J'espère que tu plaisantes.

— Tu sais qu'Henri IV en était un habitué ? Il raffolait de la poule au pot et du pâté de héron. Tu y es déjà allée ?

— Je n'ai pas aimé l'ambiance ampoulée et, du reste, je déteste la poule au pot et d'aucune façon tu ne réussiras à me faire manger du héron, peu importe la manière dont on me l'apprêterait.

— On pourrait aller à la Petite Chaise. C'est encore plus vieux que le Procope. Le célèbre gastronome Brillat-Savarin ne jurait que par ce restaurant. Ce n'était pas le premier venu, Brillat-Savarin !

– Allez, fais-moi plaisir. J'ai envie d'aller au Café Procope. J'aime ce restaurant-là.

Elle insista tellement qu'il finit par céder. L'amour force souvent un jeune homme, tout aussi princier soit-il, à se résoudre à d'étranges compromis. Pour Vlad, le Procope en était définitivement le plus joyeux exemple. Il ne parvenait pas à comprendre pourquoi sa fiancée tenait tant à y prendre le dîner. Il craignait, non sans raison, de s'y voir houspiller par la clientèle d'artistes et de bohèmes qui fréquentait régulièrement cet établissement. L'endroit était bondé comme tous les vendredis soir, mais on trouva prestement une table à l'étage pour le prince Czartoryski et sa fiancée qui leur fut promise en un temps éclair, ou presque. En montant l'escalier, ils remarquèrent la présence du controversé romancier Émile Zola qui était en pleine discussion avec son ami Paul Cézanne, de passage à Paris.

En reconnaissant Zola et Cézanne, Vlad eut un rictus de dédain. Il n'appréciait l'œuvre ni de l'un ni de l'autre, mais se garda bien de le dire à sa fiancée. Celle-ci reconnut aussi Alphonse Daudet, Guy de Maupassant, Paul Alexis, Pierre-Auguste Renoir et Claude Monet qui partageaient tous une grande table remplie de plats fumants et de bouteilles de vin qui se vidaient rapidement les unes après les autres.

De Maupassant, alors dans la jeune trentaine, vit Zivanka qu'il connaissait depuis fort longtemps et lui fit un signe de la main. Elle redescendit aussitôt pour lui faire la bise et échanger quelques banales civilités. Vlad fut stupéfait et même envahi par un sentiment de jalousie devant les familiarités de ce moustachu qu'il ne connaissait pas et qui semblait un peu trop apprécier les charmes de sa fiancée. Lorsqu'elle remonta, il dut contenir la sourde colère qui l'animait, ce qui ne l'empêcha pas de l'interroger sur cet inconnu.

— Tu le connais ? Qui est-ce ?

— Il s'appelle Guy de Maupassant.

— Je n'ai jamais entendu parler de lui.

— C'est un écrivain.

— La littérature m'ennuie. Mais d'où te connaît-il ?

— C'est un des bons clients de mon père. Il vient souvent au magasin. En fait, ils sont tous, à part Zola, je crois, des consommateurs des confitures de haschich qu'importe mon père. Je les ai tous vus au magasin ou à la maison plus d'une fois. Mais Maupassant est celui que je trouve le plus gentil. C'est un grand timide extrêmement sympathique. Si tu le connaissais, je te jure mon amour que tu saurais apprécier son génie.

Une fois de plus, le Procope se montrait fidèle à sa réputation de rassembler les artistes et les esprits libres. C'était bien ce qui importunait Vlad pour qui l'art et la littérature n'avaient aucun intérêt. C'était tout le contraire de Zivanka qui aimait tellement les livres et la peinture que la seule vue de ces grands écrivains et peintres lui causait chaque fois une vive émotion. Son fiancé ne voyait autour de lui que des poilus, des ivrognes et des anarchistes. Aussitôt entré dans ce restaurant, il aurait voulu un prétexte pour en ressortir. Elle le ressentit, mais n'en fit pas de cas. Elle vivait une journée idyllique avec son amoureux, malgré quelques différends sans importance à ses yeux, et elle ne voulait surtout pas briser ce moment de bonheur de quelque façon que ce soit. Au cours du dîner, ils optèrent pour la soupe à l'oignon, les escargots et la tête de veau en cocotte qui firent la réputation du Procope. Le repas fut bien sûr de nouveau copieusement arrosé de bon vin et il ne fut surtout plus question de littérature ou de peinture. Ils quittèrent le restaurant peu après minuit et, la panse bien remplie, la tête un peu grise, ils décidèrent qu'il était trop tard pour aller danser comme ils l'avaient projeté plus tôt. Vlad l'accompagna sagement jusqu'à la porte de l'hôtel particulier occupé par la famille de Mazowiecki puis après avoir échangé un long et langoureux baiser, il rentra chez lui à bord d'un fiacre.

• • •

Le duc de Mazowiecki revint à lui dans l'ambulance. Il eut l'impression d'avoir été sorti du sommeil par le tintamarre des sabots des deux énormes chevaux de trait qui tiraient le fiacre médical aux couleurs de l'hôpital de La Salpêtrière. Son médecin, qui y soignait les fous deux jours semaine en plus de sa médecine familiale régulière, le regarda d'un œil mauvais.

— Tiens, te revoilà, Tytus ! Je croyais bien que cette fois je t'avais perdu pour de bon, mon cher. Si mes patients se montraient tous aussi entêtés que toi, j'aurais la pire des réputations !

Le duc se sentit paralysé du côté gauche et eut du mal à répondre. Sa bouche était pâteuse et semblait elle aussi à moitié paralysée. Le vieux docteur Léon Le Pelletier, un impénitent collectionneur de vases et de bibelots asiatiques qui était aussi devenu un bon ami, lui fit signe de se taire.

— Tu as eu une violente attaque cette fois-ci. C'est ta secrétaire qui m'a fait demander. Elle croyait bien que tu avais trépassé. C'est d'ailleurs un miracle que tu ne sois pas mort.

— Je ne suis pas mourant.

— C'est moi qui prononce les diagnostics, alors tu vas m'écouter contrairement à la dernière fois. Je te mets aux arrêts pour six mois : pas d'alcool à l'exception d'un verre de vin avec les repas, pas de cigares, pas même le dimanche, et surtout tu n'as pas le droit de remettre les pieds au bureau tant que je ne t'en aurai pas donné la permission. De toute façon, tu vas passer quelques jours à La Salpêtrière.

— Ma femme va s'inquiéter.

— Ne dis pas de bêtises. J'irai la voir. Et à ta sortie de l'hôpital, mon vieux, je t'enverrai une infirmière pour prendre soin de toi et m'assurer que tu obéis à mes directives. Je la choisirai laide pour ne pas que ton cœur s'emballe lorsqu'elle sera à ton chevet. C'est te dire à quel point je suis inquiet.

— Mais je dois..., parvint à répondre le duc, sans trouver la force de poursuivre sa phrase.

— Il n'y a pas de mais. Tu m'écoutes ou tu crèves. C'est aussi simple que ça. Tu as des employés, alors apprends à déléguer. Ton cœur ne te suit plus et il faut que tu apprennes dès maintenant à l'écouter.

— Et Zivanka ? réussit à demander péniblement Tytus comme s'il était atteint d'une infirmité.

Le duc n'entendit pas la réponse du médecin dont la voix chevrotante était maintenant enterrée par le claquement des sabots des chevaux sur les pavés. Son esprit était encore embrouillé et il lui sembla que son cerveau était à moitié paralysé comme l'était son corps. Le duc de Mazowiecki ne pouvait rater le voyage aux Indes et encore moins laisser tomber les Czartoryski. Heureusement que Goethe avait été écarté à temps. Il s'en félicita. Mais cela ne réglait pas la question du voyage à Madras. Si lui ne pouvait faire cet éprouvant voyage comme le lui affirmait son médecin, il devait déléguer quelqu'un en qui il avait une confiance absolue pour représenter ses intérêts. Le premier nom qui lui vint à l'esprit fut celui de sa fille Zivanka, idée qu'il s'efforça de balayer du revers de la main. D'abord parce qu'elle était trop jeune, ensuite parce qu'elle ne connaissait rien aux affaires de ses compagnies, tout aussi intelligente et cultivée qu'elle puisse être. Qui plus est, personne aux Indes, ni les locaux ni même les émissaires britanniques, n'accepterait de parlementer en présence d'une femme, encore moins d'une jeune fille de seize ans. Il s'efforça d'identifier un autre représentant plus qualifié, mais n'arrivait pas à en trouver un seul. Était-il donc entouré d'incompétents ou était-ce les séquelles de son attaque qui lui avaient arraché une partie de sa mémoire et de ses souvenirs ? Il se sentit terriblement vulnérable. Le visage de Zivanka lui revint en tête. Et si elle acceptait de se présenter comme un garçon, comme son fils plutôt que sa fille ? Il se dit que c'était probablement l'idée la plus stupide qu'il avait jamais eue de toute sa vie. Son épouse serait horrifiée par une pareille idée elle qui détestait voir la petite Zivanka, alors qu'elle n'avait que cinq ou six ans, se travestir en garçon pour aller à la pêche, loisir qu'il lui avait patiemment enseigné et dont elle raffolait tant. Combien de fois avait-il dû intervenir pour la convaincre que la tenue d'un garçon convenait davantage que les petites robes à crinoline pour taquiner le poisson ? À cet argument, son épouse lui répliquait alors inlassablement que la pêche n'était justement pas appropriée pour une jeune fille. Cela n'empêcha pas Zivanka de n'en faire qu'à sa tête et de se sauver à l'aube, alors que tous dormaient au château de Plock, pour se rendre à la rivière habillée comme un garçon. C'était tellement lointain tout ça. Et voilà qu'aujourd'hui qu'elle était presque une femme, fiancée à un prince héritier, il en était à s'imaginer, cloué sur une civière, de forcer Zivanka à se travestir de nouveau pour protéger ses intérêts mercantiles. Il ne doutait pas que sa fille serait honorée de remplir une telle mission, mais savait que cette fois il serait bien démuni pour tenir tête à son épouse qui serait assurément opposée à un projet que lui-même reconnaissait être des plus farfelus. Il s'endormit pourtant avec cette idée fixe. Cela lui semblait la seule avenue envisageable malgré tout.

• • •

Zivanka entra chez elle sur la pointe des pieds, convaincue que tout le monde dormait, mais, à sa grande surprise, sa mère l'attendait dans le petit boudoir attenant au hall d'entrée en faisant les cent pas. Elle prit conscience qu'elle revenait sans Eva qui devait être son chaperon et s'inquiéta de subir les foudres de la duchesse maternelle. Elle prit la voix la plus doucereuse qu'elle se connaissait dans l'espoir d'atténuer toute colère, d'autant qu'elle se sentait plutôt ivre après cette journée où elle consomma beaucoup plus d'alcool qu'elle en avait l'habitude.

— Mère ? Pourquoi ne dormez-vous pas ?

Elle vit que sa mère n'était pas furieuse, mais triste et qu'elle avait visiblement beaucoup pleuré au cours de la soirée comme le trahissaient ses yeux aussi rougis que bouffis. Zivanka, sans savoir pourquoi, se sentit aussitôt terriblement coupable.

— Mère ?

C'est d'une voix chevrotante qu'elle lui annonça la mauvaise nouvelle.

– Ton père a eu une attaque. Il est mal, très mal en point.

Zivanka sentit son propre cœur s'arrêter.

– Il n'est tout de même pas… ?

Pour la première fois, il lui apparut possible que son père meure. Cette perspective ne lui avait jamais même effleuré l'esprit. L'idée d'enterrer son père lui paraissait inconcevable. Elle eut envie de pleurer, mais trouva la force pour refouler ses larmes. Sa mère s'efforça de se ressaisir.

– Non. Il est à l'hôpital de La Salpêtrière. Il y passera les prochains jours. Si tout va bien, bien entendu.

– Mais lui et moi nous partons bientôt pour les Indes.

– Pas lui. Son cœur est très fragile et le médecin l'a mis aux arrêts.

– Il va donc survivre ?

– Il y a de bonnes chances que oui pourvu qu'il obéisse au toubib. Ça, c'est moins évident parce que ton père, tout comme toi, a plutôt la tête dure.

– Et le voyage aux Indes ?

– C'est hors de question. Ce serait l'envoyer au tombeau. Le docteur Le Pelletier le lui a formellement interdit.

– Mais c'est une catastrophe !

– Ce l'est, en effet.

– Qu'allons-nous faire ?

– Je n'en ai pas encore parlé à ton père, mais il me semble que tu sois le choix logique pour représenter nos intérêts là-bas.

– Moi ?

– Tu es son héritière. Je sais qu'il veut depuis toujours que tu sois celle qui prenne la relève. Il l'a toujours souhaité même s'il aurait préféré te confier les commandes dans quelques années.

— Aussi bien m'envoyer dans une fosse aux lions ! Sans sa présence, je ne serai pas considérée comme une interlocutrice digne de ce nom. C'est de la folie !

— Il faut être réaliste. Si nous laissons tomber les Czartoryski dans cette affaire, nous serons ruinés.

— Mais je ne possède ni les connaissances ni l'entregent de mon père pour mener pareille entreprise. J'étais heureuse de faire ce voyage à titre d'interprète, mais ce que vous me demandez est au-dessus de mes forces.

— Ne dis pas de sottises. Tu as deux semaines pour te préparer. Madame Jeanne t'aidera. Elle connaît l'entreprise de ton père mieux que quiconque, peut-être même plus que lui.

— Mais vont-ils me prendre au sérieux là-bas ? Vous le savez aussi bien que moi qu'une femme ne peut être prise au sérieux dans ce pays-là, encore moins une jeune fille de mon âge.

Cette fois la mère s'insurgea avec autorité.

— N'es-tu pas celle qui m'a exhortée à t'inscrire à l'école de pharmacie même si aucune femme n'y avait jamais été admise ? As-tu la moindre idée de ce que j'ai dû faire pour convaincre le recteur de t'accepter ?

Zivanka baissa la tête. Sa mère avait visé juste. Cette opportunité, aussi déstabilisante soit-elle, pouvait lui permettre de prouver qu'une femme possède autant de capacités intellectuelles qu'un homme dans les processus décisionnels.

— J'aurai tout de même besoin d'être guidée.

— Je te l'ai dit, tu pourras compter sur madame Jeanne. Ton rôle sera limité à celui de porte-parole de ton père. Tu seras ses yeux et ses oreilles sur place. Quand il reprendra des forces, il te donnera des instructions précises sur ce que tu dois faire. Il a des amis influents au sein du gouvernement britannique.

— Vous me donnez le vertige, mère.

— Ces gens-là lui doivent beaucoup, et ils seront bientôt mis au courant de ton arrivée et de l'infortune de ton père. Ils t'aideront, tu peux en être assurée. Le gouverneur Grant Duff est un honnête homme qui a l'écoute de la reine Victoria. Le sous-secrétaire d'État aux affaires étrangères Robert Bourke est un autre très bon ami de la famille de Mazowiecki.

— Je ne me souviens pas d'eux.

— Eux se souviendront de toi. Ils t'ont vue grandir. Ce seront tes interlocuteurs à Madras, ceux qui te permettront d'obtenir les autorisations nécessaires pour que le conglomérat de nos deux familles décroche les contrats de prolongement des chemins de fer aux Indes.

— Et les Czartoryski ? Que diront-ils de tout ça ? Je ne suis pas certaine que mon futur beau-père ait envie de négocier, d'égal à égal, avec une jeune femme.

— Ce n'est pas le temps d'être timide. Tu as toujours voulu être l'égal des garçons. C'est ta chance de te prouver.

— Me prouver ?

— J'ai depuis toujours enduré tes lubies de garçonne. À toi maintenant de prouver que tu puisses t'en montrer digne, ma fille ! Ton fiancé fera aussi le voyage que je sache. Il saura lui aussi, je l'espère, t'enseigner la bienséance dans le monde des hommes.

— J'en suis consciente, mère. Mais je ne veux surtout pas donner raison aux hommes qui pensent qu'une femme est inférieure en me cassant la gueule comme une idiote.

— Voilà donc que tu doutes de tes capacités ? Je ne te savais pas aussi humble.

— Mère, ce n'est pas de ça qu'il est question.

— Les instructions de ton père seront très claires, je te le répète. Ils n'ont pas intérêt à tenter de nous flouer, au contraire. Sans notre famille, ils n'auraient aucune chance d'obtenir une pareille opportunité et ils en sont très conscients. De toute façon, ton père a une très haute opinion du prince Czartoryski. Je crois qu'il s'est développé une belle amitié entre ces deux-là.

— Et Goethe ?

— Il a été viré.

— Par mon père, mais pas par les Czartoryski que je sache.

— Ton fiancé ne te l'a pas dit ? Eux aussi l'ont viré.

— Ça me rassure.

— Tu as tout à fait raison. Tout le monde s'en méfie. C'est le diable incarné, celui-là.

— Je vais mieux dormir en sachant qu'au moins je ne ferai pas le voyage en compagnie de Satan ! Heureusement qu'il y en a qui jure que j'ai une âme d'une pureté incomparable.

— Que racontes-tu ?

— Rien. Oublie ça. C'était du sarcasme. Tu ne comprendrais pas. Mais bon, puisque c'est nécessaire, j'irai à Madras au nom de mon père !

— Il faut s'en remettre à la grâce de Dieu.

— C'est bien ce qui m'inquiète.

— Que veux-tu dire ?

— Historiquement, je vous rappellerai, très chère mère, que ton Dieu n'a vraiment pas une fiche gagnante contre le Diable.

– Ne blasphème pas !
– Je ne fais que dire la vérité.

« On rencontre sa destinée souvent par les chemins que l'on prend pour l'éviter. »

— Jean de Lafontaine

XIX

Dès qu'il eut vent de la nouvelle, Goethe se rendit au Café Tortoni. Ferro l'y attendait cette fois au bar de la grande salle, un café à la main. Ses deux gardes du corps étaient assis à une petite table, près de l'entrée du bistro. Il n'y avait personne d'autre dans l'établissement sauf pour la gérante Adèle Tortoni. Ferro avait déjà été informé du malaise subi par le duc de Mazowiecki ce qui l'avait rendu furieux parce que convaincu que la mission aux Indes était compromise. Il ne se retourna pas lorsque l'Allemand prit place à sa droite. Il repoussa violemment le bras affectif qu'offrit Goethe au-dessus de son épaule. Ce dernier resta perplexe, mais feignit l'indifférence.

— Maintenant que l'expédition des Polonais est foutue, que fait-on ?

— De quoi parles-tu ?

— Comment entends-tu livrer la marchandise à Alexandrie ? Ton bateau vient de prendre l'eau, non ?

— Désolé, mais comme tous les Italiens, tu paniques à la première contrariété pour absolument rien.

— Je ne suis pas d'humeur à supporter les reproches d'un boche.

— Si tu veux, je peux partir. Des armes, je peux en vendre à d'autres. Tu n'es pas le seul acheteur, Vito.

— J'espère que tu as un bon plan pour remplacer ton ivrogne de duc polonais !

— Tout n'est pas perdu, don Vito.

— Ta gueule, *stronzo* !

Goethe se raidit.

— Je n'accepterai jamais d'être ainsi insulté par un petit bandit. Tu vas t'excuser, mon cher Vito.

Ferro s'approcha alors de lui avec le regard le plus intimidant qu'il savait offrir. Goethe l'agrippa aussitôt par le collet.

— Tu sais ce qui arrive à ceux qui osent me manquer de respect, Goethe ?

— Je te laisse exister, don Vito. Ne l'oublie jamais. Le gouvernement que je représente est capable de détruire ton pays ainsi que ton organisation. Alors, tu vas immédiatement me présenter tes excuses. Je ne suis pas d'humeur à me faire chier par un minable rital comme toi !

Don Vito cracha par terre. Goethe le repoussa violemment, le faisant tomber à la renverse le long du bar pour se diriger vers la sortie. Humilié, Ferro se releva et lui lança un doigt menaçant. Ses gardes du corps se dressèrent aussitôt devant la porte, barrant la route à l'Allemand.

— Tu regretteras ce que tu viens de faire, Goethe.

— C'est toi qui vas regretter ton effronterie.

— Je ne laisserai jamais un boche me bousculer chez moi.

— C'est ça votre problème, les Italiens. Vous croyez être chez vous partout.

— Je t'emmerde.

— Je sais. C'est pourquoi tu peux oublier notre entente. Tu n'auras pas tes armes, Ferro.

La menace ébranla Ferro. Il avait besoin des armes que lui avait proposées Goethe. L'italien fit alors signe à ses gardes du corps de ne pas intervenir. Il fit une pause et chercha les mots justes.

— Si tu me garantis que j'aurai mes armes comme convenu, alors je suis prêt à te présenter mes excuses, Wolfgang.

L'Allemand s'arrêta devant la porte, sans se retourner.

— Tu as trois secondes.

Ferro ravala sa salive autant que son orgueil tout en se jurant que Goethe payerait un jour pour son insolence. Il murmura :

— Je m'excuse. Voilà, c'est dit. Maintenant, est-il possible de se parler sérieusement ?

— Non. Je veux des excuses bien senties. Je veux que tes affreux les entendent. Je veux qu'Adèle les entende. Répète tes excuses, mais cette fois comme si tu parlais pour être entendu au bout du monde.

Ferro sourit, mais la vérité c'est qu'il n'était encore que plus contrarié. Il vociféra cette fois :

— Je vous présente mes excuses, mon très cher Goethe.

— Pourquoi au juste ?

— Je m'excuse de vous avoir injustement insulté.

Goethe revint vers le bar et commanda un verre de champagne.

— C'est le patron qui paye, alors, ma belle Adèle, donne-moi une coupe de ton meilleur champagne. Ne me refile surtout pas cette odieuse pisse mousseuse qu'ils appellent

Spumante ou Prosecco. C'est peut-être assez bon pour les ritals, mais pas pour la sensibilité de mes papilles. Je ne suis pas un vulgaire paysan qui se contente du jus de chaussette !

Ferro, bien qu'offusqué, opina de la tête et vint prendre place à côté de Goethe.

— Comment allez-vous faire sans le duc ?

— Il va nous envoyer sa fille. Il n'aura pas le choix.

— Les Czartoryski vont accepter de travailler avec une môme ?

— Ils y verront même un avantage. Ce sera encore plus facile avec la gamine.

— Mais que va-t-elle pouvoir faire ?

— Ce n'est pas ton problème. À moins que tu aies décidé d'investir dans les transports ferroviaires à Madras.

— Et mes armes ?

— On les livrera à Alexandrie comme convenu. Mais je persiste à croire que tu aurais mieux fait de récupérer la marchandise à Marseille.

— Non. Les carabiniers commencent à nous connaître non seulement dans le sud de la France, mais aussi à la frontière.

— Je croyais que ta spécialité, c'était d'acheter le silence des carabiniers ?

— En Italie, c'est un jeu d'enfants. Mais ceux de ce pays sont un peu moins négociables, et les agents de douanes coûtent beaucoup trop cher tant ici qu'en Italie.

— Les Nord-Africains sont plus conciliants ?

Ferro lui offrit un sourire entendu.

— Disons que ce sera plus facile de rapporter les armes en Italie à partir de l'Afrique. Une caravane transportera la marchandise d'Alexandrie jusqu'en Tunisie. J'ai des navires à Carthage qui vont ensuite assurer le transport jusqu'en Sicile.

— Alors, tu n'as aucun souci à te faire. Tu les auras, tes armes. Ne vois-tu pas que tu t'es énervé pour rien ?

Goethe avala le champagne d'un trait et en redemanda un deuxième verre. Adèle en versa aussi un à Ferro. L'Italien fit une pause puis regarda Goethe droit dans les yeux et murmura pour que personne d'autre n'entende la conversation.

— Wolfgang, si tu souhaites que nous ayons une longue relation d'affaires, je vais maintenant te demander de ne plus jamais m'humilier publiquement devant mes hommes ou qui que ce soit.

— Je te ferai remarquer que tu es celui qui m'a insulté.

— Mais je ne t'ai pas bousculé.

— Je suis conscient que tu souhaites devenir un caïd, mais il faudra que tu apprennes à modérer tes ardeurs, mon cher Vito. Je ne serai certainement pas le dernier à ne pas me prosterner devant toi. Tu es encore bien jeune. Tu as beaucoup à apprendre avant de pouvoir espérer te hisser au niveau supérieur des criminels d'envergure.

— Je sais. Je me suis excusé. Mais je tenais à te dire que la vie est parfois très cruelle. Tu vois, j'ai un code d'honneur et voilà que ta colère insensée vient de coûter la vie à trois personnes.

— Vraiment ?

— Regarde.

Il se leva aussitôt d'un trait, se dirigea vers ses deux gardes du corps, sortit un revolver et les abattit tous deux d'une balle à la tête, projetant des morceaux de cervelles sur la fenêtre derrière. Il prit un air désolé et contrit qui ne parvint pas à émouvoir Goethe.

— Tu vois ce que ton insolence m'aura forcé de faire ?

Goethe haussa les épaules, tourna le dos à Ferro et demanda à Adèle de remplir à nouveau sa coupe de champagne, ce qu'elle fit.

— Je ne t'ai pas forcé à tuer qui que ce soit.

— Pourtant, voilà qu'il y a deux morts. Ces deux cadavres sont la conséquence de tes gestes. Je tenais à ce que tu le saches.

Adèle Tortoni eut envie de vomir, mais s'efforça de rester stoïque devant cette effroyable scène. Goethe lui adressa un clin d'œil se voulant réconfortant.

— Ce sont tes employés. Tu disposes de ton personnel comme bon te semble, mon cher. Mais tu te rends compte à quel point tu viens de donner la frousse à notre belle Adèle ? Elle ne méritait pas d'être témoin d'une telle scène, mon cher ami.

Étonné par la froide indifférence de Goethe, Ferro revint aussitôt vers le bar, prit lui aussi une gorgée de champagne, et logea une troisième balle entre les deux yeux de la pauvre Adèle Tortoni qui tenait toujours la bouteille de Dom Pérignon dans ses mains. Le Don finit son verre, s'essuya les lèvres et récupéra la bouteille qui, amortie par le ventre de la tenancière, demeura intacte. Il versa ce qui restait du champagne dans leurs verres.

— Je crois qu'il vaudrait mieux quitter les lieux par la ruelle.

Goethe prit une autre gorgée.

— Était-ce vraiment nécessaire ? osa demander Goethe en indiquant le cadavre d'Adèle Tortoni sur le plancher.

Ce fut au tour de Ferro de se montrer indifférent et de hausser bêtement les épaules avec un air volontairement impassible.

— J'ai une réputation à maintenir. C'est, malheureusement, ce que tu ne comprends pas, mon cher Goethe.

Ferro revint aussitôt s'asseoir au bar sans se presser.

— Je vois. Cela dit, tu deviens franchement infréquentable, mon cher Ferro.

— Venant de toi, je le prendrai comme un compliment.

— Ce l'était. Je te dirais toutefois que c'est un peu dommage parce que j'aimais bien ce café. Et cette pauvre Adèle ne méritait pas ça. Elle était si timide.

— Les femmes parlent toujours trop.

— Ce n'est certainement pas moi qui te dirai le contraire. Mais qu'adviendra-t-il de ce sympathique estaminet ?

— Il m'appartient. Adèle me l'avait vendu. Les policiers croiront donc que cet attentat était visé contre moi.

— Ils voudront alors assurément t'interroger, savoir si tu te connais des ennemis.

— Je leur dirai que tu es le seul ennemi que je me connaisse à Paris.

— Ils ne te croiront pas. Tu sais que je suis considéré comme un homme respectable et au-dessus de tout soupçon dans cette magnifique ville ?

— Il faudra que tu me dises qui est assez naïf pour avoir une si haute opinion de toi.

— Tu serais surpris. Mais j'aurai un alibi de béton, puisque nous avons passé la soirée ensemble. Je leur raconterai que tu es mon jeune amant et que tu me suçais joyeusement la bite, chez moi, quand ce drame effroyable est survenu, tout juste avant d'avaler avec empressement mon sperme. C'est une belle histoire, ne trouves-tu pas ?

— Tu es vraiment dégoûtant quand tu le veux.

— Quoi ? Je ne suis pas à ton goût ?

— Si tu l'étais, je me taillerais la verge en rondelles de saucisson plutôt que de m'abaisser à te sodomiser.

— Tu me fais de la peine. Mais ça ne résout pas ton problème avec la gendarmerie. Il y aura encore trois cadavres ici à l'aube.

— Ne t'inquiète pas, je répondrai à leurs questions avec plaisir. Mes larmes les attendriront, je te l'assure. Je ferai des funérailles magnifiques à cette chère Adèle.

— Tu leur enverras des fleurs ?

— La famille Tortoni me sera éternellement reconnaissante. Tu me connais mal, Goethe, je suis un grand sensible, un bienfaiteur pour l'humanité.

— Bien sûr, ce sera bon pour les affaires du café.

— Il faut parfois renouveler sa clientèle.

— Et tes gardes du corps ?

— Les jardins zoologiques sont remplis de gorilles qui ne servent à rien.

— Tu penses vraiment à tout.

— C'est ce qui fait la différence entre un chef d'entreprise qui connaît du succès et celui qui échoue. Bon, juste au cas où nos voisins aient appelé les flics, il vaudrait mieux de nous tirer.

— Les nuits de Paris ne sont plus ce qu'elles étaient.

— Les oiseaux de nuit comme toi, mon cher Wolfgang, sont les prédateurs qui tuent les honnêtes commerçants en faisant fuir les bons clients.

— Ce que j'aime chez toi, Ferro, c'est que tu es aussi un grand philosophe.

Goethe finit son verre de champagne et suivit Ferro dans la ruelle. Ils se donnèrent la bise ainsi qu'une franche accolade avant de partir chacun de leur côté en se promettant silencieusement d'assassiner l'autre à la première occasion. Tous deux se dirent intérieurement que le plus tôt serait le mieux.

• • •

Cette nuit-là, elle rêva à Nikhil. Ou était-ce plutôt un songe, voire de véritables retrouvailles télépathiques ? Elle se posait ces questions de manière rhétorique, car elle en connaissait inconsciemment les réponses depuis toujours. Elle aurait préféré que ce ne soit qu'un rêve, tout au plus quelque peu prémonitoire. En quelques heures seulement, Zivanka avait déjà eu son lot de contrariétés. Les nouvelles que lui apportait maintenant un ami d'enfance dans l'intimité de ses rêves n'ajoutaient rien d'agréable dans sa nuit.

Nikhil fut son premier ami indien à Madras. Pour tout dire, il fut son seul véritable ami pendant son séjour aux Indes. Il fut aussi son premier amour tout aussi secret qu'impossible. Leurs parents étaient voisins dans un des rares quartiers huppés de Madras. Le père de Nikhil était un riche homme d'affaires qui exportait fruits, légumes et épices uniques à travers le monde. Elle crut comprendre qu'il vendait aussi des esclaves. Mais jamais elle n'en eut la certitude. Il se disait tellement de choses que cela devenait plutôt difficile pour un enfant de discerner le vrai du faux.

Elle avait sept ans lorsqu'elle se lia d'amitié avec le jeune garçon, de quatre ans son aîné. Il était particulièrement doué pour les langues. C'est lui qui lui avait appris l'ourdou et le tamoul. Ce jeune garçon parlait plusieurs langues ou dialectes méconnus sinon carrément inconnus des contrées montagneuses des Indes, du Cachemire, du Ladakh et du Tibet dont fort probablement le burushaski. Les deux enfants conversaient entre eux généralement en anglais, une langue qu'ils s'efforçaient d'apprendre à maîtriser davantage par le biais de leurs tuteurs respectifs. Le pays montagneux où il avait grandi la fit rêver tout comme ces plantes, ces fleurs et ces fruits qu'il lui décrivait et dont elle n'avait jamais auparavant soupçonné l'existence. Cela n'avait rien à voir avec les Indes qu'elle connaissait, rien de comparable, lui sembla-t-il, à la puanteur trop souvent suffocante de Madras. Elle s'ennuyait chaque jour un peu plus de Plock et de sa Pologne. Mais Nikhil savait la faire rêver. Elle l'appelait Nik. Pour un Asiatique, il avait des traits inhabituels : son teint était plutôt clair, ses cheveux étaient châtain clair et il avait des yeux à peine bridés, mais surtout ils étaient vairons, l'un marron et l'autre d'un beige beaucoup plus pâle. Il était aussi plutôt grand et large d'épaules. Elle s'abreuvait de ses paroles. Lorsqu'ils quittèrent Madras pour Paris, la famille de Mazowiecki y amena Nikhil pour qu'il puisse y apprendre le français. C'était du moins ce qu'elle avait su. Son séjour en France fut toutefois de courte durée. Un beau matin, elle apprit qu'il était parti sans autre explication de la part de ses parents. Il y avait maintenant trois ans qu'elle était sans nouvelle de lui et pourtant cette nuit il habitait ses rêves, lui parlait, la réconfortait. Au début, elle fut, en effet, apaisée par ces retrouvailles oniriques.

Elle se réveillerait, sporadiquement, toutefois plutôt confuse, ne se souvenant que de quelques bribes de leurs échanges. Mais il était certes question de déesses éthériques, de khandromas et de portails mystérieux. Elle se souvint d'avoir eu la sensation d'être aspirée dans un étrange tunnel souterrain, d'avoir même humé des parfums inconnus avant de se retrouver dans une immense clairière verdoyante, au sommet de montagnes vertigineuses où l'air était d'une pureté incomparable. Il y avait un lac au pied de la montagne dont l'eau était si claire que l'on voyait clairement les poissons, même ceux qui étaient dans les profondeurs abyssales. Cela lui rappela vaguement l'épisode de la chapelle du domaine de Mazowiecki à Plock, alors qu'à l'intérieur du confessionnal, pourchassant une luciole qu'elle méprenait pour sa fée protectrice, elle avait eu l'impression d'être aspirée par un quelconque corridor. C'était comme si son corps flottait, en suspens, au-dessus des montagnes. Il lui avait même semblé que Nikhil lui avait communiqué un important message dont elle n'avait plus aucun souvenir. Tout était vague dans sa tête. Elle revoyait les deux petits livres se déployer comme par magie, la petite statuette danser au milieu de lucioles sans corps. Il y avait aussi de la musique, des arômes floraux et minéraux, mais qu'elle ne parvenait pas à identifier, qui flottaient dans l'air comme si dans sa chambre il s'était déroulé une fête pendant son sommeil au cours de laquelle quelqu'un aurait apporté d'immenses bouquets de fleurs odorantes, fait brûler des herbes sèches ainsi qu'une quelconque variété d'encens. Sa mémoire olfactive n'oublierait jamais ces mystérieux effluves. Rêvait-elle encore ? Elle n'en était plus certaine, pas plus qu'elle ne l'était d'être réellement réveillée.

Elle sortit du lit brusquement pour mettre le pied sur un objet métallique qui lui procura une douleur foudroyante, comme si elle s'était empalée. Plus de doute, elle était bien réveillée. Elle se pencha pour récupérer l'objet. C'était un anneau en or. Un anneau que lui avait jadis donné Nikhil, serti de pierres qui n'avaient certainement rien de précieux pour un joaillier, mais qui, pour une petite fille sentimentale, valaient plus que tous les rubis ou diamants du monde entier. Elle l'avait tant cherché. Voilà qu'elle venait, comme ça, au terme d'une nuit plutôt agitée, de le trouver par inadvertance en marchant dessus comme s'il avait été au pied de son lit depuis toujours. C'était évidemment peu probable. Elle avait beau rejeter toutes les théories voulant que son destin soit tracé, que le chemin soit prédéterminé par des forces occultes, elle fut soudainement assaillie par le doute. Une forte odeur d'encens brûlé ne fit que décupler ce doute. Elle qui ne croyait pas au destin voyait toutes ses convictions brutalement ébranlées. En une seule journée, tout ce qui lui semblait être la réalité venait d'être réduit en poussières. Elle retournerait bientôt aux Indes. Tout semblait la pousser vers le sous-continent dont elle gardait, mis à part son ami Nikhil et les contrées imaginaires qu'il lui avait fait miroiter, peu de souvenirs agréables. Voilà qu'elle sentait que son destin y était inéluctablement lié, qu'elle n'aurait d'autre choix que d'y retourner pour défendre les intérêts supérieurs de la famille de Mazowiecki. Machinalement, elle prit l'anneau et l'enroula autour de son index. C'est alors qu'elle se sentit paralysée et violemment expulsée hors de son corps. Ce fut comme si son être immatériel se trouvait soudainement propulsé au milieu des étoiles. Partout autour, il n'y avait qu'une toile d'encre bleue parsemée de petites lumières scintillantes. Son corps flottait au-dessus de la Terre qu'elle vit pour la première fois comme une boule bleuâtre en mouvement. Ce qu'elle voyait se voulait aussi magnifique que terrifiant. Peut-être était-elle morte ? La question se posait, puisqu'elle ne sentait plus ses membres ni son corps. Elle avait l'impression de n'être plus qu'une ombre vaporeuse dans le firmament. Elle fut prise de panique, mais la voix de Nikhil réussit de nouveau à calmer ses appréhensions.

— Tu es celle que nous avons choisie. Ne crains rien. Nous serons à tes côtés jusqu'à la fin.

— Suis-je devenue immatérielle ?

— En ce moment, tu l'es.

— Suis-je morte ?

— Tu n'as jamais été aussi vivante.

— Je ne sens plus mon corps.

— Tu l'as abandonné temporairement pour mieux voyager. Tu y retourneras bientôt, sois sans crainte.

Zivanka se savait maintenant réveillée et pourtant elle entendait clairement la voix de Nikhil dans sa tête, comme s'il avait le don de communiquer directement à son cerveau. Quel était ce prodige si ce n'était pas un rêve ? Comment pouvait-elle avoir une vraie conversation avec un ami disparu de sa vie depuis plusieurs années et qu'elle savait à des milliers de kilomètres de Paris ? Peut-être venait-elle tout simplement de sombrer dans la folie ! La torpeur dans laquelle elle était plongée l'empêchait de différencier l'univers réel d'un autre qui semblait parallèle. Elle répondit sans ouvrir les lèvres.

— Pourquoi moi ?

— Je ne peux pour l'instant te le révéler.

— Et toi, Nikhil, quel est ton rôle dans tout ça ?

— Il faudra tous les deux se faire confiance, ma chère Zivanka. Nous sommes confrontés à des réalités qui pour le moment dépassent notre compréhension du monde.

— J'ai l'impression d'avoir été poussée au-dessus d'une falaise.

— Je te demande tout simplement de me faire confiance. Je t'assure, Zivanka, que je me retrouve moi-même au cœur d'une situation inattendue qui m'aspire sans que je sois en mesure de la contrôler autant que je le souhaiterais.

La voix de Nikhil cessa de résonner pour faire place au plus étrange rêve de sa vie. Zivanka était sur le bord d'un lac qui lui était inconnu au beau milieu d'une nuit éclairée par une lune gigantesque comme elle n'en avait jamais vu. Des lueurs émanaient de l'eau. Des boules de feu en furent soudainement éjectées. Elle tomba dans le sable. C'était un sable trop fin, trop doux pour être réel. Un être étrange lui apparut en contre-jour, sa silhouette découpée par la puissante lumière lunaire. Il semblait mesurer plus de deux mètres. Elle eut peur. Lorsqu'il fut au-dessus d'elle, Zivanka constata qu'il était nu, son pénis en érection. Il était plus beau que tout homme qu'elle avait déjà vu. Il avait, se souviendrait-elle toujours, une apparence surhumaine. Il se pencha et sans ouvrir les lèvres elle l'entendit dans sa tête.

— Ne crains rien. Je vais t'offrir un enfant qui changera le visage de l'humanité.

Elle sentit une moiteur inhabituelle envahir son entrejambe. Son clitoris lui sembla se gonfler instantanément sans même être caressé. Ses seins se gonflèrent, ses mamelons devinrent d'une sensibilité extrême, pourtant le géant ne l'avait pas encore vraiment touchée.

— Mais qui es-tu ?

— Je viens de loin, très loin.

— D'où, au juste ?

— Je viens du ciel.

— Je ne comprends pas.

Il la pénétra sans façon. Elle n'opposa pas la moindre résistance. C'était à la fois violent et savoureux. Elle ressentit même un plaisir qui lui était jusqu'à ce jour inconnu. Ce fut alors comme s'il s'agissait de son premier véritable orgasme à vie. La semence de son partenaire ne tarda pas à jaillir entre ses cuisses, chaude et abondante. L'inconnu se retira aussitôt et se dressa fièrement au-dessus d'elle.

— Si ton mari te le demande, tu lui diras que Gabriel, ton ange venu du ciel, t'aura donné le fils qu'il était incapable de te donner vu son âge avancé.

Le géniteur partit aussitôt sans se retourner. Abandonnée nue sur la plage, elle se mit à pleurer. Elle n'avait pas de mari. En ses entrailles, elle savait qu'un enfant s'inventait. Seul son protecteur, le vieux Joseph, saurait l'aider à traverser cette étrange épreuve. Il en serait ainsi.

Une fois de plus, elle s'extirpa de sa torpeur, mais cette fois avec de violents spasmes lui donnant envie de vomir. Avait-elle rêvé ? Elle se sentit davantage comme quelqu'un qui avait été drogué. Zivanka avait amplement lu de livres sur les comportements reliés à l'usage des différentes drogues disponibles en pharmacie pour tenter d'interpréter ses propres convulsions. Cela n'expliquait toutefois ni l'anneau à son doigt ni le pendentif trouvé dans la fontaine de Joyeuse. Cette nuit-là, elle en oublia même qu'elle avait trouvé son prince charmant.

« L'énergie des esprits est abondante.
On la regarde sans la voir.
On l'écoute sans l'entendre.
Sa substance et sa forme ne peuvent être perçues.
Bien que l'on ne puisse la toucher,
elle est manifeste, pareille à l'Océan,
et sa réalité ne peut être niée. »

— Confucius

XX

Corey Kane marchait d'un pas pressé en direction de la gare du Nord où il devait déposer la précieuse enveloppe contenant le petit calepin que lui avait remise Colin Kelly ainsi que les dix mille francs réclamés comme dépôt pour les services de Stewart Houston à Colombo. Dans le carnet, il avait consigné les informations réclamées. L'expédition de la CMI British India quitterait le port de Marseille le dimanche douze août en fin de journée à bord du *Princess of India*, le paquebot le plus moderne et le plus luxueux de la compagnie maritime White Star Line. Après des escales à Alexandrie, à Port-Saïd et à Aden, le navire accosterait au port de Colombo, capitale du Ceylan, le vendredi trente et un août. Les armes, soit vingt fusils à répétition Maximus de calibre .303, cent cinquante carabines à longue portée munies de baïonnette, deux cents revolvers et cent cinquante fusils à culasse seraient dissimulés dans des sacs et chargés dans cinq caisses contenant de l'engrais de mouton et des semences de gazon. Une autre caisse contiendrait des explosifs, des mines et des grenades dissimulées sous des vases de porcelaine et porterait la mention « Fragile ». Il ajouta les indications détaillées pour acheminer la marchandise jusqu'à Srinagar ainsi que la liste des gens à contacter là-bas, ainsi que leurs coordonnées. En dressant cette liste, il devint nostalgique et comprit qu'il vivait ses derniers jours en France, que dans quelques semaines il serait de retour chez lui pour de bon. Il s'ennuyait terriblement de Srinagar, de sa famille et de ses amis.

Malgré la chaleur toujours aussi accablante en ce premier vendredi du mois d'août 1883, Kane gardait sa veste attachée pour ne pas qu'un pickpocket, dont le nombre ne cessait de croître à Paris, réussisse à lui voler l'enveloppe qu'il gardait dans sa poche intérieure. Il suait à grosses gouttes, tant à cause de la canicule que de sa nervosité de transporter une telle somme qu'il s'apprêtait à déposer dans un casier anonyme de la gare. Depuis qu'il avait quitté son appartement de la rue du Faubourg-Poissonnière, il avait surtout l'impression d'avoir été pris en filature. Il se retournait constamment, mais ne parvenait pas à identifier un individu en particulier susceptible de le suivre parmi les nombreux piétons. Dès qu'il pénétra à l'intérieur de la gare, le sentiment d'être pisté s'accentua même s'il ne pouvait concevoir qui aurait intérêt à le surveiller. Il n'avait pas compris que le Vatican, par l'intermédiaire du meurtrier Ordre noir et les révolutionnaires irlandais pouvaient avoir des intérêts communs pour déstabiliser la Couronne britannique et l'Église anglicane. Gordon

Fleming le traquait ainsi à son insu depuis maintenant trois semaines, soit depuis le jour où il avait pris l'initiative de contacter Kelly, histoire de s'assurer qu'il n'était pas un agent double ou un espion à la solde de Londres. Après tout, un ressortissant du Raj qui avait eu les moyens d'étudier à Oxford et qui vivait maintenant dans un luxueux appartement au cœur de Paris ne pouvait qu'être suspect tant pour les Irlandais que pour les soldats du Christ. Une fois de plus, le flair de l'espion papal le servait à merveille.

• • •

En l'absence de son père, Zivanka avait officiellement été désignée chef de mission pour le clan de Mazowiecki, ce qui ennuyait quelque peu Vlad. Sa fiancée allait diriger cette entreprise d'égale à égal avec son père, le prince Czartoryski. Il y prenait ombrage même s'il n'osait le dire publiquement. Déjà, elle avait été convoquée à quelques réunions avec le prince Ladislas auxquelles son fiancé n'avait pas été convié. Comme le lui avait dit sa mère, Zivanka avait aussi passé de longues heures aux bureaux de son père en compagnie de madame Jeanne, sa fidèle secrétaire. Chaque jour, la duchesse gagnait en confiance, notant scrupuleusement les informations et les conseils que lui donnait cette femme visiblement en pleine maîtrise de tous les dossiers des entreprises Mazowiecki, et ce, dans les moindres détails. À une semaine du départ pour Marseille, Zivanka se sentait prête à braver la tempête. Il lui vint à l'esprit que ce qu'elle apprenait dans l'organisation de cette mission lui servirait le jour où elle ouvrirait sa première pharmacie. Cela ne faisait qu'ajouter à sa motivation et à son désir de réussite. Toutefois, elle nourrissait désormais des sentiments mitigés à l'idée de faire ce voyage avec son fiancé dans de telles circonstances. Elle le sentait terriblement malheureux et contrarié de se voir relégué dans un rôle de second ordre derrière sa fiancée. Ce ne serait certainement pas un voyage d'amoureux.

• • •

Après avoir déposé l'enveloppe dans le casier qui lui avait été indiqué à la gare du Nord, Kane traversa la rue Dunkerque pour se rendre dans une brasserie belge où il avait donné rendez-vous à Goethe qui l'attendait à une table sur la terrasse avec son air bourru habituel. Fleming s'étonna de voir son meilleur ennemi et dut faire preuve d'une extrême prudence pour ne pas être repéré. Il trouva rapidement une table près de celle de Goethe cachée par un immense pot de fleurs. Il y prit place, en s'assurant d'être de dos par rapport à l'Allemand qui, comme toujours, paraissait de très mauvaise humeur.

— Tu es en retard, Corey. Je n'ai pas que ça à faire moi de t'attendre.

Le jeune homme prit place devant Goethe et le regarda avec mépris. Il déposa sur la table le bon de commande qu'avait illégalement rempli l'ancien conseiller financier des Czartoryski qui blêmit quelque peu en reconnaissant son écriture. C'était là un document franchement incriminant qu'il fut tenté de détruire sous les yeux de Corey Kane. Il décida toutefois d'entendre d'abord ce qu'avait à dire son ancien élève qui n'avait à ses yeux pas suffisamment de couilles pour comprendre comment véritablement tirer profit de la situation. Il attendit donc sans réagir sinon pour repousser calmement le bout de papier du côté de Kane qui le reprit aussitôt pour le remettre dans sa mallette. Peut-être avait-il deviné les intentions de Goethe.

— Tu as du culot.

— C'est tout ce que tu trouves à me dire, Corey ?

— Oh que non. Tu ne t'en tireras pas à si bon compte avec moi, mon cher Goethe.

— Ne te mêle pas de ce qui ne te regarde pas si tu veux vivre assez vieux pour rentrer chez toi à Srinagar, Khurram Khan al-Mahdi.

Kane encaissa le coup sans broncher. Il n'était surtout pas question de céder le moindre avantage à Goethe.

— Je suis britannique et je n'ai jamais entendu parler de cette ville que tu sembles croire être mienne.

— Je me demande bien comment tu connais autant de succès aux jeux de cartes. Tu es le pire menteur que je connaisse.

— Il n'est pas question de moi, mais de tes actions criminelles, Goethe. N'essaie pas de détourner la conversation.

— J'ai toujours su ta véritable identité, mon petit merdeux. Je savais bien qu'un jour, cela s'avérerait utile. Il faut croire que ce jour-là est enfin venu.

Kane s'approcha dangereusement de Goethe, leurs nez se touchant presque.

— Tu ne sembles pas avoir compris, grand-papa. C'est moi qui contrôle la situation, tu es dans la merde.

Goethe plongea son regard le plus mauvais dans le sien.

— Tu vas te pisser dessus de peur avant la fin de cette conversation.

— Tu es très mal placé pour me menacer. Tu ne peux rien prouver me concernant. Moi, j'ai la preuve de ton escroquerie. C'est pour qui, ces jouets ? Il y en a pour au moins un demi-million de francs. Te connaissant, peu importe à qui tu as promis cette quincaillerie, tu en demandes certainement le double.

— Ça ne te regarde pas. Tu me fais perdre mon temps.

— Tu crois que le père Czartoryski aimerait que tu détournes autant d'armes, de munitions et d'explosifs à son insu ? Déjà que j'ai compris, de la façon dont il t'a viré, que tu n'es certainement plus dans ses bonnes grâces. S'il apprenait que tu le voles en prime, je présume l'ampleur de son courroux à ton égard.

Goethe devint livide.

— Je te préviens que tu ne sais pas à quel point tu joues en ce moment avec les poignées de ton cercueil. Tu n'as pas idée à quel point je suis ton dernier rempart te protégeant de dangereux criminels que tu auras offensés sans le savoir au cours des dernières semaines. Tu serais déjà un homme mort si ce n'était de moi.

Kane, probablement dopé par l'adrénaline qui coulait dans son corps, devint de plus en plus arrogant, le ton qu'il empruntait démontrant qu'il gagnait en confiance face à son ancien maître.

— N'essaie pas de me faire peur avec de telles balivernes. Je n'ai cure de ta protection. En revanche, sans mon silence, tu es cuit. Si je te dénonce, tu seras arrêté sur-le-champ et probablement déporté à Berlin où ce bon vieux Bismarck t'attendra certainement avec une médaille, crâna-t-il.

Pour la première fois depuis le début de cet entretien, Wolfgang Goethe sentit qu'il n'avait peut-être pas le dessus, que Kane pouvait s'avérer une véritable menace. Il fit une pause et baissa le ton.

— Et si tu ne me dénonces pas ?

— Chaque homme a son prix.

— Que veux-tu ?

— Dix pour cent.

— De quoi ?

— Dix pour cent de ce que tu auras reçu pour ces armes-là.

— Pas question que je te donne cent mille francs.

— Alors, tu iras en prison et tu auras tout perdu.

— Non mais, franchement, là tu n'es vraiment pas raisonnable, Corey. Je veux bien jouer ton petit jeu, mais ne me prends pas pour un con.

— Je ne voudrais surtout pas te ruiner et t'empêcher de faire un joli profit. Je me contenterai donc de dix pour cent de la valeur marchande, soit cinquante mille francs.

— Bon, voilà un point de départ plus acceptable.

— C'est non négociable.

— Tout est négociable.

— Tu as tort, Goethe, de penser que tu as le moindre pouvoir de négociation en ce moment.

— Où as-tu trouvé cette arrogance ?

Kane voulut littéralement lui arracher les yeux en ce moment précis, mais parvint à maîtriser ses émotions. Il se promit toutefois de réaliser ce fantasme-là à la première occasion. Pour l'instant, les enjeux se voulaient tout simplement trop importants pour céder à ses pulsions assassines. Il ne pouvait sous aucun prétexte rater son coup. Il jouait maintenant son va-tout.

— Nous partons pour Marseille dans une semaine exactement. Si je n'ai pas mon argent d'ici là, tu recevras la visite des gendarmes.

— Tu es vraiment un dégueulasse.

— J'ai appris d'un expert.

Leurs regards demeurèrent figés pendant de longues secondes comme dans un bras de fer plein de sous-entendus menaçants. Goethe se leva d'un trait. Il était vaincu.

— Tu les auras, tes cinquante mille balles. Mais un jour, tu regretteras amèrement d'avoir joué au maître chanteur avec Wolfgang Goethe. Tu as gagné la bataille Khurram, mais tu as aussi gagné un ennemi pour la vie. Tu t'apercevras rapidement que je ne suis pas du genre à pardonner. Le jour viendra où tu devras payer cet affront. J'en fais le serment. En passant, si tu croises des Italiens, je te recommande fortement d'éviter qu'ils te reconnaissent. Ces gens-là peuvent se montrer drôlement imprévisibles en présence de minables qui ont déjà tenté de les escroquer. Je ne serai plus là pour les en empêcher. Tiens-toi-le pour dit.

Il partit aussitôt, passant à quelques centimètres de Fleming qui, assis à la table voisine, avait réussi à ne rien manquer de cette intéressante conversation sans être vu. L'espion papal sourit à l'idée d'annoncer aux Irlandais comment le jeune rebelle Indien avait su se montrer ingénieux pour réunir l'argent nécessaire pour financer sa révolution. Il prit surtout un malin plaisir d'entendre Goethe s'avouer vaincu et consentir à se départir d'une somme aussi coquette, lui dont l'avarice était légendaire. Cela lui indiquait que le client de Goethe devait être en moyen pour s'offrir un tel arsenal. Fleming devint soudainement curieux d'en connaître l'identité. Il lui faudrait désormais suivre les allées et venues de l'Allemand au cours des prochains jours.

• • •

Ce jour-là, Zivanka et son fiancé avaient rendez-vous au très sélect Jockey Club dont l'aïeul de Vlad, le prince Adam Jerzy Czartoryski, fut l'un des membres les plus prestigieux et grâce à qui ses enfants, et maintenant ses petits-enfants, possédaient le même privilège. Vlad s'était vu confier par son père la fastidieuse tâche de superviser la logistique du prochain voyage aux Indes et de veiller aux moindres détails ; transports, réservations d'hôtels, mais aussi de tout autre renseignement susceptible de s'avérer utile une fois sur place. Ladislas les invita à rencontrer deux explorateurs français invités au Jockey Club pour raconter dans le cadre d'un déjeuner réservé aux membres leurs voyages dans la colonie des Indes, en Chine, au Japon et en Indochine. Le prince Ladislas croyait que leur expérience, différente de celle vécue par la famille Mazowiecki à Madras, ne pouvait qu'apporter un éclairage différent, un complément d'information pour mieux comprendre l'univers dans lequel ils allaient œuvrer au cours des prochaines années. Quand Zivanka sut que les deux hommes avaient visité des pays comme le Tibet et parcouru l'Himalaya, elle se mit à espérer qu'ils pourraient lui parler de Ximbala. Aussi, prit-elle le soin d'apporter les deux exemplaires du petit livre serti de pierres précieuses, espérant que les deux explorateurs puissent l'aider à mieux en comprendre le sens.

La conférence d'Émile Guimet et Louis de La Porte attira une centaine de membres à l'heure du déjeuner où l'on servit, avant leur allocution, un excellent gigot d'agneau accompagné d'une fricassée de légumes, d'un gratin dauphinois, le tout arrosé de bons vins, comme il se doit. Si Vlad écouta distraitement l'exposé des deux hommes, Zivanka s'abreuva littéralement de leurs anecdotes. Monsieur

Guimet, fin quarantaine, avait ouvert un musée à Lyon et envisageait d'en faire autant à Paris. Fils d'un riche industriel spécialisé dans la production d'aluminium, il avait pris la direction de l'entreprise familiale en 1860, mais s'y ennuyait pour mourir. C'est ainsi que parallèlement à ses activités d'industriel, il décida de voyager vers de lointaines contrées. C'est pourquoi il partit, quelque vingt ans plus tôt, découvrir l'Égypte et ses vestiges archéologiques. Il en revint avec de nombreux objets : stèles, statues, sarcophages, figurines funéraires, papyrus, amulettes et même des momies. Dans sa conférence, il expliqua combien ce fut un déclic, une révélation.

— Je sentais que ces objets que je réunissais restaient muets et que pourtant ils avaient des choses à me dire, mais que je ne savais pas les interroger. Je me suis donc mis à lire Champollion, Chabas, de Rougé, les rares livres d'égyptologie qu'on avait publiés à cette époque. Alors se dressa devant moi cette formidable histoire de l'Égypte, avec ses croyances compliquées, sa religion intense, sa philosophie grandiose, ses superstitions mesquines, sa morale pure. Des comparaisons s'imposaient avec les autres civilisations archaïques. Il fallait tourner mes regards vers les Indes, la Chaldée, la Chine.

Au cours des récentes années, il avait littéralement fait le tour du monde en compagnie du peintre Félix Régamey, centrant sa collection sur les religions et philosophies des peuples de l'Antiquité et de l'Orient lointain. Il avait non seulement visité les Indes, mais s'était rendu aussi loin qu'au Japon.

Pour sa part, monsieur de La Porte, jeune quarantaine, avait lui aussi visité les recoins les plus obscurs du sous-continent, de Tuticorin jusqu'aux portes de l'Himalaya. Il avait pagayé sur les rivières de l'Indochine, exploré le continent chinois. Il avait rencontré certains des peuples les plus sauvages dans les endroits les plus reclus de la planète, rapportant lui aussi une quantité impressionnante d'artefacts de civilisations jusqu'à ce jour inconnues en Occident. C'était un aventurier téméraire, un explorateur dans l'âme qui reconnaissait venir raconter ses exploits uniquement afin de mieux financer ses prochaines expéditions. Il avait prêté une importante partie de sa collection au tout nouveau musée indochinois du Trocadéro. Leurs récits fascinèrent Zivanka et finirent même par attirer l'attention de Vlad.

Une fois la conférence terminée, il avait été convenu que le jeune couple aurait droit à un entretien en privé avec les deux hommes. La rencontre avait été organisée par le prince Ladislas, un partenaire de longue date des industries Henri Merle et compagnie que dirigeait Émile Guimet. Il invita le jeune couple à les suivre dans un salon privé du Jockey Club. Le quatuor prit ainsi place autour d'une petite table. Guimet fut le premier à parler, s'adressant à Vlad.

— Ainsi, votre père me dit que vous prévoyez de partir à la découverte de l'Orient. Les Indes, le Népal et peut-être aussi le Tibet, votre itinéraire me semble des plus ambitieux.

— Le père de ma fiancée a déjà tissé des liens commerciaux avec le Raj, la Chine et le Japon. Nous désirons voir quelles sont les autres opportunités d'affaire en Orient qui nous permettraient de croître.

— Les possibilités seront aussi nombreuses que les obstacles. Vous avez vécu aux Indes, mademoiselle ?

— Oui, nous avons passé quelques années à Madras.

– Alors, vous avez déjà une bonne connaissance du pays.

– Certes, mais j'étais très jeune et je ne suis pas vraiment sortie de Madras. C'est un vaste territoire dont je n'ai qu'une infime connaissance.

– Ça évolue constamment. Les routes sont souvent impraticables, le réseau de chemins de fer est rudimentaire et ne couvre qu'une parcelle du pays, l'Indus est possiblement le fleuve le plus sournois et capricieux sur terre ; bref, vous aurez compris que le transport aux Indes est en soi une aventure des plus imprévisibles, peu importe la saison. Dans votre cas, vous y serez au début de la mousson, alors la pluie sera inévitablement au rendez-vous.

Pendant plus d'une heure, Vlad interrogea les explorateurs sur des points précis avec des questions qu'il avait soigneusement préparées avant la rencontre avec Zivanka, son père et certains membres de la haute direction. D'une main nerveuse, il nota en détail leurs réponses dans un calepin. L'entretien, au cours duquel le duo d'explorateurs leur refila différents conseils, notamment quant à l'art de soudoyer les officiels locaux pour s'éviter des ennuis, tirait à sa fin. Vlad avait noirci des dizaines de pages de son calepin, convaincu d'être déjà beaucoup mieux préparé à faire face à cette aventure aux Indes. Une question chatouillait toutefois, depuis le début, le professeur Guimet. Il redressa ses petites lunettes et s'adressa à Vlad avec l'œil inquisiteur du maître devant son élève.

– Votre père m'a dit que les opportunités d'affaires que vous allez évaluer au cours de ce courageux voyage pourraient être bénéfiques pour mes propres entreprises d'aluminerie. Je suis curieux jeune homme. Pouvez-vous m'en dire davantage ?

Vlad fut déstabilisé. Jamais son père ne lui avait suggéré que Guimet puisse devenir, de près ou de loin, un éventuel partenaire d'affaires dans leurs entreprises. Il ne pouvait l'admettre devant le professeur et chercha plutôt à gagner du temps.

— Vous devrez faire preuve de patience. Nous sommes encore à un stage très préliminaire.

Guimet émit un petit grognement trahissant son insatisfaction face à cette réponse, mais jugea bon de n'en rien laisser paraître et d'enchaîner sur un tout autre sujet qui, l'espérait-il, lui donnerait quelques indices sur les véritables objectifs de ce voyage exploratoire.

— Vous êtes si jeunes et me semblez tous deux davantage du genre à voguer sur le Danube de château en château. Alors, pourquoi vous êtes-vous portés volontaires pour cette expédition en Orient ? demanda alors Guimet aux tourtereaux sur un ton faussement mielleux.

Zivanka, qui était jusque-là demeurée plutôt silencieuse, laissant à son fiancé le soin de poser les questions plus techniques, lui parla alors des affaires de son père aux Indes, des récits et des souvenirs qu'il en avait rapportés, mais aussi de sa propre expérience à Madras qu'elle n'hésita pas à enjoliver. Puis, sur un ton un peu taquin, elle ajouta :

— En vérité, c'est un peu aussi la faute de Jules Verne.

— À cause des *Tribulations d'un Chinois en Chine*, je suppose, avança Guimet.

— Je dirais à cause de l'ensemble de son œuvre. Je ferais bien le tour du monde en ballon en quatre-vingts jours moi aussi !

Tous s'esclaffèrent de bon cœur.

— Ce Jules Verne est un illuminé, mais au moins il sait faire rêver les jeunes, conclut Guimet.

Le ton jovial de l'entretien incita alors Zivanka à s'aventurer, remplie de curiosité, et à oser leur parler de son jeune ami Nikhil ainsi que de l'étrange petit livre à la couverture multicolore qui lui parlait d'un mystérieux pays, à moins que ce soit une ville, qui se nommerait Ximbala, mais qui n'existait sur aucune carte géographique.

Le muséologue fronça les sourcils lorsqu'elle mentionna ce nom. Le climat dans la petite pièce devint soudainement beaucoup moins cordial. Zivanka le perçut instantanément. Son fiancé, trop occupé à meubler la conversation, mit plus de temps à le ressentir. Cela n'allait toutefois pas tarder.

Guimet devint pâle lorsque Vlad lui raconta, comme si c'était très drôle, que sa fiancée était en possession de deux exemplaires, et non d'un seul, plus ou moins identiques du même livre.

— Elle croit détenir une véritable carte menant à un trésor !

Vlad ne percevait visiblement pas la portée de ses propos. Les deux professeurs furent ébranlés et s'échangèrent des regards sombres. Encore une fois, seule Zivanka, plus attentive à ce genre de détail, en fit le constat. Son fiancé, désireux de se montrer intéressé par les lubies de sa promise, s'aventura sans hésiter dans un périlleux interrogatoire en règle.

— C'est tout de même une drôle de coïncidence, ne le croyez-vous pas ? Chérie, n'as-tu pas avec toi les deux copies de ce petit livre qui te tient tant à cœur ?

— Non, mentit la duchesse, qui devint méfiante et n'avait désormais plus du tout envie de partager avec ces deux étrangers ses interrogations quant à la mystérieuse cité tibétaine.

Vlad ne s'en rendait pas compte et croyant impressionner sa fiancée, poursuivit cette discussion devenue importune pour tous, sauf lui.

— Mais, dites-nous, professeur, l'un de vous a déjà certainement entendu parler de Ximbala ? On dit que c'est le véritable paradis sur cette terre. Est-ce bien vrai ?

Guimet ravala sa salive et répondit sèchement, sur un ton qui aurait pu sembler inamical.

— Ce pays n'existe pas.

Vlad se tourna alors vers sa fiancée avec un petit sourire espiègle.

— J'imagine que ce sont eux les experts.

Zivanka regarda Guimet avec une certaine arrogance.

— Alors, vous en aviez entendu parler ? Vous nous dites que Ximbala n'existe pas, mais vous savez de quoi nous parlons.

Le ton était presque accusateur. Guimet fit un geste d'exaspération.

— C'est de la fumisterie. Un pays imaginaire pour faire rêver les enfants, voilà ce que c'est. Ximbala n'existe pas et n'a jamais existé. C'est un mythe comme toutes ces histoires d'une planète au milieu de laquelle existeraient des sociétés parallèles, des pays ou d'univers au centre de la terre, ce monde intérieur que l'on appelle l'« Agharta ». Ne perdez surtout pas votre temps en de pareilles balivernes. L'homme fera le tour de la terre en quatre-vingts jours, habitera la Lune ou Mars avant d'avoir découvert Ximbala ! Il faut, mademoiselle, savoir discerner le vrai du faux.

Louis de La Porte intervint à son tour, se montrant sinon plus conciliant du moins plus avenant.

— L'Orient n'a pas encore été véritablement converti au christianisme. Cela demeure une contrée plutôt sauvage, ancrée dans des traditions archaïques et, ma foi, plutôt folkloriques. Ximbala, de ce que j'en comprends, constitue une partie intégrante de ce folklore d'une époque révolue depuis des siècles.

— Les anciennes religions ne sont donc qu'un ramassis de mensonges dont il n'y a rien à apprendre? demanda sournoisement Zivanka, en mettant ainsi à l'épreuve le contenu du discours qu'avaient prononcé plus tôt les deux explorateurs.

De La Porte comprit rapidement le piège que lui tendait la jeune duchesse. Il prit un moment avant de lui répondre.

— En Orient, vous constaterez que l'on confond souvent la fiction et la réalité. Dans tous leurs récits résident des allégories, des personnages fantastiques et imaginaires, des lieux magiques, des dieux vivants qui se cachent au sommet des montagnes ou dans les profondeurs de la terre.

— Est-il possible de penser qu'il existe des civilisations comme la nôtre sur d'autres planètes, sur d'autres étoiles?

Cette fois la question de Zivanka sema la consternation tant auprès des explorateurs que de son fiancé. Vlad crut qu'elle blaguait.

— Tu n'es pas sérieuse, ma chérie?

— Bien sûr que je suis sérieuse. J'ai lu qu'un astronome italien, un certain Angelo Secchi, a découvert il y a quelques années, des canaux martiens révélant que sur cette planète il existait vraisemblablement une espèce extraterrestre intelligente. Quand je lis les écrits hindouistes ou bouddhistes, je ne peux que me demander s'ils ne font pas référence à des visites de créatures venues de l'espace. Après tout, que je sache, dans toutes les mythologies que nous connaissons, Mars a, depuis toujours, été associée aux divinités. N'est-il pas possible qu'il y ait là un fond de vérité ?

De La Porte se racla la gorge avant de tenter de ramener poliment la jeune aristocrate vers un raisonnement qu'il jugeait plus logique.

— Jeune fille, je vois que vous êtes érudite. Cela dit, il y a encore bien des choses qui vous échappent, je le dis avec respect, soyez-en assurée.

— Je veux bien, mais vous êtes les premiers à vous montrer fascinés par les croyances orientales, à tenter de les comprendre et pourtant vous les rejetez du revers de la main. Est-ce que je me trompe ?

Tant Guimet que de La Porte furent sidérés tant par l'audace de la jeune femme que par l'impertinence de ses questions. Encore une fois, ce fut de La Porte qui proposa une tentative d'explication.

— Les traditions orales sont encore très nombreuses et il y a dans certaines régions autant de langues parlées ou de dialectes que de familles. Les gens sont souvent très peu instruits, ne connaissent rien du monde qui les entoure, et je parle dans un rayon souvent réduit à quelques dizaines de kilomètres. Ils sont donc, vous pouvez l'imaginer, extrêmement crédules. Ajoutez à cela les influences plus ou moins diffuses de l'hindouisme, du bouddhisme, de l'islam et même de centaines de religions que l'on dirait païennes et vous avez un terroir fertile pour voir fleurir les plus fabuleuses légendes, les plus invraisemblables contes, tout aussi fascinants puissent-ils nous paraître.

— Ximbala n'est donc qu'une légende ? Vous n'en démordez pas ?

— Ximbala fait partie de ce folklore dans lequel les humains recherchent encore le paradis terrestre, celui dont furent chassés Adam et Ève dans toutes les religions d'origine judéo-chrétienne, y compris celle des musulmans. Ce que peu de gens savent, c'est que la légende du paradis perdu existe aussi dans plusieurs autres mythologies antérieures au judaïsme. C'est ça, Ximbala.

— Les petits livres que je possède ne sont rien d'autre que des contes de fées ?

— Je le crains. Désolé de vous décevoir chère amie. Je vois bien que cela vous désoblige. Malheureusement, certains explorateurs sans scrupules, désireux d'obtenir une quelconque notoriété sinon une gloire instantanée, ont prétendu l'avoir découvert, ont clamé y avoir mis les pieds, y avoir vu d'abondants et mirifiques trésors, d'y avoir goûté des élixirs procurant à ceux qui les boivent une immunité à toutes les maladies, voire même l'immortalité, créant ainsi une légende qui perdure et attire maintenant trop d'individus aux intentions sombres dans des régions qui n'ont pas encore été souillées par la corruption de l'âme. C'est ce qui est regrettable et même condamnable.

— En effet, convint le prince héritier Czartoryski, qui trouvait désormais cette discussion lassante et superflue.

Zivanka ne fut pas convaincue.

— Mais s'il existe des gens qui affirment avoir vu Ximbala, pourquoi doit-on obligatoirement conclure qu'ils ont menti, qu'ils ont fabulé ? Il existe des cartes indiquant l'emplacement de Ximbala dans nos livres. Nous n'en possédons que deux. Il y en a d'autres, j'en demeure convaincue.

Guimet, qui semblait plus calme, lui adressa un sourire paternaliste. Les deux hommes échangèrent un regard complice. De La Porte répondit finalement à la question sur un ton franchement condescendant.

— Vous êtes encore très jeune, mademoiselle, et vous ne pouvez encore comprendre à quel point certaines personnes seraient prêtes aux pires parjures pour attirer l'attention ou s'enrichir. C'est la nature humaine qui est ainsi. Certains le font même par habitude tant ils ne sauraient vivre sans raconter des mensonges. Les cartes auxquelles vous faites allusion ne mènent nulle part. D'autres explorateurs, des gens sérieux, des professionnels comme nous, ont vérifié leur véracité. Tous en sont venus à la même conclusion. Ximbala n'a jamais existé. C'est une pure fabrication, et les cartes que vous possédez, ainsi que celles qui vous échappent, n'ont aucune valeur.

Cette intervention ramena franchement Guimet à de meilleures dispositions.

— Cela dit, si vous prévoyez de visiter le Cachemire et le Tibet, n'essayez surtout pas de vous y aventurer sans un guide expérimenté, ce serait courir à votre perte.

— Vous exagérez.

— Non, vous n'avez pas la moindre idée des risques que vous pourriez encourir.

— C'est si terrible que ça ?

— Ce l'est, et ce l'est même pour les plus hardis. C'est beaucoup trop périlleux même pour le plus aguerri des alpinistes. Mais vous ne le regretterez pas, car si vous en avez la chance, le spectacle de l'Himalaya est incomparable. Ce sont les plus hautes montagnes du monde ! En ce sens-là, vous n'aurez jamais été aussi près de Dieu !

— C'était en effet prévu à notre itinéraire, mentit Zivanka avec un faux sourire. Je rêve tellement de m'approcher de Dieu. C'est la plus grande motivation qui m'habite. Mais je vois que les grands esprits que vous êtes l'aviez constaté avant même que je ne l'avoue. Il est bien connu que les hommes connaissent toujours les femmes mieux qu'elles ne sauront jamais se connaître. Je vous serai éternellement reconnaissante, messieurs, d'avoir partagé avec nous votre immense savoir et de nous avoir consacré si généreusement votre précieux temps. Nous ne vous dérangerons pas plus longtemps.

Ils ne comprirent pas son sens de l'humour quelque peu tordu.

• • •

De retour à l'hôtel Lambert où ils prirent le thé ensemble sur le balcon du salon principal, en admirant les lumières de Paris qui enjolivaient la nuit et lui donnait un caractère des plus romantique, Zivanka fut la première à commenter leur rencontre avec les deux professeurs.

— Je crois qu'ils nous ont menti.

— Que racontes-tu encore ?

— À propos de Ximbala ?

— De quoi ?

Pour sa part, Vlad ne pensait déjà plus à Ximbala et se souciait peu que ce pays existe ou non. Il avait des intérêts beaucoup plus matérialistes en tête. Il n'avait à l'esprit que ce prochain voyage aux Indes où ils auraient l'opportunité d'établir des ponts, obtenir l'aval des autorités et d'influencer quelques décisions susceptibles de remplir davantage le carnet de commandes des entreprises familiales.

– Je te dis que je ne crois pas Guimet ni de La Porte au sujet de Ximbala. Ils avaient plutôt l'air contrariés lorsque j'ai abordé le sujet. Tu as vu leur tronche, les regards qu'ils se sont échangés. Ils en savaient beaucoup plus qu'ils ne voulaient le partager avec nous. J'ai eu l'impression qu'ils cherchaient à protéger un secret.

– Quelle importance ? On s'en fout pas mal de Ximbala, mon amour. Ce n'est pas du tout le but de cette expédition et tu le sais bien. Nous partons aux Indes pour des raisons d'affaires. Nous ne passerons même pas près du Tibet ou de l'Himalaya. Je ne suis là que pour m'assurer de la logistique de l'expédition. Toi, plus que quiconque, devrais avoir d'autres préoccupations beaucoup plus pragmatiques. Après tout, tu es devenue l'associée principale de mon père.

Il le dit avec une certaine rancœur qu'elle encaissa douloureusement.

– Je sais que ça t'ennuie.

– Qu'est-ce que tu racontes ?

– Tu as l'impression que je te porte ombrage.

– Là n'est pas la question. Ce n'est pas de ça dont il s'agit, mais plutôt de ton obsession pour cette cité de Ximbala. Je t'assure que personne, à part toi, n'a envie d'entendre parler d'un lieu mythique, même s'il existe.

Elle continua à s'interroger à voix haute.

– On aurait dit qu'ils cherchaient à nous dissuader d'en percer le mystère.

– Moi, je crois comme eux qu'il n'y a aucun mystère, que cette ville n'existe pas. Pourquoi nous auraient-ils menti ?

– Je ne sais pas. Je suis peut-être juste plus curieuse, pas toi ?

— Ils te l'ont dit, ce n'est qu'une légende aujourd'hui colportée par des escrocs qui veulent se rendre intéressants. Quand ils ont dit ça, j'ai tout de suite pensé à Goethe et à son obsession pour l'un de tes petits livres. Je n'aurais jamais cru le voir se laisser piéger par un tel conte de fées.

— Les fées existent. Il y en a une qui me protège.

Vlad s'esclaffa, convaincu qu'il s'agissait d'une blague.

— Bien sûr, ma belle, bien sûr que tu es née sous une bonne étoile.

Il vit à son air renfrogné qu'elle était des plus sérieuses. Le prince héritier ne savait plus comment réagir. Elle lui montra sa bague, son pendentif.

— Ce sont ses cadeaux.

— Pardon ?

— Les cadeaux de ma fée protectrice. Je te le jure.

— Tu as vraiment beaucoup trop d'imagination, mon amour. Ne change surtout pas. Ta candeur me fera toujours craquer.

Elle l'embrassa tendrement, mais des flammes jaillissaient de ses yeux.

— Si je te prouve que Ximbala existe, accepterais-tu que nous y allions réellement lors de notre voyage de noces ?

Il trouva la suggestion amusante.

— Ne sommes-nous pas plutôt du genre à voguer le Danube de château en château ?

— Tu te moques de moi.

— Il te faudra d'abord trouver cette mystérieuse cité.

— J'y parviendrai, n'en doute même pas.

— Alors, nous irons à Ximbala.

— Sois-en certain, mon amour.

• • •

Il était passé minuit lorsque Corey Kane se rendit au Grand Véfour, au dix-sept de la rue de Beaujolais, un des hauts lieux de la gastronomie parisienne flânant sous les galeries somnolentes du Palais-Royal. Il y rencontrerait un ancien capitaine de l'armée française, Adrien Rossel, qui serait en mesure de fournir à l'expédition Czartoryski-Mazowiecki une équipe de mercenaires discrets et efficaces pour les protéger tout au long de leur séjour aux Indes. Il avait été mandaté pour recruter cette milice spéciale par le prince Ladislas qui craignait, non sans raison, d'être victime de représailles de la part de Goethe dont il se méfiait comme de la peste. Il ne pouvait se douter que Corey recruterait avec l'argent des Czartoryski, une équipe qui aurait aussi pour tâche, sans le savoir, de le protéger dans sa propre mission parallèle.

Rossel commanda une eau minérale en prenant place devant Corey Kane.

— Je ne bois jamais d'alcool, sentit-il le besoin d'expliquer.

— Cela contrevient à vos croyances religieuses ?

— Rien à voir. Dans mon métier, l'alcool tue.

— Je comprends, répondit Kane qui devrait bientôt renoncer à l'alcool pour respecter les règles de l'islam.

Mais tant qu'il serait en France, il n'allait pas se gêner. Il demanda un double whisky sur glace.

L'homme lui avait d'ailleurs été chaudement recommandé par Colin Kelly. Rossel, était un militaire de carrière qui avait servi, dès l'âge de quinze ans, dans la campagne d'Italie de 1859. Il fut au front de la guerre franco-allemande de 1870 et, à titre de capitaine, mena plusieurs offensives lors de la conquête de la Tunisie de 1881. Il en revint dégoûté et désabusé. Il quitta alors l'armée en invoquant diverses raisons personnelles, mais celles-ci étaient davantage politiques. Il avait perdu la foi. Il ne pouvait plus servir aveuglément son pays. Personne ne sut exactement pourquoi, car il se refusait d'en parler en détail même à ceux qui se considéraient comme ses plus proches amis. C'est toutefois à ce moment-là qu'il entreprit d'offrir son expertise au plus offrant, peu importe la cause et sa légitimité. Ses services étaient rapidement devenus constamment recherchés auprès des groupuscules soucieux de foutre la merde, d'ébranler le pouvoir. On lui attribuait d'ailleurs la paternité de plusieurs attentats terroristes réussis sans qu'il soit possible de prouver sa participation ou son implication. On l'appelait le « capitaine Fantôme » et c'était un surnom qui lui plaisait particulièrement. Il devint une véritable légende. Dans les cercles obscurs des anarchistes et révolutionnaires de tout genre, il faisait désormais figure de héros. Sans entrer dans les détails, Kane expliqua à Rossel que la mission consistait essentiellement à escorter une mission commerciale jusqu'à Madras puis de l'accompagner personnellement jusqu'à Srinagar. Il ne fit aucune mention de Stewart Houston et de la cargaison d'armes qui serait chargée à Marseille et déchargée clandestinement à Colombo. Le mercenaire ne posa pas de question. Il estima qu'une équipe de quatre serait suffisante pour cette mission. Il entendait recruter un de ses anciens soldats de la Légion étrangère, Bruno de Freycinet. Âgé de trente ans, il le décrivait comme un redoutable tireur d'élite capable de survivre dans les conditions les plus hostiles. Il annonça aussi son intention d'embaucher deux videurs de chez Frascati, ce qui fit blêmir Kane. Rossel remarqua sa réaction.

— Il y a un problème ?

— Le géant et le mec qui a les poings plus gros que ma tête ?

Rossel fut amusé.

– Je devine qu'ils vous ont déjà indiqué la sortie de façon un peu musclée.

– Quelque chose du genre.

– Ne vous inquiétez pas. Ils ne vous embêteront pas et deviendront même de fidèles chiens de garde. Vous saurez les apprécier. Le géant, comme vous dites, c'est Claude Ferré. Il était gendarme, mais ce n'était pas assez payant à son goût. Ses méthodes, disons-le franchement, se voulaient aussi un peu trop brutales au goût de ses supérieurs. Voyez-vous, même dans la gendarmerie, il existe des limites quant à l'usage de la force. Avec lui à vos côtés, je plains le pauvre homme qui voudrait perturber cette expédition. L'autre, Éric Rochereau, était champion de boxe française. Ce n'est pas l'homme le plus subtil ni le plus intelligent qui soit, mais c'est l'un des plus redoutables bagarreurs que je n'ai jamais connu. À eux seuls, juste avec leurs poings nus, ils peuvent démolir une dizaine d'hommes forts. Croyez-moi, si quelqu'un vous cherche des emmerdes, il ne s'en sortira pas intact.

Kane comprit que le choix de l'équipe n'était pas négociable et bien qu'il ait certaines réserves à l'idée de payer deux individus qui lui déjà fait passer un mauvais quart d'heure il accepta les termes imposés par Rossel. Il avait calculé que l'expédition durerait environ quatre-vingts jours au total. Il s'occuperait du solde de ses hommes et exigea un montant forfaitaire de cinq mille francs ce qui s'avérait une aubaine en comparaison des exigences de Houston. Kane devait bien sûr les défrayer de leurs frais de transports, d'hébergement et leurs repas. Cela lui semblait raisonnable. Ils conclurent l'accord sur une solide poignée de main. Kane sentit ses os craquer. Il n'avait pas soupçonné la force de son interlocuteur. Rossel le salua une dernière fois avant de disparaître dans la nuit. Il lui arrivait de douter d'avoir le talent de son père, les atouts nécessaires pour mener un complot aussi dangereux. Dans la même semaine, il aura escroqué Goethe, négocié avec de dangereux mercenaires portant des surnoms comme l'Ombre de la Mort et capitaine Fantôme en plus de fomenter un véritable coup d'État au Jammu-et-Cachemire qui débuterait avec le vol d'une importante quantité d'armes, de munitions et d'explosifs dans les usines Czartoryski. C'était sans compter l'organisation de leur transport illicite à bord d'un immense paquebot qui les amènerait à Colombo. Il avait déjà juré à son père qu'il mourrait pour servir le Prophète, qu'il paierait de sa vie pour libérer son peuple du joug de l'oppresseur britannique et chasser les infidèles de sa patrie pour qu'elle redevienne islamiste. Il n'en était plus tout à fait aussi convaincu. La mort l'effrayait un peu plus chaque jour où il sentait qu'il s'en approchait, qu'il la défiait ouvertement. Kane était désormais seul à sa table au Grand Véfour. La serveuse le sortit de sa torpeur en lui demandant s'il souhaitait boire autre chose. Il avait en effet besoin d'alcool pour se calmer. Il commanda un deuxième whisky.

— Vous voulez encore un double ?

Kane regarda la serveuse, une plantureuse et magnifique brunette qu'il aurait bien aimé se farcir avant de repartir aux Indes.

— Donnez-moi plutôt un triple, sur glace.

Une fois de plus, il mourrait d'envie de se saouler. Il aurait aussi eu terriblement envie d'un bon cigare avec son whisky. L'abstinence serait plus difficile qu'il ne l'avait envisagé. Après quatre ans en Europe, le retour au bercail tant attendu ne se ferait certainement pas sans heurts.

« Toute la vie n'est qu'un voyage vers la mort. »

— Sénèque

XXI

Kane arriva tôt à l'enregistrement des marchandises de la gare de Lyon. L'expédition Czartoryski-Mazowiecki partait le lendemain soir pour Marseille. Officiellement, celle-ci enverrait à Madras trois caisses contenant les maquettes de rails, mais aussi de locomotives et de wagons, ainsi que des échantillons servant à démontrer la qualité des matériaux qui seraient utilisés advenant l'octroi d'un contrat pour relier Madras à Tuticorin au sud du pays. Mais ce sont dix caisses que fit enregistrer Kane, dont sept devaient être débarquées à Colombo, au Ceylan, avant leur traversée jusqu'à Tuticorin puis Madras. Il insista tellement dans ses directives que le préposé finit par se montrer agacé.

— Jeune homme, je connais mon boulot. Ce n'est pas ma première journée. Où sont vos caisses ?

— Mes hommes les ont transportées au débarcadère comme d'habitude.

— Parfait. Vous donnerez ces documents au commis avant de partir.

— C'est tout ?

— Oui.

— C'est que, c'est extrêmement important qu'il n'y ait pas de confusion.

— Ça va, ça va ! J'ai compris. Vous avez bien identifié les caisses au moins ? Parce que les débardeurs vont suivre vos instructions seulement si votre marchandise est bien étiquetée.

— C'est écrit en grosses lettres : Madras sur trois caisses et Colombo sur les sept autres. Ça ne peut être plus clair.

— Bon, alors vous n'avez pas à vous inquiéter. Je mets ça sur le compte Czartoryski ?

Kane ravala sa salive, constatant l'ampleur de la fraude qu'il commettait, mais se ressaisit en se disant que par le temps que le prince Ladislas se rendrait compte qu'il a été floué par un homme de confiance, il serait déjà loin, en route vers Srinagar pour libérer son peuple.

— Bien entendu, ce sera comme d'habitude, facturé au compte Czartoryski.

— Parfait. Vos caisses seront à Marseille demain et embarquées sur le *Princess of India* dès samedi matin. Tout est en ordre. Bon voyage.

Kane le salua et se dirigea vers le débarcadère avec les documents. Il ne vit pas Goethe qui arrivait à son tour pour l'enregistrement de sa propre marchandise destinée au port d'Alexandrie pour Vito Cascio Ferro. Goethe le surveilla jusqu'au débarcadère et comprit, en voyant la dizaine de caisses, que Kane aussi profitait de cette expédition pour acheminer aux Indes de quelconques biens de contrebande. Il y avait là beaucoup trop de caisses pour qu'elles ne contiennent que le matériel dont les Czartoryski auraient besoin pour des rencontres exploratoires à Madras. Lorsque

Kane quitta la gare, Goethe se présenta à son tour sur le quai du débarcadère. Il apostropha le commis qui avait fait affaire avec Kane.

— Monsieur, mon jeune collègue Corey Kane est venu il y a quelques instants vous remettre les documents pour les caisses de l'expédition CMI British India n'est-ce pas ?

— Il vient de partir il y a à peine cinq minutes.

— C'est qu'il y a des changements. Je peux voir les documents ? Je suis Wolfgang Goethe, l'adjoint du prince Czartoryski.

— Bien sûr. Ne bougez pas.

Le commis entra dans sa cabine et ressortit avec les deux connaissements. Il les tendit à Goethe qui les lut attentivement. Son flair l'avait bien inspiré. Il remit au commis le document pour les trois caisses destinées à Madras.

— Tout est en ordre pour celles-là. Puis-je voir les autres, celles destinées à Colombo ?

Le commis pointa à sa droite.

— Elles n'ont pas bougé. Toutes les caisses sont là.

Goethe opina. Il se dirigea vers celles-ci et en ouvrit une. En voyant son contenu, des sacs contenant en apparence de l'engrais et des semences, il devina que Kane aussi se livrait à la contrebande d'armes à feu. Il referma la caisse et revint vers le commis.

— C'est bien ce que je craignais. Mon jeune collègue s'est trompé. Ces caisses doivent être déchargées à Alexandrie avec cinq autres que mes hommes vont vous apporter au cours de la prochaine heure.

— Il va falloir remplir un nouveau formulaire et il y aura des frais supplémentaires. Douze caisses à transporter et décharger à Alexandrie, c'est beaucoup, en plus des trois autres destinées pour Madras. Je doute que toutes puissent faire le voyage sur le même navire. Vous n'êtes pas nos seuls clients !

Goethe lui sourit en lui mettant la main sur l'épaule.

— Nous en sommes conscients. Vous facturerez tout ça au compte Czartoryski.

Goethe glissa un billet de dix francs sur le comptoir.

— Et ça, c'est pour le désagrément que vous aura causé mon jeune collègue Kane.

Le préposé s'empara du billet de banque et le mit rapidement dans sa poche.

— Vos ordres seront exécutés à la lettre, monsieur Goethe. Je vous remercie.

Il remplit un nouveau connaissement et le rendit à l'Allemand qui débordait de bonheur à l'idée d'avoir ainsi arnaqué son ancien élève. Sans compter qu'il entendait monnayer le surplus dont bénéficierait Ferro. Les tracasseries administratives complétées, il alla aussitôt retrouver le rital à l'intérieur de la gare de Lyon. L'Italien fut surpris de le voir si souriant.

— Qu'est-ce qui te met de si bonne humeur, Goethe ?

— Toi aussi tu auras bientôt un large sourire.

— Je suis curieux.

— C'est notre jour de chance. Je t'avais vendu cinq caisses, tu en recevras douze.

— À deux cent mille francs la caisse, je ne sais pas si j'ai les moyens.

— Les sept autres ne te coûteront que cinq cents. C'est le tiers du prix.

Ferro hésita un moment, le temps de calculer s'il serait capable d'écouler autant d'armes. Il en vint rapidement à la conclusion que c'était non seulement possible, mais qu'il en tirerait un large profit. Il tendit la main à Goethe.

— Marché conclu. Tu m'étonneras toujours, Wolfgang Goethe. Tu auras ton argent ce soir, lorsque nous partirons pour Marseille.

— C'est un plaisir de travailler avec toi.

— Je ne t'ai jamais vu aussi rayonnant.

— Je me surprends parfois moi-même !

• • •

Goethe avait donné rendez-vous à Kane au Café Lyonnais situé juste en face de la gare de Lyon. Il s'y dirigea gaiement aussitôt sa négociation conclue avec Ferro. Ce fut au tour de Corey Kane de se montrer étonné de la bonne humeur de Goethe.

— Ton sourire m'inquiète, Goethe.

— Pourquoi ? C'est une journée magnifique et je suis heureux. Pourquoi n'aurais-je pas le droit de sourire ?

— Tu as mon argent ?

Goethe déposa une enveloppe sur la table. De plus en plus sceptique, Kane ouvrit l'enveloppe et compta discrètement son contenu sans sortir les billets bleu et rose de mille francs.

— Il y en a exactement cinquante, comme convenu.

— Te voir sourire en donnant autant d'argent, c'est là un phénomène qui ne peut que me laisser perplexe.

— Vois-tu, jeune homme, aujourd'hui j'ai conclu une transaction qui va me rapporter une petite fortune. Alors, cela ne m'incommode pas du tout d'acheter ton silence. Tu m'offres à boire ?

Sans détourner son regard de celui de Goethe, Kane leva la main pour attirer l'attention de la serveuse et commanda deux bières.

• • •

La filature de Goethe mena Gordon Fleming jusqu'à la gare de Lyon. L'espion papal se félicita d'avoir écouté son instinct. Il l'observa dans ses tractations sur le quai de marchandises puis le vit rencontrer Vito Cascio Ferro, ce jeune caïd qui était déjà dans la mire des autorités italiennes même s'il n'avait, à ce jour, jamais été mis en examen. Le nom de Ferro vint aux oreilles du Vatican à la suite de plaintes de curés de campagne dans le sud de l'Italie qui se disaient victimes d'extorsion de la part de ses hommes. Ce n'était pas suffisant pour intéresser un homme comme Ferro, mais de le voir discuter avec un individu aussi dangereux que Wolfgang Goethe venait de changer sérieusement la donne. Surtout si, comme il le soupçonnait de plus en plus, c'était pour s'approvisionner en armes. Il alla aussitôt flâner sur le quai de marchandise, vit les caisses de l'expédition Czartoryski dont une douzaine portaient la mention « Alexandrie » et trois autres la mention « Madras ». Il vit que sept des caisses destinées à Alexandrie avaient d'abord été envoyées vers Colombo au Ceylan. Une seule explication lui semblait plausible : Goethe détournait la marchandise que Kane avait voulu envoyer clandestinement aux Indes, possiblement jusqu'à sa ville natale de Srinagar. Tout concordait. Khurram Khan al-Mahdi préparait un coup d'État dont les principaux services de contre-espionnage avaient eu vent. Goethe le savait certainement et avait deviné le contenu des caisses expédiées vers Colombo. Ces caisses qui seraient maintenant débarquées en Égypte prendraient probablement aussitôt le chemin de la Sicile, renforçant la conviction profonde de Fleming qu'elles contenaient des armes et des explosifs. La situation politique dans l'Italie naissante demeurait fragile, les divisions encore réelles du nord au sud. L'idée que des criminels de Sicile ou de Calabre soient soudainement armés jusqu'aux dents déplut à Fleming qui décida aussitôt d'en suivre la trace. Le train du jeudi soir pour Marseille affichait complet et il ne restait qu'une seule place disponible, en première classe, sur celui du lendemain. Après avoir appris qu'aucun navire ne partait à destination d'Alexandrie ou des Indes avant le dimanche, il acheta son billet sur la ligne Paris-Lyon-Marseille. Il espérait avoir autant de veine pour monter à bord du *Princess of India*. Fleming se rendit aussitôt aux bureaux parisiens de White Line. La chance lui sourit puisqu'il se procura de nouveau le dernier billet pour une cabine de première classe disponible. Même s'il entendait débarquer à Alexandrie, il paya pour le voyage jusqu'à Colombo. Quand on voyage aux frais du Vatican, on ne lésine pas sur les dépenses. Les combines dont il fut témoin entre Goethe, Ferro et Kane lui suggérèrent cette élémentaire prudence. Les rebondissements risquaient de s'avérer aussi nombreux et spectaculaires que les trahisons. Il lui faudrait peut-être même retourner aux Indes, une perspective qui ne l'enchantait toutefois pas du tout.

« Je réponds ordinairement
à ceux qui me demandent
raison de mes voyages :
que je sais bien ce que je fuis,
et non pas ce que je cherche. »

— Montaigne

XXII

Goethe, Ferro et ses hommes partirent le jeudi soir pour Marseille. Les deux premiers voyagèrent en première classe. Les subalternes devraient se contenter de la voiture de deuxième classe. Goethe s'étonna que Ferro demeure sans protection à bord du train qui roulerait toute la nuit.

— Je n'ai pas d'ennemi à bord du train, avait-il rétorqué alors qu'ils prenaient l'apéritif, en l'occurrence un verre de champagne, dans la luxueuse voiture-salon.

Il regarda autour les nobles et les aristocrates qui discutaient entre eux.

— Tu crois que ces gens-là sont menaçants pour moi ? Ce sont plutôt eux qui devraient craindre que je leur prenne leur argent. Tu sais que j'en suis capable, Goethe.

— Je le sais, Vito. C'est pour la traversée que je m'inquiète. Je connais le prince Czartoryski. Ses gardes du corps seront logés en première classe.

— Et toi ?

— C'est trop risqué. J'ai réservé en deuxième classe.

— Mais moi, ils ne me connaissent pas.

— Tu fais le voyage dans une cabine de première classe ?

— Je refuse de voyager comme un paysan.

— Tu devrais alors avoir au moins un homme avec toi en première. Je te le conseille fortement.

— Tu me coûtes trop cher pour que j'en aie les moyens, Goethe.

— Je suis sérieux.

— Moi aussi.

— Tôt ou tard, le prince Czartoryski s'apercevra que j'ai vidé un de ses entrepôts d'armes à feu. Il recevra un télégramme, quelqu'un s'échappera, je ne sais trop qui ou quand, mais il finira par apprendre qu'il a été victime d'un vol.

— Que veux-tu que ça me fasse ? Il ne me fait pas peur, ton petit prince à la con.

— C'est un homme influent et potentiellement très dangereux. Tu aurais tort de le sous-estimer.

— C'est un aristocrate. Ces gens-là sont inoffensifs.

— Pas lui. Si les autorités échouent, il embauchera quelqu'un comme toi pour nous éliminer.

— Je te promets de ne pas accepter son argent pour t'assassiner.

— Le problème, c'est que d'autres bandits se porteront volontaires.

— Qu'est-ce que tu suggères ?

— La prudence. Nous devons demeurer en tout temps sur nos gardes.

— J'en prends note.

– Nous ne serons en sécurité qu'une fois débarqués, avec ta cargaison, au port d'Alexandrie.

Ferro leur versa un autre verre de champagne.

– Tu t'en fais trop. Je suis armé et capable de me défendre en tout temps. Ne crains pas pour moi.

– D'accord. Mais tu ne m'as jamais expliqué pourquoi tu tenais à ce que je t'accompagne jusqu'au port d'Alexandrie. En quoi puis-je t'être utile pour la suite des choses ?

– Tu parles anglais, n'est-ce pas ?

– Bien sûr. J'ai enseigné à Oxford.

– Tu ne m'apprends rien. Mais je ne t'ai pas tout dit.

– Je déteste les surprises.

– Faudra t'habituer.

– Pas à mon âge. Qu'est-ce que je devrais savoir maintenant ?

– La marchandise que je t'ai achetée n'est pas destinée à l'Italie.

Goethe haussa les épaules.

– Elle t'appartient maintenant. Tu en fais ce que tu veux.

– C'est à New York que nous la vendrons.

– New York ?

– Mon cher Goethe, je t'invite à faire un beau grand voyage en Amérique.

– Pour vendre des armes ?

– Pour développer de nouveaux marchés, mon cher Wolfgang.

Goethe resta sans voix. Il n'avait certainement pas prévu un tel dénouement.

— Je croyais que tu souhaitais me tuer.

— J'y ai pensé, sois-en certain. Mais j'en suis venu à la conclusion que tu étais exactement le genre d'homme capable de m'aider à mettre sur pied le plus important réseau de crime organisé à l'échelle mondiale.

— Pourquoi New York?

— Mes compatriotes y sont nombreux et vulnérables. Mais surtout, l'Amérique deviendra bientôt immensément riche, plus que l'Europe. Les lois y sont encore approximatives. Pour des gens comme nous, ce sera un terrain de jeu comme nous n'en avons jamais connu.

Goethe apprécia ce discours même s'il n'avait aucune intention d'aller à New York. Sa mission demeurait la même, récupérer les deux petits bouquins de la duchesse et découvrir Ximbala. Mais il devinait que l'on ne peut dire non aussi facilement que ça à un individu de la trempe de Ferro. Il leva donc son verre en se donnant un air joyeux.

— À l'Amérique.

— À l'Amérique!

• • •

Il était près de midi lorsqu'ils arrivèrent enfin à la gare Saint-Charles après quelque quatorze heures de voyage et une quinzaine d'escales pour parcourir les neuf cents kilomètres séparant Paris de Marseille. Si Goethe et Ferro avaient bénéficié des charmes d'une véritable chambre dans la voiture-lit de première classe, les gardes du corps avaient dû se contenter des inconfortables couchettes de la deuxième classe. Rossi, Salvatore et Tommasso ruminèrent leurs frustrations sans ménagement en sortant du train. Le regard de feu que leur servit Ferro fut suffisant pour les faire taire. Goethe voulut se rendre immédiatement au port afin de s'assurer que les douze caisses d'armes y étaient.

— Pourquoi ne seraient-elles pas là ?

— J'ai floué Kane. J'ai soudoyé le préposé avec un billet de dix francs. Qu'est-ce qui me dit que Kane, après avoir pris possession d'une cinquantaine de billets de mille francs qu'il m'a extorqué n'est pas retourné à la gare de Lyon pour me rendre la pareille ?

— Tu as vraiment un esprit tordu, Goethe.

— Mon esprit tordu m'a sauvé la vie à plus d'une occasion, Vito.

— Tu m'épuises. Allons respirer l'air marin si ça peut te rassurer.

— Après, nous irons manger une bonne bouillabaisse.

— Je meurs justement de faim.

• • •

Ils trouvèrent les caisses marquées CMI British India sans difficulté après avoir soudoyé quelques responsables du port de Marseille. La douzaine de caisses devant être débarquées au port d'Alexandrie étaient sur le point d'être embarquées à bord du *Princess of India* comme prévu. Goethe regarda autour et sembla perplexe. Ferro le remarqua et en fut agacé.

— Bon, qu'est-ce qui te tracasse maintenant, Wolfgang ?

— Où sont-ils ?

— Qui ?

— Les hommes de l'expédition Czartoryski.

— Mes informateurs me disent qu'ils partent ce soir de Paris. Ils ont nolisé toutes les voitures de première classe, ou presque.

— Pourquoi, ou presque ?

— Ils ont réservé cinq des six chambres de la voiture-lit. Un Britannique a pris la sixième hier midi.

— Comment le sais-tu ?

— Je suis plus prudent que tu le crois. Tu le connais peut-être. Le mec s'appelle Gordon Fleming.

Goethe fut foudroyé et Ferro le vit bien.

— Fleming ?

— Tu le connais ?

— C'est un assassin.

— Il sera en agréable compagnie.

— Tu ne comprends pas. C'est un assassin à la solde du Vatican.

Ferro parut soudainement inquiet. Il savait à quel point les soldats du Christ pouvaient s'avérer dangereux. Il avait eu vent des meurtres commis par des organisations servant Rome et le pape. Il était surtout très conscient des moyens financiers illimités dont bénéficiaient ces tueurs bénis par le souverain pontife lui-même.

— Tu en es certain ?

— Fleming est un espion papal.

— Le pape a des espions ?

— Il a aussi des assassins. Fleming a la double fonction.

— Comment le connais-tu ?

— Ce serait trop long de t'expliquer. Disons que nos intérêts ont souvent été divergents par le passé. C'est même étonnant que l'un de nous n'ait pas encore réussi à occire l'autre.

— Tu crois que sa venue à Marseille a un lien avec toi ?

— J'en doute. Je crois plutôt qu'il s'intéresse à toi.

— Je ne comprends pas pourquoi il aurait le moindre intérêt à mon égard.

— C'est un malin. Je parierais tout ce que je possède qu'il a compris que je t'ai vendu des armes, et il doit craindre que celles-ci servent à commettre des crimes en Italie et possiblement provoquer davantage d'instabilité politique. La frilosité du Vatican est ahurissante. Ils font des armes modernes une véritable obsession. Fleming est leur chien pisteur.

— Alors il sera déçu de voir qu'elles prendront plutôt la route vers l'Amérique.

— Ça ne changera rien. Il n'attendra pas aussi longtemps.

— Qu'est-ce que tu insinues ?

— Ta vie est en danger. Fleming ne fait pas ce voyage pour aller admirer les charmes de Marseille, d'Alexandrie ou des Indes. Il est en mission. Et quand un type comme lui est en mission, l'objectif est généralement d'abattre quelqu'un comme un chien.

— Mes hommes se chargeront de lui à son arrivée demain.

— C'est la seule alternative.

— Considère que c'est un homme mort, ton espion papal.

— Préviens-les de ne pas le prendre à la légère. C'est un costaud.

— Mes hommes sont des machines à tuer. Il sera mort avant de savoir qu'il courait le moindre danger.

Goethe se retint d'exprimer ses doutes à ce sujet.

• • •

Le train de la Compagnie des Wagons-Lits et des Grands Express européens embauché par la ligne Paris-Lyon-Maritimes se voulait le plus luxueux de son époque. Les clients de la première classe avaient accès à une voiture-salon, une voiture-bar, une voiture-restaurant et une voiture-lit dans laquelle on retrouvait six chambres confortables avec un lavabo et un cabinet d'aisances. Dans chaque chambre, il y avait un lit capable d'accommoder deux personnes et une couchette pour domestique. Le prince Ladislas avait monopolisé l'une des chambres. Zivanka partagerait la sienne avec sa caméristе Eva, son fiancé, le petit prince Vlad, partagerait la sienne avec son ami Corey Kane, les gardes du corps, Rossel, Freycinet, Rochereau et Ferré occuperaient deux autres chambres. La sixième chambre serait occupée par un inconnu de l'expédition Czartoryski-Mazowiecki. Fleming se mit à croire que sa chance n'avait aucune limite. Dans la voiture-restaurant, il ne manqua pas d'observer qu'à la table du prince Ladislas, partagée par son fils et la jeune Zivanka, il restait une place libre. Il s'y invita aussitôt.

— Je voyage en solitaire, je vois que vous avez une place libre. Serais-je insolent de me joindre à vous ?

Le prince Ladislas analysa la situation et finit par faire un geste invitant Fleming à prendre place. Il lui tendit ensuite la main chaleureusement.

— Je suis le prince Ladislas Czartoryski. Voici mon fils Vlad et sa fiancée Zivanka.

L'espion serra la main du prince et de son fils, puis baisa respectueusement celle de la duchesse.

— Enchanté.

Zivanka nota qu'il ne s'était pas présenté.

— Et vous êtes ?

— Fleming. Gordon Fleming.

— Qu'est-ce qui vous amène à Marseille ?

— Les affaires. Et vous ?

— Nous partons pour les Indes. Une expédition commerciale. Vous êtes dans les affaires vous aussi ?

— Non, pas dans le sens que vous l'entendez. Je suis un émissaire papal. J'imagine que vous êtes tous de bons catholiques ?

La question fit sourire le prince.

— Nous le sommes. J'ai d'ailleurs un fils qui est prêtre. C'est un salésien au service de Don Bosco.

— L'abbé Jean est un saint homme. Je le connais bien. Votre fils est donc à Turin.

— Il l'est depuis plusieurs années. Mais vous dites être un émissaire papal. Qu'est-ce que cela signifie au juste ?

— Je ne suis qu'un humble diplomate au service du Vatican et de notre Sainte Église Catholique. Je représente du mieux que je le peux le pape Léon XIII à travers la chrétienté.

— Vous êtes dans quelle congrégation ?

— Je suis prêtre jésuite.

La duchesse eut du mal à croire que Fleming n'était qu'un humble diplomate comme il venait de l'affirmer. Il ressemblait davantage à un impénitent coureur de jupon qu'à un membre du clergé. Il y avait chez lui quelque chose qui lui déplaisait souverainement, mais elle ne parvenait pas à identifier avec précision de quoi il s'agissait.

— Vous ne portez pas le col romain ? demanda-t-elle.

— Seulement lorsque je célèbre l'eucharistie. Sinon, je préfère me fondre parmi les enfants de Dieu sans attirer l'attention sur moi inutilement. Vous connaissez l'adage : *L'habit ne fait pas le moine.*

— Vous n'avez pas la tête d'un curé.

— La barbe ne fait pas le philosophe non plus.

— Si vous le dites.

Elle ne put s'empêcher de continuer à ressentir une profonde aversion instinctive pour Fleming. Elle ne comprenait toujours pas pourquoi, mais n'avait aucun contrôle sur ses sentiments. L'homme était pourtant plutôt élégant et même sympathique au premier abord. Elle le trouvait même beau. Mais quelque chose clochait. Il y avait dans son regard quelque chose de terriblement sombre qui lui déplaisait profondément, qui l'inquiétait même. Jamais, pas même en présence de Goethe, n'avait-elle jusque-là éprouvé un sentiment aussi hostile pour un être humain. Il lui donnait carrément envie de vomir. Il perçut rapidement l'inconfort de la jeune duchesse. Il s'en montra amusé.

— Vous semblez ennuyée par ma présence mademoiselle.

Elle fut surprise d'être ainsi confrontée. Zivanka n'avait pas envie d'en découdre avec un inconnu.

— Je ne suis jamais à mon aise en compagnie des hommes de Dieu. Je ne sais pas pourquoi, mais il en est ainsi. Pardonnez-moi.

— Votre franchise vous honore. Mais ne craignez rien. Je ne vous ennuierai pas avec des sermons.

Fleming se retourna vers le prince Ladislas.

— Vous m'avez dit que vous alliez aux Indes. Serez-vous à bord du *Princess of India* ?

— Oui, nous quittons Marseille dimanche.

— Quelle coïncidence ! Moi aussi je ferai le voyage, mais seulement jusqu'à Alexandrie. Vous êtes déjà allé aux Indes ?

— Pour mon fils et moi, ce sera une première visite au Raj. Mais la duchesse de Mazowiecki y a déjà habité pendant quelques années dans sa jeunesse.

— Et où habitiez-vous ?

— À Madras. C'est d'ailleurs là où nous allons. Vous connaissez l'endroit ?

— J'y suis allé une fois. Je suis plus familier avec le nord du pays, le Jammu-et-Cachemire.

Cette fois, il piqua la curiosité de Zivanka.

— Êtes-vous déjà allé au Tibet ?

Il fut amusé par la question.

— Je n'ai pas eu cette chance.

La déception se lut sur le visage de la jeune fille ce qui ne manqua pas d'intriguer Fleming.

— Que motive votre intérêt pour le Tibet ?

Ce fut Vlad qui s'empressa de réponse.

— Ma fiancée rêve d'y aller un jour pour découvrir une cité mythique dont elle est convaincue de l'existence.

Zivanka adressa un regard lourd de reproches à son fiancé, convaincue que la dernière personne qui saurait lui parler franchement de Ximbala serait un prêtre jésuite qui n'a jamais mis les pieds au Tibet. Fleming n'allait pas tarder à la surprendre.

— Vous parlez certainement de Ximbala, n'est-ce pas ?

Il avait désormais l'attention de la duchesse de Mazowiecki qui le regardait avec des yeux écarquillés le suppliant de tout lui dire ce qu'il savait sur le sujet. Elle en oublia son aversion pour cet étrange curé.

— Vous avez déjà entendu parler de Ximbala ?

— C'est un endroit pour le moins intrigant. Si bien sûr il existe, ce qui semble pour le moins incertain. Certains disent qu'il n'est pas de ce monde, au même titre que le Paradis ou l'Enfer. Mais oui, j'ai déjà entendu parler de Ximbala. Comment en êtes-vous venue à vous y intéresser ?

— J'ai deux exemplaires d'un petit livre écrit en burushaski qui semblent en indiquer la voie.

— Deux petits livres en velours sertis de pierres précieuses autour d'étranges dessins circulaires à l'intérieur desquelles on voit des carrés de toutes les couleurs qui semblent aussi former un labyrinthe ?

Elle fut estomaquée par la précision de la description. Les réticences de Zivanka à l'égard du prêtre commençaient à se dissiper de plus en plus.

— Comment le savez-vous ?

— J'ai déjà possédé deux exemplaires du même livre.

— Et qu'en avez-vous fait ?

— Je les ai égarés, mentit Fleming. Qui sait, peut-être que ce sont mes exemplaires qui sont en votre possession.

Elle redevint méfiante à son égard.

— J'en doute. Si vous croyez que je vais vous les rendre, vous faites erreur.

— Soyez sans crainte, je ne vous demanderais jamais de vous en départir. Qui sait, ils vous guideront peut-être un jour jusqu'à Ximbala. Me permettez-vous une question ?

— Ça dépend.

— Votre pendentif, où l'avez-vous trouvé ?

La formulation de la question la déstabilisa.

— Je l'ai acheté chez un brocanteur, mentit Zivanka instinctivement.

Il hocha la tête.

— C'est impossible. Vous l'avez trouvé ou on vous l'a donné, mais ces petites statuettes-là représentant une dakini, ou un khandroma, ne peuvent s'acheter. C'est un puissant talisman aux yeux des hindous et des bouddhistes tibétains.

Elle hésita avant de lui dire la vérité, mais il semblait en savoir beaucoup plus sur le sujet qu'il ne l'avait jusque-là dévoilé. Zivanka voulut en savoir davantage et lui mentir ne serait pas la bonne approche dans les circonstances.

— En effet, j'ai trouvé ce pendentif dans une fontaine devant chez moi.

— À Madras ?

— Non, à Paris. J'ai été attiré par d'étranges lucioles et cette petite statuette était dans la fontaine. Je ne sais pas pourquoi, mais je l'ai prise et je la porte depuis comme un porte-bonheur.

— C'est bien plus qu'un porte-bonheur. Les étranges lucioles dégageaient une lueur bleuâtre, n'est-ce pas ?

— Comment avez-vous deviné ?

— Elles ne vous ont pas attaquée ?

— Mais pourquoi des lucioles m'auraient-elles attaquée ?

— Il ne s'agissait pas de lucioles. Vous êtes sous la protection des khandromas.

— Pouvez-vous m'expliquer de quoi il s'agit ?

— Vous m'excuserez cette comparaison un peu boiteuse, mais c'est, de ce que j'en comprends, l'équivalent de nos anges gardiens aux yeux des hindouistes et des bouddhistes. Ce sont des divinités féminines qui se déplacent dans le ciel et symbolisent la pureté. Selon leurs croyances, elles ouvrent les portes des corridors intérieurs de la Terre qui permettent de franchir d'énormes distances en moins d'une heure et même d'atteindre des lieux inatteignables. Ximbala serait l'un de ces lieux.

— Pourquoi un prêtre catholique possède-t-il une si belle érudition sur les croyances bouddhistes ou hindouistes ?

— Quand on est un diplomate de l'Église, il est normal de s'intéresser aux autres cultures religieuses. C'est même la moindre des choses. Mais dites-moi, avez-vous revu les khandromas depuis ?

— Non, sinon dans mes rêves.

— En aviez-vous vu avant de trouver votre pendentif ?

Elle hésita un moment avant de répondre puis elle jugea qu'elle n'avait rien à perdre à lui dire la vérité.

— Il y a très longtemps, chez moi en Pologne, alors que j'étais une enfant. Nous avions une chapelle érigée sur notre domaine ancestral et j'y suis entrée, attirée par ces lueurs bleues. Je n'avais que six ans. Les lueurs ont semblé pénétrer à l'intérieur du confessionnal. J'y suis entré, mais ce n'était pas l'intérieur d'un confessionnal. J'avais l'impression de me retrouver dans un souterrain à l'entrée d'un long corridor. Les lueurs m'ont invitée à l'emprunter, mais j'ai eu peur et je suis ressortie en courant.

Tous furent abasourdis par cette histoire invraisemblable, mais nul plus que Fleming lui-même qui, contrairement aux Czartoryski, venait de comprendre l'ampleur de cette révélation. Il repensa à ce qu'il avait appris à Srinagar, à la tombe que l'on attribuait au Christ lui-même, à ces amphores disparues qui auraient contenu des textes écrits de sa main, plusieurs décennies après sa crucifixion. Il revit les khandromas qui les attaquèrent, lui et Goethe, alors qu'ils exploraient le tombeau, à la recherche d'un passage secret. Tout se bouscula dans sa tête. Il se souvint de ces histoires racontant que sa mère, Marie, qui s'était remariée aux Indes, avait eu d'autres enfants, qu'elle était d'ailleurs elle aussi enterrée quelque part au Cachemire. C'était donc vrai.

Il se signa de la croix. Il avait bel et bien devant lui une descendante de la Vierge Marie. Il avait devant lui la clé pour entrer à Ximbala et récupérer le trésor du Prophète.

– Je vous aiderai, promit alors Fleming.

– Qu'est-ce que vous racontez ?

– Je vous aiderai à vous rendre à Ximbala.

– Comment pourriez-vous m'aider à découvrir un endroit dont vous n'êtes même pas convaincu de l'existence ?

– Il vous faudra les autres exemplaires du petit livre.

– Je m'en doutais. Encore faudrait-il que je sache où les trouver.

– Je sais où ils sont.

– Vous le savez ?

– Je n'ai pas égaré mes deux exemplaires. Je les ai donnés à un être abject à qui les khandromas fermeront toujours la porte de Ximbala. Ces petites divinités ne sont pas toujours aussi inoffensives que vous pouvez le croire, mademoiselle. Elles ont déjà attaqué sous mes yeux cet individu qui tentait d'entrer dans un des passages secrets menant à Ximbala. Je crois qu'elles auraient pu le dévorer vivant comme le font les piranhas si elles l'avaient voulu.

Zivanka se mit à réfléchir. Goethe possédait au moins un exemplaire du petit livre. Elle mit Fleming à l'épreuve.

– Je connais quelqu'un qui en possède un.

– Je crois qu'il les possède tous, sauf les deux qui sont en votre possession.

Elle n'osait croire ce qu'elle entendait.

– Goethe ?

Son sourire fut sa réponse.

— Vous connaissez cet être immonde ?

— Nous avons un ennemi commun. Ne vous inquiétez pas, je récupérerai les autres exemplaires.

— Il ne voudra jamais vous les donner, pas même vous les vendre.

Fleming sourit de façon quelque peu condescendante. Il aimait sa belle candeur.

— Vous verrez, mademoiselle, que je suis un homme de ressources.

« N'acceptez rien parce que je vous l'ai dit.
Éprouvez tout par vous-même.
Mais ce que vous aurez vous-même expérimenté
et reconnu pour vrai, cela, acceptez-le. »

— Gadâdhar Chattopâdhyâya dit Ramakrishna,
Mystique bengali hindouiste du XIXe siècle

XXIII

Zivanka eut du mal à s'endormir cette nuit-là. Elle demanda à Eva de partager son lit plutôt que de dormir sur la couchette de domestique. Ce ne serait pas la première fois. Elles dormaient souvent dans le même lit et en profitaient la plupart du temps pour se donner du plaisir. Ce n'était toutefois pas ce que recherchait la duchesse ce soir-là. Elle voulut plutôt partager avec sa camériste leurs impressions quant à la conversation qu'elle avait eue au dîner avec le mystérieux émissaire papal.

— Qu'en penses-tu ?

Eva fit une grimace.

— Je me méfierais. Pourquoi voudrait-il t'aider ce prêtre ?

— J'ai l'impression qu'il a un compte à régler avec Goethe. En tout cas, je dois lui donner raison dans son évaluation de l'individu.

— Peut-être, mais si j'étais à ta place je demeurerais tout de même sur mes gardes.

Le train s'arrêta pour la troisième fois depuis le départ de Paris. Eva ne put s'empêcher de rire en voyant la pancarte annonçant qu'ils entraient dans la gare de Tonnerre, en Yonne. La duchesse en fut tout aussi amusée.

— Il y a vraiment d'étranges noms de villes dans ce pays. Tu sais que sur notre itinéraire, nous allons aussi passer une ville qui s'appelle Vienne ?

— En Autriche ? Pourquoi un tel détour ?

— Non, nous serons plutôt dans l'Isère. C'est tout de suite après Lyon. D'ailleurs, je te préviens qu'entre Lyon et Marseille le train va s'arrêter au moins six fois ! La matinée sera interminable. Moi qui déteste souverainement les voyages en train, je vais être servie.

— Jusqu'ici tu sembles bien réagir.

— C'est dans la voiture-salon que c'est plus difficile, surtout si je suis assise à l'envers du trajet. Dans la voiture-restaurant, je me suis assise à une place où je n'avais pas cette pénible sensation. Il faut absolument que je puisse regarder dans la même direction qu'avance le train sinon j'ai la nausée. Tu vois, dans la chambre ce n'est pas un problème, surtout quand je suis allongée.

Eva la regarda avec tendresse, lui caressant doucement le visage.

— Tu sais que je suis fière de pouvoir te considérer comme mon amie ?

Zivanka déposa un doux baiser sur les lèvres de sa camériste.

— Je vais avoir besoin de toi et de tes conseils, tu le sais n'est-ce pas ?

— Tout ira pour le mieux, j'en suis convaincue. Je crois que tu as gagné le respect du prince Ladislas. Ton fiancé encaisse difficilement le coup selon ce que m'en dit Corey. Il paraît qu'il n'arrête pas de faire ton éloge et de répéter à son fils qu'il aimerait le voir aussi passionné que tu l'es.

— Vraiment ?

— Corey me l'a encore dit ce soir pendant le dîner. Le prince ne dit que du bien de toi, de ta belle assurance lors de vos réunions.

— J'ai toujours peur qu'il me prenne pour une gourde.

— Ça ne semble vraiment pas être le cas, ma belle Zivanka. Je te dirais même que c'est tout le contraire.

— Tant mieux. Je vais mieux dormir.

Eva lui tapota le nez du bout de son doigt avec un air taquin que Zivanka connaissait trop bien.

— Tu veux que je t'aide à vraiment bien dormir ?

La duchesse savait ce que lui proposait son amie. Leurs lèvres se rencontrèrent, leurs langues s'unirent dans un baiser langoureux tandis que leurs mains se firent baladeuses sur leurs corps. Elles enlevèrent leurs chemises de nuit et, entièrement nues sous les couvertures, s'échangèrent des caresses intimes jusqu'à l'atteinte du plaisir. Repues, elles se blottirent l'une contre l'autre. Au moment d'éteindre la lampe à gaz, Eva ne put s'empêcher de laisser échapper un petit rire coquin.

— Qu'est-ce qui te fait rigoler ? demanda Zivanka.

— Rien. Je pensais à ton curé.

— Je ne vois pas le rapport.

— S'il savait, il ne serait vraiment pas fier de toi.

— Il serait surtout jaloux.

— Cela m'a toujours amusé chez les catholiques. Vous considérez tous les prêtres comme des pervers.

— Crois-moi, ils le sont tous !

— Et nous ?

— Que je sache, ni l'une ni l'autre n'a prêté le serment de chasteté !

• • •

Elles furent réveillées par les premiers rayons du soleil qui plongèrent dans leur chambre de la voiture-lit. Le train roulait au ralenti. Ils arrivaient à la gare de Lyon-Perrache. Zivanka s'empressa de sortir du lit. Eva, l'œil encore mi-clos, s'étonna.

— Quelle heure est-il ?

— Il est environ six heures trente. Nous sommes à Lyon.

— Et alors ?

Zivanka s'habilla en vitesse.

— Le train va s'arrêter pour une quinzaine de minutes. Je veux prendre l'air. Tu viens ?

Eva se retourna sous les couvertures.

— Tu viendras me chercher pour le petit déjeuner. Je vais t'attendre ici.

— Comme tu veux.

Zivanka sortit de la chambre et débarqua du train pour pleinement profiter de cette escale. Elle croisa Fleming sur le quai.

— Bonjour, mon père.

— Vous pouvez m'appeler Gordon.

— Décidément, vous n'êtes pas un curé comme les autres.

Il eut un sourire gêné.

— Vous pouvez dire ça, en effet.

— Je repensais à notre conversation d'hier, au dîner. Vous ne m'avez pas dit comment vous en étiez venu à connaître Goethe.

— C'est une longue histoire.

— Nous allons passer encore plusieurs heures ensemble sur ce train puis sur le bateau. J'ai amplement le temps d'écouter votre histoire. Elle m'intéresse. Vous êtes au courant que Goethe est un espion au service de la Prusse ?

Fleming ne cacha pas sa surprise d'apprendre que cette jeune fille connaissait le véritable rôle de l'Allemand.

— Comment l'avez-vous su ?

— Disons que ma famille non plus n'est pas sans ressources. Alors, si je comprends bien, vous saviez que Goethe était l'espion de service de von Bismarck. Dois-je en déduire que vous aussi êtes un espion ?

— Quel âge avez-vous, Zivanka ?

— J'ai seize ans. Pourquoi ?

— Simple question de curiosité. Je vous trouve plutôt dégourdie et pleine d'aplomb pour une jeune femme de votre âge. Ce n'est pas un reproche, loin de là.

— Pourquoi l'Église a-t-elle besoin d'espions ?

— Qui vous dit que j'en suis un ?

— Vous ne l'avez pas nié. C'est, ma foi, une forme d'aveu.

— Le Vatican est aussi un État, ne l'oubliez pas, Zivanka.

— En effet, vu ainsi, c'est logique.

— Vous seriez surpris du nombre d'ennemis que comptent les États papaux.

Elle n'en avait cure. Il lui suffisait de savoir que Fleming était lui aussi un espion. Elle se demanda s'il avait déjà tué au nom du pape, mais n'osa pas lui poser la question aussi brutalement.

— Parlez-moi de Goethe.

— Que voulez-vous savoir ?

— D'où vous le connaissez, entre autres choses. Voyez-vous, Gordon, il y a quelque chose chez vous que je ne supporte pas. Pourtant, mes instincts ne me trompent que très rarement.

— Vous m'avez démasqué, ça ne vous suffit pas ?

— C'est un début, mais il y a autre chose que je ne saisis pas. Vous voulez m'aider à découvrir Ximbala, vous êtes prêt, vous, un homme d'Église, à dépouiller Goethe de ses exemplaires du petit livre que je souhaite acquérir, mais je ne comprends toujours pas vos motivations profondes. À l'évidence, on ne nous aura pas enseigné, à vous et à moi, la même version du catéchisme. Vous me permettrez de douter que vous soyez l'un de ces preux chevaliers qui agissent de façon totalement désintéressée pour aider la veuve et l'orphelin.

— J'attends toujours votre question.

— Vous servez-vous de moi pour régler vos comptes ?

— Disons que nous avons, vous et moi, des intérêts communs.

— Je m'en doutais. Mais encore ? Peut-être que je peux aussi vous aider. Encore faudrait-il que je sache comment.

— Puis-je compter sur votre discrétion ?

— Je serai une tombe.

Il prit une grande inspiration pour se donner quelques instants de réflexion.

— Moi aussi, je souhaite découvrir Ximbala. Or, je crois que vous êtes ma seule chance d'y parvenir. C'est pourquoi je vous dis que nos intérêts convergent.

— Et que vient faire Goethe dans tout ça ?

— Je ne suis pas encore certain de ses véritables motivations. Mais je sais qu'il est prêt aux pires bassesses pour atteindre la cité mythique.

— Et comment en savez-vous autant à son sujet ?

— Nous allons passer encore plusieurs jours ensemble. Je vous dirai tout ce dont vous aurez besoin de savoir, mais en temps et lieu. Vous n'avez aucune idée des enjeux et des risques que nous courrons tous. Saviez-vous que Goethe est déjà à Marseille ?

— Je l'ignorais. Vous croyez que nous devons nous en inquiéter ?

— C'est un individu rancunier et vindicatif. Je ne serais pas surpris qu'il complote de venger les affronts que lui ont fait subir votre père et votre futur beau-père en le congédiant sans préavis.

— Que voulez-vous dire ?

— Goethe sera à bord du *Princess of India* au moins jusqu'au port d'Alexandrie. C'est une menace pour vous autant que pour le prince Ladislas. Avant de penser à Ximbala, il nous faut penser à votre sécurité.

— Goethe est un escroc, mais ce n'est pas un meurtrier.

— Vous ne le connaissez pas. Je vous parie ce que vous voulez qu'il fera tout pour vous arracher les deux petits livres que vous possédez, quitte à vous jeter par-dessus bord pour y arriver.

— Est-ce que tous les espions sont des meurtriers ?

Il ignora la question.

— Goethe est un homme extrêmement dangereux.

Sans répondre, il venait de reconnaître implicitement que lui aussi était autorisé à tuer si nécessaire. Fleming lui serait peut-être plus utile que Rossel et ses hommes. Elle devint soudainement plus charmeuse, son ton se voulant moins agressif, moins inquisiteur.

— Je croyais que les khandromas me protégeaient.

— Ne sous-estimez jamais la puissance des forces du mal. Le mal est omniprésent. D'autant qu'il a de très mauvaises fréquentations par les temps qui courent.

— Que voulez-vous dire ?

— Je l'ai vu en compagnie d'un dangereux bandit italien à la gare de Lyon. Mon petit doigt me dit que ces deux-là brassent ensemble des affaires qui n'ont rien de catholique.

— Quel genre d'affaires ?

— Mon petit doigt me dit que la douzaine de caisses que Goethe a fait monter à bord du train pour Marseille contient des armes à feu, des munitions et des explosifs.

— Vous en êtes certain ?

— C'est une intuition basée sur certains faits. Goethe s'est rendu récemment aux usines d'armement des Czartoryski. Vous savez que c'est un usurier et un maître chanteur. Je vous parie qu'il y a encore des employés de votre beau-père qui lui doivent de l'argent ou qui taisent des secrets embarrassants.

— Vous semblez avoir un œil pour les brigands.

— C'est la nature de mon travail de défendre le bien et nous délivrer du mal.

— Vous êtes mon nouvel ange gardien, c'est ça ?

— Si je puis me rendre utile, je m'y efforce.

— Vous croyez que Goethe nous attendra à la gare de Marseille ?

— Assurément.

— Pourquoi ?

— Il voudra d'abord m'éliminer.

Le maître de gare annonça que le moment était venu d'embarquer à bord du train. Fleming l'invita à le suivre à la voiture-bar.

— N'est-ce pas un peu tôt pour l'apéritif ? Je n'ai même pas encore pris mon petit déjeuner.

— Ce sera l'endroit idéal pour discuter loin des oreilles indiscrètes à sept heures du matin. J'ai un plan pour mettre en échec tant Goethe que Ferro.

• • •

Après sa rencontre avec Fleming, Zivanka déjeuna seule avec le prince Ladislas. Ils discutèrent des stratégies à adopter au cours des différentes réunions prévues à Madras. Ils passèrent en revue les nombreux documents gouvernementaux, les lettres de recommandation fournies par le duc de Mazowiecki, les sauf-conduits et toute la paperasse administrative que lui avaient fournis tant son père, toujours alité, que la fidèle madame Jeanne. Ils avaient en main tout ce qu'il fallait pour sceller aux Indes l'alliance entre les deux clans et l'obtention des contrats convoités pour l'établissement des chemins de fer dans le sous-continent. À cette époque-là, de tels documents se voulaient beaucoup plus importants qu'un passeport qui, à toutes fins utiles, ne servait que de pièce d'identité.

Le prince Ladislas avait juré de se montrer fidèle aux volontés exprimées par son partenaire, le duc Tytus de Mazowiecki, tout au long des pourparlers. La jeune duchesse en serait un témoin privilégié. Il lui permettait en tout temps d'intervenir, discrètement de préférence, si elle avait l'impression que les discussions ne servaient pas les intérêts des entreprises de sa famille. Le voyage semblait déjà bien ficelé et à leur retour, de belles célébrations, où l'on sabrerait le champagne, étaient déjà prévues. On en profiterait alors pour annoncer la date du mariage entre la duchesse et le prince prévu pour l'été suivant, celui de 1884. Mais d'abord, il y avait cette odyssée qui se dressait telle une muraille sur leur futur bonheur. Ça et possiblement d'innombrables dangers, se dit-elle.

Ils avaient fait le tour des dossiers autour de croissants et de café lorsque Zivanka décida d'aborder un autre sujet.

— J'ai appris une nouvelle de nature à nous inquiéter.

Le prince Ladislas déposa sa tasse sur la table.

— Je vous écoute.

— Goethe est à Marseille. Il est aussi enregistré sur le *Princess of India*. Il serait aussi acoquiné à un dangereux bandit.

— Vous en êtes certaine, Zivanka ?

— C'est l'émissaire papal qui me l'a dit. Il croit que Goethe a détourné des armes de vos usines pour les revendre sur le marché noir.

— Je vais aviser Rossel et ses hommes. Je ne sais pas ce que Goethe fomente, mais nous le garderons à l'œil, c'est certain. Je vous remercie de me tenir informé.

— En débarquant, je vais narguer Goethe. Si son nouvel allié est un bandit, il a sûrement des hommes de main. Comme ça, Rossel et ses hommes pourront les identifier.

— Ce n'est pas dangereux ?

— Ils n'oseront pas nous attaquer à la gare. Il y a trop de gendarmes sur les quais et à l'intérieur du terminal. Non, s'ils veulent s'en prendre à l'un de nous, ce sera probablement au moment où nous nous y attendrons le moins.

— Mais pourquoi Goethe voudrait-il s'en prendre à nous ?

— D'abord par vengeance. Mon père l'a roulé dans la farine et vous l'avez viré. Qui plus est, il convoite les deux petits livres dont nous parlions hier soir avec Fleming. Je suis certaine qu'il est prêt à tout pour me les voler, même à me tuer.

— Vous exagérez. Les professeurs d'université ne sont pas généralement des assassins.

— Oubliez-vous qu'il était d'abord un espion ? Ces gens-là ont le feu vert de leurs patrons pour tuer.

— N'exagérez pas. Fleming est probablement lui aussi un espion au service du pape, et je doute qu'il soit lui aussi un tueur.

— Le Vatican est un État. Il possède son armée et ses espions. Il a certainement son lot d'assassins capables d'éliminer les menaces extérieures.

— Vous croyez Fleming capable de tuer un être vivant ?

— J'en suis absolument certaine.

— Vous êtes vraiment une jeune femme étonnante, Zivanka.

— Vous n'avez encore rien vu.

• • •

Fleming n'attendit pas que le train entre en gare à Marseille. Alors que, peu avant midi en ce samedi 11 août, il se mit à ralentir, l'espion papal choisit le moment propice pour en bondir et s'assurer d'éviter le comité d'accueil que lui avaient assurément préparé Goethe et ses complices. Zivanka avait accepté de confier aux hommes de Rossel le soin de coordonner le transport de ses bagages, en plus de ceux de l'expédition Czartoryski, et de s'assurer qu'ils les suivraient à bord du *Princess of India*. De son côté, Fleming entendait se rendre au port de Marseille dans le but d'intercepter les caisses que Goethe tentait d'envoyer clandestinement de l'autre côté de la Méditerranée. Si celles-ci contenaient des armes volées aux Czartoryski comme il le soupçonnait, cela lui donnerait l'opportunité de le dénoncer aux autorités et le faire arrêter sur-le-champ, éliminant ainsi toute menace pendant la grande traversée qui les attendait. Il s'éviterait aussi une inutile escale au port d'Alexandrie. Il avait exposé les grandes lignes de son plan à la duchesse qui s'en était montré particulièrement impressionnée et s'était même permis de lui donner quelques recommandations. Il en fut quelque peu amusé.

En marchant le long des rails, il constata qu'il avait vu juste. Sur le quai, devant la gare Saint-Charles de Marseille, se tenaient les sbires de Vito Cascio Ferro. Goethe se tenait en retrait, prêt à leur donner l'ordre d'abattre son ennemi. Il devinait que tous trois étaient armés et prêts à ouvrir le feu à la première occasion en le voyant. Ils resteraient toutefois sur leur appétit. Fleming décida de se rendre aussitôt au port de Marseille. Il trouva un fiacre à l'entrée de la gare et s'y engouffra rapidement. Il pouvait encore y compter sur quelques complices capables de lui venir en aide et l'aider à prolonger le séjour de Goethe à Marseille. Il espérait maintenant que Zivanka réussirait à gagner du temps en causant une algarade avec Goethe et les Italiens.

• • •

En débarquant du train, Zivanka fut la première à apercevoir Goethe qui était flanqué d'un moustachu trapu à la mine patibulaire. Il ne faisait aucun doute à ses yeux qu'il s'agissait bel et bien de Vito Cascio Ferro. Elle avait préparé son assaut soigneusement et rien ne l'arrêterait. Le prince Ladislas, qui savait ce que préparait sa jeune associée, le vit à son tour. Il lui jeta un regard glacial. Il fit un signe à Rossel qui se dirigea immédiatement vers l'Allemand, suivi de ses trois gorilles. Goethe les interpella.

— Vous êtes devenus peureux, Ladislas ? Vous avez désormais besoin de gardes du corps ?

Le prince Ladislas s'arrêta brusquement.

— Je me méfie particulièrement des tas de fumiers qui jouent sur tous les tableaux.

Goethe haussa les épaules nonchalamment.

— Qu'est-ce que vous avez fait du curé ? N'était-il pas avec vous dans votre palace ambulant ? Nous aimerions lui causer. J'ai ici un ami qui se meure de confesser ses péchés.

Le prince Ladislas, Rossel et Zivanka s'approchèrent d'un pas plus rapide. La duchesse ne laissa pas à Rossel la chance de parler le premier et alla se planter, défiante, les mains sur les hanches, devant Goethe.

— Dis à ton ami d'aller se faire voir. Il n'y aura pas de belles confessions à la gare de Marseille.

— Dois-je comprendre que la petite duchesse gagne du galon au royaume des cons ?

Elle répliqua avec une hardiesse qui les surprit tous.

— Je ne sais pas ce que tu magouilles, le boche, mais je te préviens de te tenir le plus loin possible de nous.

— Mademoiselle est hardie.

Elle ne se laissa pas intimider par Goethe et poursuivit comme si elle n'avait rien entendu.

— Dans la catégorie des tas de fumiers, tu gagnes la palme, mon vieux satyre. Si tu crois que mon père a été dur à ton endroit, je te préviens que sa fille peut se montrer encore plus impitoyable envers les putois de ton espèce. Je te le promets.

— Dès que j'aurai ce que je désire, tu n'entendras plus jamais parler de moi, petite princesse.

— Je t'emmerde, Goethe.

— Que de vulgarité dans la bouche d'une si vulnérable petite fille !

— On ne voyage pas plus avec les curés qu'avec les ordures. Toi et ton larbin empestez à des kilomètres à la ronde. Un bon bain, avec du savon, ne vous ferait pas de tort.

Ferro s'avança, le regard menaçant. Il se retenait de ne pas la gifler.

— Tu ne sais visiblement pas à qui tu t'adresses.

— Est-ce que je t'ai causé, le poilu ?

— Fais gaffe, gamine, grogna Ferro.

Elle l'ignora et s'adressa à Goethe.

— C'est quoi, ce sac de merde ? Il va te servir de singe pour tes concerts d'orgue de Barbarie ? Avec une telle tronche, il risque de traumatiser les enfants.

Elle avait haussé le ton volontairement. Des gendarmes sur le quai s'approchèrent de la scène, ce qu'elle avait souhaité dès le départ. L'Italien ne fut pas dupe. La jeune fille jouait un jeu dangereux, mais il comprit qu'elle savait exactement ce qu'elle faisait. Il s'en approcha tout de même pour passer son message d'intimidation.

— Je te suggère fortement de dégager, la môme, avant que je perde patience. Des gens sont morts pour moins qu'un pareil affront.

Cette fois, elle en rajouta, parlant de plus en plus fort. Les gendarmes étaient prêts à intervenir à tout moment.

— On se calme le spaghetti, espèce de vieux con. Tu menaces de m'occire, l'affreux ?

— Je ne souhaite que te prévenir des dangers qui te guettent, poupée.

Elle cracha de manière théâtrale avant de poursuivre sa tirade.

— Le pouilleux me suggère fortement de dégager avant qu'il ne me fasse du mal.

L'Italien était blême.

— Tu m'as craché dessus ?

Elle le regarda avec insistance.

— Non. Je t'ai raté.

— Tu es morte !

Il ne lui en fallait guère plus pour exploser.

— Ce sont des menaces ! Non mais, je rêve ou quoi ? Qui est ce guignol, Goethe ? Un souvenir d'Italie ? Ta nouvelle mascotte pour faire peur aux âmes sensibles ? Je peux te dire que c'est réussi. Plus hideux, plus dégueulasse que lui serait un crime contre l'humanité ! En plus, il pue l'ail et le mauvais alcool.

L'Italien, à bout de nerfs, eut alors un sourire particulièrement désagréable à l'endroit de Zivanka. Elle éprouva un malin plaisir à le provoquer de la sorte et en rajouta, ce qui continuait d'attirer l'attention des gendarmes sur le quai. Ferro siffla une nouvelle menace.

— Les gens qui me manquent de respect le regrettent.

Elle répéta ses paroles à haute voix en exagérant la moquerie.

— Que j'ai peur ! Le crotté me dit que les gens qui lui manquent de respect le regrettent. Il se venge comment ? En leur refilant ses poux ?

Ferro était sur le point d'exploser. Ses grognements s'amplifiaient. Goethe qui ne parvenait pas à comprendre l'agression de la duchesse lui mit la main sur l'épaule pour le calmer, mais sans succès. L'italien fulminait.

— Connasse, tu ferais mieux de dégager.

— C'est moi que tu traites de connasse ?

— Je n'en vois pas d'autres.

— Écoute bien, mon petit *stronzo*, je ne t'ai pas causé avant que tu ne me provoques. C'est toi, le tas de merde désagréable. Alors, c'est toi qui vas dégager. Tu comprends, connard ? Et toi, Goethe, tu nous fous la paix ici et sur le bateau. J'espère que c'est compris ? Sinon, nos hommes vont redessiner ta poire et celle de l'affreux pelucheux qui te sert d'animal de compagnie.

Goethe qui était resté jusque-là de glace feint de faire les présentations.

— Don Ferro, veuillez rencontrer la charmante duchesse de Mazowiecki. Elle est aussi la fiancée du jeune prince Czartoryski. Bref, vous aurez compris que c'est une gamine insolente à qui on a toujours laissé faire ses quatre volontés. Zivanka, je vous présente Don Ferro.

— Je me souviendrai de vous, duchesse.

Quand il vit Rochereau et Ferré, qui furent ses employés à Paris, il leur fit un signe de coupe-gorge. Rochereau s'avança à son tour.

— Tu nous menaces, le rital ?

Ferré ouvrit sa veste pour montrer l'arme qu'il portait à la ceinture.

— Tu n'es plus à Paris. Nous ne travaillons plus pour toi.

— Ceux qui ne travaillent pas pour moi travaillent contre moi, j'espère que je me fais comprendre.

— Nous en sommes conscients. Nous aussi voulons que tu comprennes très bien la situation.

Le scénario de Zivanka se déroulait au-delà de toute espérance. Elle décida d'en rajouter. Elle cracha aux pieds de Ferro, un geste qui prit tous les témoins par surprise.

— Je ne te connais pas, mais je suis convaincue que ta mère devait être une sacrée pute pour te laisser vivre après t'avoir éjectée de ses entrailles. À sa place, je t'aurais aussitôt égorgé. Mais je présume que ta mère était une de ces salopes qui n'ont aucun sens moral, aucune conscience sociale.

— Là tu franchis une ligne qu'il ne fallait surtout pas. Personne ne survit après avoir insulté ma mère.

— Il y a une première à tout.

— Je te ferai regretter ton insolence.

Zivanka n'entendait pas lui donner raison.

— La vérité est douloureuse, n'est-ce pas ?

Elle continuait à parler à voix haute. Lui préférait marmonner ses menaces.

— Je te ferai connaître la douleur.

Les hommes de Ferro sortirent un à un de l'ombre. La stratégie fonctionnait. Rossel et son équipe les identifièrent rapidement. Les gendarmes eux s'apprêtaient maintenant à intervenir pour séparer les groupes belligérants. La duchesse triomphait et osa même pointer son index au front de Ferro.

Le climat ne pouvait devenir plus explosif sans que cela dégénère davantage et qu'il y ait effusion de sang. Ferro ravala ses paroles puis se pencha à l'oreille de Zivanka.

– On se reverra, poupée. Tu viens de signer ton arrêt de mort.

– Je sais qui tu es, Vito Cascio Ferro. Tu ferais mieux de cesser de vouloir jouer dans la cour des grands. Tu ne seras jamais qu'un minable bandit sans envergure. *Paesano* un jour, *paesano* toujours.

Il était livide. Comment cette petite garce de quinze ou seize ans pouvait-elle connaître son identité ? Quelque chose lui échappait et rien ne le rendait aussi furieux que de ne pas se sentir en plein contrôle d'une situation, quelle qu'elle soit.

– Tu me cherches ? Tu souhaites vraiment mourir, sale petite chienne ?

– Ne sois pas trop confiant, mon vieux porc. C'est plutôt toi qui viens de signer ton arrêt de mort. Ils sont de plus en plus nombreux à s'intéresser à toi et à tes magouilles. Tu serais étonné à quel point l'amateurisme de ton organisation t'attire des ennuis, toi que je considère comme un petit cloporte sans envergure.

Il croisa son regard une dernière fois et cracha violemment par terre puis fit signe à Goethe de le suivre.

Ses hommes, qui n'osaient s'avancer davantage, suivirent à leur tour, visiblement déçus de ne pas avoir pu intervenir. Rossel s'efforça de mémoriser leur tronche. Zivanka regardait la scène plutôt euphorique du succès remporté.

• • •

À leur sortie de la gare, Goethe, Ferro et sa bande virent qu'il n'y avait que trois fiacres à la porte et que tous trois étaient occupés. Eva, Vlad et Kane en avaient nolisé chacun un pour les autres membres de l'expédition. Ils avaient aussi généreusement payé les autres cochers pour qu'ils aillent se balader pendant une bonne heure dans les rues de Marseille. Ferro en avait l'écume à la bouche. Zivanka monta aux côtés de son fiancé suivi du prince Ladislas. Rossel et Freycinet montèrent dans le fiacre où les attendait Kane, Rochereau et Ferré en firent de même à bord de celui réservé par Eva. Zivanka ne manqua pas d'envoyer des salutations de la main aux cinq bandits qui devraient maintenant marcher jusqu'à leur hôtel.

— Soyez patients. Les autres fiacres devraient avoir complété leur petite balade dans une heure ou deux. C'est fou ce qu'on peut obtenir avec un bon pourboire. *Ciao* !

Les trois fiacres disparurent alors sous leurs yeux. Ferro proféra un juron en italien. Goethe lui se frappa sur le front, convaincu d'avoir compris la véritable raison de cette diversion.

— Putain. Pendant que nous perdions notre temps avec la pouffiasse, Fleming en a profité pour nous fausser compagnie. Je parie qu'il est déjà au port de Marseille.

— Si c'est le cas, sa dernière heure approche.

— Si c'est le cas, il a peut-être convaincu les gendarmes d'ouvrir nos caisses.

La mine de Ferro s'assombrit.

— Qu'est-ce qu'on fait ?

« Ce qui est créé par l'esprit
est plus vivant que la matière. »

— Charles Baudelaire, *Fusées*

XXIV

En attendant le retour des fiacres à la gare de Marseille, Ferro décida qu'il valait mieux aller déjeuner dans un petit bistro situé de l'autre côté de la rue. Ils s'attablèrent à la terrasse, en position pour observer le premier fiacre qui se pointerait. La mauvaise humeur était généralisée au sein du quintette. Ils commandèrent des sandwiches et un litre de vin maison.

— Tout ça est de ta faute, Goethe, c'est ton gâchis, décida impérieusement Ferro.

— Mon gâchis ? Vraiment ? Même la môme savait qui tu étais.

— Qu'est-ce qui me dit que tu n'es pas celui qui lui a refilé l'information ? Que je sache, c'est le prince Czartoryski qui t'a reproché de jouer sur tous les tableaux.

Goethe haussa les épaules.

— Fleming te colle au cul, je n'y peux rien.

— Tu me rembourseras jusqu'au dernier centime si la marchandise ne se rend pas à Alexandrie, j'espère que tu en es conscient.

— Allons d'abord voir si le curé a réussi. Je croyais que tu contrôlais le port de Marseille ?

— J'y ai mes hommes, mais les douaniers ont parfois de la chance ou un bon informateur. Je crois comprendre que votre ami Fleming est lui aussi un homme capable de soutirer les informations qui lui sont utiles à tout moment. Est-ce que je me trompe ?

— Ce n'est pas mon ami, mais il possède certains dons, je dois le reconnaître.

Un premier fiacre arriva sur la gare. Ferro fit signe à ses hommes de main.

— Vous mangerez plus tard. Allez tout de suite au port. Demandez à parler à Angelo Monsanto. Il m'appartient.

La dernière phrase tomba lourdement. Les trois hommes abandonnèrent leurs sandwiches et obéirent aussitôt.

Ferro prit une autre bouchée de sa salade de pâtes suivie d'une gorgée de vin.

— Pour nous, rien ne presse. Nous les rejoindrons après avoir déjeuné.

Goethe leva son verre, mais le cœur n'y était pas. Il craignait le pire, sachant exactement de quoi Gordon Fleming pouvait se montrer capable.

• • •

Le duc Tytus de Mazowiecki possédait un vaste entrepôt près du port de Marseille où étaient entreposés des milliers d'objets importés des Indes, de la Chine ou même du Japon. Fleming, qui l'avait deviné rapidement, eut dès lors l'idée d'une fabuleuse substitution à l'insu de Goethe et de ses amis italiens. Il s'y rendit en fin d'après-midi. La duchesse

Zivanka vint le rejoindre à l'entrepôt de sa famille. L'espion papal lui demanda de lui fournir les articles les moins chers et les plus inutiles qui existent. La requête fit rigoler la duchesse qui pensa aussitôt à ces petits parasols chinois qui ornaient les verres des boissons exotiques dans certains bars et avec lesquels son père faisait des profits mirifiques. Douze caisses remplies de ces petits parasols chinois de papier furent estampillées avec la mention CMI British India pour remplacer les caisses d'armes chargées à bord du *Princess of India*. Il avait contacté ses hommes de l'Ordre noir pour organiser la substitution pendant la nuit. Les armes volées aux Czartoryski ne bougeraient pas de Marseille avant la fin de l'expédition aux Indes. Fleming venait de s'épargner bien des soucis lors de l'escale à Alexandrie. Lorsque Goethe, Ferro et sa bande y débarqueraient, ils hériteraient de caisses au contenu totalement inutile. Il leur serait alors trop tard pour réagir.

• • •

Aussitôt arrivés au port de Marseille, Rossi, Salvatore et Tommasso demandèrent à rencontrer Angelo Monsanto. Le ton utilisé par Andrea Rossi fut probablement un peu trop agressif au goût du maître des lieux. Le gardien de sécurité posté à l'entrée de l'aire réservée aux marchandises leur adressa un regard torve. Lui aussi était, à l'évidence même, un chien de garde posté par le crime organisé dont Monsanto se voulait le responsable de la zone portuaire. Il leur demanda de l'attendre. Au bout de quelques minutes, un grand efflanqué aux joues creuses marquées par d'immenses favoris s'amena devant eux. Il les toisa sévèrement. Andrea

Rossi s'avança, lui offrit une poignée de main que l'autre ignora.

— Que me voulez-vous ?

Rossi fut vexé. Le ton de sa voix devint soudainement beaucoup plus hostile.

— C'est Don Ferro qui nous envoie.

Monsanto ne cligna même pas des yeux.

— Je n'ai jamais entendu ce nom.

— Don Vito Cascio Ferro. Tu veux me dire que tu ne le connais pas ?

Cette fois, Angelo Monsanto fut incapable de s'empêcher de cligner des yeux, ne serait-ce que pour une fraction de seconde. Il s'était peut-être avéré trop insolent devant des hommes véritablement envoyés par le patron. Sa voix fut soudainement moins assurée.

— Je n'ai pas une bonne mémoire des noms.

— Tu lui appartiens, non ? C'est ce qu'il nous a dit. Nous aurait-il menti ?

La question fut lancée avec une méchanceté volontaire pour l'accueil glacial auquel ils avaient eu droit. Le coup porta à en juger par la grimace de Monsanto.

— Je vous prie de surveiller votre langage. Je suis un homme d'honneur.

— Nous aussi.

— *Bene.*

— Don Ferro est inquiet pour sa marchandise. Certains la convoitent. Avez-vous constaté quoi que ce soit d'inhabituel depuis le début de l'après-midi ?

— Non. Tout s'est déroulé comme à l'habitude. Les caisses sont déjà à bord du *Princess of India*.

— Vous n'avez pas vu un dandy britannique rôder autour ?

— Un dandy ? Ici ? Vous blaguez, j'espère. Il se serait fait remarquer. Je l'aurais su.

Rossi ne parut pas convaincu.

— Le patron m'a demandé d'aller voir moi-même si le contenu des caisses était intact.

Monsanto ne sembla pas impressionné par la requête.

— Le patron peut vous demander la lune, cela ne veut pas dire que je suis en mesure de la lui décrocher du ciel. Que je lui appartienne ou pas n'y changera rien.

— Moi, je ne pars pas sans avoir vu les caisses.

— Vous pensez que j'ai le temps de vous escorter dans les cales du *Princess of India* ? C'est que j'ai du boulot.

— Dois-je expliquer à Don Ferro que vous avez refusé de collaborer avec nous ?

Monsanto était vaincu.

— Bon, c'est beau, suivez-moi.

Ils montèrent à bord sans être importunés. Monsanto n'avait qu'à donner un signe de la tête pour traverser les différents contrôles. Ils se retrouvèrent rapidement dans la cale de marchandises. Monsanto leur indiqua la douzaine de caisses estampillées CMI British India. Rossi s'avança et ouvrit la première caisse devant lui. Les sacs de jute étaient là, juchés sur le double fond. Il ouvrit un sac. Au milieu des semences, il vit la crosse d'un revolver. Il leva le double fond, les munitions étaient là sous une couche d'engrais. Il referma la caisse. Monsanto lui fit un signe pour l'encourager à accélérer sa recherche. Rossi décida qu'il en avait assez vu.

— *Tutto va bene.*

Ils repartirent aussitôt, convaincus que la marchandise était intacte. Tapi dans l'ombre, Gordon Fleming ne manqua rien de la scène. Il se surprit même, après toutes ces années, d'en éprouver une fois de plus un véritable plaisir.

• • •

L'ambiance était festive ce soir-là dans la prestigieuse salle à manger du très chic Grand Hôtel Beauvau situé en plein cœur du Vieux-Port de Marseille sur la rue du même nom réputée pour ses boutiques, ses cafés et ses bistros fréquentés par les célébrités en visite dans cette magnifique ville de Provence. L'expédition Czartoryski avait réservé une salle privée, avec une vue imprenable sur la marina, pouvant accommoder la dizaine de convives. Une vaste table fut aménagée pour qu'ils puissent tous y prendre place. Seul Fleming, parti en mission au port, manquait provisoirement à l'appel. Le prince Ladislas prit place au bout de la table. Son fils Vlad s'assit à sa droite en compagnie de sa fiancée. Corey et Eva leur firent face tandis que Rossel, Freycinet, Ferré et Rochereau prirent place à l'autre bout, laissant à Fleming une place aux côtés de la duchesse de Mazowiecki. Plusieurs, dont Zivanka, se laissèrent tenter par la bouillabaisse. D'autres, comme les quatre gardes du corps, peu friands de fruits de mer, optèrent plutôt pour les viandes comme le cuisseau de lapin aux topinambours ou la daube provençale. Ils en profitèrent bien sûr pour découvrir les grands crus de la région, et la duchesse raffola particulièrement d'un Cuvée du Rocher, vin rosé du Fréjus d'une belle couleur pêche claire avec une bouche ronde riche, épicée et florale qui s'étirait tout en finesse et en élégance, révélant des arômes spécifiques du terroir fréjussien. Elle se sentait déjà un peu grise lorsque Fleming arriva enfin, la mine triomphante. Il arriva derrière le prince Ladislas, le prit par les épaules et se pencha pour lui murmurer à l'épaule :

— C'est fait. Ils ont été voir les caisses et sont rassurés. Le transfert se fera cette nuit.

Le prince leva son verre.

— Excellente nouvelle, Fleming !

Son fils, qui n'avait pas été mis au parfum, voulut comprendre.

— De quoi parlez-vous ?

— Goethe a détourné une douzaine de caisses d'armes de notre usine de Paris pour les revendre à des criminels. Elles sont dans la cale du *Princess of India* et devaient être débarquées au port d'Alexandrie, notre première escale. Mais on lui a réservé une petite surprise.

Kane comprit que lui aussi avait donc été floué, que ses propres caisses devaient aussi être débarquées en Égypte. S'efforçant de dissimuler son réel intérêt, il tenta à son tour d'en savoir davantage.

— Quelle surprise ?

Fleming, qui venait de s'asseoir à côté de Zivanka, répondit à sa question en se versant un verre de vin.

— Disons que j'ai des amis à Marseille. Cette nuit, ils vont substituer les caisses de Goethe par des caisses identiques bourrées de petits parapluies chinois de papier qui n'ont aucune valeur.

— Et les armes ?

— Elles seront débarquées et entreposées dans l'un des entrepôts portuaires appartenant au duc de Mazowiecki.

Quand Goethe et ses petits amis ouvriront les caisses, nous serons déjà en route vers Port-Saïd.

Kane crut qu'il allait s'évanouir. Il avait payé une avance de dix mille francs pour un transport qui n'aurait pas lieu faute de marchandises. Cette nouvelle venait de lui couper l'appétit. Son cerveau fonctionnait à plein régime afin de tenter de trouver une solution, mais non seulement le temps lui manquerait, il était aussi sans ressource à Marseille pour empêcher que « ses » caisses y soient entreposées. C'était une véritable catastrophe, et ce, sans même anticiper la réaction de Houston, dont le tempérament semblait assez volatil, lorsqu'il apprendrait qu'on l'avait dérangé pour rien. Eva fut la seule à remarquer le changement d'attitude de Kane.

— Quelque chose ne va pas ?

— Je ne sais pas. Je pense que c'est la bouillabaisse.

— Mais elle est excellente, cette bouillabaisse ! Je n'ai jamais rien mangé d'aussi bon !

— Je ne sais pas, ce sont peut-être les fruits de mer. Je n'ai pas l'habitude. Je crois que je vais aller prendre l'air, si vous voulez bien m'excuser.

Le prince lui fit signe qu'il pouvait prendre congé du groupe. Kane sortit aussitôt. Eva hésita.

— Tu veux que je t'accompagne ?

— Non, ce n'est pas nécessaire. L'air marin devrait me faire du bien.

Elle n'insista pas et continua de savourer avidement sa bouillabaisse.

• • •

Kane erra pendant plus d'une heure dans le Vieux-Port de Marseille sans apprécier le paysage, à la recherche d'une solution pour récupérer ses armes. Il songea d'abord à informer Goethe des intentions des Czartoryski, mais l'idée de rendre service à ce scélérat lui puait au nez. Il avait assez d'argent pour tenter de soudoyer les débardeurs, mais si à Paris il connaissait ceux qui étaient corrompus il en allait tout autrement à Marseille. Même chose pour ce qui était des entrepôts Mazowiecki. En fait, non seulement il n'y connaissait personne, mais il ne savait même pas où ils se trouvaient! Il ne lui restait que quelques heures pour empêcher que les caisses soient débarquées du *Princess of India*. C'est alors qu'il eut une idée de génie, du moins, c'est ce qu'il croyait. Il lui suffisait de convaincre le prince de laisser « ses » caisses à bord et de les revendre en douce une fois arrivée à Colombo. Il lui dirait qu'il connaît des acheteurs potentiels qui paieraient plus deux cent mille francs par caisse. Il suggérerait que celles-ci soient réétiquetées Houston Corporation. Il remettrait un connaissement à cet effet, avec une prime de mille francs, au responsable des débardeurs à leur arrivée au Ceylan. Il ferait valoir au prince que puisqu'il s'agissait de matériel volé à l'intérieur de ses entrepôts, il ferait un coup double en touchant les primes d'assurance et les profits de la vente au noir. Cela lui éviterait de coûteux frais de manutention et de transport. Le prince ne pourrait qu'accepter. Kane se sentit aussitôt revivre. Non seulement il aurait ses armes, mais en prime il aurait l'excuse parfaite pour fausser compagnie aux Czartoryski à Colombo. Il révisa le plan dans sa tête une dizaine de fois pour se convaincre qu'il tiendrait la route puis, se disant qu'il n'avait de toute façon plus rien à perdre, fit demi-tour et rentra au Grand Hôtel Beauvau.

• • •

Il trouva le prince au bar du Beauvau en compagnie de Vlad et Fleming. L'endroit, dont la réputation n'était plus à faire, avait hébergé plusieurs grands noms, de George Sand à Lamartine et Mérimée, de Frédéric Chopin à Paganini. Cet hôtel de charme de Marseille avait su, au fil des ans, choyer les artistes et leurs muses qui, dépendant de leur réputation, se voyaient souvent dispensés de se voir présenter l'ardoise. Leur seule présence rehaussait le prestige de l'établissement et ne pouvait qu'être bénéfique pour la bonne marche des affaires.

Kane ne pouvait que se réjouir de voir que son ami Vlad était présent, convaincu qu'il serait le premier à se montrer enthousiaste relativement à son projet. Il prit place à leur table. Le prince, qui fumait déjà un énorme cigare, lui en offrit un.

— Ces cigares me coûtent une fortune, mais ce sont les meilleurs du monde. Ils proviennent des Antilles. Vous en voulez un ?

— Sans façon.

— Je vois que vous avez une meilleure pêche que pendant le repas.

— L'air marin est miraculeux.

Un serveur s'approcha alors de Kane.

— Je vous sers aussi un cognac ?

Il constata que c'est ce qu'avaient commandé les trois autres.

— Oui, s'il vous plaît.

Le prince, en exhalant un nuage de fumée, s'empressa de dire :

— C'est un Napoléon Grand Cognac millésime 1811. C'est le nectar des dieux, mon cher Kane. Le Beauvau est réputé pour la richesse de sa carte d'alcools fortifiés.

Kane voulut profiter des bonnes dispositions du prince pour lui exposer son plan. Ladislas fronça les sourcils au fur et à mesure qu'il comprenait que ce que le jeune homme lui proposait était aussi immoral qu'illégal.

— Croyez-vous que je mettrais ma réputation à l'enjeu pour quelques millions de francs ? Votre histoire est insensée.

Il n'avait pas prévu cette réaction. Il devait trouver un argument massue, et ce, à la seconde.

— Si mon plan échoue, vous m'en ferez porter l'odieux du blâme, c'est tout. Vous n'avez qu'à me dénoncer aux autorités, leur dire que comme Goethe, je vous ai volé. Mais je vous assure que ça n'arrivera pas.

Fleming fut intrigué par l'insistance de Kane, d'autant qu'il avait été témoin d'une conversation plutôt compromettante entre lui et Goethe. Il décida de mettre un peu de piquant dans la discussion.

— Quel est votre intérêt dans tout ça ?

— J'ose espérer que si je vends ces armes à fort prix à Colombo qu'il y aura là une commission qui me sera versée.

— En effet. Si le prince vous offrait une ristourne de dix pour cent sur chaque caisse, cela vous donnerait vingt mille francs multipliés par douze. Je comprends votre intérêt.

— Quelque chose comme ça.

Le prince s'insurgea.

— Nous allons aux Indes pour faire des centaines de millions de francs légitimement, pas pour brader des armes à je-ne-sais-trop-qui de mal intentionné au Ceylan. Il n'en est tout simplement pas question.

Kane implora son ami Vlad du regard, mais celui-ci semblait peu enclin à intercéder en sa faveur. Contre toute attente, c'est Fleming qui, après avoir déposé son verre sur la table, se porta à sa défense.

— Au contraire, je crois que c'est une excellente idée, puisque Corey est prêt à servir de bouc émissaire si le matériel est saisi. D'autant qu'il a raison, c'est peu probable que ça se produise. Le port de Colombo comme celui de Tuticorin ou de Madras sont devenus de véritables passoires. Mon cher Czartoryski, je vous recommande fortement d'avaliser le plan de notre jeune compagnon. Je m'assurerai moi-même que les caisses seront déplacées et réétiquetées. Cela nous évitera d'ailleurs le risque énorme que nous courrons en les débarquant en pleine nuit.

Kane se retint pour ne pas se pincer pour s'assurer qu'il ne rêvait pas. L'intervention de Fleming s'avéra providentielle. Le visage de Ladislas venait de changer du tout au tout.

— Vous en êtes certain, Gordon ? N'est-ce pas là un jeu dangereux pour ne pas dire un pari des plus risqués ?

— Non seulement j'en suis certain, mais je crois que c'est une idée absolument géniale.

Il fit un clin d'œil au prince que ne virent ni Vlad ni Kane. Ladislas comprit aussitôt que Fleming avait lui aussi un plan en tête qui n'était pas nécessairement celui proposé par Kane. Il hocha la tête pensivement.

— Je comprends. Alors, soit. Procédons de la sorte.

Kane avait envie de danser au beau milieu de la place, mais l'endroit, un peu suffocant et surtout très guindé, ne s'y prêtait vraiment pas. Il avala son cognac d'un trait et se tourna vers Vlad.

— La nuit est jeune. On va faire un tour en ville ?

Vlad, qui s'ennuyait pour mourir depuis le début de la soirée, manifesta son enthousiasme à l'idée de faire la virée des grands-ducs. Il jeta un coup d'œil en direction de son père qui lui fit signe qu'il pouvait leur fausser compagnie et s'épivarder dans Marseille, mais pourvu qu'ils aient un chaperon. Ladislas se tourna vers la table des gardes du corps.

— Rochereau, vous accompagnerez les gamins. Ils veulent sortir en ville.

Vlad fut contrarié.

— Père, ce n'est vraiment pas nécessaire. Nous n'avons pas besoin d'un chaperon.

— Si. Marseille est une ville dangereuse, peut-être la plus meurtrière de toute la France. Je ne veux pas vous priver des plaisirs de la vie, mais je tiens à ce que vous soyez en sécurité. Rochereau vous escortera.

Kane fit signe à Vlad de ne pas insister. Ils partirent aussitôt, escortés par l'ancien boxeur.

• • •

Seul avec Fleming, le prince Ladislas l'interrogea du regard. L'espion papal esquissa un sourire entendu.

— Goethe n'est pas le seul qui vous ait trahi.

— Kane aussi, n'est-ce pas ?

— Seulement cinq des douze caisses étaient l'œuvre du larcin de Goethe.

– Je comprends les motivations de Goethe. Mais celles de Kane m'échappent.

– Son véritable nom est Khurram Khan al-Mahdi. Son père est à la tête d'un groupe de rebelles musulmans basés à Srinagar.

– C'est là où il souhaite envoyer les armes ?

– Exact.

– Pourquoi lui en donner l'occasion ? Si je vous comprends bien, Gordon, il n'a aucun acheteur en vue et ne souhaite que nous abandonner avec la cargaison dès notre arrivée à Colombo.

– C'est exactement son plan.

– Alors ?

– Nous le dénonçons avant notre arrivée au Ceylan. Il sera arrêté à Colombo, les caisses d'armes seront saisies par les autorités britanniques qui les renverront à leurs frais, avec leurs excuses, à vos entrepôts de Paris.

– Vous êtes possiblement l'être le plus machiavélique que j'ai jamais rencontré, Gordon. Et pourtant, vous savez que Goethe a été à mon service pendant plusieurs années.

– La différence, c'est que je suis au service du bien et non au service du mal.

Le vénérable sénateur Victor Hugo, qui était jusque-là assis au bar, perdu dans ses réflexions éthyliques, reconnut alors le prince Czartoryski et se dirigea vers leur table.

– Mon cher, Ladislas. Qu'est-ce qui vous amène à Marseille ? Surtout, qu'est-ce que vous foutez dans un bar aussi mal famé ?

– Mon cher Victor, vous connaissez ma faiblesse pour les grands cognacs. Heureux de vous retrouver.

Ils échangèrent une accolade bien sentie. Fleming, qui ne connaissait Hugo que de réputation fut surpris de l'amitié qui semblait unir deux personnalités pourtant diamétralement opposées sur le plan philosophique et politique que pouvaient l'être l'aristocrate Czartoryski et un écrivain pamphlétaire comme l'était le sénateur.

Le prince l'invita à prendre place. Victor Hugo accepta sans hésiter. Le célèbre écrivain devenu politique, bien qu'âgé de plus quatre-vingts ans, n'avait rien perdu de sa vivacité d'esprit et de son sens de la répartie. Il n'en était pas moins morose.

— La France agonise ! disait le poète Hugo à ses interlocuteurs.

Il ajouta aussitôt, entre deux rots bien sentis trahissant tant son ivresse que son sentiment d'immunité à titre de trésor public :

— Nous sommes entourés, messieurs, de jeunes illettrés qui ont perdu tout respect pour l'art de l'écriture. Notre jeunesse est analphabète, je vous l'assure ! Or, quand la langue se meurt, la culture telle que nous l'avons connue n'en a plus pour très longtemps. Oui, la France agonise !

Fleming et Ladislas trouvèrent bien sûr à redire, non sans de grandes circonlocutions des plus respectables. Une discussion aussi intellectuelle que philosophique s'en suivit. Le prince commanda trois aussitôt autres rasades de cognac.

« Il faut être toujours ivre.
Pour ne pas sentir l'horrible fardeau du temps
qui brise vos épaules.
Il faut s'enivrer sans trêve.
De vin, de poésie ou de vertu, à votre guise.
Mais enivrez-vous ! »

— Charles Baudelaire, *Le Spleen de Paris.*

XXV

Corey Kane exultait de bonheur au point où son ami Vlad ne put s'empêcher de l'interroger. Il ne pouvait soupçonner les sombres desseins de cet ancien confrère de classe qu'il avait fortement recommandé à son père. Éric Rochereau les suivait à une distance d'un mètre dans les rues de Marseille, prêt à réagir en cas de danger. L'exubérance manifestée par Kane ne lui inspirait surtout pas confiance. Âgé de vingt-cinq ans, il était de cinq ans leur aîné, mais son expérience de la vie dans les rues de villes comme Marseille était beaucoup plus vaste. Il avait l'impression de suivre deux petits poulets dans une forêt infestée de loups. Le genre de mission qu'il n'appréciait guère.

— Je ne t'ai jamais vu aussi joyeux. Qu'est-ce qui t'arrive ?

— Ce soir, j'ai envie de faire la fête. J'ai envie moi aussi de découvrir les plaisirs de la vie estivale des oisifs.

– Qu'est-ce que tu racontes ?

La vie estivale des oisifs, ainsi disait-on de ces aristocrates qui, sans horaire fixe, pouvaient s'offrir le luxe du farniente et même de la fainéantise. Elle n'était pas pour autant dénuée d'activités plus ludiques les unes que les autres.

– Tu es déjà allé aux courses ?

– Une fois à l'hippodrome.

– Ici, à Marseille, ils organisent des courses de crabes.

Vlad réagit avec une grimace de dédain.

– Quel intérêt peut-on avoir pour une course de crabes ?

– Pour que ce soit amusant, il faut parier.

C'était en France la nouvelle activité prisée des jeunes parieurs en quête d'émotions. La course de crabes était née, un an plus tôt, d'un caprice de désœuvrés et fit rapidement rage depuis le littoral normand jusqu'à la douce Provence. Or, il fallait se rendre dans les casinos clandestins, et non celui, plus officiel, de Marseille, pour y assister. L'idée d'aller dans un endroit louche plutôt que guindé plut immédiatement aux deux jeunes aventuriers en quête de sensations fortes.

Cet étrange sport, pour le moins particulier, consistait à mettre sur le sable, rangé en lignes, un certain nombre de ces crustacés et à les maintenir jusqu'au moment où, les paris étant terminés, le jeu étant fait sur un tapis gris ou jaune, il ne s'agissait plus que de lancer les crabes vers une ligne quelconque tracée ou un but planté dans le sable. Rapides, marchant de côté, dressant leurs pinces, les crabes se précipitent dès le signal du départ, et chaque joueur parie sur l'un d'eux comme il parierait sur un cheval à l'hippodrome local. Si l'un des crabes, en chemin, rencontre une pierre et se tapit dessous ou s'enfonce dans le sable, on dit qu'il se dérobe.

Sur la carapace granuleuse de ces animaux, il arrivait parfois que le parieur mise une fortune. Ce fut le cas cette nuit-là pour le jeune prince Czartoryski. Vlad avait repéré un crabe qui lui plaisait. Il était bourré. Son ami Corey l'était tout autant. Ils décidèrent de jouer la totale. Le prince misa dix mille francs sur le crabe numéro trois, coté à cinquante pour un, une somme astronomique qui fit sourciller le croupier, mais surtout, les organisateurs de ce concours toléré, mais plus ou moins légal même dans une ville aussi libertine que Marseille. Le décapode choisi par Vlad trouva le moyen de remporter une bien étrange course, grouillant de côté, bousculant ses adversaires à un rythme aussi lent qu'effréné pour finalement triompher. Une victoire qui rapporterait en principe aux parieurs pas moins d'un demimillion de francs.

Cinq cent mille francs! Une somme vertigineuse que le preneur aux livres refusa d'honorer pleinement, sous mille prétextes, dont, bien sûr, l'absence de liquidité. C'est à ce moment-là que les choses s'envenimèrent. Le prince exigeait d'être payé séance tenante. Le tenancier tenta d'abord de négocier, mais devant l'arrogance du jeune homme, que l'alcool avait rendu particulièrement insolent, il décida de l'envoyer carrément promener. Vlad le convoqua sur-le-champ en duel aux aurores. Les sbires du tenancier se montrèrent aussitôt menaçants. Le climat s'envenimait. Lui et son compagnon ne faisaient pas le poids devant cinq malabars aux poings serrés. Non seulement allaient-ils se faire voler leur dû, mais voilà qu'ils étaient sur le point d'être violemment tabassés par des brutes qui exerçaient leur sale métier avec beaucoup de plaisir. Surtout quand venait le temps de rosser des gamins de la bourgeoisie à la langue trop bien pendue. Les gorilles s'approchaient de plus en plus du prince et de son ami, exhibant chacun un rictus plus ou moins édenté. Avant même que le garde du corps Éric Rochereau ait le temps de réagir, Vlad sortit un Reichrevolver, pistolet à percussion récemment fabriqué par l'entreprise familiale et réputé pour sa robustesse et sa grande précision. Il fit feu à six reprises. Trois de ses balles touchèrent une cible. Rochereau aussi fit feu à quelques reprises. La scène se vida à une vitesse vertigineuse. De toute évidence, les gardes du corps du preneur aux livres n'étaient pas armés de pistolets, car ils furent les premiers à prendre la poudre d'escampette à la vue de celui de Vlad, ce qui n'empêcha pas trois d'entre eux de tomber sous les balles. Le prince héritier, fier de lui, s'empara des billets de banque abandonnés. Corey fit de même à la hâte, terrifié à l'idée que les criminels reviennent sur leurs pas. Il y avait là certes plusieurs dizaines de milliers de francs, peut-être même davantage, qu'ils venaient de s'approprier pour une bête course de crabes. Vlad fut grisé par l'événement encore plus que par l'alcool. Il n'avait jamais éprouvé un tel sentiment d'ivresse et de puissance. Il ressentait même un sentiment d'invincibilité après cet incident. Corey pour sa part était en état de choc. Tous deux regardaient les trois corps inertes gisant sur le sol avec dédain. Rochereau les rappela rapidement à l'ordre.

— Il faut foutre le camp d'ici avant que la gendarmerie débarque.

— C'était de la légitime défense. Tu sais qu'ils voulaient nous faire la peau, ceux-là, murmura Vlad comme pour justifier son geste.

Corey ne répondit pas. Le garde du corps intervint.

— Il se fait tard.

– On dormira toute la journée demain. Toi, tu nous suis et tu fermes ta gueule. Ce n'est pas toi le patron !

Rochereau anticipait depuis un bon moment pareille manifestation d'arrogance éthylique.

– Ton père va peut-être te laisser te remettre de ta cuite dans ta chambre d'hôtel, mais je doute qu'il m'accorde un congé à la veille du départ. J'aurai besoin de toutes mes facultés.

– Allez, il est trop tôt pour rentrer. Ce soir, on fait la fête.

L'enthousiasme de Kane en avait aussi pris un coup.

– Après ce que nous venons de vivre, je dois t'avouer que mon esprit est un peu moins festif qu'il l'était.

Le prince ne voulait rien entendre.

– Ce soir, on s'offre la totale !

– Qu'est-ce que la totale ?

– Il y a un quartier italien à Marseille où se trouve une maison close des plus courues. Le propriétaire est un ami de Goethe. Je meurs d'envie d'y aller depuis toujours. Mes amis m'ont raconté des trucs absolument incroyables. Il paraît qu'il n'existe aucun endroit pareil dans le monde entier. On y va pour se farcir quelques jeunes filles avant l'abstinence du long voyage en bateau.

– Elles sont toutes couchées à cette heure.

– Celles qui le sont ne nous seraient d'aucun intérêt. Tu verras, mon cher. Les cuisses légères ne font que commencer à se dégourdir.

– Et tu as envie de baiser des Italiennes ?

– Pourquoi pas ? La plupart ont de gros seins. On s'amuse ! Baiser une étrangère, c'est comme voyager et découvrir de nouvelles cuisines. Toi, tu t'es bien farci une juive à notre bal. N'est-il pas vrai que tu t'es envoyé en l'air avec la petite camériste de ma fiancée, non?

— Ne devrions-nous pas, à la suite des événements, être plus discrets? Que je sache, tu viens peut-être de tuer trois personnes, mon ami. Nous avons été vus. Il y a eu des témoins. La gendarmerie pourrait nous causer des soucis.

— Les aristocrates n'ont pas besoin de la discrétion nécessaire au commun des mortels. Tu t'inquiètes pour le sort de ces trois malheureux manants? Ils m'ont menacé et j'ai réagi en légitime défense. J'ai probablement rendu service à cette ville en éliminant ces trois déchets. C'est la fin de l'histoire. Maintenant, je ne souhaite qu'avoir du plaisir.

Vlad ne pouvait imaginer à ce moment que ses trois victimes étaient, malgré les apparences, les fils du commissaire de la police du quartier de Marseille et, qui plus est, les protégés des trois plus grands dirigeants de la *Cosa Nostra*, qui devenait progressivement la vraie autorité du crime organisée de Provence, celle de la mafia, même si c'était un mot à prononcer du bout des lèvres. Il venait de se placer davantage à la merci, sans le savoir, de ce *gabelletto* du nom de Vito Cascio Ferro qui avait déjà dans sa mire l'expédition Czartoryski-Mazowiecki à la suite de l'algarade survenue à la gare de Marseille. En se rendant au plus proche bordel de cette ville où abondaient les criminels de tout acabit, ils ne firent que signer leur arrêt de mort, à tout le moins au sens figuré. L'endroit, qui avait acquis une certaine notoriété, était la propriété de Ferro.

Les deux jeunes hommes dépensèrent des centaines de francs pour s'offrir les plus extravagantes aventures sexuelles possible. Rochereau se tenait à l'extérieur de la chambre, s'abstenant de céder aux charmes des jeunes prostituées afin de protéger Vlad et Corey. Il en profita pour observer les allées et venues d'une faune pour le moins surréaliste dépassant tout ce dont il fut témoin par le passé. Il faut dire que chez Ferro, les choix étaient quasiment illimités, quels que soient vos fantasmes les plus dépravés. Il y avait bien sûr des filles, mais il y avait aussi des garçons et même de jeunes androgynes dont on ne finissait par deviner le sexe qu'à la toute dernière seconde. Tous étaient âgés de dix à vingt ans. Rousses, blondes, blanches ou couleur d'ébène, il y en avait pour tous les goûts et pour toutes les bourses. Sinon, le propriétaire n'hésitait pas pour satisfaire un client à envoyer ses sbires dans les rues de Marseille afin d'y enlever et forcer sous la menace la fille ou le garçon qui saurait satisfaire l'envie du moment. Chez Ferro, tout était possible même ce qui semblait inimaginable pour ne pas dire innommable. C'était la marque de commerce de la Maison. Goethe avait même raconté à Vlad que les pratiques les plus bizarres, impliquant tantôt des animaux sinon des cadavres humains, y étaient parfois exécutées. Il suffisait de puiser dans ses goussets pour assouvir ses désirs les plus banals comme les plus pervers. Chaque vice serait assurément assouvi.

On y offrait une branlette ordinaire, d'une seule main, pour seulement dix sous. C'était, pour ainsi dire, le service de base réservé aux plus paumés. Cinq sous de plus, et la jeune fille se servait de ses deux mains. Il fallait payer quinze sous de plus pour qu'elle montre ses seins et un autre quinze sous pour qu'elle soit complètement à poil, soit un total de quarante-cinq sous. Tout était tarifé dans les moindres détails. La branlette avec chatouilles des couilles entraînait un extra d'une valeur de soixante-quinze sous. Pour dix sous de plus, la jeune fille vous enfilait le petit doigt dans l'anus. On racontait, chez les initiés, que cela décuplait le plaisir au moment de l'éjaculation. La baise en levrette coûtait trois francs. Le glougloutage du poireau avec pression de la main valait deux francs. Il ne fallait que cinquante centimes de plus pour que la péripatéticienne ne retire pas sa bouche au moment de l'éjaculation et avale d'un trait le sperme du client. Dix centimes supplémentaires, et elle s'offrait un bonbon à la menthe avant la séance de gamahuchage, question d'avoir une langue plus chaude, comme le disait le menu, car il y en avait un, et donnait une sensation plus excitante de cuisson du poireau ! L'endroit offrait aussi des aventures plus exotiques tels le branlage à la mouche, la tête bègue sur le dos avec ou sans la langue dans l'anus et même le voyage en terre jaune, soit avec la bonne ou avec un garçon. Une savonnette impériale russe, où le boyau était enduit de savon avant d'être doucement caressé jusqu'à la jouissance valait entre deux et trois francs, selon que l'on préfère le savon de Marseille ou celui du Congo. Il était même possible de s'offrir une baise humide précédée d'une pissette sur la quéquette pour cinq francs. Assis sur une chaise, le client allongeait les jambes avant que la prostituée, à cheval dessus, son orifice tout près du membre visiteur, pissait jusqu'à ce que le monsieur, n'en pouvant plus, décide d'arrêter le jet avec une brusque pression pour se jeter dans l'antre humide de plaisir. Il va sans dire que l'on pouvait s'offrir diverses combinaisons de tous ces plaisirs de la chair avec autant de participantes ou participants voulus. Il suffisait d'être prêt à en payer le prix. Or, ce soir-là, Vlad et Corey ne lésinèrent pas sur les moyens. Ils s'offraient vraiment la totale telle qu'annoncée. Ils avaient la fougue de la jeunesse et plus d'argent que nécessaire pour satisfaire leurs moindres caprices, même les fantasmes qu'ils n'avaient jamais osé imaginer.

Dans ce lupanar plus que moderne, l'on avait déjà compris les avantages qu'offre la photographie, cette nouvelle technologie récemment améliorée par le célèbre iconoclaste français Nadar, de son vrai nom Gaspar-Félix Tournachon. C'est ce bohème impénitent qui allait bientôt changer, sinon révolutionner le monde avec son invention. Caricaturiste, écrivain, journaliste, aéronaute et photographe, il obtint sa renommée dès 1850 en publiant une série de portraits photographiques de certains des plus fabuleux artistes de son époque parmi lesquels on retrouvait des noms comme Liszt, Wagner, Baudelaire, Berlioz, Rossini, de Maupassant et Manet, pour n'en nommer que quelques-uns. Ses amis le surnommaient « Tournadar » à cause de son habitude de rajouter à la fin de chaque mot la terminaison « dar », d'une manière totalement fantaisiste. Ils finirent par abréger ce pseudonyme pour finalement l'appeler tout simplement Nadar. La rumeur voulait que ce soit Nadar lui-même qui avait offert à Ferro, qu'il comptait aussi parmi ses amis, un appareil de sa confection capable d'immortaliser, sur plaques de verre, des images beaucoup plus nettes que les daguerréotypes d'antan. Nul ne sait à ce jour ce que lui avait valu tant de générosité à l'égard d'un pareil mafieux, sinon qu'il avait toujours une attirance magnétique vers tous ceux qui défiaient les normes établies de son époque, peu importe que leurs visées soient nobles ou non. Il est tout aussi vrai qu'après son implication de révolutionnaire dans l'épisode de la Commune, plus de dix ans plus tôt, il s'était retrouvé quasiment sans le sou. La gloire n'est pas toujours rentable. C'est que le jeune Ferro trouva le moyen d'utiliser ce formidable jouet que lui avait offert Nadar pour faire prospérer ses affaires.

Sans se méfier, Vlad et Corry se sont ainsi laissés prendre en photographies dans des positions pour le moins compromettantes avec de jeunes filles nues. Ils se donnèrent en spectacle sans hésiter, posant fièrement pour la caméra statique et des plus encombrantes. Ni l'un ni l'autre ne soupçonnaient les conséquences de s'exhiber devant cet étrange objet, convaincus que les photographies leur seraient rendues pour garnir des albums souvenirs réservés aux regards d'une poignée d'intimes devant lesquels ils pousseraient la vantardise à la limite sans se rendre compte qu'ils étaient des proies avenantes et naïves.

Ferro n'en aurait certainement pas demandé tant. Il venait rarement à Marseille, mais lorsqu'il y était, il ne ratait pas l'occasion de s'y arrêter. Lorsqu'il se pointa cette nuit-là vers deux heures du matin, la tenancière ne tenait plus en place.

– Quel bonheur que vous soyez ici Don Ferro. Nous avons des visiteurs de marques ce soir ! Deux jeunes hommes qui ne lésinent pas à la dépense.

– Vraiment ? Je les connais ?

– L'un d'eux prétend être un prince, dont j'oublie le nom, et qui affirme vous connaître. Les filles se l'arrachent tant il se montre généreux.

– Un prince ? Par hasard, s'appellerait-il Czartoryski ?

– C'est possible. Je ne sais pas, mais ils ont beaucoup d'argent et sont escortés par un garde du corps qui fait le guet à la porte de leur chambre.

Ferro fut aussitôt convaincu de savoir à qui il avait affaire. Il eut un sourire jouissif. Les photographies du jeune prince dans son plus simple appareil lui seraient certainement très utiles.

— Dans quelle chambre sont-ils ?

— La neuf.

Il s'y rendit aussitôt, l'arme au poing. Dès qu'il vit Rochereau, il ouvrit le feu. L'ancien boxeur esquiva la salve et tira à son tour, blessant Ferro au bras gauche. Quand Rochereau entra dans la chambre, fort heureusement Vlad et Corey étaient encore vêtus, les pantalons à mi-cuisse à s'offrir une joyeuse séance de gamahuchage par de jolies demoiselles à peine pubères.

— La récréation est terminée. Il faut partir.

Ils avaient tous deux entendu les coups de feu et même s'ils crurent que cela ne les concernait pas, ils se rhabillèrent en vitesse repoussant les jeunes filles avec vigueur. Celles-ci restèrent figées par la peur, hésitant à ouvrir la porte. Rochereau ignora la frayeur des péripatéticiennes et indiqua la fenêtre à ses protégés. Ils l'ouvrirent et sortirent rapidement. Ferro, le bras ensanglanté, entra alors dans la chambre, son arme toujours au poing. Les catins roulèrent sous le lit. Rochereau fit feu, visant cette fois les cuisses. L'Italien s'effondra dans une mare de sang. Les deux prostituées fondirent en larmes et ne lui furent d'aucune utilité dans sa souffrance. À son tour, Rochereau fila par la fenêtre pour rejoindre les deux jeunes qu'il devait protéger. L'envie lui prit de les abandonner à leur triste sort. Le sens du devoir finit par triompher.

« Le Bouddha, couché dans la semi-obscurité de sa cage
vitrée invitait à ce désintéressement fait de lassitude, d'indifférence.
– À quoi bon t'agiter, te révolter, vouloir régenter,
réformer ? susurrait-il au visiteur.
Rien n'en vaut la peine.
Regarde-moi, j'ai prêché jadis,
j'ai tenté de réveiller ceux qui dormaient,
plongés dans la torpeur de l'ignorance,
et maintenant de moi et des vérités que je leur ai montrées,
ils ont fait ce fétiche inerte ! »

— Alexandra David-Neel, *L'Inde où j'ai vécu*

XXVI

Le prince Ladislas et sa suite furent les premiers à monter à bord. Il était autour de dix-neuf heures et le soleil, qui avait l'allure d'une immense boule de feu, entreprenait paresseusement son coucher sur la Méditerranée. Zivanka était de très bonne humeur, elle et Eva se permettant même de petits pas de danse en arrivant sur le pont. Elles rirent comme des gamines espiègles qui viennent de commettre un coup pendable sans se faire prendre. Vlad et Kane, honteux de leur comportement de la veille, se firent particulièrement discrets demeurant derrière, en retrait. Rochereau avait convenu de garder le silence sur les incidents survenus au bordel. Il avait toutefois prévenu Rossel convaincu que son geste ne resterait pas sans conséquence vu la dangerosité de l'individu qui les avait attaqués sans prévenir. Freycinet et Ferré furent avisés de se montrer particulièrement vigilants. Ils étaient déjà à s'installer dans leurs luxueuses suites de première classe lorsque Vito Cascio Ferro monta péniblement à bord du *Princess of India* en s'appuyant sur une canne. La première balle tirée par Rochereau n'avait qu'effleuré son biceps. La deuxième balle avait traversé l'épiderme de sa cuisse sans trop causer de dommage sinon à l'orgueil du Don. Rochereau, tireur d'élite, aurait pu l'atteindre mortellement, mais s'était contenté de le blesser ce dont Rossel fut particulièrement fier même si ce redoutable Italien n'en serait éventuellement que plus dangereux. Goethe voulut l'aider, mais il refusa net. D'ici leur arrivée à Alexandrie, l'Italien entendait bien venger cet affront. Ses ordres avaient été clairs. Les deux gamins et leur garde du corps ne devaient pas survivre à la traversée de la Méditerranée. Si en prime ils avaient l'occasion d'éliminer l'insolente duchesse, ils seraient dûment et largement récompensés. Tous voyageraient en première classe, et ils auraient cinq jours pour agir en toute discrétion. Cela leur donnait amplement de temps. Ferro avait d'ailleurs insisté pour que tous les quatre vivent dans la terreur dès que le navire quitterait le port de Marseille. Ils devaient savoir qu'il y avait un contrat sur leur tête. Ils devaient mourir dans la peur. Goethe n'approuva pas cette fanfaronnade qu'il jugeait totalement inutile.

— Ils doivent bien se douter que tu pourrais être tenté de te venger.

— Je veux qu'ils le sachent. Je veux les voir trembler chaque seconde, les voir terrifiés à l'idée que c'est possiblement la dernière de leur misérable existence.

— Qu'est-ce que ça donnera de plus ?

— Ça me donnera un sentiment de satisfaction

— Les tuer ne suffit pas ?

— Si je le pouvais, je les torturerais moi-même pendant des heures. À défaut de les voir souffrir, de les observer tandis qu'ils agonisent péniblement, je me contenterai de rendre leurs derniers jours sur terre absolument insupportables.

— Eux aussi ont des gardes du corps.

— Ils ne peuvent pas les suivre vingt-quatre heures par jour, objecta Ferro.

— Non, mais la fusillade dans ton bordel me dit que les gars embauchés par Czartoryski ne sont pas manchots.

— J'ai été trop impétueux, j'ai tout simplement manqué de prudence. Si j'avais été escorté par mes hommes, il y aurait trois passagers de moins à bord.

— Justement, cette fois, la prudence est de mise. N'oublie pas qu'ils peuvent aussi compter sur le curé. Ne te fie pas aux apparences. Derrière ses allures de séducteur, c'est un impitoyable assassin.

— Je l'oubliais, celui-là. Tu crois qu'il est à bord ?

— J'en suis sûr, et il t'aura à l'œil, c'est certain.

— Lui aussi va mourir.

— Ton programme est de plus en plus ambitieux. Tu crois que cinq morts dans la même semaine en première classe passeront totalement inaperçues ?

— Ça, c'est leur problème, pas le mien.

— Sauf que si un de tes ritals se fait prendre, ça deviendra rapidement ton problème et, du coup, le mien.

Ferro dévisagea Goethe d'un air mauvais.

— C'est moi qui donne les ordres. Je ne te le répéterai pas deux fois.

Goethe leva les bras par dépit et alla trouver sa chambre pour s'y installer avant d'aller dîner. Il avait de moins en moins envie de suivre un tel individu à New York. Fleming était son ennemi juré, mais lui au moins agissait avec un certain professionnalisme. Ferro, c'était à ses yeux tout le contraire. Un amateur qui se prétendait digne de jouer dans leur ligue. Un petit truand ambitieux qui finirait assurément ses jours en prison, dans le meilleur des cas, ou à la potence. Il le méprisait un peu plus chaque jour.

• • •

Lorsque les passerelles furent enlevées, les amarres détachées et que la sirène beugla, Zivanka et Eva s'accoudèrent sur le pont en admirant le paysage qui les laissait béates. Comme elle l'avait anticipé, le prince avait déjà séquestré son fiancé pour l'astreindre à d'innombrables tâches cléricales, le confinant ainsi à sa cabine jusqu'à ce que soit servi le dîner vers vingt et une heures. Elle aurait tant voulu qu'il voie cette scène féérique à ses côtés. C'était une journée magnifique, le soleil brillait de tous ses feux et il n'y avait pas un nuage pour obstruer les différentes teintes d'azur qu'offrait le ciel de septembre. Le paquebot sortait du port de Marseille et rapidement elles virent la silhouette de la ville s'éloigner. Ils étaient déjà en pleine mer Méditerranée en route vers l'Orient.

Zivanka en fut soudainement plus excitée qu'elle ne l'aurait imaginée possible. Peut-être était-ce la perspective de retrouver Nikhil, peut-être était-ce l'opportunité de replonger dans ses souvenirs d'enfance ; elle n'en était pas certaine. L'idée de représenter la famille de Mazowiecki, d'assumer les décisions au nom des entreprises fondées par son père commençait aussi à lui sourire. Le patron du clan, c'était elle à partir de maintenant, et ce, pour une période indéfinie. Elle se sentait investie d'un pouvoir qui la grisait plus qu'elle ne l'aurait jamais imaginé. Ce fut en tenant tête à son futur beau-père la veille sur la stratégie à adopter avec les Britanniques qu'elle constata à quel point la puissance pouvait s'avérer un élixir enivrant. Il avait non seulement cédé, mais il reconnut même qu'elle avait raison. Et voilà que debout sur le pont du *Princess of India*, la duchesse Zivanka de Mazowiecki voyait désormais le monde sous un tout nouvel angle, le sien : celui des décideurs. Elle était montée à bord d'un paquebot qui la mènerait à la conquête des Indes. Un doux frisson s'empara de tout son corps. La sensation était presque sexuelle. En l'absence de son père, elle était désormais à la tête de ses entreprises et cette idée, qui la rebutait au départ, se voulait désormais purement aphrodisiaque. Elle laissa échapper un petit rire en se disant que si elle avait été un homme, il y aurait probablement un début d'érection dans son pantalon.

Une cloche tinta finalement pour annoncer le souper.

• • •

Dans la grande salle à manger, longue de plus de vingt mètres et garnie de boiseries d'érable vernies, l'on disposait d'un éclairage électrique, fourni par deux dynamos actionnées par une petite machine à vapeur pour alimenter cinq cents lampes Edison. Des pilastres en onyx formaient un ensemble gracieux qui rehaussait, le soir venu, le puissant éclat de la lumière électrique se reflétant sur la dorure des plafonds et des ornements de panneaux. On y accédait par quatre grands escaliers entourés de balustrades sculptées. Des escaliers qui permettaient aux dames faisant leur entrée de permettre aux autres d'admirer leur toilette, car il était bien sûr impensable, surtout chez les nobles et les bourgeois, de ne pas s'habiller chic et changer de vêtements selon l'heure de la journée. Il en résultait comme de raison des tonnes de bagages encombrants, d'énormes malles pesant plusieurs kilos qu'il fallait bien caser quelque part et une meute de domestiques pour s'en occuper. Un petit orchestre de chambre jouait des airs connus dans un coin, mais personne ne semblait prêter la moindre attention aux musiciens. Le prince Ladislas, Fleming, Vlad, Corey, Zivanka et Eva se retrouvèrent autour de la même table. Vlad, pour sa part, parut particulièrement distant. Lorsque Ferro et Goethe firent leur entrée dans la salle à manger, il se mit à craindre le pire. Il avait tellement espéré que Ferro soit mort même si Rochereau l'avait prévenu qu'à moins de mourir au bout de son sang, ce qui lui semblait improbable, il aurait non seulement survécu, mais ne serait pas blessé assez gravement pour ne pas être à bord. Il avait vu juste. L'Italien se dirigea vers la table de Czartoryski, mais fut stoppé net par Rossel et ses hommes.

— Je vous interdis de vous approcher à moins de dix mètres du prince Czartoryski, et ce, pendant toute la traversée, annonça Rossel d'une voix basse, mais ferme.

Goethe s'approcha et d'une voix mielleuse tenta de l'amadouer.

— Mais nous voulions tout simplement le saluer.

— Je doute qu'il ait envie de vous voir. Que je sache, Goethe, il ne vous a pas congédié pour devenir votre grand ami. N'êtes-vous pas un passager de deuxième classe sur ce navire ?

— Je l'étais, mais j'ai obtenu un surclassement à cause de mon charme légendaire.

Ferro voulut insister, mais Goethe lui fit signe que ça ne donnerait rien. Ils prirent place à une table en retrait avec leurs hommes.

Dans ce véritable restaurant flottant, de grands chefs préparaient les mets les plus raffinés de leur époque que de savants sommeliers accompagnaient de champagne, de vins français, italiens ou allemands, à volonté. Pour le premier service, les convives avaient le choix entre les huîtres, la soupe de tortue, le caviar ou la poitrine d'oie fumée.

Zivanka hésita entre les huîtres et la soupe de tortue, ce qui fit grimacer de dédain tant sa camériste que son fiancé. Elle opta finalement pour les huîtres fraîches qu'elle avala gloutonnement. Tous les autres avaient choisi la poitrine d'oie fumée pour le premier service. Même le prince sembla désapprouver son choix d'entrée.

— Comment faites-vous pour avaler cette bête visqueuse et répugnante ?

— Mais, c'est excellent, je vous l'assure. J'adore les huîtres depuis toujours, me semble-t-il.

— Moi, je suis incapable à moins qu'elles soient cuites ou fumées. Mais bon, c'est une question de goût. J'imagine que d'avoir vécu quelques années dans un pays aussi exotique que les Indes vous aura habitué à élargir vos horizons gastronomiques.

— J'y ai surtout appris à apprécier davantage la gastronomie européenne, répondit Zivanka en riant.

On leur servit ensuite un suprême de chapon aux champignons, du foie gras ou des bécasses en truffes. Un plat qui fit l'unanimité. Le troisième service se composait de copieuses assiettes de dindon, de chevreuil, de sanglier ou de homard. Les plus gourmands avaient ensuite droit à des dizaines de choix à la table des desserts. Tout au long du repas, tant Vlad que Kane ne pouvaient s'empêcher de regarder, sans le laisser paraître, du côté de la table occupée par Goethe et Ferro. Ils s'inquiétaient aussi de savoir qu'ils étaient eux aussi escortés d'individus capables de tuer sur commande. La mine patibulaire de leurs trois accompagnateurs semblait révéler que c'était bel et bien le cas. Seul Fleming perçut leur inconfort. La conversation entre le prince Ladislas, Zivanka et même Eva était trop enjouée pour qu'ils perçoivent le malaise des jeunes hommes.

• • •

La nuit tombait et des étoiles brillantes se mirent à scintiller dans le ciel, des étoiles lumineuses comme l'on n'en voit jamais dans une ville aux mille réverbères comme Paris. Zivanka ne se souvenait pas de ces nuits étoilées au milieu de la mer. Il est vrai que la dernière fois qu'elle avait fait la traversée entre les Indes et l'Europe, ou même l'inverse, elle n'était qu'une enfant qui, au coucher du soleil, était très certainement envoyée au lit. Elles espéraient secrètement, l'une comme l'autre, voir des étoiles filantes, mais ce serait pour une autre fois. Assises sur le balcon privé de leur suite, Zivanka et Eva admirèrent le spectacle, un verre de champagne à la main. Elles étaient toutes deux de très bonne humeur.

— C'est tellement beau. J'espère que je n'aurai pas le mal de mer, murmura Eva, émerveillée.

— Tu le saurais déjà.

— Oui, mais j'ai peut-être aussi trop mangé. Si ça commence à tanguer, pas certaine que mon repas va rester en place.

— Ne crains pas. Ces navires-là sont immuables. Il faut vraiment avoir l'estomac fragile pour avoir le mal de mer sur une telle ville flottante, la rassura Zivanka qui n'en était pas à son premier voyage en mer.

Zivanka partageait avec Eva, la cabine royale qui contenait deux chambres à coucher, un salon et une salle à manger pouvant accueillir huit convives. Il s'agissait de la seconde plus luxueuse suite de première classe du *Princess of India,* qui se voulait en soi le paquebot le plus moderne de son époque avec ses six mâts, ses cinq cheminées et la capacité d'accueillir près de cinq mille passagers. C'était aussi le plus rapide de son époque, capable d'atteindre une vitesse de quatorze nœuds et de parcourir plus de trois cent trente-trois milles nautiques par jour. Pour atteindre Madras, leur destination finale, il leur faudrait quelque vingt-cinq jours, compte tenu bien entendu des éléments capricieux de dame nature. Le voyage se ferait toutefois, pour les privilégiés de la première classe, dans le confort absolu. Il n'y avait vraiment rien à y redire, c'était un véritable palais flottant digne des plus grands châteaux d'Europe. Le *Princess of India* se voulait le joyau, le fleuron qui faisait la fierté de la White Star, l'une des plus importantes compagnies maritimes britanniques assurant la liaison entre le Royaume-Uni, l'Europe continentale et les colonies orientales de l'empire de Sa Majesté. Dans chaque cabine de première classe, il y avait un cabinet d'aisances et l'eau courante. Le luxe était présent partout avec profusion de tapis, de miroirs, de lambris et de velours, de festons et de brocards, de colonnes dorées et de sculptures, de tables de marbre et de mobilier rembourré. Tout autour du grand salon principal, ces cabines les plus luxueuses offraient de véritables chambres à coucher spacieuses séparées l'une de l'autre. Au-dessus du premier étage des cabines s'étendait une large galerie qui ceinturait le salon réservé aux « passagers de distinction » comme l'on désignait alors ceux qui voyageaient en première classe.

Sur les ponts et dans les espaces réservés aux passagers de première classe, on retrouvait tout le luxe et toutes les commodités de la vie telle que la concevaient bourgeois et aristocrates, assortis aux espaces resserrés du navire. Des salons ornés de dorures, de glaces et surtout de boiseries en marqueterie la plus soignée se voulaient plus brillants que dans les cafés huppés qui attirent les foules dans les grandes villes d'Europe. On y retrouvait des salons fumoirs avec tables de billards pour les hommes, des boudoirs pour les femmes et, à côté des confortables salles de bain, un salon de coiffure où paradait le plus efféminé maître-parfumeur que l'on puisse imaginer.

Le soir venu, les voyageurs s'y promenaient en fumant le cigare ou la pipe tout en écoutant la musique de l'orchestre qui jouait en bas. Salons et galeries étaient éclairés par de nombreux becs de gaz qui s'échappaient de superbes lustres suspendus par des chaînes d'or. Dans toutes les pièces communes réservées à ces passagers d'élite, les cloisons lambrissées étaient ornées de tableaux de maître dans des cadres dorés.

Puisque la majorité des passagers étaient des sujets britanniques, l'horaire de la journée était conçu en conséquence et claironné par la trompette ou la cloche du maître d'hôtel. C'est ainsi qu'à sept heures le matin, on servait un premier petit déjeuner pour les plus matinaux des passagers où l'on ne servait que du café noir ou du thé avec des biscuits. Deux heures plus tard, le véritable petit déjeuner se composait d'œufs accompagnés de bacon, de *toasts* et de confitures, arrosés de thé ou d'un généreux verre de claret glacé. Le déjeuner était servi vers treize heures et consistait généralement en une tasse de bouillon, un copieux buffet de viandes froides, de pâtés de foie gras, de mousses de fruits de mer et de terrines de gibier arrosées de bière, avec pour dessert un vaste choix de pâtisseries et de fruits. Le vrai dîner ne serait servi qu'à compter de dix-sept heures pour le premier service surtout couru par les personnes âgées et les familles voyageant avec des enfants, vingt heures pour le deuxième que préféraient la plupart des clients adultes habitués à un tel horaire. Si le maître d'hôtel, les stewards, les garçons et le sommelier étaient tous britanniques, ce n'étaient exclusivement que des indigènes asiatiques qui assuraient le service de la table et de la plonge dans les cuisines.

La jeune duchesse ne se souvenait pas, même dans ses précédents voyages aux Indes, d'avoir été à bord d'un paquebot aussi magnifique. Eva, qui en était à sa toute première croisière d'une telle envergure, vivait un rêve, rien de moins. Le prince Ladislas Czartoryski logeait, comme il se doit, dans la plus prestigieuse suite de toute la première classe, soit la suite impériale, celle qui avait vu défiler, au fil des ans, son lot de têtes couronnées d'Europe, d'Afrique et d'Asie. Vlad partageait cette suite de deux chambres avec son paternel qui était véritablement devenu son geôlier, comme il l'avait craint. Fleming et Corey se retrouvaient chacun dans des suites de plus modestes dimensions, quoique luxueuses, toujours en première classe. Rossel et ses hommes devraient se contenter des chambres les plus simples de la première classe, sans vue extérieure ni balcon, mais avec un accès à toutes les autres commodités fort prisées de cet étage réservé aux privilégiés de la société qui pouvaient se permettre pareille opulence. Habitués à des conditions beaucoup plus spartiates dans leurs vies quotidiennes respectives, les gardes du corps ne se plaignirent certes pas de leurs conditions d'hébergement. Le hasard voulut que leurs chambres soient contiguës à celles occupées par les hommes de Ferro ; Rossi, Salvatore et Tommasso. Ils se dirent que cela leur permettrait de constamment les avoir à l'œil.

• • •

Les indigènes, ceux des colonies indiennes ou asiatiques, n'avaient pas droit à une chambre de première classe, ou même de deuxième ou troisième classe. Ils étaient plutôt confinés à l'infecte puanteur de la salle commune. Ces passagers étaient littéralement traités comme des animaux et n'avaient droit pendant le jour que de se promener sur les entreponts ou à la pointe du navire, appuyés au bastingage ou encore assis sur des paquets de cordages enroulés, à l'abri des regards des autres passagers qui auraient pu être offensés par leur allure misérable. C'est là qu'ils y achevaient les provisions qui leur étaient réservées, généralement les restants de tables des classes supérieures. C'était souvent impropre à la consommation, ou, dans le meilleur des cas, d'un goût altéré par les mélanges aléatoires d'aliments qui rendaient les plus savoureux ingrédients carrément infects. Zivanka sursauta d'ailleurs en entendant un passager dire à son épouse d'un ton des plus méprisants :

— Ce qui est agréable, c'est que non seulement nous ne les voyons jamais, mais encore nous ne sentons pas leurs effroyables odeurs. On ne devrait pas tolérer sur ces palaces flottants des êtres aussi misérables.

Elle se retint de toutes ses forces pour ne pas réagir. Elle était horrifiée qu'un être humain puisse tenir de tels propos au sujet de gens miséreux ou moins fortunés. La condescendance de certains passagers britanniques de la première classe lui devint rapidement insupportable.

• • •

Lorsque Vlad se leva, le premier matin, il trouva un rat mort épinglé sur la porte de la suite royale qu'il partageait avec son père. Il crut que le message ne s'adressait qu'à lui, mais il vit, de l'autre côté, qu'il y en avait aussi un sur la porte de la chambre de sa fiancée. Il en avisa aussitôt son père.

— Les Italiens nous menacent. Il faut les jeter par-dessus bord à la première occasion.

Quand le prince Ladislas vit la bête, il se rendit aussitôt à la chambre de Fleming. À sa grande surprise, lui aussi avait reçu le même cadeau. Il n'eut pas le temps de commenter que Fleming expliqua la signification de cet outrage.

— Ils nous avisent qu'il y a un contrat sur nos têtes.

Le prince ne comprit pas.

— Un contrat ?

— Ce sont des menaces de mort. Ils ont mandaté leurs tueurs de nous faire la peau.

— Pourquoi ?

Rossel arriva sur ces entrefaites. Il tenait un rat mort par la queue.

— Regardez ce que nous avons trouvé sur la porte de Rochereau.

Fleming se ravisa.

— Ce ne sont donc pas seulement des menaces. C'est une déclaration de guerre. Nous sommes tous en danger.

Ladislas était horrifié.

— Il faut prévenir le capitaine. Qu'ils soient tous mis aux fers !

Fleming fit signe que non.

— Nous ne pouvons rien prouver, sinon que Goethe a volé des milliers de petits parapluies de papier aux firmes Mazowiecki.

— Alors, que proposez-vous ?

— Goethe et Ferro ont trop à perdre pour se salir les mains et risquer de se faire prendre à tuer l'un d'entre nous.

— Et les trois autres ?

— Si je compte bien : Rossel, Freycinet, Rochereau, Ferré et moi, ça fait cinq.

— Mais encore ?

— Ils ne sont que trois.

Rossel comprit le plan.

— S'ils sont au fond de la Méditerranée, ils sont totalement inoffensifs.

— On se comprend très bien, vous et moi. Je ne vous imaginais pas aussi futé.

— Pour ma part, je ne croyais pas un curé capable d'être aussi malin.

— Que voulez-vous, mon cher Rossel, les hommes d'Église comme moi sont trop souvent sous-estimés. C'en est dommage.

• • •

La porte de la chambre de Zivanka était entrouverte. Andrea Rossi l'avait suivie après le petit déjeuner et l'y avait vue entrer seule. Il se dit que c'était là une chance en or de toucher une lucrative prime. Ses deux comparses, Rocco Salvatore et Francesco Tommasso, assuraient la protection de Goethe et de Ferro tout en surveillant Rochereau, qui, avec Rossel, veillaient sur le prince et son fils. Considéré comme le plus dangereux, Rochereau avait été identifié par Ferro comme celui qui devait être éliminé à la première occasion. Mais pour l'instant, Rossi entendait profiter de cette opportunité pour régler le cas de la petite insolente. Il ouvrit doucement la porte.

— Il y a quelqu'un ? C'est pour le service de la chambre.

Zivanka répondit de loin.

— Je suis à la salle de bain. Revenez plus tard.

Rossi sourit et sortit son arme.

— Très bien. Désolé de vous avoir dérangée, mademoiselle. Je reviendrai dans une heure.

— Merci.

Il s'approcha de la porte de la salle de bain d'un pas feutré, appréciant plus que jamais l'épaisse moquette qui couvrait le sol de la chambre. Il vit la silhouette de la jeune fille derrière la vitre givrée de la porte. Il mit la main sur la poignée lorsqu'il ressentit une vive douleur au cou et vit son sang gicler à profusion. Tout devint noir. Rossi s'effondra sans avoir vu ou entendu son agresseur. Fleming venait de lui trancher la gorge d'un geste rapide, d'une main experte. La lame avait parfaitement sectionné la jugulaire qui se transforma en véritable boyau d'arrosage aspergeant furieusement de sang les murs de la suite.

Zivanka fut horrifiée en voyant, de l'autre côté de la porte à la vitre givrée, les litres d'hémoglobine qui y étaient projetés.

— Que se passe-t-il?

Elle fut surprise d'entendre la voix de Fleming.

— Vous pouvez sortir, mademoiselle. Mais si j'étais à votre place, je sortirais les yeux fermés.

La porte s'ouvrit et Zivanka ne put s'empêcher de regarder le cadavre de Rossi qui continuait de pisser le sang. C'était la deuxième fois de sa vie qu'elle était témoin d'une telle scène, mais cette fois, à sa grande surprise, elle n'en fut ni horrifiée ni même choquée. Fleming lui prit le bras.

— Qui est-ce?

Fleming pointa vers l'arme à feu que tenait toujours l'Italien.

— Quelqu'un qui n'était pas venu pour le service de la chambre.

— Comment est-il entré?

— Votre porte n'était pas bien fermée. Heureusement pour vous, je le suivais.

— En effet.

— Allez, venez. Ce ne sont pas des images pour une jeune fille de bonne famille.

— J'ai déjà vu pire.

Il ne put qu'admirer la bravade de la duchesse même s'il était convaincu qu'elle mentait pour tenter de l'impressionner.

— Bien sûr, vous avez l'habitude de voir des cadavres ensanglantés.

Elle ignora la boutade, ses yeux rivés sur Rossi qui continuait de se vider de son sang. Il était mort, mais il continuait d'avoir des spasmes nerveux, ce qui rendait la scène encore plus lugubre.

— Vous lui avez tranché la gorge ?

— Quelque chose comme ça.

— Mais je n'ai rien entendu. Pas même un cri.

— Allez prendre l'air. Je vais m'occuper du ménage.

— Et les deux autres ? Ils sont peut-être dans le corridor.

— J'ai posté deux de mes hommes à la porte. En sortant, vous m'enverrez Fisichella. L'autre s'appelle Telaro et il vous accompagnera sur le pont. Je vous assure qu'un peu d'air frais vous fera le plus grand bien.

Dès que Zivanka fut sortie, Antonio Fisichella s'amena avec une malle, qu'il avait dérobée dans la chambre de Rossi avant de la remplir de produits nettoyants. Après l'avoir vidée, ils y placèrent le cadavre de l'assassin. Avant de refermer le couvercle, Fleming enfonça ses doigts profondément dans l'orbite oculaire de l'Italien pour lui arracher un œil d'un geste expert. Il sortit de sa poche un mouchoir noir de toile sertie de deux bandes rouge en tissu et y plaça l'œil puis l'emballa soigneusement.

— Vous gardez un souvenir ? ne put s'empêcher de demander Fisichella, intrigué par cette insolite démarche.

— Ce n'est pas pour moi. C'est un cadeau.

– Vous pensez que Ferro appréciera ?

– Les plus beaux cadeaux sont ceux qui surprennent.

– En tout cas, votre méthode est plutôt salissante.

Fleming lui sourit.

– C'est vrai, mais vous allez voir, je suis un expert pour le ménage. Surtout avec les bons produits.

– Et la malle, on la jette par-dessus bord ?

– Ce serait l'idéal.

Ils amenèrent la malle jusqu'au balcon privé de la suite, et après s'être assuré que personne ne regardait en leur direction, la balancèrent le plus loin possible du paquebot, dans la Méditerranée.

Fleming se frotta les mains.

– Et de un. Maintenant, nettoyons le petit coin de paradis de la duchesse.

Au bout d'une heure, il n'y avait plus aucune trace d'Andrea Rossi dans la suite de Zivanka Czartoryski, sinon ce petit souvenir dans la poche de Gordon Fleming.

« Ma vengeance est perdue
s'il ignore en mourant
que c'est moi qui le tue. »

— Jean Racine

XXVII

Vito Cascio Ferro et Wolfgang Goethe étaient déjà attablés lorsqu'arrivèrent Rocco Salvatore et Francesco Tommasso. Ils remarquèrent immédiatement l'absence du troisième larbin.

— Où est Rossi, demanda sèchement Ferro ?

Tommasso se pencha et lui dit à l'oreille.

— Je crois qu'il s'occupe de la petite.

Le visage de Ferro se détendit.

— *Bene.*

Goethe ne partageait pas cet optimisme. Zivanka n'était pas encore à la table des Czartoryski, mais ni sa camériste ni le prince héritier n'y étaient non plus. À la table d'à côté, Rossel et ses hommes semblaient au-dessus de leurs affaires. Il en informa Ferro.

— Tu crois vraiment qu'ils auraient laissé la duchesse sans protection après ta petite mise en scène de ce matin ?

Ferro, qui avait la bouche pleine, n'eut pas le temps de répondre que Zivanka descendit le grand escalier menant à la salle à manger au bras de Vlad et suivie de sa camériste. Elle le fit de manière théâtrale, comme si elle descendait l'escalier d'un grand festival mondain. Soudainement, l'Italien aussi se mit à craindre le pire. Il se tourna vers Tommasso épouvanté de voir la jeune fille toujours vivante.

— Monte à la chambre de Rossi. Va voir s'il y est.

À l'attention de Goethe, il grommela d'une voix chevrotante.

— S'ils ont touché à un seul cheveu de sa tête, ils mourront tous, je te le jure.

— Mon cher Vito, je te ferai remarquer que si Rossi visite en ce moment, comme je le crains, le fond de la Méditerranée, tu n'as plus que deux gardes du corps jusqu'à notre arrivée au port d'Alexandrie, dans quatre ou cinq jours.

— Je les tuerai moi-même s'il le faut. J'en suis capable, ne le sais-tu pas ?

— Bien entendu, mais si je me souviens bien, tu es surtout capable devant des gens qui ne s'attendent pas à être abattus froidement par leur employeur.

— Ne fais pas l'imbécile avec moi.

• • •

L'appétit de Zivanka n'avait visiblement pas été coupé par l'horrible spectacle de la mort d'Andrea Rossi dans sa suite. Tant le prince Ladislas, qui avait été mis au courant, que Fleming en furent surpris.

— On peut dire, ma belle Zivanka, que tu as l'estomac solide, ne put s'empêcher de commenter Ladislas.

Vlad, qui comme Eva et Kane, ne savait pas pour Rossi, trouva le commentaire de son père amusant.

— C'est incroyable, être si petite et posséder un tel appétit d'ogresse. On se demande où elle met tout ça.

— Je suis gourmande, je l'avoue.

Eva en rajouta.

— En tout cas, moi, je suis jalouse. Il suffit que je regarde un dessert pour gagner du poids.

Fleming ricana, mais son attention était dirigée vers la table de Ferro et de Goethe. Il devinait que l'absence de Rossi avait déjà été remarquée. En voyant Tommasso remonter vers les chambres, il en était désormais convaincu. Il chuchota à l'oreille de Ladislas.

— Ils sont inquiets.

— Tant mieux. Espérons qu'ils se tiendront maintenant tranquilles.

— Espérons, répéta Fleming, sans trop y croire.

Il connaissait suffisamment la réputation de Ferro pour savoir que celui-ci n'appliquait qu'une seule loi dans sa vie professionnelle, la loi du talion. Même lorsqu'ils auraient réglé le cas des deux autres, la soif de vengeance de l'Italien serait inextinguible. Il le garderait à l'œil. L'idée l'amusa.

• • •

Francesco Tommasso descendit les marches du grand escalier la tête basse. Lorsqu'il arriva à la table de Ferro, il déposa un bout de tissu noir bordé de deux bandes de tissu rouge. Le visage de Goethe s'assombrit. C'était la carte de visite de l'Ordre noir. Fleming n'était probablement pas seul à bord. Il aurait dû s'en douter. Ferro repoussa le bout de tissu avec dédain.

— Qu'est-ce que c'est que ce truc ?

— Je ne sais pas, mais c'était épinglé sur la porte de sa chambre. Elle n'était pas verrouillée et lui n'était pas à l'intérieur. Sa malle aussi a disparu.

— Je ne comprends pas. Quand la petite est montée à sa chambre, les hommes de Czartoryski n'ont pas bougé.

— C'est Fleming, murmura Goethe.

— Qu'est-ce que vous racontez là ?

— Le bout de tissu, c'est la signature d'un groupe d'assassins du pape, l'Ordre noir. Fleming est l'un d'eux, et je parie qu'il n'est pas le seul à bord. J'aurais dû m'en douter. Les tueurs de l'Ordre noir sont à bord de ce paquebot.

— Mais pourquoi le pape aurait-il des assassins à sa solde ?

— Vous pourriez être surpris des sombres secrets que cache le Vatican derrière son angélisme apparent.

— Alors, vous croyez qu'ils ont tué Rossi.

— J'en suis convaincu. Lorsqu'ils laissent ces petits bouts de tissu, ce n'est rien de moins qu'un geste de pure vantardise. C'est leur manière d'exprimer la menace qui plane désormais sur nous tous.

— Alors, on les tuera tous sans exception.

— Nous n'avons aucune idée combien des hommes de Fleming sont montés à bord. Ces moines sont de véritables machines à tuer, parmi les meilleurs assassins qui soient sur la planète.

— Que proposez-vous ?

— Nous avons une douzaine de caisses d'armes à bord qui nous permettront de faire fortune en Amérique. Je propose que l'on se tienne loin d'eux jusqu'à notre arrivée au port d'Alexandrie et que vos deux hommes toujours vivants se contentent d'assurer que nous y arriverons sains et saufs. Ne perdons pas nos objectifs ultimes de vue.

— Vous croyez vraiment, Goethe, que je suis du genre à m'avouer vaincu dès la première défaite ?

— Il faut apprendre à choisir ses batailles. Celle-là, nous n'avons aucune chance de la gagner. Voilà ce que j'essaie de vous expliquer.

— Votre défaitisme me déçoit.

Goethe se leva d'un trait, lançant sa serviette sur la table.

— Moi, c'est votre entêtement qui m'exaspère. Tout compte fait, je débarquerai à Madras. Ne comptez pas sur moi pour New York. Voyager avec vous est beaucoup trop dangereux. J'ai une autre mission qui m'attend et dont je n'aurais jamais dû me détourner. Vous n'êtes qu'un amateur, Ferro.

Il quitta la salle à manger sans donner un droit de réplique à Ferro.

• • •

Fleming n'avait rien manqué de la discussion animée entre Goethe et Ferro et même s'il était trop loin pour en entendre la teneur, il se doutait bien que les deux hommes n'étaient plus sur la même longueur d'onde quant à la marche à suivre à la suite de la disparition de Rossi. En le voyant partir de manière aussi théâtrale, il comprit que leur association venait de prendre brutalement fin. Il connaissait l'Allemand depuis assez longtemps pour imaginer, du moins dans les grandes lignes, la nature de sa réaction et des conseils qu'il avait prodigués à son associé en constatant que le meurtre de Rossi avait été signé de l'Ordre noir. Goethe avait probablement deviné qu'il n'était pas le seul assassin papal à bord. Le plan de Fleming avait été couronné de succès au-delà de ses propres attentes. Ferro était désormais isolé, protégé par deux malandrins dont les siens ne feraient qu'une bouchée. Il expliqua la situation au prince Ladislas et lui proposa d'adopter une nouvelle stratégie, convaincu que la menace était désormais levée pourvu que tous fassent preuve d'une prudence élémentaire. D'ici l'arrivée à Alexandrie, lui et Kane resteraient autour du prince en tout temps, Rossel et Freycinet assureraient les arrières de Vlad tandis que Rochereau et Ferré veilleraient sur Zivanka et sa camériste. Le prince, qui dédaignait le recours à la violence, se montra beaucoup plus à l'aise avec la nouvelle approche proposée par Fleming.

— C'est regrettable qu'il ait fallu mort d'homme pour leur faire entendre raison, se désola Ladislas.

— Goethe a compris. Ferro demeure dangereux. C'est pourquoi nous devrons demeurer vigilants tant qu'ils seront à bord.

— Dites-moi, Gordon, est-ce que l'on s'habitue à vivre perpétuellement avec la menace de mourir aux mains d'un ennemi ?

— Dans mon métier, ce sont les habitudes qui tuent.

— Et vous, qui vous protège ?

— Quand on a la bénédiction du pape, on a les meilleurs anges gardiens dont on puisse rêver.

Ladislas se montra sceptique.

— Je ne voudrais pas blasphémer, mais j'ai un peu de mal à croire aux « anges gardiens ».

– Vous avez tort. Si vous saviez combien de fois les miens m'ont sauvé la vie, votre foi n'en serait que plus forte.

– Qui sait, peut-être ai-je moi aussi un ange gardien qui vous a placé sur ma route ?

– C'est peut-être aussi le Diable.

La boutade fit sourire le prince Czartoryski.

– Si tous les hommes d'Église possédaient votre humour, mon cher Gordon, la religion serait moins triste et les églises seraient remplies partout en Europe.

– C'est à cause de mes anges gardiens. Ce sont de véritables clowns. Ils me font rire à gorge déployée tous les matins ! Si les gens savaient, leurs croyances seraient beaucoup plus amusantes et divertissantes.

Il s'abstint toutefois de lui dévoiler que lui-même possédait sa propre équipe de sécurité, que ses « anges gardiens » n'avaient rien d'immatériel.

• • •

Après le déjeuner, Ferro monta directement à sa chambre suivi de Salvatore et de Tommasso. Le long escalier de la salle à manger le faisait terriblement souffrir à cause de sa blessure à la cuisse et cela ajoutait à sa colère. Il avait besoin de réfléchir, de planifier la suite des événements, de préparer sa vengeance. Il conclut rapidement que Fleming devenait à partir de maintenant son ennemi numéro un, celui à qui il fallait s'attaquer en priorité. Mais si, comme le prétendait Goethe, l'espion papal avait à sa disposition sa propre petite armée de tueurs qui se fondait au milieu des voyageurs, il possédait un avantage marqué. Cela ne le freinerait pas pour autant. Furieux d'avoir perdu son plus fidèle bras droit, il ne pouvait laisser cet affront impuni. Lui et Andrea Rossi, qui était de deux ans son cadet, avaient grandi sur la même petite rue à Bisacquino, dans la province sicilienne de Palerme. Leurs parents étaient pauvres et illettrés et très tôt, les deux garçons se promirent d'un jour être riches et respectés. Ils commirent leurs premiers larcins ensemble alors qu'ils avaient respectivement six et huit ans. Rossi se laissait entraîner dans toutes les combines de Ferro sans jamais rouspéter. Entre eux, il fut rapidement convenu que ce serait à la vie et à la mort. Jamais n'aurait-il pu imaginer que leur amitié prendrait fin aussi tragiquement. Goethe ne pouvait certes pas comprendre les liens du sang. C'était après tout un boche, et tout le monde savait que ces gens-là sont incapables de vivre les grandes émotions que procurent de telles amitiés. Ce qui ne l'empêcha pas de lui en vouloir de le larguer ainsi, de se retirer de l'aventure américaine. Il avançait vers la porte de sa chambre au bout du corridor lorsque Salvatore laissa échapper un petit cri de frayeur. Cloué sur la porte de la chambre de Ferro, il y avait un autre petit morceau de tissu noir bordé de deux bandes rouges, identique à celui retrouvé sur la porte de Rossi. À une différence près ; cette fois, il semblait y avoir quelque chose à l'intérieur. Ferro lui-même arracha le tissu de la porte et l'ouvrit pour voir ce qu'il contenait. Un indicible sentiment d'horreur l'envahit aussitôt. Il crut qu'il allait régurgiter son déjeuner. Il savait très bien qu'il avait dans sa main un œil arraché au cadavre de son ami Andrea Rossi. Il réprima son envie de crier ou de pleurer. Il tremblait de rage, mais s'efforça de ne rien laisser paraître. Il remballa l'œil dans le petit morceau de tissu, le mit délicatement dans sa poche de veste puis se tourna vers

Rocco Salvatore et Francesco Tommasso. Le plus calmement possible, d'une voix éteinte, il donna ses instructions :

— Je veux Gordon Fleming. C'est lui qui a tué Rossi.

— Il sera mort avant le lever du jour, promit Salvatore, pour qui Rossi était aussi un frère de sang, un ami de longue date.

Lui aussi avait grandi dans la même commune et si à l'époque il ne connaissait pas encore Ferro, il avait été confrère de classe tant de Rossi que de Tommasso.

— Méfiez-vous de Fleming. C'est un homme extrêmement dangereux qui possède ses propres gardes du corps. Cela dit, je le veux mort. Faites comme vous le voulez, mais vous allez me rapporter ses deux yeux et, si possible, vous les lui arracherez de son vivant. Je veux qu'il souffre.

— Comptez sur nous, répondit Tommasso.

— Ne revenez que lorsque vous aurez complété cette mission. Je vous attendrai ici.

Il entra aussitôt dans sa chambre et leur claqua violemment la porte au nez.

• • •

Dans les circonstances, sans ses gardes du corps, Vito Cascio Ferro jugea préférable de rester dans sa chambre jusqu'à leur retour. Il refusait de l'admettre, mais les mises en garde de Goethe l'avaient ébranlé possiblement autant que le meurtre crapuleux de son ami Andrea. Pour la première fois de sa jeune vie, Ferro se sentait véritablement en danger. La menace qui pesait sur lui se voulait désormais des plus réelles. Sans escorte, il ne serait en sécurité nulle part dans les aires communes. Fort heureusement pour lui, le

Princess of India était aussi le premier paquebot de l'histoire maritime à offrir le service aux chambres pour les clients de la première classe. Chacune possédait sa propre salle à manger privée pouvant accueillir de quatre à dix convives, selon le niveau de la suite pour les clients privilégiés. Chaque jour, en fin d'après-midi, un groom venait cogner à la porte pour offrir cette alternative et prendre la commande du ou des passagers et demander à quelle heure ils souhaitaient être servis. Ferro se prévalut du service.

Il était vingt heures trente lorsqu'il entendit cogner à sa porte, à l'heure précise où il avait demandé qu'on lui apporte son dîner, ce qui lui plut. Il ouvrit la porte sans la moindre inquiétude et laissa entrer les serveurs et leurs chariots. Il fut admiratif en les regardant déposer les plats sur la table ou sur des réchauds, selon les besoins. Un sommelier lui déboucha une bouteille de Barolo 1878 qui le faisait déjà saliver. En l'espace de quelques secondes seulement, son festin était servi. Il allait se régaler. Il en oublia même provisoirement les contrariétés de sa journée. Il donna un généreux pourboire aux serveurs qui s'empressèrent de sortir. C'est en relevant le couvre-plat du premier mets, qui devait être une entrée d'escargots sautés au beurre à l'ail, qu'il comprit. Il avait dans son assiette la tête de Rocco Salvatore couchée sur un lit de risotto, un tissu noir orné de bandelettes de tissu rouge dans la bouche. Il n'eut plus aucun doute de la suite des événements et rapidement il devina ce qu'il alla découvrir dans la seconde. C'était la tête de Francesco Tommasso, accompagnée de spaghettis et nappée de ce qui ressemblait à une sauce napolitaine, mais dont l'odeur de sang ne laissait aucun doute quant à l'un des ingrédients principaux de la recette qui manquait assurément de tomates. On lui avait aussi enfoncé le tissu emblématique de l'Ordre noir au fond de la gorge. Jamais Ferro n'avait-il éprouvé pareil sentiment d'échec. Il s'effondra aussitôt en larmes, hurlant son désespoir, mais aussi sa rage. L'humiliation qu'il subissait soudainement transperçait tout son être. Jamais de toute sa vie ne s'était-il senti aussi seul, aussi vulnérable. Jamais n'avait-il ressenti un aussi grand besoin de vengeance. En ce moment, le problème qui l'affligeait le plus, c'était de constater que jamais de sa vie il n'avait ressenti un aussi grand sentiment d'impuissance. Il se promit de ne plus jamais vivre une pareille expérience de son vivant. Il se promit aussi de se montrer encore plus cruel devant ses ennemis. Une promesse qu'il tiendrait jusqu'au jour de sa mort.

« L'affreuse humiliation qu'on éprouve
donne des moments de fureur, de cruauté,
ensuite de tristesse et de larmes,
lorsqu'on peut arriver ensuite à la mélancolie,
l'état devient moins cruel. »

— Stendhal

XXVIII

Le prince Ladislas était seul à table. Il y était peu avant sept heures du matin en ce mardi du quatorze août 1883. Il lisait une gazette londonienne qui datait de quelques jours, s'intéressant particulièrement aux actualités provenant de l'Asie. Il lut attentivement un article consacré à la nomination d'un nouvel empereur d'Annam, Hièp Hoà, pays tant convoité par la France déjà présente au Tonkin. Il s'intéressa ensuite à un texte consacré au retour d'Europe du prince Ito Hirobumi, et à sa nomination aux Affaires constitutionnelles du Japon où il aurait pour mandat de réécrire la constitution du pays. Il eut une pensée pour le duc de Mazowiecki en apprenant l'acquittement des juifs accusés dans l'affaire de Tiszaeszlàr dans le même journal. Il fut même tenté d'aller narguer Goethe, si opiniâtre sur le sujet lors du grand bal organisé à l'hôtel Lambert un mois plus tôt. Fleming vint s'asseoir à ses côtés après avoir salué les quatre gardes du corps assis à la table d'à côté. Il s'étonna de constater l'absence des quatre jeunes membres de l'expédition.

— Bonjour, Ladislas. J'espère que vous avez bien dormi.

Il leva le nez de son journal, regardant Fleming au-dessus de ses petites lunettes de lecture.

— Comme un loir. Bonjour à vous aussi. Heureux de savoir que je ne suis pas le seul matinal du groupe.

— Ils dorment encore ?

Le prince haussa les épaules.

— Ils sont jeunes. Ces enfants se couchent trop tard, et il est impossible de les sortir du lit de bonne heure.

— Ils ratent le meilleur de la journée.

— Je ne sais pas pour les trois autres, mais je peux vous dire que mon fils ronflait encore comme une locomotive lorsque je suis descendu. Même si la porte de sa chambre était close, on pouvait l'entendre jusque dans le corridor. Je m'étonne que personne n'ait encore porté plainte !

Ils en rirent de bon cœur. Un café fut servi à Fleming qui demanda plutôt un thé avec un nuage de lait.

À l'attention de Ladislas. il précisa :

— J'ai horreur du café que servent mes compatriotes. Il n'y a qu'en France et en Italie où ils savent comment préparer cette boisson. Partout ailleurs, je parie que l'eau qui a servi pour laver la vaisselle est moins dégueulasse.

Ladislas alla commenter lorsque son attention fut attirée par une présence inattendue. Fleming dirigea aussitôt son regard du même côté et fut tout aussi étonné. Vito Cascio Ferro descendait le long escalier, un sac de jute à poignée et sa canne dans la main gauche, l'autre bien appuyée sur la balustrade. Il était seul, ce qui intrigua le prince à qui

Fleming n'avait pas dévoilé le mauvais parti qui avait été réservé à ses deux autres gardes du corps dont les cadavres décapités étaient déjà, dans des malles au fond de la Méditerranée depuis la veille.

— C'est étrange, ne trouvez-vous pas, Gordon ?

Triomphal, l'espion papal feignit l'indifférence.

— Qu'il vienne prendre le petit déjeuner ? Je ne trouve pas. C'est un Italien, après tout, et vous connaissez leur appétit légendaire.

Ladislas grinça des dents.

— Où sont ses deux gardes du corps ?

Fleming se rendait compte qu'il jouait un jeu dangereux, mais tenait à être repoussé dans ses derniers retranchements avant de dire la vérité à leur sujet.

— Ils sont jeunes, eux aussi. Peut-être font-ils la grasse matinée.

On ne berne pas un chef d'entreprise du calibre du prince Czartoryski aussi aisément. Fleming comprit rapidement son erreur stratégique. Ladislas n'apprécia pas le mensonge qui lui apparaissait évident, ne serait-ce qu'à cause de la soudaine insouciance de l'espion papal sur cette question qui, pas plus tard que la veille, lui semblait de la plus haute importance.

— Ne vous foutez pas de ma gueule, Gordon.

Il n'avait plus le choix.

— D'accord.

— Je croyais que nous avions convenu que toute effusion de sang supplémentaire était inutile.

— C'était avant.

— Avant quoi ?

— Disons que c'était moi ou eux.

— Qu'en avez-vous fait ?

Fleming tenta un petit sourire.

— Ils sont partis rejoindre leur ami au royaume de Poséidon.

Ladislas se raidit.

— Vous trouvez ça drôle ?

Fleming redevint sérieux.

— Je n'avais pas le choix. Ferro les avait envoyés me faire la peau. Au moins, à partir de maintenant, il ne peut plus rien contre nous.

— Et s'il décide quand même de se venger ?

Fleming eut un petit haussement d'épaules accompagné d'un sourire entendu en guise de réponse. Le prince se montrait de plus en plus perplexe devant cet émissaire papal capable de tuer aussi froidement ses ennemis. Il vit alors Ferro s'approcher d'eux en s'appuyant lourdement sur sa canne. Même s'il était encore dans la jeune vingtaine, à cause de sa blessure, il marchait comme un vieillard. Ses traits tirés, sa moustache plus ébouriffée qu'à l'habitude et sa barbe le vieillissaient tout autant. Rossel vint pour lui barrer la route, mais le prince Ladislas lui fit signe de se rasseoir. Ferro se planta à côté de Fleming l'observant un instant d'un regard mauvais révélant l'ampleur de son ire. Il déposa son sac sur le plancher et fouilla dans la poche de sa veste. Il jeta ensuite sur la table les trois morceaux de tissus de l'Ordre noir. Le Britannique les regarda sans émotion.

— C'est gentil de me donner vos petits bricolages. Mais si je veux en faire une courtepointe, il m'en faudra davantage. Il n'y en a même pas assez pour confectionner un mouchoir.

Il leva la tête vers l'Italien, un sourire niais bien accroché au visage. Ferro n'entendait visiblement pas à rire. Son visage cramoisi trahissait la rage qui l'habitait. Il parla lentement, les lèvres serrées.

— Je vous prierais de garder vos cochonneries, Fleming.

— Si vous n'aviez pas laissé les vôtres traîner, nous n'en serions pas là, Ferro.

— Vous êtes immonde. Je vous exècre.

Sans répliquer, l'espion prit les trois petits morceaux de tissu et les glissa dans la poche de sa veste tout en continuant d'afficher un sourire qui se voulait tout aussi innocent qu'insolent.

— J'en prendrai soin.

Ferro grommela :

— Soyez assuré que nous nous reverrons un jour.

— C'est à souhaiter. J'aime autant vous faire des surprises que vous semblez empressé de me rapporter mes petits emballages cadeaux. Vous me permettez ainsi d'économiser sur le tissu. C'est gentil, j'apprécie.

— Vous pourriez être surpris par le prochain.

— J'espère bien, si je veux terminer ma courtepointe ! Vous ne pouvez imaginer le plaisir que vous me procurez à cet instant.

Il ignora la réplique, tourna alors les talons et se dirigea péniblement vers sa table en s'efforçant de garder la tête haute. Ladislas attendit de le voir s'asseoir, seul, pour commenter.

— Je crois que vous lui avez fait de la peine, Gordon.

— Vous croyez que je devrais m'excuser ?

— Vos excuses seraient probablement inutiles.

— C'est ça le problème, avec les Italiens. Ils sont très susceptibles. Je préfère de beaucoup le flegmatisme slave comme le vôtre.

• • •

Goethe admirait le magnifique paysage montagneux et vallonné qui s'offrait à lui, penché sur le bastingage. Ils naviguaient à une centaine de kilomètres de la côte d'Italie. Le soleil avait entrepris son ascension depuis quelques heures et une autre magnifique journée sans nuages s'annonçait. Il ne faisait ni trop chaud ni trop frais. L'air salin de la mer avait quelque chose d'enivrant. Malgré les nombreuses contrariétés des derniers jours, il était heureux et plutôt serein. Goethe avait passé la nuit à comparer les différents petits livres sur Ximbala à la recherche d'indices, mais une fois de plus sa quête demeurait sans réponse. Maintenant qu'il avait abandonné toute velléité d'aller faire le trafic d'armes en Amérique, il se consacrerait entièrement à son projet de découvrir la mystérieuse cité tibétaine. Pour y parvenir, il devrait inévitablement s'emparer de l'exemplaire de la duchesse, mais le présent voyage lui en donnait amplement le temps. Il était plongé dans ces réflexions lorsqu'il entendit la voix de Ferro.

— C'est la Sicile. Le plus beau pays du monde.

— Nostalgique ?

Ferro vint à son tour s'accoter au bastingage à la gauche de Goethe. Il pointa du doigt vers ce qui, au loin, ressemblait à un village.

— Là, c'est Sciacca, le plus important port de pêche d'Italie. Vous aimez les moules ?

— Je n'en ai jamais mangé. Le contenu de tout ce qui se trouve à l'intérieur d'une coquille m'a toujours semblé douteux.

— Celles que l'on pêche dans la baie de Sciacca proviennent directement du Paradis !

— Alors là, vous m'avez convaincu. Si j'étais à votre place, j'y repenserais d'ailleurs, je me méfierais des moules du Paradis. Pour des gens comme nous, le bon Dieu pourrait être tenté de les empoisonner !

Ferro ignora la boutade cabotine et poursuivit la description de sa terre natale qui défilait sous leurs yeux.

— Là-bas, à votre droite, il y a Ribera. C'est tout petit, mais c'est là où habite ma grand-mère Ippolito. Quand j'étais petit, c'est elle qui me gardait pendant la saison des moissons. Elle me préparait mon plat préféré, les *involtini di spatolo.*

— Ça ne sonne guère plus appétissant que vos moules.

— Vous dites n'importe quoi, Goethe. Ce sont des rouleaux de poisson et pourtant je déteste le poisson. Mais celui de ma grand-mère ne goûtait pas le poisson, il goûtait le soleil.

— Je ne vous savais pas si sentimental.

— Derrière, dans les terres, là où vous voyez les rondeurs de la montagne, à une vingtaine de kilomètres, il y a mon village : Bisacquino.

— C'est là où vous êtes né ?

— Non, je suis né à Palerme, c'est de l'autre côté de l'île. Mais j'ai passé presque toute ma vie à Bisacquino. C'est là où j'ai été baptisé, à la cathédrale Chiesa Madre, une vieille église bâtie il y a deux cents ans, je crois, et consacrée à San Giovanni Battista. C'est une merveille.

– Vous savez, moi, les églises, je les évite.

Ferro ne l'écoutait pas, admirant le paysage, le regard rêveur et mouillé.

– Bisacquino c'est la perle de la province de Palerme. C'est mon village. Je connais par cœur toutes ses ruelles étroites, ses innombrables escaliers en colimaçons, ses arches…

– Je ne vous connaissais pas la fibre d'un guide touristique, mon cher Vito. Vous me donnez presque envie de plonger et de nager jusqu'en Sicile.

– Vous y êtes le bienvenu quand vous voulez.

– C'est gentil. J'en prends note.

– Je suis sérieux.

– Moi aussi. De l'Italie, je ne connais que les États papaux et le nord. J'aimerais bien découvrir les charmes du sud du pays.

– Vous ne serez pas déçu.

– Alors, ne vous surprenez pas si je débarque sans prévenir. Ce sera de votre faute, mon cher Vito.

– Si un jour vous y venez, je demanderai à ma mère de vous préparer du *stigghiola*, c'est sa spécialité. Vous n'en mangerez pas de meilleur dans toute l'Italie.

– Ce sont des pâtes ?

– Mais non. Ce sont des tripes d'agneau.

Goethe eut une moue dédaigneuse.

– Vous me permettrez de passer mon tour. Je préfère le veau. Mais dites, dois-je comprendre que vous entendez retourner chez vous ?

Ferro fit signe que oui.

– C'est vous qui aviez raison.

– Et New York ?

— Je ne suis pas encore prêt pour l'Amérique. Je dois établir des bases solides là où je suis en contrôle avant de penser étendre mon réseau d'influence.

Goethe constata alors qu'il n'était pas escorté.

— Vous êtes seul ?

— Je suis avec vous.

— Où sont vos hommes ?

Le regard de l'Italien devint de plus en plus humide.

— Fleming n'est pas seul à bord. Là-dessus aussi j'aurais dû prendre en considération vos observations.

— Ils sont…

Ferro fit un signe de tête affirmatif.

— C'étaient trois amis d'enfance. Trois garçons de Bisacquino. Les mains du pape Léon XIII sont maculées de leur sang.

— Je suis désolé.

— J'aurais dû vous écouter.

— Au moins, vous aurez à votre arrivée au port d'Alexandrie toutes les armes dont vous aurez besoin pour consolider vos acquis en Italie et en France.

Ferro eut un sourire diabolique. L'homme était blessé, mais refusait de s'avouer vaincu.

— J'ai subi une terrible défaite, Wolfgang, parce que j'ai mal évalué les risques.

— Vous êtes encore jeune et téméraire, Vito. Nous avons tous commis des bêtises du genre en sous-estimant un adversaire. Vous saurez rebondir.

Le regard de Vito s'embrasa.

— Fleming a gagné cette bataille, mais je le retrouverai. Dès qu'il remettra le pied en Italie, je le saurai. Tôt ou tard, au moment où il s'y attendra le moins, il payera.

Goethe vit alors Ferro se pencher pour récupérer un sac à ses côtés.

— Qu'est-ce ?

— Je dois rendre à la Sicile ce que cette ordure de Fleming a laissé de deux de ses fils.

C'est alors que l'Italien ouvrit le sac pour en sortir la tête de Salvatore et celle de Tommasso qu'il jeta rapidement à la mer en se signant de la croix.

— *Requiem in pace, i miei amici.* Que la Madonne vous bénisse, mes amis.

Même Goethe ne put s'empêcher de faire le signe de la croix. Un réflexe qui lui donna envie de rire, mais, par respect pour son collègue endeuillé, trouva la force de le réprimer. En regardant les deux têtes qui flottaient sur la crête des vagues, il repensa à la cruauté dont était capable Fleming. Il se tourna vers Ferro.

— N'oubliez jamais, mon cher Vito, que ce que vous voyez en ce moment est l'œuvre de quelqu'un qui se dit être un émissaire de Dieu, un représentant de l'Église catholique.

— Je ne le sais que trop bien, Goethe. Nous sommes au service de Dieu. L'Église ne sert que Satan.

Ils regardèrent les deux têtes flotter vers la côte sicilienne presque paresseusement pendant un long moment avant de les voir disparaître soudainement sous les eaux.

— Au moins, une partie d'eux-mêmes retournera dans les eaux voisines de la terre qui les vit naître.

— Je vois que vous comprenez exactement le sens de mon geste, Wolfgang.

— Nous partageons, vous et moi, le sens profond de la patrie. Voilà un concept qui échappe totalement au père

Fleming et aux papistes qui prétendent servir l'héritage du Fils de Dieu. Croyez-moi quand je vous dis qu'ils regretteront un jour leur arrogance.

Ferro se signa de la croix de nouveau. Cette fois, Goethe s'en abstint. Le Diable et le bon Dieu doivent parfois apprendre à se garder une certaine gêne l'un envers l'autre.

« Nous croyons conduire le destin,
mais c'est toujours lui qui nous mène. »

— Denis Diderot

XXIX

Après cinq jours en mer, tous furent heureux d'enfin pouvoir aller se dégourdir les jambes sur la terre ferme pendant les quelques heures que durerait la première escale dans le port d'Alexandrie. Zivanka et Eva, escortées par Ferré et Rochereau, se dirigèrent vers la place Méhémet-Ali qui, leur avait-on expliqué avant d'accoster, se voulait la « ville européenne » avec ses grandes avenues pavées, ses immeubles bourgeois, ses bistros et ses commerces de luxe. Le prince Ladislas, accompagné de son fils Vlad, de Corey Kane et escorté par Rossel et Freycinet avait rendez-vous avec le khédive d'Égypte Muhammad Tawfiq à son palais d'été, une rencontre qu'il avait planifiée depuis Paris. Depuis près d'un an, l'Égypte était occupée militairement par les Britanniques qui avaient promis de se retirer dès que la situation politique et financière du pays s'améliorerait. En apprenant qu'il y aurait cette escale à Alexandrie, le prince Czartoryski s'était tout de suite dit que c'était là une occasion rêvée pour établir les bases de ce qui pourrait éventuellement devenir une relation privilégiée avec un décideur qui, disait-on, souhaitait moderniser l'Égypte. Déjà, de nombreux capitaux européens, de France et de Grande-Bretagne, étaient investis dans la construction d'infrastructures à travers tout le pays. Qui sait, peut-être qu'au passage les entreprises Czartoryski pourraient un jour y brasser de lucratives affaires.

Ce qu'il ignorait toutefois, c'était que si Tawfiq 1er avait consenti à les recevoir, c'était surtout parce que le duc de Mazowiecki avait intercédé auprès de son ami Richard Lyons. Le consul général, Evelyn Baring, assisterait non seulement à la rencontre, mais s'imposerait rapidement comme le véritable interlocuteur de la mission Czartoryski. Le véritable patron de l'Égypte, c'était bel et bien lui. Le front fuyant, portant une petite moustache bien taillée, Baring fut celui qui sauva le pays de la faillite et redressa les finances publiques au cours des récentes années. Il fit rapidement comprendre au prince Czartoryski que l'heure n'était plus aux grands projets d'infrastructures, sinon dans le domaine de l'irrigation. Il sembla toutefois fort bien renseigné sur l'expédition qui se dirigeait à Madras.

— Je vous trouve fort courageux, lui dit Baring.

— Vous m'intriguez. En quoi suis-je courageux ?

— Entre vous et moi, il est quasiment impossible ici de trouver des locaux fiables pour diriger des chantiers, administrer des travaux qui ont la moindre envergure dans nos contrées. Or, mes collègues qui sont aux Indes me jurent que c'est encore pire là-bas. Les querelles ethniques, les oppositions religieuses, ma foi, tous les nationalismes deviennent de terribles obstacles à toute entreprise nationale partout sur cette planète. C'est vrai en Europe, ce l'est encore plus sur le continent africain, ne vous leurrez pas, mes chers amis.

— L'Égypte est pourtant légendaire pour ses grands chantiers : des pyramides de l'antiquité jusqu'à ce joyau qu'est le canal de Suez.

— C'est justement à cause du canal de Suez que nous avons été appelés à sauver les meubles. Je ne sais pas comment ça se passait à l'époque des pharaons, mais je peux vous assurer que les Égyptiens d'aujourd'hui ne savent pas compter. Ce pays est au bord de la faillite.

Le prince s'étonna d'entendre le Britannique parler ainsi en présence du khédive Tawfiq 1er. L'absence de réaction de ce dernier révéla plutôt que les Anglais, comme ils le font souvent, contrôlaient le pays par l'entremise d'un monarque et d'un parlement impuissants.

— On m'avait prévenu que l'embauche de main-d'œuvre qualifiée pouvait poser problème. Mais je ne savais pas que c'était si terrible, finit-il par réagir aux propos de Baring.

— La bonne nouvelle, c'est que vous serez entre bonnes mains à Madras. Bourke et Duff sont des hommes remarquables. Leur efficacité devrait vous permettre de résoudre plusieurs problèmes une fois sur place. Je suis heureux de vous avoir rencontré.

Baring se leva, tendit la main au prince Czartoryski, lui signifiant clairement que l'entretien était terminé.

— Le plaisir était partagé. Monsieur Baring, Votre Altesse, merci de nous avoir reçus chez vous. Ce fut très instructif.

• • •

Goethe et Ferro se rendirent ensemble pour le dédouanement des caisses. Une fois les papiers signés, celles-ci furent déchargées du *Princess of India*, prêtes à être embarquées sur un navire marchand qui ferait escale au port de Messine. Ferro fut horrifié en voyant les caisses sur le quai.

– Ce ne sont pas les bonnes.

Goethe eut un sourire en coin. Son flair lui avait inspiré une petite visite dans la cale avant l'arrivée au port d'Alexandrie. Il avait vu juste. Quelqu'un, vraisemblablement Fleming, avait procédé à une habile substitution. Avec quelques pots-de-vin et des documents trafiqués, Goethe s'assura que les caisses identifiées Houston seraient débarquées tandis que celles identifiées CMI British India poursuivraient leur route jusqu'à Colombo.

– Ce sont vos caisses.

Ferro parut sceptique.

– Que s'est-il passé ?

– C'est un coup de Fleming. Les caisses que vous pensiez être les vôtres ont été remplies de babioles inutiles provenant des entrepôts de Mazowiecki. Je m'en doutais depuis Marseille.

Ferro sortit une enveloppe particulièrement épaisse de sa poche intérieure.

– Le compte est bon, vous pouvez vérifier si vous avez le moindre doute.

– Je n'en ai pas.

Goethe ne l'ouvrit même pas, convaincu de son contenu. Le jeune Italien pouvait se montrer parfois fringant et même outrancier, mais c'était surtout un homme d'honneur. Il mit à son tour l'enveloppe dans la poche intérieure de sa veste. Ferro parut ému. C'était la deuxième fois en moins de vingt-quatre heures.

— Je dois vous avouer quelque chose, Wolfgang. J'ai mis du temps à vous apprécier, je le reconnais. J'ai même sérieusement pensé vous tuer.

— Je sais.

— Nous ne sommes pas si différents l'un de l'autre. Vous êtes plus cérébral, je suis plus impulsif, mais au fond, nous nous ressemblons.

— J'ai deux décennies d'expérience de plus que vous, c'est tout.

— J'en suis conscient et en cet instant, je regrette que vous ne veniez pas avec moi en Sicile. Avec vous, rien n'est impossible.

— Vous irez loin, Vito. Il vous suffit d'apprendre à mieux gérer vos colères, à prendre moins de décisions irrationnelles et vous serez le criminel le plus respecté d'Europe et d'Amérique.

— Je suis touché.

Ils échangèrent une accolade bien sentie. Même Goethe en fut quelque peu ému.

— Bonne chance, Vito.

— Si jamais je peux vous être utile, vous savez où me trouver. Les hommes de votre trempe sont rares.

— Qui sait, peut-être nos chemins se croiseront-ils de nouveau.

— *Ciao* !

Goethe remonta à bord du *Princess of India*. Même s'il était dans la ville fondée par celui qu'il considérait comme son ancêtre, il ne trouvait aucun intérêt à Alexandrie. Sa grande bibliothèque n'était plus qu'une légende depuis sa destruction par le feu en 47 avant Jésus-Christ et le mythique phare, dont on disait pourtant qu'il fut l'une des sept merveilles du monde, avait été détruit pour faire place à une forteresse au XIVe siècle. Pour Goethe, l'Égypte était devenue un pays de sauvages indignes du règne d'Alexandre Le Grand. À ses yeux, il ne restait plus rien dans cette ville portuaire de l'héritage du père de la race aryenne qui soit digne de mention.

• • •

Fleming, qui avait discrètement suivi Goethe et Ferro dès leur descente du *Princess of India,* s'en voulut de ne pas avoir mieux veillé au déchargement des caisses. Il n'y pouvait plus rien. Ferro venait de remporter au moins une bataille. Ses bandits seraient désormais armés jusqu'aux dents et pourraient faire leur loi en Italie. À moins que ces armes soient interceptées par les douaniers au port de Messine. L'espion anglais se rendit au bureau de télégraphe le plus près pour alerter les autorités même s'il se doutait bien que ce port calabrais était probablement sous le contrôle de l'organisation de Ferro. Quant à Kane, il aurait une bien mauvaise surprise lorsqu'il ouvrirait ses caisses à Srinagar. Il n'était plus question de le dénoncer pour une douzaine de caisses de petits parapluies de papier n'ayant d'autre utilité que d'enjoliver les boissons exotiques des touristes. Fleming imaginait déjà la tête que ferait le jeune indien qui se sera donné bien du mal, et possiblement dépensé une véritable fortune, pour absolument rien.

• • •

Zivanka et Eva s'étaient plutôt ennuyées dans le quartier chic d'Alexandrie. Les supposées boutiques de luxe proposaient plutôt de la camelote à des prix prohibitifs que même la duchesse refusait de payer. Elles prirent un café trop amer dans un petit bistro et décidèrent de retourner au paquebot. En chemin, un souk bruyant et désordonné attira leur attention. Elles avaient encore suffisamment de temps pour s'y arrêter, ne serait-ce que pour en savourer l'exotisme. Les commerçants de ce bazar invitaient les clients en criant, les étals, sous des tentes de fortune, offraient tantôt des soies, des porcelaines ou des bijoux étincelants, mais qui ne brilleraient jamais très longtemps. C'était un véritable capharnaüm comme les aimait Zivanka. Elle passait d'un kiosque à l'autre, regardant la marchandise plus ou moins distraitement lorsque son attention fut attirée par une petite lueur bleue. La duchesse resta figée. Eva vit elle aussi ce qu'elle crut être une luciole.

— C'est un khandroma, murmura Zivanka.

— Qu'est-ce que c'est ?

— C'est compliqué.

— C'est dangereux ?

Elle ne répondit pas et décida de suivre la petite fée qui l'invitait. Eva, sans comprendre ce qui se déroulait ainsi sous ses yeux, suivit Zivanka et la petite lueur bleue qui virevoltait habilement au-dessus des têtes des passants qui ne semblaient pas la remarquer. En fait, la caméristе eut l'impression qu'elles seules voyaient cet étrange insecte qui s'arrêta devant l'étal d'un bouquiniste. Il portait une djellaba, mais Zivanka le reconnut aussitôt. C'était Youssef Pater, celui qui lui avait donné le deuxième exemplaire qu'elle possédait du petit livre sur Ximbala. Elle devint soudainement très pâle. C'était là une coïncidence particulièrement déroutante. Eva demeurait hypnotisée par la petite lueur bleue qui voltigeait au-dessus d'elle comme pour la distraire. Zivanka retrouva alors l'usage de la parole.

– Par quel prodige ?

Le bouquiniste déposa devant elle un énorme livre d'une trentaine de centimètres de hauteur, une quinzaine de largeur et une dizaine d'épaisseur dont la couverture était en or, sans image et sans écriture.

– Vous en aurez bientôt besoin.

Elle le prit et le feuilleta rapidement. Chaque page contenait plusieurs gravures montrant un endroit sous tous ses angles ainsi qu'une carte le localisant par rapport à son environnement immédiat. La plupart représentaient des grottes, des montagnes, des lieux de culte ou des monuments. Elle ne reconnut que la pyramide de Gizeh, en Égypte, parmi ces images. Les textes, très brefs, étaient probablement rédigés en burushaski comme pour les petits livres qu'elle possédait déjà.

– Qu'est-ce que c'est ?

– Ce livre-là est unique.

– En tout cas, il pèse une tonne !

– C'est le plus important d'entre tous.

– Pourquoi ?

– Il vous indique les cinq mille portes qui vous sont disponibles sur la planète.

– Qu'est-ce que vous me racontez ?

– Vous êtes vraiment privilégiée, mademoiselle. Grâce à ce livre, vous pourriez faire le tour du monde en moins de quatre-vingts jours.

– Je vois que vous aussi avez lu Jules Verne.

– La réalité est souvent plus invraisemblable que la fiction.

– Oui, mais là, il me semble que vous exagérez.

– Ne soyez pas de mauvaise foi. Il existe des corridors qui permettent de passer d'un endroit à un autre, peu importe la distance terrestre, en moins d'une heure.

Fleming lui avait parlé de ces fameux corridors et lui avait dit la même chose. Ce serait donc par l'un de ces corridors qu'elle découvrirait Ximbala. L'idée en soi défiait toute logique, mais depuis la découverte d'un petit bouquin à la suite d'un massacre dans le boisé du domaine Mazowiecki une dizaine d'années plus tôt, il semblait lui être arrivé plusieurs incidents ébranlant tout ce qu'elle croyait savoir sur l'univers. Pour l'instant, il y avait toutefois autre chose qui la tracassait.

– Je veux bien comprendre, Youssef Pater. Comment m'avez-vous suivie de Paris jusqu'à Alexandrie ?

– Je ne vous ai pas suivie.

– Alors, pourquoi est-ce que je vous retrouve ici ?

– Ce sont les khandromas. Elles me guident. Elles vous guident. Elles vont continuer à vous guider, n'en ayez pas la moindre crainte.

Il lui tendit le livre.

– Vous allez m'en demander quel prix ?

Il lui répondit par un sourire entendu.

– Je ne vous refais pas le coup de Paris. Il ne sera pas nécessaire de faire semblant de négocier. Ce livre est à vous. Comme les autres, il a été rédigé pour vous. Il n'a pas de prix. Il vous est destiné.

Elle le prit et eut soudainement l'impression que son corps tout entier fut transpercé par la foudre. Les images qu'elle avait sommairement regardées en feuilletant le livre se mirent à exploser violemment dans sa tête, s'imprimant à tout jamais dans sa mémoire. La duchesse de Mazowiecki se mit à trembler comme une feuille. Ces images se transformèrent et s'animèrent la plongeant dans d'étranges univers qui lui semblaient tantôt appartenir au passé, tantôt au futur. Tout se déroulait en accéléré dans sa tête, mais ces images semblaient réelles comme si elles défilaient sous ses yeux tout autour d'elle. Eva fut prise de panique. Les yeux de Zivanka se révulsèrent, une écume blanche monta à sa bouche.

— Qu'est-ce qui t'arrive, Zivanka ?

Sa question demeura sans réponse.

La duchesse s'effondra, inconsciente. Heureusement, Ferré et Rochereau intervinrent à temps pour l'empêcher de choir violemment sur le sol, l'agrippant prestement pour amortir sa chute. Eva se mit à pleurer en se penchant sur son amie. Les gardes du corps s'affairèrent aussitôt à la réanimer. Elle demeura sans connaissance pendant une dizaine de secondes. Elle ouvrit alors les yeux et se releva comme si rien ne s'était passé. Elle reprit le gros livre qu'elle avait laissé tomber et annonça tout bonnement :

— Je crois qu'il est l'heure de remonter à bord du navire.

Elle voulut prendre le temps de saluer Youssef Pater. Il n'était pourtant déjà plus derrière son étal. Elle ne se rendit pas compte à quel point elle semblait soudainement idiote aux yeux des témoins. Elle murmura d'une voix morne :

— Tiens, il est déjà parti.

Ferré s'approcha.

— Mademoiselle Zivanka, vous avez eu un malaise. Vous sentez-vous mieux ?

La duchesse se releva comme si rien ne s'était produit.

— Quel malaise ? J'ai laissé tomber mon livre, c'est tout. Une maladresse n'est pas un malaise. Ne voyez-vous donc pas la différence ?

Elle ne se souvenait de rien. Ni des convulsions ni de la chute, ni même des images qui défilèrent dans sa tête pendant sa crise. Eva crut qu'à son tour elle allait défaillir. Elle prit le bras de Zivanka.

— Mais voyons, c'est impossible que tu n'aies aucun souvenir de ce qui vient de se passer.

La duchesse la regarda d'un drôle d'air. Comme si son amie et les deux gardes du corps tentaient de lui jouer un tour.

— Qu'est-ce que vous avez donc tous ? Je laisse tomber un gros livre, et vous allez en faire tout un plat ?

— Tu es restée sans connaissance pendant une quinzaine de secondes, peut-être même davantage. Si ces deux-là ne t'avaient pas attrapée, tu te serais probablement fracassé le crâne sur le sol. Ne me dis pas que ça ne te revient pas maintenant ?

— Je ne sais vraiment pas de quoi tu parles, Eva.

— Tu es tombée dans les pommes. Tu as eu comme une crise d'épilepsie.

— Mais voyons, ma chère amie, c'est impossible. Je m'en souviendrais.

— Tout le monde t'a vue. Demande-leur, dit Eva en indiquant les deux gardes du corps qui firent signe que oui.

— Ma petite dame, vous nous avez fait une vraie frayeur.

La duchesse tombait des nues. Elle était ébranlée et ne pouvait s'expliquer ce nouveau prodige.

– Je ne comprends pas. C'est vraiment étrange. Suis-je en train de devenir folle ?

La réponse d'Eva fut instantanée.

– Non, mais ne me refais plus jamais ça parce que c'est moi qui vais devenir complètement folle.

Zivanka la regarda, confuse, comme si ce commentaire avait allumé une faible étincelle, un vague souvenir de ce qui venait de se passer. Elle répondit avec une légère inquiétude dans la voix même si sa réponse se voulait convaincante.

– Je suis vraiment désolée. Allez, retournons sur le bateau.

« Le bruit du tonnerre est terrible, mais sans substance,
Les couleurs de l'arc-en-ciel, ravissantes, mais éphémères.
Ce monde plaisant à l'esprit n'est pourtant qu'un rêve. »

— Jetsun Milarepa, yogi et poète bouddhiste

XXX

Quelqu'un cogna à la porte de la suite de Gordon Fleming. Il venait tout juste de remonter à bord du paquebot qui s'apprêtait à lever l'ancre et poursuivre sa route. Ils seraient à Port-Saïd le lendemain. Fleming ouvrit. L'homme qui se tenait devant lui était un membre de l'Ordre noir qu'il avait personnellement recruté et qui faisait partie du petit groupe de soldats du pape qui voyageaient incognito depuis le départ de Marseille. Antonio Fisichella, comme les autres assassins du pape, se fondait parfaitement parmi les passagers de la première classe du *Princess of India*. Cheveux courts, bien rasé, vêtu d'un complet italien fait sur mesure, c'était pourtant lui aussi un prêtre jésuite affecté aux basses œuvres du Vatican. Fleming le fit entrer.

— Personne ne m'a vu, ne soyez pas inquiet.

— Qu'est-ce qu'il y a de si important pour que vous preniez un tel risque ?

— C'est la duchesse.

– Si c'est pour me parler du malaise qu'elle a eu à Alexandrie, je suis déjà au courant.

– Ce n'est pas ça.

– Alors, qu'est-ce que vous faites dans ma chambre, Antonio ? Nous avions pourtant convenu que vous deviez continuer à rester dans l'ombre. Vous imaginez la catastrophe si quiconque découvre l'identité de mes complices à bord ?

– On vous a dit pour le livre ?

– Quel livre ?

– Au souk, il y avait un étal de bouquiniste. Elle le connaissait de Paris. Il lui a remis un énorme bouquin qui contiendrait selon ses dires les cinq mille portes d'entrée pour les corridors du temps, dont celui menant à Ximbala. J'ai pensé que ça vous intéresserait.

Le visage de Fleming s'illumina. Il ne put s'empêcher de faire une chaleureuse accolade à Fisichella.

– C'est une excellente nouvelle. Beau travail, Antonio. Nous n'avons jamais été aussi près de notre but.

– Comment souhaitez-vous procéder à présent ?

– Le plan demeure essentiellement le même. C'est elle qui nous guidera à Ximbala. Sans elle, nous serons tous impitoyablement dévorés par les khandromas. Laissez-moi réfléchir. Profitez de la traversée. En temps et lieu, vous recevrez mes instructions pour la suite des choses.

• • •

Zivanka avait été excusée pour le dîner en raison du malaise qu'elle éprouva plus tôt. Elle et Eva mangeraient dans la salle à manger privée de leur suite. Le prince Czartoryski se frotta la barbe pensivement en écoutant Fleming lui expliquer que Ferro avait finalement récupéré ses armes, que Goethe avait flairé et contrecarré sa manœuvre. Les deux hommes dînaient seuls pour discuter des termes d'une association. Vlad et Corey Kane étaient à la suite royale, submergés par une tonne de formulaires et de documents à remplir. Le prince héritier ne s'était pas trompé, son père n'allait pas lui donner l'occasion de se la couler douce au cours de ce voyage aux Indes.

Le prince Czartoryski avait convaincu Fleming de les accompagner jusqu'à Madras. Une offre fort appréciée de l'espion papal qui n'avait jamais eu l'intention de leur fausser compagnie avant de savoir si, par le biais de Zivanka, il aurait l'occasion de se rendre à Ximbala et de récupérer ces documents incendiaires prétendument écrits par le Christ et qui menaçaient Rome et la légitimité du Vatican. Il se sentait toutefois maintenant obligé de s'excuser pour l'histoire des armes de contrebande.

— J'ai manqué de vigilance. Goethe est un adversaire redoutable devant qui, je le concède, il ne faut jamais baisser la garde.

— Ne vous en faites pas. Je ferai une réclamation et je serai remboursé. Je mènerai aussi ma petite enquête interne pour identifier les employés qui m'ont trahi. Cette histoire aura au moins eu l'avantage de m'ouvrir les yeux quant à l'honnêteté des gens qui travaillent pour moi à Paris. Ce n'est pas rien, mon cher Fleming.

— J'ai envoyé un télégramme aux carabiniers et aux douaniers de Messine, mais je ne suis pas optimiste.

— Vous les croyez corrompus ?

— La *Cosa Nostra* règne sur la Sicile. Elle étend de plus en plus ses tentacules dans la péninsule.

— Au fond, je préfère que ce soit ainsi. Cela m'enlève une épine du pied. Je n'étais pas très à l'aise avec votre plan pour les armes à Colombo. Mais vous me permettrez une question ?

— Assurément.

— Si je comprends bien, Corey aura finalement une très mauvaise surprise.

— Je n'ai guère pitié de lui. Il aura ce qu'il mérite. Il vous a volé, ne l'oubliez pas.

— Je sais. Cela dit, je suis heureux que vous ayez accepté de rester avec nous jusqu'à la fin de notre expédition. Rossel et ses hommes sont de bons soldats, mais vous pouvez me rendre d'énormes services. Vous savez que je ne serai pas ingrat.

— Vous savez que je demeure d'abord un homme d'Église. Ce que vous jugerez bon de me payer, je le partagerai avec ma communauté.

— Le jour viendra peut-être où vous constaterez à quel point vos talents ont une valeur inestimable. L'Église, si riche soit-elle, n'aura jamais les moyens de vous payer à votre juste valeur. Moi, je les ai, ces moyens, ne l'oubliez pas.

— Je ne suis pas convaincu qu'à long terme vous approuveriez mes méthodes.

— Je ne souhaite pas connaître vos méthodes même si j'ai l'impression d'en savoir déjà trop à ce sujet. Ce qui m'importe dans la vie, ce sont les résultats.

— Là-dessus, mon cher Ladislas, nous sommes de la même communauté d'esprit.

• • •

Le paquebot avançait sur la Méditerranée en route vers Port-Saïd, à l'entrée du canal de Suez. Zivanka était contente de pouvoir dîner dans leur suite, la porte du balcon ouverte pour laisser passer une agréable petite brise, et sans avoir à se soucier des apparences comme c'était trop souvent le cas dans les salles huppées comme celle où se pavanaient les gens de la première classe. Elle et Eva commandèrent un fabuleux repas qu'elles partageraient autour de grands vins sans risquer de voir soit son fiancé, ou son futur beau-père, lui adresser un regard plein de reproches. Après les événements des dernières heures, la duchesse avait envie de se griser la tête pour ensuite aller tanguer vers son lit. Un plan qui ne déplut pas à sa cameriste. Elles en étaient à déguster un excellent champagne à l'apéritif lorsque quelqu'un cogna à la porte de leur suite. Zivanka crut que les serveurs étaient déjà arrivés pour le premier service. Elle ouvrit sans même demander qui était de l'autre côté de la porte. Elle retint son souffle en voyant un petit moine bouddhiste, drapé de vêtements traditionnels, qui commença par se confondre en excuses dans un anglais parfait dépourvu de tout accent.

— Je suis désolé d'interrompre votre conversation, mais je suis porteur d'un important message qui m'a été confié par le supérieur de mon monastère.

— Vous ne parviendrez pas à me convertir à votre religion, répondit sèchement Zivanka.

— Je n'oserais pas.

— Nous ne souhaitons pas être dérangées, lui répliqua Zivanka, convaincue d'avoir devant elle un importun désireux de propager quelconque prosélytisme religieux dont elle n'aurait cure.

— Je comprends la légitime impatience de madame la duchesse de Mazowiecki.

Stupéfaite de l'entendre dire son nom, elle resta silencieuse quelques secondes.

— Vous faites erreur. Je ne suis pas celle que vous croyez.

— Je sais qui vous êtes. Celui qui m'envoie me dit que votre âme est pure et qu'elle saura recevoir et apprécier le modeste cadeau qu'il souhaite vous offrir humblement par mon intermédiaire.

— Qui vous a dit mon nom ?

— Mon maître m'a beaucoup parlé de vous.

Elle lui jeta un regard sceptique. Il s'empressa de s'expliquer tout en penchant la tête respectueusement.

— Je sais que c'est inconvenant pour une jeune femme, mais je vous prie de me permettre d'entrer. Je cours de graves dangers.

Elle hésita, d'autant que ses gardes du corps n'étaient pas dans le corridor, mais faisant fi de la prudence elle se laissa guider par son instinct et le fit entrer dans le petit salon. Eva lui jeta un regard désapprobateur. Zivanka décida d'en faire fi et interrogea le curieux moine.

— Qui vous envoie ?

— Vous l'avez connu sous le nom de Nikhil, je crois. Mais vous l'appeliez Nik. Il a gardé pour vous la plus haute estime et se réjouit de votre mariage à venir avec monsieur le prince Czartoryski. Il vous transmet à tous deux ses meilleurs vœux de bonheur et le plus durable des amours.

Elle eut des palpitations et sentit son visage rougir en entendant le nom de son amour d'enfance qu'elle avait perdu de vue six ans plus tôt lorsque Nik dût rentrer dans son pays pour, croyait-elle alors, contribuer au commerce des

Britanniques dans le nord des Indes. Elle en était d'autant plus estomaquée d'apprendre que Nik pouvait être devenu le « maître » d'un moine bouddhiste et qu'il avait eu vent de son mariage avec le prince Czartoryski.

Elle sentit des larmes monter de sa gorge à ses yeux et invita le moine à se joindre à eux. Il accepta et prit place à leur table. Les questions se bousculaient dans la tête de Zivanka.

— Mais qui êtes-vous ? Pourquoi êtes-vous à bord de ce navire ? Comment m'avez-vous reconnue ?

— Je suis monté à bord pendant votre escale à Alexandrie. Je redescendrai lorsque nous serons à Port-Saïd. Je ne suis qu'un simple messager, vous n'avez rien à craindre de moi.

— Pourtant, vous dites courir de grands risques.

— Nos ennemis sont les mêmes.

— Goethe ?

— Il n'est pas le seul.

— Vous n'êtes pas sans savoir que Ferro n'est plus à bord.

— Goethe et Ferro n'étaient pas vos seuls ennemis.

— Dites-moi de qui il s'agit.

— Malheureusement, je ne possède pas cette information. On m'a simplement demandé de vous prévenir que de nombreux dangers vous guettent.

— C'est pour ça que vous êtes ici ?

— Non.

— Alors, je vous écoute. Je vous prierais cependant d'être succinct. C'est que nous allons bientôt recevoir notre dîner.

— N'avez-vous pas déjà eu certaines conversations avec votre vieil ami ?

— De quoi parlez-vous ?

Elle était mauvaise menteuse et sentait que son visage la trahissait. Le moine demeura impassible.

— Il vous a rendu visite à quelques reprises, dans vos songes, selon ce que j'en comprends.

Elle jugea bon de ne plus jouer la comédie. Elle s'avoua vaincue.

— J'ai en effet eu certains rêves troublants. Comment le savez-vous ?

— Il ne s'agissait pas de rêves, je vous l'assure.

— Et vous, dans tout ça ? Comment m'avez-vous reconnue sur un bateau où il y a des centaines de voyageurs ?

— Mon maître possède un sens très aiguisé de l'observation et de toute évidence vous avez laissé sur lui une image indélébile qu'il a su me décrire à la perfection.

Elle prit une grande inspiration et s'efforça de rassembler ses esprits. Aussi étonnée fut-elle par cet événement, elle n'en fut pas moins heureuse d'avoir enfin des nouvelles de son ami d'enfance.

— Comment va-t-il ?

— Mon maître se porte à ravir. L'air de notre pays lui sied mieux que celui de l'Angleterre ou de la France, oserais-je ajouter sans vouloir vous offenser.

— Je suis confuse. Je ne suis pas certaine de comprendre votre histoire. Il n'est donc plus un simple jardinier ou encore un employé des compagnies britanniques qui l'avaient envoyé chez nous apprendre l'anglais ?

— Il est maintenant le jardinier des âmes, madame.

— C'est une image très poétique, mais, dans les faits, qu'est-ce à dire ?

— C'est un prêtre bouddhiste. En fait, il est récemment devenu notre panchen-lama, ce qui fait de lui le deuxième plus haut chef spirituel de notre religion après Sa Sainteté le dalaï-lama.

— Nik est donc devenu prêtre ? Et vous me dites qu'il est même devenu l'un des leaders du bouddhisme ? Je ne savais même pas qu'il était bouddhiste !

— Il l'est et c'est un guide exceptionnel dont les enseignements sont recherchés. Il est l'une des réincarnations du Bouddha. Vous ne pouvez pas comprendre à quel point vous êtes fortunée de posséder pareille amitié. Mais je m'en voudrais de vous lasser avec nos histoires religieuses pendant un souper avec votre amie, là n'est certes pas le but de ma visite. Sachez simplement que mon vénéré maître entend aussi respecter la promesse qu'il vous a faite avant de quitter l'Europe. C'est d'ailleurs l'une des raisons qui l'ont poussé à me confier cette noble mission.

Elle resta muette. Les souvenirs se bousculaient maintenant à toute vitesse dans sa tête. Elle ne s'en voyait qu'encore plus confuse. Le moine se contenta de sourire placidement. Pour sa part, la pauvre Eva Eichenbaum ne comprenait rien à cette discussion qui lui semblait surréaliste et qui commençait à lui déplaire souverainement. Son scepticisme l'empêchait de croire aveuglément à de telles histoires. Elle aussi se questionnait sur le sens à donner à cette rencontre et se demanda si le moine disait vrai ou si elle devait y comprendre autre chose.

— Mais comment Nik a-t-il su où me trouver ?

— Mon maître possède ce que vous occidentaux qualifieriez d'un don surnaturel qui lui donne d'avoir des visions qui lui permettent de tels prodiges. Il ne souhaite que vous protéger. Il sait beaucoup de choses incompréhensibles pour les esprits, disons, trop rationnels.

– Je suis menacée ?

– Vous l'êtes. Mais vous vous êtes aussi protégée.

– Pourquoi ?

– C'est une longue histoire. Mais je vous le répète, Nikhil possède le don des visions, des présages.

– Il en a eu un me concernant.

– Je le crois.

– Quand a-t-il eu ce présage ?

– Il sera heureux de vous le dire en personne. Je n'ai malheureusement pas la réponse à cette question. Je ne suis que son humble émissaire et serviteur. Voyez-vous, mon maître souhaite vous recevoir à son monastère.

– Son monastère est à Madras ?

– Je crains que non. Il est au Tibet.

– Mais je ne vais pas au Tibet. Je m'en vais à Madras et ensuite je reviens vers Paris.

– Je le laisserai s'occuper des détails.

– Mais ce n'est pas vraiment un détail ! Entre Madras et Lhassa, il y doit y avoir trois mille kilomètres !

Le moine continua en ignorant cette dernière objection.

– Il m'a demandé de vous remettre ceci, de bien modestes cadeaux, vu votre rang social, mais qui, a-t-il pris soin de me dicter, auront pour vous un jour une grande signification.

Il déposa alors sur la table un étrange chapelet qu'elle devinait d'origine bouddhiste. Chacun des soixante grains possédait une forme unique et avait été minutieusement sculpté dans ce qui semblait être de l'ivoire. Sur les sept plus gros, il y avait aussi des chiffres et des symboles étranges.

Sur chacun, gros ou petit, une inscription minuscule et indéchiffrable était inscrite. La croix en or massif qui pendait au bout du chapelet était sertie de quatre pierres précieuses ; un diamant, une émeraude, un saphir et un rubis. Le moine lui offrit aussi un bracelet de jade sur lequel étaient aussi gravés des mots dans une langue étrangère. Elle observa les deux objets, intriguée par leur singularité.

— Combien de cadeaux recevrai-je encore ? J'ai déjà une amulette et cette bague.

Le moine se leva alors et leur dit :

— Mon maître souhaite que vous portiez ces cadeaux en tout temps. Ils vous protégeront des forces du mal, vous inspireront des pensées lumineuses et vous guideront naturellement vers lui. Il a très hâte de vous revoir.

Elle mit le bracelet autour de son poignet et le trouva encore plus beau.

— On dirait qu'il a été fait sur mesure pour moi

— En effet. Il te va à ravir, commenta Eva, quelque peu jalouse d'être totalement exclue de leur conversation.

— Ce sera, avec le chapelet, parmi mes plus agréables souvenirs de ce voyage.

Le moine les salua et partit aussitôt. La duchesse s'assura de bien verrouiller la porte de la suite. Eva se versa une autre coupe de champagne. Zivanka devinait que son amie la bombarderait maintenant de questions.

— Ce sont en effet de très beaux cadeaux. Je suis sans mot. Zivanka, puis-je me permettre une question ?

— Bien sûr.

— Sommes-nous vraiment aux Indes pour ces histoires de conglomérat ?

Zivanka ne put s'empêcher de soupirer. Elle savait qu'elle se devait de dire la vérité à Eva.

• • •

En sortant de la suite de la duchesse, le moine sentit le danger. Il en avait été prévenu par Nikhil. Le sentiment n'en était pas moins angoissant. Il se sentait observé par des gens prêts à lui faire un mauvais parti. Il avança en longeant le corridor, mais ne fut pas pris par surprise lorsque trois hommes surgirent de nulle part pour l'encercler. Ils étaient masqués et enveloppés de capes noires. Ils lui posèrent des questions qu'il n'entendit pas. C'est à ce moment précis qu'un tourbillon de lucioles blues déferla sur les trois agresseurs. Le moine n'attendit pas et profita de leur apparition pour prendre la fuite. En arrivant sur le pont, il s'engouffra dans une petite pièce de service où il se débarrassa de son costume pour revêtir des habits civils. Il en ressortit totalement anonyme. Sa mission était complétée.

• • •

Goethe se dirigeait vers la suite de Zivanka lorsqu'il vit un étrange moine tibétain en sortir pour ensuite être agressé par trois individus camouflés, tout de noir vêtus, qu'il savait à l'avance servir Fleming. Il vit une fois de plus le pouvoir des khandromas. Dès que le moine fut hors de danger, les khandromas se dispersèrent et les soldats de l'Ordre noir prirent la fuite. Goethe s'apprêtait à sortir de sa cachette lorsqu'il fut interpellé.

— Avouez que ça vous rappelle de bons souvenirs de voyage, Goethe !

Il sursauta en entendant la voix de l'espion papal derrière lui. Il se retourna vivement.

— Vous essayez de me donner une attaque ou quoi ?

— Pour ça, il vous faudrait avoir un cœur. Ne vous l'ai-je pas déjà dit à plusieurs reprises ?

— Laissez-moi deviner, ce sont vos hommes qui viennent de goûter à la médecine de ces sales bestioles.

— La duchesse a de plus en plus d'alliés, mon cher Goethe. La route que nous cherchons semble s'ouvrir à elle davantage chaque jour.

— Qu'est-ce qu'il lui voulait, ce moine ?

— Je n'en sais rien, et mes hommes n'ont certainement rien appris de lui. Vous savez que la belle Zivanka connaît un succès fou auprès des bouquinistes partout sur cette planète. Ma foi, ils se bousculent pour combler ses désirs.

— Qu'est-ce que vous me racontez là ?

— Mes sources me disent que les bouquinistes lui courent après pour lui donner des livres qui mènent à Ximbala. Ça lui est encore arrivé aujourd'hui lors de notre escale dans cette magnifique ville d'Alexandrie.

Goethe pâlit. Aurait-elle trouvé un autre des petits livres qui manquaient à sa collection ?

— On lui a donné un livre ?

— Un énorme livre, cette fois. Toujours selon mes amis, le bouquiniste lui aurait dit que c'était une œuvre unique indiquant où trouver les portails. Vous comprenez quelque chose à ce charabia ?

Le mot portail eut l'effet escompté sur le boche.

— Il nous faut ce livre, s'exclama Goethe.

— Baissez le ton, malheureux. Ce serait très mal vu si ça se savait que nous avons eu cette conversation. Après tout, notre vieille amitié ne doit pas être révélée.

— Quelle amitié ?

— Celle dont vous rêvez.

— Alors, que proposez-vous ?

— Vous avez vu ce qui est arrivé à ces braves hommes qui ont voulu brasser un pauvre moine sans défense ?

— Où voulez-vous en venir au juste ?

— Vous avez besoin de moi et, autant que ça me chagrine de vous le dire, j'ai maintenant besoin de vous. Sauf que peu importe si nous parvenons à travailler ensemble ou non, sans la petite, nous n'avons aucune chance d'atteindre nos buts respectifs.

Goethe venait de comprendre que la route vers Ximbala lui serait barrée tant qu'il n'aurait pas réussi à convaincre la duchesse de l'y inviter. Une idée qui lui puait au nez, encore plus que d'avoir à collaborer avec Fleming. Il s'y résigna.

— Vous avez un plan ?

— Rejoignez-moi à ma chambre dans une heure. Je vous l'expliquerai. Je vous en prie, soyez discret. Je ne peux avoir la confiance de Zivanka ou du prince Czartoryski s'ils soupçonnent que nous sommes complices.

— Ne me prenez pas pour un amateur, Fleming. J'avais compris.

— Après tout, vous êtes au service du Diable et moi je sers le bon Dieu.

— La beauté avec le Diable, c'est qu'au moins lui est honnête et ne cache jamais ses véritables intentions.

— Dès que je vous ouvre mon cœur, Goethe, vous trouvez le moyen de me causer du chagrin.

— Je vous rejoins dans une heure.

Fleming regarda Goethe s'engouffrer dans le sombre corridor et savourait pleinement le moment, convaincu d'avoir enfin trouvé le plan parfait qui lui permettrait de triompher sur toute la ligne.

« Je ne cherche pas à connaître les réponses,
je cherche à comprendre les questions. »

— Confucius

XXXI

Goethe n'eut même pas le temps de cogner à la porte de Fleming que celle-ci s'ouvrit aussitôt qu'il fut dans l'embrasure.

— Entrez.

Le Britannique s'assura qu'il n'y avait personne dans le corridor avant de refermer rapidement la porte.

— On dirait que vous m'attendiez.

Il pénétra dans la suite de l'espion papal.

— La clé de la réussite, c'est que personne n'ait l'occasion de nous voir ensemble avant Tuticorin.

Goethe regarda tout autour, constatant avec un brin de jalousie que la suite de Fleming était plus spacieuse et peut-être même un peu plus luxueuse que la sienne.

— Je vois que le vœu de pauvreté ne figure pas dans la doctrine des jésuites.

Fleming se retint de répondre à cette affirmation qu'il trouvait, en revanche, fort jouissive provenant d'un paysan de la trempe de Goethe.

— Je vous offre à boire ?

– Je prendrais bien un verre de champagne aux frais du Vatican. Vous en avez ?

Goethe ne s'attendait pas à la réponse.

– J'ai quelques bouteilles de Veuve Clicquot.

– Vous m'étonnerez toujours.

Fleming se dirigea vers le bar, sortit une bouteille de Veuve Clicquot millésimé de la glacière et remplit deux coupes.

– J'ai beaucoup réfléchi. Quand j'ai envoyé mes hommes pour menacer le moine, je tentais une expérience.

– Vous espériez que les khandromas viennent à sa rescousse.

– C'est exactement ce qui s'est produit.

– Voilà pourquoi vous croyez que c'est la petite qui doit nous mener à travers les corridors menant à Ximbala.

– Vous avez tout compris.

Goethe éclata de rire.

– Il n'y a qu'un problème. Elle ne voudra jamais.

Fleming regarda Goethe avec condescendance.

– Vraiment ? Vous croyez que je ne le sais pas ?

– Je sens que vous allez me dire comment vous comptez vous y prendre.

– Nous allons la séquestrer en débarquant à Tuticorin.

– Vous oubliez que les Czartoryski ont quatre gardes du corps.

– Votre ami Ferro vous dirait que les gens qui m'accompagnent sont excellents. Je n'ai d'ailleurs pas revu ses amis récemment. Ils vont bien ?

Goethe grimaça et refusa de répondre à cette provocation.

– Combien sont à bord ?

– Cela ne vous regarde pas.

— Pour la confiance, on repassera.

— Je vous l'expose mon plan ou pas ?

— Allez-y, Fleming. Je vous écoute.

— D'abord, je vais convaincre la duchesse que je l'aiderai à découvrir Ximbala à condition que l'Ordre noir puisse l'y escorter.

— Comment pouvez-vous l'aider si vous ne savez pas où se trouve Ximbala ?

— Mes hommes viendront voler la dizaine d'exemplaires que vous possédez et je les lui donnerai.

— Vous êtes complètement fou. J'en ai assez entendu !

— Attendez, Goethe. Écoutez-moi au moins jusqu'au bout.

Goethe vida sa coupe et la tendit à Fleming.

— C'est bien parce que vous avez du champagne à m'offrir et que les moyens du Reich ne me permettent pas de commander de la Veuve Clicquot.

Fleming ressortit la bouteille de la glacière et remplit le verre de Goethe ainsi que le sien.

— Kane ne sait pas que ses armes n'arriveront pas à Colombo.

— De quelles armes parlez-vous ?

— Celles que vous avez vendues à Don Ferro.

— Ai-je vraiment l'air d'un marchand d'armes ? Vous me vexez, Fleming.

L'espion papal lui jeta un regard incendiaire.

— Pouvez-vous tenter de ne pas me prendre pour un imbécile ?

— Excusez-moi, mon père, mais c'est difficile.

— Le macaque qui devait assurer le transport des armes, celles que vous avez détournées au port d'Alexandrie à votre cher ami italien et qui devaient transiter de Colombo à

Srinagar, est un homme extrêmement dangereux. Or, nous avons besoin de Kane pour aller à Srinagar. Il faut que Kane comprenne que sa vie sera assurément en danger si on informe son contact, il s'appelle Stewart Houston, qu'il ne sera jamais payé pour assurer le transport de petits parapluies de papier ! Kane a plus que jamais besoin de protection, c'est ce qu'il doit impérativement comprendre. Et vous êtes le seul à pouvoir lui offrir cette protection.

— Je ne vois pas trop bien le lien.

— Vous devez lui faire comprendre que si vous deviez vous échapper et que le prince Czartoryski apprenait sa trahison, il me demanderait assurément de l'éliminer, que mes hommes lui réserveraient le même sort qu'aux molosses de votre ami Ferro. Il est impressionnable, le petit, n'hésitez pas à lui donner des détails savoureux au sujet de l'éborgné et des deux décapités. Il vous suppliera de ne rien dire, il vous jurera fidélité. Vous êtes le rempart qui le protégera tant de Stewart Houston que de l'Ordre noir.

— Et alors ?

— Une fois à Srinagar, il sera notre otage qui nous permettra de retourner au tombeau sans risquer la lapidation. Son père est un homme puissant. Tant que nous aurons son fils vivant, il ne pourra rien contre nous.

— Et la petite ?

— Je vous l'ai déjà dit. Nous allons l'enlever dès qu'elle débarquera du bateau à Tuticorin. Puisque j'aurai gagné sa confiance grâce à vos petits bouquins, je pourrai l'inviter, sans qu'elle soit escortée, pour une rencontre-bidon avant qu'elle s'embarque sur le navire pour Madras. Mes hommes s'occuperont ensuite de la séquestration.

— C'est compliqué, comme plan.

— Vous en avez un meilleur?

— N'existe-t-il pas d'autres portails?

— J'ai feuilleté son gros bouquin. Je n'ai reconnu que la tombe du Prophète et une des pyramides d'Égypte.

— Nous sommes plus proches du Caire que des Indes.

— Si on enlève la petite à Aden, notre prochaine escale, les Czartoryski vont remuer mer et monde pour la retrouver. Or, Aden est sous protection des Britanniques. Nous n'aurons pas fait dix kilomètres que nous serons en état d'arrestation. Si on la séquestre à Tuticorin, qui est un véritable bordel à ciel ouvert, au sens large comme au sens figuré, ils ne s'apercevront de sa disparition et de la mienne que lorsqu'ils seront à bord du bateau les amenant à Madras. Grâce à l'expertise de Stewart Houston, nous serons déjà introuvables, en tout cas, beaucoup plus que nous le serions dans le désert du Yémen.

— Je ne garde pas un très bon souvenir de Srinagar.

— Moi non plus. Mais au moins, nous savons qu'il y a un portail à Srinagar qui mène directement à Ximbala. Elle nous y mènera et nous ouvrira le chemin. Vous toucherez enfin l'or du Prophète et je pourrai récupérer ses écrits. Tout le monde sera heureux.

— La dernière fois que je vous ai fait confiance, vous m'avez vendu aux Anglais. Vous me permettrez donc de douter de vos véritables intentions.

— Ce que vous pouvez être rancunier parfois! C'était il y a plus de dix ans, c'est de l'histoire ancienne et les circonstances n'étaient pas les mêmes.

— Je n'aime pas l'idée de me départir de mes exemplaires.

– Mais vous les récupérerez dès que nous aurons la duchesse. En prime, vous gagnerez ses deux exemplaires et son nouveau bouquin sur les portails. Que voulez-vous donc de plus ?

Goethe vida de nouveau son verre et le tendit vers Fleming.

– Du champagne !

Fleming s'esclaffa.

– J'imagine que nous sommes enfin d'accord.

– Remplissez d'abord mon verre.

Fleming s'exécuta.

– C'est la tournée du pape !

– Je déteste quand vous me prenez par les sentiments, Gordon.

Fleming leva son verre.

– Au trésor du Prophète !

• • •

Cette nuit-là, elle fit de nouveau d'étranges et forts troublants rêves. Des odeurs de parfums floraux l'envahirent, et elle s'étonna que le sens de l'odorat soit aussi souvent impliqué dans ses rêves. Elle ne reconnaissait toujours pas les arômes qui envahissaient ses narines sinon que c'étaient les mêmes que dans un rêve précédent. Là aussi, elle trouva étrange d'avoir une mémoire olfactive pour des odeurs dont elle n'avait pourtant, lui sembla-t-il, que rêvé ! Elle revoyait Nikhil, son confident d'autrefois, trônant dans un étrange palais, recouvert d'une robe soyeuse, satinée et pleine de couleurs vives qui ressemblaient à s'y méprendre au motif sur la page couverture de son précieux livre sur le pays de

Ximbala. Il était maintenant un homme, mais ses traits n'avaient guère changé. Il avait aussi la même voix douce et mielleuse, bien qu'un peu plus grave, qu'elle lui avait connue à Madras, alors qu'il était encore le modeste jardinier de sa famille. Il l'invitait à s'approcher. Elle avançait lentement en voyant qu'elle était toute nue, sauf pour le chapelet et le collier avec le pendentif autour de son cou qui glissaient entre ses petits seins, le bracelet à son poignet et l'anneau d'or à son annulaire gauche. On eût cru une reine barbare à la veille de son couronnement, une vierge sur le point de participer à un rituel baptismal ou pire encore, une sacrifiée s'avançant vers l'autel où elle serait offerte à de quelconques divinités. Toutes ces pensées lui traversèrent l'esprit comme autant d'éclairs. Il n'y avait personne d'autre que Nik dans cette vaste pièce sculptée à même le roc. Elle était seule avec son ami d'enfance devenu prêtre bouddhiste. Une odeur d'encens flottait dans l'air. Une étrange musique envahissait l'espace. Elle était nue, mais n'en avait pas honte. Elle était nue, mais n'avait ni chaud ni froid. Elle vit Nik sourire tendrement.

— Bienvenue, ma belle Zivanka. Il y a longtemps que j'espérais ce moment.

— Pourquoi suis-je nue ?

— N'étais-tu pas nue lorsque tu t'es endormie ?

— Où suis-je ?

— Ton corps vogue toujours à bord du paquebot qui t'amène aux Indes. Seul ton esprit est venu à ma rencontre.

— Mais je ne fais qu'un autre rêve, n'est-ce pas ? Tu n'es pas vraiment là devant moi. Ce n'est qu'un rêve.

— Les rêves nous permettent de voyager par-delà les montagnes et les océans. Les rêves ouvrent les tunnels du monde pour ceux qui savent les trouver. Ce sont les voies intérieures.

– Je suis au Tibet ?

– Tu es aux portes de l'Agharta.

– Qu'est-ce ?

– Rares sont ceux qui réussissent à s'approcher du monde intérieur. C'est ce monde-là que nous appelons l'Agharta. Tu apprendras à l'apprivoiser et à découvrir combien il peut se montrer fabuleux à tous points de vue.

– Dois-je comprendre que j'ai quitté mon corps ? Est-ce vraiment ce que tu me racontes, Nik ?

– Il faut une âme pure pour parvenir jusqu'ici.

– Je suis tout sauf une âme pure.

– Qu'en saurais-tu ? Ta conception de la pureté n'est pas celle que tu crois être vraie.

– Pourquoi moi ? Je ne suis qu'en mission commerciale. Je n'ai qu'une seule envie et c'est de rentrer à Paris et de me marier.

Nik la regarda gravement.

– Une mission beaucoup plus importante t'attend.

– Qu'est-ce que tu racontes ?

– Je t'expliquerai lorsque tu viendras me voir en personne, ici, au monastère.

– Mais comment saurai-je le trouver ?

– Ton âme m'a déjà trouvé, cette conversation en est la preuve. Ton cœur et les khandromas seront tes guides.

– Je ne comprends rien à ton charabia.

– Tu as déjà compris comment suivre la musique et les petites lueurs bleuâtres qui t'interpellent.

– Les lucioles ?

– Ce sont des khandromas.

— On me l'a déjà dit. Ce sont des fées ?

— Quelque chose comme ça.

— Je dois les suivre en tout temps ?

— Ton instinct continuera de bien te servir.

— Mais pourquoi ?

— Étudie bien les livres que tu possèdes.

— Ils sont différents.

— Chacun t'offrira un angle pour mieux comprendre.

— Mais je ne comprends pas la langue dans laquelle ils ont été écrits, Nik.

— Lis avec ton cœur comme tu savais si bien le faire quand tu étais enfant.

— Ça ne fait aucun sens.

— *Shahzada nabi.*

— Qu'est-ce que cela signifie ?

— Ton cœur te sauvera de ta raison. Cette dernière te conduirait au précipice. Mais ton cœur te dira la vérité. Je serai toujours là pour te le rappeler.

— Il faudra au moins le faire dans une langue que je comprends parce que je n'ai rien pigé de ces mots que tu m'as balancés plutôt. Qu'est-ce que c'était au juste ?

— *Shahzada nabi.* Ces deux mots resteront dans ta mémoire. Bientôt, tu en comprendras le sens et tout deviendra clair.

• • •

Elle se réveilla en un sursaut, le cœur battant la chamade, les mains moites comme lorsque l'on se réveille après un mauvais rêve. Comme dans son rêve, elle ne portait que les bijoux qui lui avaient été offerts au cours des récentes semaines.

Sans le savoir, elle avait poussé un cri dans son sommeil qui avait réveillé Eva. Celle-ci accourut dans la chambre de son amie et l'observa un long moment sortir de sa torpeur avant de lui poser la question qui la hantait depuis la rencontre du moine bouddhiste pendant le repas.

— Tu as rêvé à lui ?

Elle la regarda sans comprendre, encore perturbée par le rêve qui s'évanouissait dans sa mémoire comme un nuage de fumée qui se dissipe dans l'air. Il lui faudrait un moment avant de pleinement réintégrer la réalité physique qui l'entourait. Elle ne se souvenait plus que de deux mots auxquels elle ne comprenait rien : *Shahzada nabi*. Elle les répéta dans un imperceptible murmure.

— *Shahzada nabi.*

— Quoi ? Que dis-tu ?

Elle répéta, comme si elle était somnambule.

— *Shahzada nabi.*

— Que signifie ce charabia ?

C'était comme si elle dormait debout. Elle se sentait encore tout engourdie, mais vit l'état d'inquiétude dans lequel se trouvait plongée son amie.

— Excuse-moi de t'avoir réveillée. J'ai crié n'est-ce pas ?

— Je croyais que tu étais attaquée !

— Quelle heure est-il ?

Eva regarda le cadran sur le chiffonnier.

— Il est trois heures du matin.

— C'est complètement dingue. Je rêvais, mais c'était si étrange. C'était, pour tout te dire, comme si mon esprit s'était envolé loin de mon corps et qu'il s'était mis à parcourir l'univers sans mon consentement. J'avais l'impression de ne pas rêver, que tout était si réel. En fait, chaque fois que je rêve à Nikhil, c'est de plus en plus réel, comme s'il était là, en chair et en os devant moi. Je ne sais pas comment te l'expliquer. Je ne me souviens même plus des détails de mon rêve, sinon qu'il semblait plus authentique que la réalité qui nous entoure, plus vrai que la vie. Je perçois même des odeurs, des parfums que je ne parviens pas à identifier ! Je n'ai jamais de toute ma vie fait de rêves aussi intenses.

Elle était plus que troublée par ce rêve. Il s'évanouissait lentement dans sa mémoire, mais elle était certaine d'au moins une chose. Elle avait vu Nik. Elle l'avait vraiment vu. Elle avait entendu sa voix. Elle l'avait vraiment entendue. Elle ne se souvenait déjà plus du contenu de leur conversation, mais elle n'avait pas l'impression d'avoir véritablement rêvé. C'était vraiment comme si son corps avait littéralement voyagé dans l'espace pour rendre visite à Nik et ensuite revenir prendre place dans son lit.

Eva tenta de lire dans son regard, mais elle était visiblement absente.

— Tu ne m'as pas répondu, Zivanka.

Elle continuait de regarder droit devant elle.

— Quel étrange rêve...

— Te souviens-tu de ce qu'il t'a dit ?

— Vaguement. C'est tellement étrange. Il m'a dit deux mots que je ne comprends pas. *Shahzada nabi*. Tu sais ce que ça peut vouloir dire ?

— Non. Je n'en ai pas la moindre idée. Je n'ai jamais entendu ça. Sais-tu au moins de quelle langue il s'agit ? En tout cas, ce n'est pas de l'hébreu même si ça peut sonner similaire à la langue de mes ancêtres.

— Je ne pensais jamais plus entendre parler de Nik. Et voilà que depuis quelques semaines, il ne cesse de se manifester à moi de toutes sortes de façons. Je n'y comprends rien.

— Tu es certaine que ce n'était que le jardinier de ta famille, Zivanka ? Était-il aussi ton amoureux d'enfance ? C'est pour ça que réentendre parler de lui t'a chamboulée ? C'est pour ça qu'il est venu hanter tes rêves ?

Elle s'efforça de rire pour cacher les véritables sentiments qu'elle avait déjà éprouvés pour l'adolescent.

— Tu ne peux pas comprendre. C'est beaucoup plus compliqué.

— Vous vous êtes aimés et c'était définitivement des sentiments autres que de l'amitié, j'en suis convaincue.

Zivanka rougit.

— Oui. On peut dire ça.

— Tu l'aimes encore.

— Bien sûr que non. Du moins, pas comme j'aime Vlad, pas comme une femme peut aimer un homme.

— C'est la possibilité de le retrouver aux Indes qui te cause tant de tourment ?

— Je n'y tenais vraiment pas. Je fais ce voyage à cause de la maladie de mon père.

— Mais tu as hâte de retrouver ton ami aux Indes ?

— Il est au Tibet.

— Ce n'est pas là que se trouve Ximbala ?

— Je croyais que c'était le cas, mais tout indique que l'on m'invite loin d'ici.

— Ce n'est pas prévu dans notre itinéraire.

— Il est là, le problème.

— Il veut te voir au Tibet.

— J'ai cru comprendre qu'il souhaite que je m'y rende.

— N'est-ce pas ce que tu souhaitais tant ?

— C'est vrai, mais je ne sais pas si je le pourrai. C'est très loin d'où nous allons. Ce sera physiquement impossible de répondre à sa demande. Il faudrait que lui vienne me rejoindre à Madras, et je doute que ce soit possible. Chaque fois, il me parle d'une mission.

— Quel genre de mission ?

— Ce n'est pas clair.

— Tu m'excuseras, mais toute cette histoire ne m'inspire guère confiance.

— Moi non plus, je ne sais pas à quoi tout ça rime. Je me pose autant de questions que tu peux en avoir.

— Je ne m'explique pas encore pourquoi un prêtre bouddhiste veut t'attirer au Tibet, par personne interposée, alors que tu dois être ici incognito. Ça m'inquiète.

— Il n'y a pas de raison.

— Tu devrais aussi être inquiète, Zivanka. Par quel prodige est-il aussi bien informé ?

— Vu sous cet angle, c'est vrai que c'est troublant. Mais c'est peut-être aussi mon imaginaire qui me joue des tours.

— Regarde les bijoux que tu portes. Si c'est ton imagination alors elle est contagieuse parce que je les vois moi aussi. Peut-être avons-nous toutes deux été envoûtées par ton moine bouddhiste dans notre sommeil. Tant qu'à faire, j'aurais bien aimé qu'il me couvre de bijoux moi aussi.

Zivanka éclata de rire.

— La prochaine fois, je le lui dirai.

— Et surtout qu'il ne se gêne pas de m'offrir de gros bijoux. Moi, j'aime ça les très gros bijoux !

— C'est noté. Essayons maintenant de nous rendormir.

— Tu veux que je dorme avec toi ?

— Ça ne te dérange pas ?

— Bien sûr que non. Tu m'as déjà vue refuser des frissons sous l'édredon?

Eva enleva sa jaquette et se glissa nue sous les couvertures après avoir éteint la lampe électrique. Les caresses qui suivirent le furent tout autant.

• • •

Le prince Ladislas descendait le long escalier pour aller prendre son petit déjeuner, escorté de Rossel et de Freycinet, lorsqu'il vit que Goethe était déjà attablé. Il décida d'aller lui dire sa façon de penser maintenant que l'Allemand était seul et sans protection.

— Qu'est-ce que vous faites encore sur ce paquebot, Goethe? Que je sache, maintenant que votre transaction est conclue avec l'Italien, vous n'avez plus de raison d'être à bord.

Goethe déposa sa tasse de café sur la table avec un maniérisme volontaire et offrit un faux sourire au prince Czartoryski.

— Depuis que vous m'avez forcé à prendre ma retraite, j'ai beaucoup de temps libre. En fait, je n'ai plus que ça.

— Du temps libre que vous consacrez à vos innombrables activités criminelles, n'est-ce pas?

— Je m'offre une croisière aux Indes. J'ai le droit de m'offrir des vacances, ne croyez-vous pas, mon cher prince? J'ai toujours rêvé d'y retourner.

— Si au moins ce n'était pas à mes frais!

— Je ne vous ai rien demandé.

— Vous m'avez escroqué une fois de trop. Ne vous étonnez pas si vous deviez répondre aux autorités de votre crime.

— Je ne sais pas de quoi vous parlez, Ladislas.

— Je sais pour les armes.

— Je vois. Et à qui allez-vous porter plainte? Aux soldats de Sa Majesté postés aux Indes? Je ne crois pas que ce soit de leur juridiction.

— Vous avez eu tort de penser pouvoir me voler sans en subir les conséquences. Je suis un homme puissant et je sais être vindicatif lorsque nécessaire. Vous le découvrirez à vos dépens.

— Je ne vous ai rien volé. Vous fabulez.

— N'allez pas croire que vous allez vous en tirer à si bon compte.

— Ne perdez pas votre temps. Vous serez incapable de prouver quoi que ce soit contre moi et vous le savez. Alors, si ça ne vous dérange pas, j'aimerais pouvoir terminer mon petit déjeuner en paix. L'odeur putrescente des Polonais m'indispose, surtout le matin. N'avez-vous pas une douche dans votre luxueuse suite?

Ladislas se retint de ne pas le gifler. Il se rendit plutôt à sa table de très mauvaise humeur.

• • •

Zivanka et Eva prenaient l'air sur le pont avant d'aller déguster leur petit déjeuner. Le paquebot avançait lentement dans le canal de Suez, offrant à leurs yeux un spectacle désertique fort différent de tout ce qu'elles avaient vu. Sur la côte, des Bédouins se promenaient à dos de chameau et semblaient sortis d'une autre époque. Si Alexandrie et Port-Saïd étaient des villes cosmopolites, dès que l'on entrait dans les chenaux menant à Suez, on s'engouffrait véritablement dans le continent africain avec sa végétation tantôt luxuriante à tribord puis totalement recouverte de sable à bâbord. La traversée du canal qui s'appuyait sur les lacs Manzala, Timsah et Amer prenait, dans les meilleures conditions, une dizaine d'heures.

— Tu crois que nous verrons des girafes, des éléphants ou des lions ? demanda Eva.

— Je ne sais pas, mais j'aimerais bien.

Fleming vit les deux jeunes femmes et se dirigea rapidement vers Zivanka

— Mademoiselle Zivanka, puis-je vous parler ?

— Bien sûr.

Il regarda du côté d'Eva.

— Vous permettez que je vous emprunte la duchesse pendant quelques minutes ? J'aimerais pouvoir lui parler privément.

Eva sembla vexée.

— C'est bon, j'ai compris. Zivanka, je vais t'attendre dans la salle à manger.

— Merci, Eva, j'arrive tout de suite.

— Prends ton temps. Je n'ai nulle part ailleurs où aller. Nous sommes sur un paquebot, au cas où tu l'aurais oublié !

Eva rentra aussitôt. Fleming s'excusa.

— Je crois qu'elle est fâchée.

— Eva est parfois un peu soupe au lait, mais ça lui passe rapidement. Alors, que puis-je pour vous ?

— Je veux d'abord vous demander quelque chose.

— Allez-y.

— Si je vous aide à trouver Ximbala, accepteriez-vous que moi et mes hommes vous y accompagnions ?

Elle sembla considérer l'offre. Ce qui ne l'empêcha pas de regarder Fleming avec une attitude critique et sceptique.

— Je ne sais pas si j'ai ce pouvoir.

— Vous ne pourrez entreprendre un tel voyage seule.

— Qu'en savez-vous ?

La réponse décontenança Fleming qui retrouva rapidement son sens de la répartie.

— J'ai l'expérience des missions périlleuses. Que je sache, vous n'avez jamais vraiment connu le danger.

Trop préoccupée par la présente mission aux Indes et n'ayant pas vraiment encore digéré le sens des songes qui peuplaient ses nuits, des étranges cadeaux qui surgissaient dans sa vie et de ce que révélaient vraiment les petits livres qu'elle possédait, Zivanka n'avait pas encore pris le temps de considérer un éventuel voyage à Ximbala sur le plan de la logistique. Rien ne pressait. C'était davantage un projet qu'elle souhaitait entreprendre avec Vlad après leur mariage. C'est pourquoi elle se montra encore plus hésitante avant de répondre tant à la question de Gordon Fleming qu'à son affirmation. C'était certes un homme de ressources, mais il y avait aussi quelque chose de sombre, voire inquiétant chez lui.

— Je dois vous avouer que vous me prenez plutôt par surprise ce matin, Fleming. Pourquoi souhaitez-vous m'accompagner à Ximbala ?

— C'est la nature de mon travail. Je vous ai déjà expliqué mon intérêt. Si cet endroit existe, le Saint-Père sera intéressé d'en connaître l'emplacement, afin de savoir qui le dirige et ainsi pouvoir éventuellement tisser des liens diplomatiques avec cet État, si c'en est un, comme il en a partout sur la planète.

— Comment pouvez-vous m'aider ?

— De plusieurs façons. La première m'apparaît toutefois la plus évidente.

— Ça ne me saute pas aux yeux.

— Je vous l'ai déjà dit, je suis un homme de ressources. Vous n'avez qu'un signal à me donner pour que je vous permette de récupérer les exemplaires que possède Goethe.

— Il m'accusera assurément.

— À moins que vous réussissiez à lui faire croire que vous aussi avez été volée en l'accusant du méfait.

— Je ne suis pas certaine que j'aime votre plan, si cela implique que je doive m'abaisser aux méthodes de Goethe.

— Il faut parfois se comporter comme les loups pour se débarrasser des loups.

— Entendre ça de la bouche d'un homme d'Église me prend au dépourvu. Vous conviendrez avec moi que c'est pour le moins étonnant. Pourquoi me semble-t-il difficile d'accepter que mon âme soit pure alors qu'un prêtre tel que vous ne cesse de violer les plus importants commandements de la religion que vous prétendez défendre et en toute légitimité aux yeux de l'Église ?

L'accusation insinuée le laissa de marbre.

— Prenez au moins le temps de réfléchir à mon offre.

— Ce n'est pas comme si je partirai vers Ximbala de sitôt. Nous ne serons pas de retour en Europe avant la fin octobre. Et j'aurai alors à me consacrer à mes études en plus de préparer mon mariage. Même si je savais où se trouve Ximbala, je ne pourrais y aller avant l'été prochain, peut-être même pas avant deux ans. Qu'est-ce qui me dit qu'à ce moment-là vous serez encore intéressé de m'y accompagner ?

— N'avez-vous pas plutôt l'impression que tout se met en place pour que vous ayez la chance de la découvrir beaucoup plus tôt ? Vous savez comme moi que pour atteindre Ximbala, il suffit d'emprunter les corridors, en découvrir les portails.

Autant l'idée de découvrir la mystérieuse cité l'obsédait, autant elle ressentait de plus en plus le vertige à l'idée d'y mettre véritablement les pieds. Le dernier songe dans lequel Nikhil lui parlait, l'invitait aux portes de l'Agharta, lui avait donné la frousse.

— Donnez-moi quelques jours et je vous reviendrai avec ma réponse.

Fleming la salua et lui faussa aussitôt compagnie. Elle resta un moment sur le pont à réfléchir à cette étrange proposition dont elle tenait à peser le pour et le contre, même si instinctivement, elle se montrait davantage tentée de la décliner.

« Peut-être faut-il mentir aux femmes pour qu'elles vous croient. »

— Edmond et Jules de Goncourt, *Idées et Sensations*

XXXII

Zivanka et Eva remontaient le grand escalier de la salle à manger après un autre copieux petit déjeuner. L'attention de la duchesse se tourna vers une affiche placée sur un grand chevalet à la sortie de la salle à manger annonçant les différents offices religieux du jour : messe anglicane à neuf heures, service presbytérien à dix heures, messe catholique à onze heures. Elle eut alors une idée et se tourna vers sa camériste.

— Tu as déjà assisté à une messe ?

Eva s'arrêta net au beau milieu de l'escalier.

— Une messe catholique ? Pourquoi me poser pareille question incongrue ? Tu en as vu beaucoup de juifs dans une église ?

— Moi, je propose que nous y allions ensemble.

— Es-tu sérieuse ?

— J'ai une folle envie d'assister au service religieux catholique de onze heures ce matin.

— Mais pourquoi ?

— Je suis curieuse, c'est tout.

– Tu n'as jamais assisté à un office religieux ?

– Bien sûr que oui.

– Alors, explique-moi ton envie d'aller à la messe ce matin.

– Fleming est curé, non ?

– C'est ce que j'en ai compris.

– Un curé, le dimanche, même sur un bateau, ça doit bien aller à la messe, non ?

– Mais quelle importance ?

– Justement, moi ça m'intrigue. Tu viendras avec moi ?

– Ne t'offusque pas si j'en profite pour me taper un petit roupillon. Même dans les synagogues, j'ai toujours eu du mal à garder l'œil ouvert. Je ne comprends pas pourquoi tu t'intéresses tant aux pratiques religieuses de Fleming.

– Il m'a fait de drôles de propositions récemment, et je veux mieux le connaître avant de lui donner une réponse.

– De drôles de propositions ?

– Il se montre plutôt volontaire pour une petite virée à Ximbala.

– Tu crois que ses intentions ne sont pas… très catholiques ?

– Disons que je m'interroge sérieusement sur ses motivations réelles.

– Tu crois que tu apprendras ça à la messe ?

– Je veux voir s'il y sera. S'il n'y est pas, j'aurai mes réponses.

– Et s'il y est ?

– J'aurai encore des doutes.

– Alors, allons ensemble à la messe. Est-ce qu'il faudra que je me confesse ?

– Surtout pas ! Le confesseur pourrait ne jamais s'en remettre !

– Surtout si le confesseur devait être le père Fleming !

Zivanka craqua.

– Ça serait la totale !

• • •

En retournant dans sa chambre après le petit déjeuner, Goethe sut que les hommes de Fleming étaient passés. Ses huit petits livres avaient été substitués par un petit morceau de tissu noir avec deux petites bandelettes de tissu rouge. La signature de l'Ordre noir. Il en déduisit que la duchesse était tombée dans le piège, qu'elle avait accepté le pacte de Fleming, convaincue qu'il l'aiderait à découvrir Ximbala. Elle possédait désormais dix des douze précieux livres. Ce n'était que provisoire ; bientôt, c'est lui qui les reprendrait à tout jamais, mais il en ressentit tout de même un pincement au cœur. Il ne pouvait maintenant qu'espérer que ce fourbe d'Anglais ne le trahirait pas une fois de plus, du moins pas avant qu'ils aient récupéré la duchesse et tout ce qu'elle possédait pour lui ouvrir les portes de Ximbala. En attendant, il lui faudrait maintenant rencontrer Corey Kane, le confronter à la réalité et l'obliger d'accepter de trahir les Czartoryski et de devenir son complice. Ça, c'était la partie facile.

• • •

La chapelle du *Princess of India* était en fait l'auditorium où étaient présentés les samedis soirs des concerts et que l'on reconfigurait en petite église tous les dimanches matins pour les fidèles de différentes dénominations chrétiennes. En y entrant, la duchesse trempa machinalement ses doigts dans le bénitier d'occasion et se signa. Eva l'imita en lui chuchotant :

— Si ma mère me voyait, elle serait scandalisée.

— Je crois qu'elle serait plus scandalisée de nos petits jeux saphiques que de te savoir dans une chapelle et te voir t'asperger d'eau bénite.

— Je ne suis pas convaincue. Mes doigts dans le bénitier la choqueraient assurément plus que mes doigts dans ton entrejambe. Tu ne connais pas ma mère ! Elle est parfois très prude.

Elles réprimèrent un fou rire et prirent place dans la dernière rangée. Zivanka observait tous ceux qui entraient. Gordon Fleming n'était pas au nombre des fidèles lorsque les portes se refermèrent derrière et que le célébrant s'installa devant l'autel pour la cérémonie de bénédiction de l'encens. Il faisait dos à la trentaine de fidèles. Il commença alors la célébration qui se déroulerait exclusivement en latin, ce que Zivanka avait omis de dire à sa cameriste.

— *In nomine Patris, et Filii, et Spiritus Sancti.*

Tandis que les fidèles répondirent *Amen*, un frisson parcourut l'échine de Zivanka. Elle reconnaissait cette voix qui poursuivit :

— *Gratia Domini nostri Iesu Christi, et caritas Dei, et communication Sancti Spiritus sit cum omnibus vobis.*

Les fidèles répondirent d'une seule voix *Et cum spiritu tuo*, mais Zivanka souffla à l'oreille d'Eva :

— Tu reconnais cette voix ?

— Elle m'est familière. Je ne sais pas si c'est parce que c'est en latin, mais j'ai du mal à l'identifier.

— Tu en connais beaucoup des curés, Eva ?

— Aucun. À part Fleming, bien entendu.

En prononçant son nom, elle se raidit et prêta une oreille soudainement beaucoup plus attentive :

— *Fratres, agnoscamus peccata nostra, ut apti simus ad sacra mysteria celebranda…*

Elles échangèrent aussitôt un regard de surprise. Il n'y avait plus de doute possible. Le célébrant n'était nul autre que le révérend père Gordon Fleming.

— Il faut croire que c'est un vrai curé après tout, s'étonna Eva.

— Il fallait que je le voie pour le croire.

• • •

Zivanka passa l'après-midi en réunion avec son fiancé et le prince Ladislas. Ils révisaient, une fois de plus, tous les détails des rencontres prévues, préparaient déjà les soumissions, une tâche qu'elle n'avait pas imaginée si fastidieuse. Les responsables du prolongement du chemin de fer aux Indes demandaient des états financiers, des projections budgétaires précises et extrêmement détaillées. Parfois, quand le prince était concentré sur un document, elle et Vlad s'échangeaient des yeux doux. Depuis le début du voyage, il y avait de cela plus d'une semaine, elle n'avait jamais eu la chance de se retrouver seule avec lui pendant plus de cinq minutes, à peine le temps d'un ou deux baisers volés. Comme le lui avait prédit son prince charmant, ils seraient à la fois si près et si loin pendant ce voyage, et cela s'avérait une véritable torture mentale. Lasse de toute cette paperasse, elle voulut tester l'effet que ferait ce qu'elle avait vu avec Eva à la chapelle.

— J'ai assisté à la messe dominicale ce matin.

Vlad parut particulièrement surpris.

— Je ne savais pas qu'il y avait des services religieux à bord ?

— Quoi, tu serais venu ?

— Je n'en aurais pas eu le temps. J'ai passé la matinée à remplir des colonnes de chiffres avec Corey.

— Vous ne devinerez jamais qui était le prêtre célébrant !

Le prince Ladislas la devança.

— C'était Gordon.

Elle fut presque déçue qu'il soit si bien informé.

— Comment le saviez-vous ?

— Il me l'a dit. Je déjeune avec lui tous les jours. C'est d'abord un curé, ne l'oubliez pas.

— Oui, mais il ne fait pas partie de l'équipage.

— C'est vrai. Mais semble-t-il que le prêtre qui devait faire le voyage pour célébrer les messes catholiques a eu un malaise à Marseille. Quand le capitaine a constaté qu'il y avait un jésuite à bord, il lui a demandé d'officier les messes du dimanche et Fleming a accepté. Bon, retournons au travail les enfants. Ce ne sont pas les prêtres catholiques qui nous permettront de percer le marché ferroviaire des Indes.

Il distribua alors de nouveaux documents que devait signer la duchesse. Comprenant le fardeau qu'il imposait aux tourtereaux, Ladislas décida de leur donner une source supplémentaire de motivation.

— Je sais, Zivanka, que ton amoureux n'est pas très disponible depuis que nous avons quitté Paris. Alors, voici ce que je vous propose. On met les bouchées doubles cet après-midi et vous aurez la soirée à vous deux. Je lui donnerai congé jusqu'à demain.

Elle se projeta sur le prince pour le prendre par le cou et lui servir une généreuse étreinte. Il fut quelque peu décontenancé par la réaction de Zivanka.

— Merci ! Vous ne le regretterez pas.

— Allez, au travail maintenant.

• • •

Une enveloppe attendait Corey Kane dans sa chambre. À l'intérieur, il y avait un court message.

Rendez-vous à Minuit sur le pont inférieur, près de la deuxième cheminée. Soyez seul, Khurram Khan al-Mahdi, sinon vous aurez de terribles ennuis.

Goethe lui avait déjà dit qu'il connaissait sa véritable identité. Le message ne pouvait donc, logiquement, que provenir de lui. Mais que lui voulait-il ? Il tenterait certainement de l'extorquer, de lui soutirer plus d'argent pour garder le silence au sujet des armes qui seraient débarquées à Colombo. L'idée le rendait absolument furieux. À moins qu'il ait constaté que les caisses débarquées au port d'Alexandrie ne contenaient pas la moindre arme et qu'il veuille tout simplement lui faire la peau pour se venger. Il en doutait, toutefois. Fleming avait assuré le prince que les caisses avaient été débarquées du *Princess of India* et rembarquées aussitôt pour Messine en Italie sans que personne ne vérifie leur contenu. Ferro aurait probablement déjà liquidé Goethe s'il avait appris qu'il avait été escroqué de la sorte. Il aurait blâmé l'Allemand, et ce dernier ne serait jamais remonté à bord. Non, plus il y réfléchissait, plus Corey Kane sentait la tentative d'extorsion. Il n'avait pas l'intention de céder au chantage. Il sortit son revolver du tiroir de sa table de nuit, s'assura qu'il était chargé et le glissa à sa ceinture.

— Ce soir, mon cher Goethe, tu n'as pas seulement rendez-vous avec moi. Tu as aussi rendez-vous avec ton créateur.

Il sortit de sa chambre pour aller rejoindre les Czartoryski pour le dîner. Il était vingt heures. Pour Corey Kane, les quatre prochaines heures seraient assurément interminables.

• • •

Lorsqu'elle retourna dans sa chambre pour se préparer pour le dîner, Zivanka était excitée comme une gamine. Eva, qui était à repriser une chemise, voulut comprendre la bonne humeur particulièrement exubérante de la duchesse.

— Dis donc, pour quelqu'un qui a passé la journée à remplir de la paperasse, tu es drôlement joyeuse.

— Vlad a congé ce soir. Nous allons enfin pouvoir passer une soirée ensemble.

— Et Corey, a-t-il congé lui aussi ?

— Je ne sais pas. Mais ça devrait. Si c'est le cas, tu pourrais sans doute…

Elle n'eut pas le temps de compléter sa phrase qu'Eva le fit pour elle.

— …m'inviter à sa chambre afin que tu puisses inviter Vlad à passer la soirée dans ta suite.

— Ça t'ennuierait ?

— Bien sûr que non. D'ailleurs, tes caresses ont beau être délicieuses, ma belle Zivanka, je suis due pour sentir les ardeurs d'un homme bien membré capable de me faire l'amour. Tu devrais essayer avec ton beau Vlad.

— Qui sait, je vais peut-être suivre ton conseil ?

— Et ta virginité ?

— Ce sera notre secret.

• • •

Ce soir-là, Vlad et sa fiancée dînèrent en tête-à-tête pour la première fois depuis plus de deux semaines. Ils se dévorèrent du regard. Zivanka lui annonça alors qu'Eva passerait la nuit dans la chambre de Corey, l'invitant ouvertement à venir passer la nuit dans la sienne.

— Je ne peux plus attendre, Vlad. J'ai envie de devenir une femme dans tes bras.

Il fut estomaqué par son audace, mais aussi terrifié par les conséquences potentielles de la prendre avant leur mariage.

— Mon père me tuera s'il l'apprend.

— Il ne le saura pas.

— Je ne pourrai pas dormir toute la nuit avec toi. Ça ne te dérange pas, j'espère ?

— Bien sûr que non. Tu rentreras tard, c'est tout. Ce ne sera pas la première fois.

— C'est vrai.

— Tu sembles hésiter. Tu n'as pas envie de me faire l'amour ?

— Bien sûr que si. Qu'est-ce que tu vas croire ? J'en rêve toutes les nuits, ma chérie.

Elle s'approcha pour poser un doux baiser sur ses lèvres qui fut interrompu par l'arrivée inopinée de Fleming qui posa un coffret de bois sur la table. Elle l'interrogea du regard.

— C'est un cadeau.

— En quel honneur ?

— Je crois que ça vous fera plaisir. Mais je vous conseille de ne l'ouvrir que lorsque vous serez de retour dans votre chambre, loin des regards indiscrets.

Il s'éloigna aussitôt pour rejoindre le prince Ladislas assis à sa table habituelle. Elle prit le coffret, se leva, et d'un petit signe de tête, invita son fiancé à la suivre même s'ils avaient à peine entamé leur repas.

— Je n'ai plus faim, décréta-t-elle d'une voix douce, mais sur un ton sans appel.

En montant le long escalier, elle nota l'absence de Goethe dans la salle à manger. Elle eut un petit frisson en pensant au contenu du cadeau de Fleming. Elle ne lui avait pourtant jamais donné sa réponse.

• • •

Kane avait demandé à Eva de l'attendre dans sa chambre après le repas, prétextant devoir discuter de certains points techniques avec le prince Ladislas, lui promettant qu'il n'en aurait que pour quelques minutes, une demi-heure tout au plus. Elle accepta sans poser de question et il lui donna sa clé. Ils se quittèrent dans le corridor adjacent à la salle à manger. Quand il la vit prendre l'escalier menant aux suites, il sortit sur le pont, sa main sur la crosse de son revolver. Il descendit d'un pas feutré vers le pont inférieur, s'assurant de rester dans l'ombre jusqu'à la deuxième cheminée du navire. Il s'accroupit derrière un manche à air pour observer sans être vu. Goethe l'attendait déjà, accoudé au bastingage près de la cheminée. Il le voyait de dos, mais reconnut son crâne chauve sur lequel reflétait une pleine lune ronde et lumineuse au milieu de la nuit étoilée. La mer était calme. Il mit la main sur Colt .45 et le pointa en direction de Goethe qu'il fut tenté d'abattre froidement, d'une balle dans le dos, sans sortir de sa cachette. Mais il était curieux de savoir ce qu'il lui voulait et se leva sans faire de bruit, s'approchant jusqu'à ce qu'il puisse poser le canon de son revolver sur la nuque de l'Allemand qui resta en plein contrôle. Ni l'un ni l'autre ne s'aperçut qu'on les observait à distance. Tapie dans l'ombre, Helena Khan al-Mahdi, qui voyageait en deuxième classe, ne pouvait croire la chance qui s'offrait à elle de voir son frère et Goethe descendre du pont supérieur. Son père l'avait envoyée à Marseille pour qu'elle soit l'ombre de son frère Khurram. Elle n'avait toutefois pas prévu qu'il voyagerait en première classe avec ses patrons. De toute façon, sa véritable mission était de prendre la situation en main dès leur arrivée à Colombo. Khurram serait furieux de se voir sous les ordres d'une femme, sa sœur aînée de surcroît, mais ainsi en avait décidé le patriarche du clan al-Mahdi. Elle fut tentée d'intervenir en voyant son frère brandir une arme, mais jugea rapidement qu'il valait mieux qu'elle continue le voyage le plus anonymement possible. Elle ne pouvait toutefois pas s'approcher pour entendre leur conversation, ce qui l'enrageait. Pour sa part, Goethe avait rapidement deviné qui se tenait derrière lui.

— Ne fais pas de bêtises.

— Ce serait plutôt à moi de te dire ça, Goethe.

— Si tu avais voulu me tuer, tu aurais déjà appuyé sur la gâchette. Mais je doute que tu en aies la force ou le courage, Khurram.

— Ne me tente pas. Alors, qu'est-ce que tu me veux ?

— Je voulais te parler de nos intérêts communs, te faire une proposition d'affaires.

— Tu veux dire que tu souhaites m'arracher de l'argent.

— Au contraire, ce que je veux te dire est pour ton bien. Alors, fais-moi plaisir, baisse ce truc et laisse-moi t'expliquer.

Khurram hésita, mais continua de pointer son arme.

— Tu mens. Tu crois que je ne sais pas que tu as tenté de me voler les armes destinées à Colombo ?

— C'est d'ailleurs pourquoi j'ai dû procéder à une substitution avant notre première escale.

— Qu'est-ce que tu racontes ?

— Tu auras douze caisses pleines de petits parapluies chinois de papier pour ta révolution.

— Je ne te crois pas.

— Les caisses marquées « Houston » sont en route vers l'Italie.

— Tu es vraiment un tas de fumier, Goethe.

— Pas certain que ton ami Stewart Houston sera content de servir de courrier pour de telles babioles. J'ai ouï dire que l'homme avait la gâchette facile et le tempérament volatil.

— Tu ne me serais d'aucune utilité de toute façon.

— Évidemment, il y a aussi ce bon prince Czartoryski. Si quelqu'un devait lui apprendre que tu as tenté de lui voler une quantité appréciable d'armes pour ta petite révolution, le connaissant comme je le connais, je suis certain qu'il s'organiserait pour que tu sois traduit en justice. À moins qu'il demande à Fleming de mettre ses hommes sur ton cas. Ces gens-là sont d'une habileté chirurgicale avec un couteau. J'ai eu la chance de voir leurs œuvres trois fois plutôt qu'une. Ce serait dommage que tu sois égorgé vif avant d'arriver à Colombo.

Khurram fut ébranlé et baissa son arme.

— Qu'est-ce que tu proposes ? demanda-t-il en baissant la tête, constatant qu'il était vaincu.

Ce fut la seconde d'inattention qu'espérait Goethe pour se retourner et le désarmer, ce qu'il fit avec l'agilité et la vitesse d'exécution d'un félin. Mais Khurram résista et un furieux corps-à-corps s'ensuivit, une épreuve de force pendant laquelle il s'accrocha à son arme jusqu'à ce qu'un assourdissant coup de feu tout aussi accidentel que mortel traverse la nuit et le cœur de ce jeune homme qui était monté à bord en se présentant comme Corey Kane. Goethe lâcha prise et le corps sans vie de Khurram s'effondra sur le pont inférieur. Il n'eut pas le temps de penser à la suite des choses qu'il se retrouva encerclé de matelots alertés par la déflagration. Il fut aussitôt mis en état d'arrestation pour meurtre. Jamais n'aurait-il dû accepter de prendre part au plan de Fleming. Le capitaine du *Princess of India* fut rapidement appelé sur les lieux. Il annonça à Wolfgang Goethe qu'il passerait les prochains jours, dans la cale du navire, des fers aux pieds et aux poings, jusqu'à ce qu'on le remette aux autorités britanniques à Aden. Il y subirait sur place son procès pour répondre de la mort de Corey Kane. Il serait passible d'un châtiment pouvant aller jusqu'à la peine de mort. Il l'informa aussi qu'en vertu des lois britanniques, il aurait pu décider lui-même d'instruire ce procès et rendre un jugement à bord et que ce n'était que par souci d'équité et de transparence qu'il déférait cette tâche à un véritable tribunal.

— Voyez-vous, je vous aurais assurément trouvé coupable et condamné à la potence. Ma haine des boches est bien connue. C'est encore pire quand ils osent tuer froidement un compatriote, avait-il tenu à préciser devant témoins.

Goethe voulut hurler.

Personne ne remarqua la grande jeune femme dont l'ombre allait s'évanouir dans les corridors de la deuxième classe.

• • •

Au même moment, un cri de jouissance déchira le ciel. La duchesse Zivanka de Mazowiecki était non seulement devenue femme, mais venait d'atteindre son troisième orgasme de la nuit, le plus puissant qui n'ait jamais fait vibrer son jeune corps. Aucune des caresses d'Eva ne lui avait procuré un tel effet. Vlad s'abandonna à son tour, déversant sa semence abondamment. Leurs corps ruisselants de sueur s'immobilisèrent au milieu du grand lit. Ils reprirent leur souffle et progressivement revinrent à leurs sens.

— Je t'aime, mon beau prince charmant.

Il déposa un baiser sur son épaule.

— Moi aussi, je t'aime.

Ils restèrent ainsi sans bouger jusqu'à ce que le sommeil s'empare doucement d'eux. Si pour Vlad, ce sommeil fut rapidement des plus profonds, il en alla tout autrement pour Zivanka qui fut réveillée brutalement au bout de ce qui lui sembla seulement quelques secondes par un éclair foudroyant qui lui parut jaillir du plafond de la chambre. Elle leva la tête et tenta en vain de sortir son amant de sa torpeur. Il y eut aussitôt un second éclair, plus aveuglant que le second. Cette fois, il n'y avait aucun doute, le prodige s'était bel et bien produit dans leur chambre. La violence de la lumière fut si considérable qu'un épais nuage noir flottait devant ses pupilles et qu'elle eut peur d'avoir perdu la vue pour toujours. Lorsque le nuage se dissipa trop lentement à son goût, elle aperçut une silhouette sur le balcon de la cabine. Elle s'avança, médusée. C'était un homme d'une beauté exceptionnelle, au corps nu, sculpté à la perfection. Elle se souvint alors qu'elle aussi était nue, mais n'en ressentit aucune gêne, aucune pudeur. Il était si beau, c'en était surréel. Son regard était à la fois doux et d'une intensité tel qu'elle ne se souviendrait jamais de la couleur de ses yeux, comme si cette couleur n'existait pas sur terre. La pensée la fit frémir. La créature devant elle ne pouvait qu'être venue de l'Au-delà. Il la regardait avec une infinie tendresse. Un irrésistible désir monta en elle. Sans hésiter, elle enfourcha son érection et se laissa pénétrer. Elle qui croyait avoir atteint les plaisirs suprêmes quelques instants plus tôt en découvrit de plus intenses. Elle hurla ses jouissances, mais personne ne l'entendit. Elle crut perdre connaissance au terme d'un orgasme incomparable à tous les autres qu'elle vécut dans sa jeune existence. L'être qui la tenait suspendue entre ses jambes depuis maintenant plus de deux heures la déposa doucement sur le balcon. Elle sentait un bouillonnement étrange au fond de son ventre. L'étranger s'approcha et posa un baiser sur son front. Elle crut atteindre un nouvel orgasme.

— Ce sera un garçon.

Le géniteur disparut aussitôt. Elle se rendormit. Au réveil, elle n'avait qu'un prénom en tête.

— Je suis Gabriel.

— Pardon ?

— C'est un plaisir de vous retrouver.

Sans force, totalement épuisée, elle trouva le moyen de s'esclaffer. Quel rêve complètement fou ! Comme si l'archange trouvait une façon de sévir deux fois plutôt qu'une. Zivanka se rendormit aussitôt. Elle se réveilla deux heures plus tard, sa vessie trop pleine pour lui permettre de dormir. Elle se dirigea vers la cuvette et au moment de commencer à uriner, un doute s'installa. Elle se souvenait d'avoir baisé avec son fiancé. Le souvenir de la torride baise avec ce Gabriel venu de l'espace vint tout aussitôt prendre sa place dans sa mémoire. Ce serait un garçon. Mais qui en serait véritablement le père ?